화성에서
살 생각인가?

화성에서
살 생각인가?

이사카 고타로 장편소설

민경욱 옮김

arte

차례

일러두기

옮긴이 주는 괄호 안에 '옮긴이'를 함께 넣어 표기하였습니다.

제1부

마녀사냥의 부활

∧ 1의 0

"구조조정은 마녀사냥과 같다고 얘기한 사원이 있어."

마에다 겐지는 아내에게 말했다. 일에 대한 불평 같지만 사실
은 아니다. 마에다 겐지의 업무인 '구조조정 프로젝트'에 대한
이야기는 술안주, 즉 부부 사이를 유지하기 위한 유쾌한 화제 가
운데 하나이기 때문이다. 밤에 텔레비전 프로그램을 보면서 식
탁에서 한잔하며 대화를 나누는 것이다.

아내가 살짝 몸을 내밀었다. "마녀사냥이라니 무슨 소리야?"

"아니, 그렇게 관심이 많아?"

마에다는 쓴웃음을 지으면서도 자신도 흥미진진한 눈빛이리
라 상상했다. 마에다는 눈썹이 두껍고 미간 주름이 깊으며 체격
도 좋다. 젊었을 때부터 연상으로 여겨진 외모에 아무래도 박력
이 있는지 멀리 있어서 잘 보이지 않아 눈을 가늘게 뜰 때조차

사람들은 무섭다며 벌벌 떨었다. 그것을 마에다 본인은 장점이라고 느끼며 살고 있다. 사람이란 늘 '무서워 보이는 사람의 반응'을 의식하고 행동하는 경우가 많기 때문이다.

"마녀사냥이란 중세 유럽에서 수백 년간 이어졌던 축제야."

"축제라고?"

"죄 없는 사람이 처형되는 축제 같은 거였지."

"마녀사냥이란 게 죄 없는 사람을 노리는 거야?"

"정말 마녀가 있다고 생각해?"

"아니, 있다고는 생각하지 않지만 마녀가 아니어도 나쁜 사람을 고르는 것 아냐?"

"원래는 산파가 의심을 받은 게 계기였대."

"산파가?"

낮에 회의실에서 "구조조정은 마녀사냥과 같아요"라고 한마디 던진 사원에게서 들은 얘기다.

중세에는 의학이 아직 발달하지 않았기 때문에 출산 중에 아기가 죽는 경우가 적지 않았다. 그때마다 산파나 조산사에게 문제가 있다고 여기곤 했다고 한다. "산파가 마녀다. 그래서 아이를 먹어치웠다!" 이런 말도 안 되는 이유로 비난을 받고 그 결과 처벌받았다고 한다.

"그러니까 누구든 상관없었다는 거지." 마에다가 말한다.

가뭄이 들어 농사를 망치거나 재해가 일어나면 그에 대한 공포와 초조함을 어딘가에 풀고 싶어지는데, 이때 원인은 마녀에게 있다고 단정하고 저 사람이 마녀라고 처형한 것이다.

"그랬구나. 그거 정말 죄 없는 사람을 처형하는 거네." 이렇게 말하는 아내의 표정에서 동정의 빛은 드러나지 않는다. 오히려 마에다와 마찬가지로 자신이 알지 못하는 쾌락의 세계에 대해 상상하며 즐거워한다. "누구든 마녀가 될 수 있잖아."

"그래서 마녀인지 아닌지를 판별하는 가이드북 같은 것도 출판되었대. 15세기에 『마녀에 대한 철퇴』라는 책이 출판되었지."

"안 팔릴 것 같은 제목인데?"

"아니, 유럽에서 꽤 읽혔대. 수도사가 썼다는데."

"구별하는 법이 있을까? 마늘을 싫어한다거나."

"예를 들면 사람을 물에 빠뜨려. 그리고 떠오르면 마녀라든가."

"사람은 보통 떠오르잖아?"

"그렇지. 그저 의심받는 사람을 물에 빠뜨리는 거야. 마녀가 아니라는 것을 증명하기 위해서는 떠올라서는 안 돼. 그러니까 죽기 전까지는 죄가 없다는 걸 밝힐 방법이 없는 거지. 죄다 그런 논리야. 마녀라는 것을 자백할 때까지 고문한다. 고문을 이기지 못하고 마녀라고 자백하면 처형되는 거고 마지막까지 인정하지 않으면 고문으로 죽는 거고. 견디지 못하고 자살을 선택하면 '마녀가 자살을 했다'고 발표하면 그만인 거고."

"그건 뭐야? 뽑히는 순간 끝이라는 소리잖아?"

"무서운 일이지." 마에다는 이렇게 말하면서도 생각만 해도 황홀해하는 또 다른 자신도 있음을 알아차린다. 전혀 죄가 없는 사람을 "마녀다!"라고 규탄하고 학대할 생각만 해도 소름이 돋을 만큼의 쾌감이 느껴질 것 같다.

"게다가 그 가이드북에는 어떻게 해야 천천히 고문해 더 많은 고통을 줄 것인가, 그런 매뉴얼이 있대."

"천천히?"

"고문으로 죽으면 의미가 없잖아. 일반인들은 공개처형을 바라니까. 빨리 죽어버리면 즐거움을 빼앗긴 민중들의 분노 때문에 그 처형인이 처형될 정도였대."

"구조조정도 마찬가지예요. 선발된 직원은 아무리 호소해도 결국 퇴직하는 수밖에 없으니까. 뽑힌 순간 끝이죠."

낮에 본 사원은 그렇게 주장했다.

"필사적으로 회사에 남는다고 해도 결국 미움만 받을 뿐이에요. 유무형의 지독한 괴롭힘에 시달리며."

"내가 언제 괴롭혔는데?" 마에다가 얼굴을 찡그리자 상대는 겁먹은 표정이 확연히 드러났다. 그 변화에 마에다는 또 기분이 좋아졌다. "자네, 마녀사냥과 구조조정은 비슷하지만 완전히 다르다네."

"그런가요?"

"마녀사냥은 그냥 뽑히는 거지만 구조조정에는 다 이유가 있어. 나름대로 퇴직해주는 쪽이 회사에 이익이 되는 사원을 선정한다고."

"사원의 능력과 자질에는 큰 차이가 없습니다."

"없다고 해도 누군가를 뽑아야만 해."

"그러니까 그게 바로 마녀사냥이라고요."

"아니야. 자네는 흉작이나 가뭄으로 인한 사회 불안을 해소하기 위해 마녀를 처형한다고 했지. 그건 어디까지나 기분을 풀어주는 거야. 하지만 예를 들어 자네가 퇴직을 받아들인다 치자고."

"그럼 어떻게 되는데요?"

"확실히 인건비가 줄어." 마에다는 굵은 목소리로 단언했다. "마녀사냥 같은 기분 풀이와는 달리 회사에 이득이 된다고."

집의 차임벨이 울렸다. 마에다 겐지가 시계를 보니 이미 밤 열시를 넘어섰다. 택배가 오기에도 너무 늦은 시간이고 최근 몇 년 동안 이런 일은 없었다.

"네!" 거실에서 복도로 나가는 문 옆에 인터폰 모니터가 있고 아내가 거기서 답을 하고 있다.

마에다 겐지는 그쪽에 신경을 쓰면서도 잔에 입을 댄 채 텔레비전 리모컨으로 손을 뻗었다.

어어 하고 정신을 차려보니 아내가 바로 옆에 와 있다. 사람 놀라게 하지 말라고 미간을 찌푸리자 그녀가 조심스럽게 입을 열었다. "무슨 영문인지 모르겠는데 경찰이……."

"경찰? 무슨 사건이 있었나?"

마에다 겐지는 의아한 상태에서 살짝 귀찮다고 느끼면서도 호기심이 생겼다. 재미있는 일이라면 내일 직장에서 얘기할 에피소드가 되지 않을까.

"얘기를 듣고 오지."

현관으로 향하는데 아내도 살금살금 따라온다.

"밤늦게 정말 죄송합니다. 마에다 겐지 씨이십니까?" 문 옆에 서 있는 사람은 몸집이 작고 코와 입이 오른쪽으로 약간 구부러진 얼굴의 중년 남자다. 양복을 입고 있다. 등 뒤에 선 두 사람은 제복 차림에 키가 180센티미터는 넘어 보이는 남자들이다.

"저는 경시청 '지역안전을 지키는 과'에서 나왔습니다."

앞에 선 작은 남자가 명함과 경찰수첩을 내밀었다.

"지역안전? 무슨 일이 있습니까?" 마에다 겐지가 등을 꼿꼿이 폈다. 처음 상대하는 사람에게는 예의 바르게 그러나 당당한 태도로 대해야 한다. 필요 이상으로 굽히고 들어갈 필요가 없다. 인간관계에서 가장 소중한 계율 중 하나가 '얕보이면 끝'이다.

"그런 과가 있는 거 알고 있었어?" 마에다 겐지는 아내를 돌아보았다. 보기에 경찰수첩은 진짜처럼 보였지만 아무래도 최근에 일어난 사기사건도 떠오르면서 의심이 갈 수밖에 없었다. 익숙하지 않은 과 이름을 대고 신뢰를 얻은 다음에 "통장을 보여달라"고 하는 것 정도에 순순히 넘어갈 리 없다.

"재작년부터 각 지역에 설치된 부서입니다. 뉴스에도 나왔습니다. 작게 다뤄졌지만요." 형사는 미소를 지었지만 눈빛은 날카롭기 그지없었다. "마을의 안전을 지키는 역할을 합니다만."

"순찰 중인 겁니까?"

"주민 여러분의 불만 사항이나 난처한 일은 없는지 듣고 다닙니다. 저기, 전에도 늘 경찰을 비판하는 목소리가 있어왔지 않습니까?"

"늘 비판해왔다고요?"

"경찰은 사건이 일어나야만 움직인다고 말입니다."

"아아, 그런 얘기는 자주 들으시겠죠."

"일찍 일어나는 새가 벌레를 잡아먹는다는 속담보다 더 자주 들었네요." 형사는 진지한 표정으로 고개를 끄덕였다. "그래서 그런 여러분의 불만을 듣기 위해 생긴 것이 저희 부서입니다. 큰 사건이 일어나기 전에 조사하는 업무입니다."

"테러가 일어나기 전에 방지하는 것 같은?" 마에다 겐지는 별 생각 없이 이야기를 진전시키기 위한 맞장구를 쳤다고 생각했는데 갑자기 형사의 표정이 변하더니 뒤에 있던 덩치들이 한 걸음 나와 마에다 옆에 섰다.

"오늘은 그 테러 때문에 왔습니다." 형사가 말했다.

"근처에 폭발 예고라도 있었습니까?" 상대의 태도가 험악해지자 마에다 겐지는 슬슬 화가 나기 시작했다. 사람에게 질문을 던지거나 부탁을 하는 태도가 아니었다.

"그 일로 마에다 씨에게 묻고 싶은 게 있습니다."

"나는 아무것도 모릅니다."

"서까지 함께 가주시지 않겠습니까?"

마에다는 불쾌하고 이해도 할 수 없는 지금 상황에 당연히 화가 났고, 강하게 항의하려고 했다. 그런데 갑자기 제복 경관이 그의 두 팔을 잡았다.

아내가 작게 비명을 질렀다.

그 후 마에다 겐지는 경시청으로 끌려가 구류되었다.

해외 테러 조직과의 무기 거래에 관여한 혐의였다. 가택수색을 당했고 직장 컴퓨터에서는 테러 조직과 주고받은 메일이 발견되었으며 가명으로 개설된 통장도 발견되었다.

처음에 마에다 겐지는 혐의를 완강히 부인했지만 결국 주모자에 대한 정보를 털어놓았고, 그 결과 도내 지하철을 폭파하려던 테러 조직의 음모를 분쇄할 수 있었다.

마에다 겐지는 중요한 정보를 제공했다는 점이 고려되어 조기에 석방되었지만, 얼마 후 자신이 테러와는 무관하며 경찰에게 강압적인 신문을 받았다고 주장하기 시작했다.

감히 나에게 공격을 가한 상대는 공권력이라고 하더라도 가만두지 않겠다는 의지가 보였다.

직장 컴퓨터는 누군가가 조작한 게 틀림없다, 자신은 테러 조직에 대해 전혀 모른다, 누명이다, 누명이 틀림없다! 이렇게 주장했다.

매스컴이 마에다 겐지에게 흥미를 가지기 시작했다. 그런데 거기에 예상외의 사건이 끼어들었다.

마에다 겐지와 같은 회사에 근무하던 중년 사원이 자살한 것이다. 유서에는 마에다 겐지의 구조조정 프로젝트가 얼마나 비인도적이었는지 분명하게 기록되어 있었다.

마에다 겐지는 사회적으로 비난받기 시작했지만 그래도 여전히 물러서지 않았다. 오히려 분연히 들고 일어나 자신의 입장을 밝히기 위해 방송과 신문의 취재에 응했다. 자신은 죄가 없으며, 구조조정 업무도 회사 일이라 어쩔 수 없었다고 설명하기 시작했다.

그런데 태도가 좋지 않았다. 얘기하는 내용보다 그 행동 때문에 세간의 불평을 샀다.

시간이 지남에 따라 마에다 겐지의 인지도가 올라가는 만큼 얼굴 없는 적도 늘었다.

그런 가운데 마에다 겐지는 정신적 스트레스가 쌓였는지 이상행동을 보이기 시작했다. 마을에서 만난 커다란 검둥개에게 갑자기 발길질을 하며 폭력을 휘두르기 시작했다. 하지만 오히려 그 개에게 순식간에 역습을 당해 목을 물려 죽고 말았다.

그 사실이 알려진 후 바로 옆 파친코 가게의 점원이 주차장 방범카메라에 영상이 남아 있는지 몰래 확인에 나섰다. 구경꾼 심리와 공명심에 사로잡힌 점원은 데이터를 뒤져 남자가 검둥개에게 물려 목숨을 잃는 과정이 선명하게 찍힌 영상을 찾아냈고, 자기 과시욕을 주체하지 못한 나머지 인터넷에 유출하고 말았다.

아아, 과연. 마에다라는 남자는 위험했어.

세상 사람들은 고개를 끄덕였다.

⋀ 1의 1

"그러니까 나는 아무것도 모른다고."

땅에 주저앉은 채 사토 마코토가 말했다. 이리저리 끌려다닌 통에 교복은 이미 단추가 떨어지고 반쯤 찢어진 상태였다. 그 앞에 서서 굵은 오른팔로 멱살을 잡고 있는 사람이 상급생, 고교 이학년인 다다 구니오이다.

8월, 여름방학인데도 부 활동을 해야만 한다. 게다가 돌아오는 길에 상급생에게 붙잡히다니 최악이라고 사토는 진저리를 냈다.

"우리가 거기서 텔레비전을 훔친 건 너밖에 모르잖아?"

"다른 애들도 틀림없이⋯⋯." 사토의 눈에서 불빛이 번쩍했다. 얼굴을 세게 얻어맞은 것이다.

"사토, 네가 아니면 누가 일러바치겠냐?"

힘껏 멱살을 잡아당긴다.

사토에 대해 설명하자면, 우선 몸이 야위었고 그렇게 공부를 잘하는 건 아니지만 특징이라고 굳이 꼽자면 책벌레인 학생이기 때문에 이렇게 난폭한 일과는 거리가 멀었다. 그래서 지금도 눈앞에 위험한 상황이 닥쳤는데도 뇌가 잘 작동하지 못하고 있었다.

한편 다다는 싸움에 익숙해 합기도부에 속해 있었지만 상급생과 하급생 간의 충돌을 부추긴 데다 다른 학교 학생에게 입원할 수준까지 부상을 입혀 부에서 쫓겨났다.

옛날에는 이러지 않았는데. 그런 생각이 사토의 뇌리를 스친다.

집이 가깝기도 해서 초등학생 때는 종종 함께 놀곤 했는데.

사토는 듬직한 다다에게 동경을 품고 있었다. 그런데 어째서 이렇게 되어버린 것일까. 그렇게 우리를 알뜰하게 보살피던 형이 이런 식으로 변해버리다니, 사춘기의 마법이라는 게 이토록 무서운 거란 말인가.

"내가 일러바친 게 아니라니까. 그럴 거였으면 선배들이 오토바이 훔친 걸 전부터 알고 있었으니 그것부터 먼저 말했겠지."

"오토바이는 고노 바이크 아저씨한테 빌린 것뿐이야. 그런 걸 말이야, 셰어 바이크라고 한다고, 셰어 바이크!"

고노 바이크란 고등학교에서 두 구획 정도 떨어진, 사토가 다니는 이발소 방향에 있는 작은 오토바이 가게다. 여든을 넘긴 고노 아저씨가 혼자 덜렁 가게를 지킬 뿐으로 거의 장사가 되는 것 같지는 않지만, 필요 없어진 오토바이를 팔러 오는 사람이 있는지 아니면 다다 같은 불량소년들이 훔친 오토바이를 팔러 오는지 가게 뒤쪽에 중고 오토바이가 늘어서 있었다. 열쇠 관리도 엉망이라 가게 뒤로 돌아가 오토바이 근처에 설치된 상자를 열면 키가 매달려 있었다. 제발 훔쳐 가라고 애원하는 꼴인데 그 정도까지 상대가 무방비하면 훔칠 마음이 생기지 않는 건지, 다다 일당은 필요할 때만 오토바이를 빌렸다가 다시 돌려놓는 형태로 이용하는 모양이었다. 그러니 공동이용이라는 말도 일리는 있었다.

사토는 누구 지나가는 사람이라도 있나 싶어, 금방이라도 떨어질 것 같은 안경을 고쳐 쓰면서 눈으로만 주위를 살폈다.

별로 뒷골목이라고 할 만한 곳도 아니다. 학교에서 집으로 돌아가는 통학로 근처라 건너편에 수제 빵집과 스포츠용품점이 있지만 사람은 다니지 않는다. 마침 스포츠용품점에서 사람이 나오는 게 보였다. 주인은 환갑이 다 된 앞머리가 없는 남자로 안경을 쓰고 있다. 반소매에 반바지 차림이다.

담벼락에 몰려 있는 사토와 그 멱살을 잡고 있는 다다를 발견하고는 눈을 가늘게 뜨며 안경을 만지작거렸다. '자, 이제 아셨죠. 어서 경찰에 신고해주세요.' 사토가 기대를 담은 눈길로 바라보았지만 주인은 고개를 갸웃하고는 태평하게 스트레칭을 시작하더니 결국 가게로 도로 들어가버렸다.

보고도 못 본 척하다니 화가 났지만 그 마음도 이해가 갔다. 어정쩡하게 정의감을 불태우다가 괜한 봉변을 당할 거면 나서는 의미가 없다.

머리를 자르러 갔을 때 이발사에게 들었던 이야기가 뇌리를 스쳤다.

이발사의 아버지가 병원에 입원하고 있을 때 화재가 일어났다고 했다.

'아버지는 옆 침대에 있는 노인을 업고 간신히 건물 밖으로 나왔는데 여전히 같은 병실에 환자들이 남아 있다는 것을 알았지. 그때 아버지는 한 사람을 구했으니 다른 사람도 구할 수밖에 없다고 생각했어.'

그 결과 이발사의 아버지는 목숨을 잃었다고 한다. 사토는 그 말에 감탄했지만 이발사는 말했다.

'그건 정의감이 아니라 위선자라고 불리는 게 무서웠던 거야.'

어정쩡한 정의감은 자기 몸을 해친다. 사토는 그 점을 생각했다.

바로 그때 자전거를 탄 부인이 지나가며 물었다. "어머, 너희들 뭐 하고 있는 거니?"

"놀고 있는 거예요." 다다가 시치미를 떼며 대답하고는 기분이 잡쳤는지 사토에게서 떨어져 그대로 사라졌다.

살았다. 사토는 가슴을 쓸어내렸지만 그렇다고 완전히 산 것도 아니었다.

다음 날도 부 활동을 위해 학교에 나와야 하고 하교하는 길에 또 다다에게 잡혀 같은 곤욕을 치러야 했기 때문이다.

"네가 우리를 일러바쳤다는 것을 고백할 때까지 매일 기다릴 거야." 다다는 사토의 팔을 비틀었다.

사토 마코토는 비명을 질렀다. 목소리가 갈라졌다. "다다 형, 다다 형." 필사적으로 불렀다. "다다 형, 상급생들이 뭐라고 하는지 알아요?"

"뭐? 무슨 소리야? 얘기해봐."

비틀린 팔에 가해진 힘이 조금 약해졌다.

다다는 상급생, 그러니까 고교 삼학년생들과 종종 어울린다. 그 삼학년생들은 모두 유복한 집안 자식들로 잘 꾸미고 다니며 여고생들을 끼고 다니는 화려한 그룹이다. 어떤 연유로 다다가 그 무리에 끼었는지 학생들 대부분은 고개를 갸웃거렸다. 아마도 덩치가 좋은 보디가드처럼 이용되고 있을 거란 설이 가장 설득력이 있었다.

"그 녀석들이 내 험담이라도 하고 다니냐?"

"리, 리비아요." 사토가 말했다.

"리비아?"

누구나 아는 험담이나 굴욕적인 말이 나올 거라고 예상했는데 느닷없이 나라 이름이 나오자 다다는 대놓고 당황하는 기색이었다.

사토는 필사적으로 이야기했다. "미국이 테러리스트를 찾아내는 건 아주 힘들어요. 기껏 용의자를 찾아도 자백시키기는 더 힘들고."

"왜 갑자기 미국 얘기야?"

"그래서 CIA가 확보한 용의자를 물 같은 걸 이용해서 입을 열게 해요."

"물? 고문이라고?"

"거의 고문에 해당되죠."

"아니, 고문이겠지."

"하여튼 그래요."

물고문은 고문인가 아닌가. 물고문 정도는 큰 문제가 아닐 수도 있다. 아니, 비인도적이라는 문제가 있다. 이 논의는 결론을 내리기가 어렵다. 더욱 어려운 것은 인도적인 신문만으로는 테러리스트가 진실을 털어놓을 리 없다는 점이다.

"하지만 너무 가혹하다는 비판을 받자 부시 정권 때 미국은 다른 나라와 손을 잡기로 했어요."

"다른 나라와 손을 잡다니 그건 무슨 소리야?"

"리비아 말이에요. 카다피 대령 시절 리비아에서는 반체제 인사들을 집요하게 고문했어요. 구타로 코를 부러뜨리거나 전기충격을 주거나. 정보기관이 주로 그런 일을 했으니까 아마도 잘했겠죠."

《월스트리트저널》에 따르면, CIA는 리비아가 대량살상무기 개발계획을 폐기한 2004년 이후 제휴를 본격화했다고 한다.

《뉴욕 타임스》에 따르면 부시 정권이 리비아에서 고문을 하고 있다는 것은 공공연히 알려진 사실이며, 적어도 여덟 차례에 걸처 용의자를 리비아로 이송했다.

미국이 리비아에 고문을 도급했다는 말이다.

영국도 마찬가지로 리비아에 고문을 맡기고 있다고 한다.

"그래서 그게 뭐 어쨌다고?"

"그러니까 다다 형도 리비아처럼 여겨지고 있다고요. 폭력이나 시끄러운 일은 자기들이 안 하고 다다 형에게 맡긴다고요. 마치 리비아처럼."

"그 녀석들이 나를 이용하고 있다고?"

"아니요. 그게, 서로 돕고 산다는 말이죠." 사토는 조심스레 말을 골랐다.

카다피가 아니라 다다피라는 얼빠진 소리가 떠올랐지만 그 말은 끝내 입 밖에 내지 않았다.

"너 말이야, 괜히 복잡한 얘기를 해서 얼버무리려는 거잖아!" 다다가 사토를 걷어찼다.

담벼락에 부딪힌 사토는 그 자리에 손을 대고 쓰러졌다. 곧바로 배로 발길질이 날아들었다. 정신을 차리기도 전에 다음 발길질이 날아들었기 때문에 사토는 정신을 차릴 수가 없었다.

"다시 한 번 묻겠다. 네가 일렀지?"

아, 하고 사토가 신음했다. 새끼손가락이 팽팽하게 펴졌다. 천천히 고개를 돌려보니 손가락이 다다의 손에 꽉 잡혀 있었다.

"우선 새끼손가락부터 부러뜨려주지."

사토는 뭐라고 말이 나오지 않았다. "그만해요"라고 말했지만 그만하란다고 "네, 알겠습니다" 하고 물러날 리 없다.

"고문은 반대합니다."

"리비아에서는 하고 있다며."

"이용되고 있는 거죠."

"상관없어."

"자, 잠깐! 무엇보다도 저는 아무 짓도 안 했어요."

"자백하라고!"

"알겠어요. 알겠다고요." 사토가 재빨리 말했다. "제가 했어요, 제가."

이러면 누명을 쓰게 되는 셈이지만 그편이 차라리 낫겠다고 판단했다.

"했다니 뭘 했는데."

"그러니까 선생님한테 일렀다고요."

"정말이야?"

"정말입니다."

왜 나는 '하지도 않은 죄'를, 아니 이건 애당초 죄도 아니지만, '정말 했다'고 필사적으로 주장하고 있는 것일까.

"야, 이거 먹어"하며 주스를 주던 다다의 모습을 떠올렸다. 초등학교 때 일이다. 공원에서 함께 놀고 있는데 너무 더워 머리가 어질어질할 정도였다. 바로 그때 다다가 페트병을 건넸다. 고맙다고 하자, "나는 이름이 다다니까 그냥 공짜로 마셔(공짜라는 뜻의 일본어 단어와 발음이 같다 - 옮긴이)"라고 수줍게 대답했다. 너무나 다정한 모습에 진짜 형이었으면 좋겠다고 생각했다.

"그럼, 일단 손가락을 부러뜨릴 테니까 그다음에 약속하자."

"네?"

"부러진 손가락으로 약속하자고. 손가락을 걸고."

그렇게 말하는 다다는 이미 침을 질질 흘릴 정도로 자신의 가학성을 노골적으로 드러내고 있다. 사토의 손가락을 꽉 쥐고 웃는다.

아파요, 사토는 공포로 눈을 감았다. 저항도 할 수 없었다.

그 직후였다. 쓰레기봉투를 발로 차는 것 같은 부스럭 소리가 났다. 사토가 눈을 떠보니 다다의 몸은 옆으로 날아간 뒤였다. 자신의 새끼손가락도 함께 날아간 게 아닌가 싶어 온몸에 소름이 돋았지만 다다가 손을 폈는지 사토의 새끼손가락은 해방되어 있었다.

다다는 바닥에 드러누워 있었다.

처음에는 검은색 그림자가 지면에서 솟아올라 그 자리에서 흔들리고 있는 것이라 생각했다. 위아래가 연결된 작업복을 입은 사람이 있다는 것을 뒤늦게 알아차렸다. 온통 검은색이었다. 검은색 모자에 얼굴에는 검은색 고글을 쓰고 있다. 게다가 스키용으로 보이는 검은색 페이스마스크를 쓰고 있다. 부츠를 신고 가죽장갑도 끼고 있다. 오른손에는 목검을 쥐고 있다.

이 남자가 다다를 날려버린 것이다. 도대체 누군지도 모르는 수상한 인물의 등장에 사토는 저절로 몸이 굳어버렸다.

다다는 인도에 손을 짚고 일어났다. 눈앞의 작업복 남자를 의아하게 여기면서도 "무슨 짓이야!" 하며 박력 있는 목소리를 내며 쩌려보았다. 한 걸음 앞으로 내디뎠다.

그때 정체불명의 작업복 남자가 주머니에서 쇠구슬 같은 것을 꺼내는가 싶더니 곧바로 지면에 굴렀다. 골프공 크기의 검은색 덩어리다. 목적이 있어서 던졌다기보다 그냥 손이 심심해서 돌을 던지는 것처럼 아무렇게나 내던지는 모습이다.

다다가 남자에게 달려들려는데 텅 하고 묵직한 소리가 났다. 사토도 너무 놀라 그 자리에서 펄쩍 뛰어올랐다. 조금 전 던진 검은색 구슬이 인도 옆 펜스에 가 딱 꽂히는 소리였다.

정체불명의 남자는 그 틈을 놓치지 않았다. 달려와 목검으로 다다의 어깨를 과감하게 타격했다. 계속해서 팔도 때렸다. 몸을 웅크리는 다다.

다다는 두 손으로 작업복 남자를 밀쳐내고 그사이에 몸을 일으켰지만 몸이 조금 기울어져 비틀거렸다. 무슨 일인가 어리둥절해하고 있는데 작업복 남자가 달려와 목검을 휘둘렀다. 다다는 그 자리에 쓰러졌다.

남자가 펜스에 손을 뻗었다. 그 손에 다시 검은색 골프공 크기의 구슬이 쥐어 있었지만 무엇을 하는 건지는 알 수 없었다. 어느새 남자는 그 자리에서 사라졌다.

사토는 휴대전화로 구급차와 경찰차를 불렀다. 자신보다 다다가 더 중상을 입은 상황을 어떻게 설명해야 할지 몰라서 당황한 탓이었을까. 자기도 모르게 "배트맨 같기도 하고 가면라이더 같기도 한 히어로가 도와줬어요"라고 경찰관에게 말해버렸다.

"아이고, 머리를 다쳤나 보구나?" 하고 걱정만 샀을 뿐이다.

방재훈련 회의라는 명목으로 마을회의의 임원들이 술집에 모였다.

평소라면 이른 아침에 모여 형식적인 인사를 주고받은 다음 간단한 방재훈련을 해치우고 끝냈을 것이다. 하지만 올해는 '지역안전대상지구', 즉 안전지구로 선정된 만큼 지진이나 화재뿐만 아니라 폭발물이나 생화학무기를 이용한 테러 행위까지도 가정해 대대적인 대책을 실천해야 했기 때문에 관청과 경찰의 관련부서 사람들도 무사히 회의를 마친 것에 안도하고 있었다.

아직 겨울 추위가 남아 있는 계절인데도 참가자가 많았다.

실행위원장을 맡은 남자는 일흔을 넘겼다고는 생각할 수 없을 정도로 활력 넘치는 쩌렁쩌렁한 목소리로 건배를 제의했다.

오카지마는 테이블 말석에 가까운 자리에서 맥주를 마시고 있었다. 따로 자리가 정해져 있는 것은 아니지만 주위에는 동년배인 삼십 대에서 사십 대 남자들이 많았다.

"거짓말탐지기의 비극이라는 말을 알아요?" 그런 말을 꺼낸 사람은 오카지마 앞에 앉은 체격이 좋은 가모 요시마사였다.

삼십 대에 독신이라는데 마을 일이나 행사에는 비교적 적극적으로 참가한다. 예전에 주고쿠 지방 출신이라고 해서, 오카지마가 "아이쿠, 아주 먼 곳에서 왔네"라고 반응한 적 있다. 센다이에서 보면 일본 열도를 대각선 방향으로 가로지른 곳에 주고

쿠가 있다.

"어머니 혼자 고향집을 지키고 있으니 불효자죠." 그때 가모는 부끄럽다는 듯 머리를 긁적였다.

"거짓말탐지기의 비극? X의 비극 같은 거야?" 불콰해진 얼굴로 흥미를 보인 사람은 다른 마을에 사는 둥글둥글한 체형의 남자였다. 곰 같은 외모다.

"비극이라고는 하지만 확률 얘기인데요." 가모가 계속한다. "고등학교 때 담임선생님이 알려준 얘기예요. 미술 선생님이었는데."

"미술? 수학이 아니라?"

"좀 이상한 선생님이었어요. 늘 미술실에서 그림을 그렸는데 방과 후에 들러 이런저런 얘기를 해주셨어요."

"이런저런?"

"사회의 모순이랄까? 세상의 부조리랄까, 정의랄까." 가모가 웃었다. 셔츠를 입었는데도 가슴이 두툼하다는 게 느껴졌다. 가모가 무슨 일을 하는지는 모른다. 평일 아침에 양복을 입고 커다란 스쿠터를 타고 출근하는 모습을 봤기 때문에 회사에 다니는가 보다 여길 뿐 자세히는 모른다. 동네 모임은 딱 그 정도가 좋다고 서로 생각하고 있는 구석도 있다.

"테러리스트를 발견하기 위해 거짓말탐지기를 사용한다잖아요. 어떤 형태의 기계인지는 모르지만 그 기계를 어느 정도 엄격하게 반응시키느냐가 중요하대요."

"어느 정도 엄격하게?"

"이를테면 적중률 90퍼센트인 기계가 있다고 쳐요. 거짓말의 90퍼센트를 찾아내는 거죠."

"그렇지."

"하지만 이 센다이 시에서 십만 명을 조사한다고 치면 적중률이 90퍼센트라고 해도 나머지 10퍼센트, 약 일만 명 정도의 무고한 사람이 잘못해서 테러리스트로 판정된다는 거예요."

"어, 그렇게 되나?" 곰처럼 생긴 남자가 하품이라도 하듯 얘기한다.

"10퍼센트라는 것은 그런 숫자인 거죠."

"그거 좀 무섭네." 오카지마는 진심으로 말했다.

"정밀도를 좀 더, 99퍼센트까지 올리면 되지 않을까?"

"가령 99퍼센트의 정확도라고 해도 십만 명을 조사하면 천 명이잖아요. 십만 명 중 천 명은 착오로 테러리스트가 되는 겁니다. 가령 전국에 적용한다면 성인 일억 명 중 백만 명이고요. 백만 명이 테러리스트라는 누명을 쓴다면 큰일인 거죠."

"정말 큰일이네."

"그러니까 테러리스트를 적발하는 데 거짓말탐지기를 쓰면 수많은 무고한 사람이 생기게 된다는 말입니다." 가모가 말했다.

오카지마는 실제로 50퍼센트쯤 감탄한 마음으로 물었다. "그럼 거짓말탐지기는 소용이 없다는 말인가?"

"물론 용의자를 발견해 그 한 사람을 놓고 신문할 때는 의미가 있겠죠. 수상한 인물이 범인일까 아닐까 구별할 때는. 다만 수많은 인간을 선별하는 데는 의미가 없다는 말입니다. 리스크가 너무 커요. 그런 점도 있어서 지역안전의 '그것'이 채용된 게 아닐까 하고 상상하는데…….”

'그것'이 무엇을 의미하는지 오카지마는 금방 감이 왔다. 오카지마 외에 다른 사람들도 마찬가지일 거라고 생각했다. 그렇게 생각한 탓인지 몸이 경직되고 어깨에 힘이 들어가 목이 짧아지는 모습이 되었다. 거북이 등껍데기 속에 몸을 숨기는 것 같다.

“그거라고 해야 하나, 이거라고 해야 하나.” 가모가 말하고 연회석 전체를 둘러보았다.

“이거?” 오카지마가 묻는다.

“그러니까 이번에 대대적으로 방범훈련을 한 것도 여기가 올해 안전지구니까 그런 거잖아요.”

“평화 뭐시기라고도 했다가 안전 뭐시기라고도 했다가, 어쨌든 평화 뭐시기라고들 많이 부르더군요.” 구제옷가게에서 일하는 청년이 끼어들었다. “결국은 주민들끼리 서로 감시하는 지역이라는 말이잖아요. 국가의 제도라고는 생각할 수 없어요.”

오카지마와 곰처럼 생긴 남자는 “아아”도, “에에”도 아닌 맞장구를 쳤다. 안전지구 제도는 매년 2월부터 운용된다. 1월부터가 아닌 게 이상하긴 하지만, 새해가 오면 다들 정신이 없고 지자체들이 저마다 제대로 기능하지 않기 때문이라고 한다. 미야기 현이 안전지구가 된 지 벌써 두 달이 지나고 있었다.

“가모 씨, 거짓말탐지기와 안전지구 제도가 관계있을까?”

“지금 말한 바와 같이 위험인물을 발견하려고 하면 안타깝게도 피해자가 나옵니다. 거짓말탐지기의 비극이 일어나는 거죠.

그러니 거짓말탐지기를 사용하기 전에 일반인들에게 후보자를 골라내게 하려는 게 아닐까요?"

"테러리스트 후보자라는 말은 좀 이상하네." 곰처럼 생긴 남자가 야유 섞인 한숨을 내쉬었다.

"하지만 무슨 말인지는 알겠어." 오카지마가 대답했다.

수상한 사람이 있느냐 없느냐, 수상한 언동을 하는 인물이 있느냐 없느냐, 지역의 치안을 무너뜨릴 조짐이 있느냐 없느냐, 이런 문제와 관련해 일반 주민들로부터 정보를 얻음으로써 조사 대상의 범위를 좁힐 수 있다. 경찰 부서인 '평화경찰'은 그 좁혀진 대상을 조사하면 그만이다. 어느 정도 후보자를 추린 뒤에는 거짓말탐지기를 사용한다는 선택지도 가능하다.

"밀고나 고발이라고 하면 어감이 안 좋지만 실제로 효과가 있는 것 같던데." 오카지마가 말했다. "우리가 고등학생일 때와 비교하면 최근에는 범죄 발생 건수가 상당히 낮아졌어. 테러를 미연에 방지하는 사례도 꽤 있는 것 같고."

"그런데 불가사의하다니까요. 안전지구라는 게 순회제도잖아요. 올해는 미야기 현과 미에 현이고요."

"이시카와 현일걸?"

"맞아요. 하여튼 다른 지역은 따로 평화경찰을 배치하지 않으니까 누군가에게 밀고를 당해도 상관이 없잖아요." 구제옷가게 젊은이의 목소리가 생각보다 커서 오카지마는 자기도 모르게 몸이 긴장되었다. 다른 테이블에 있는 마을회의 담당자들의 시선이 소리 없이 이쪽을 향하고 있었다.

"평화경찰이 배치되지 않은 현에서도 다 같이 범죄가 줄고 있다는 것이 재미있어요."

"그건 그러니까, 습관이나 관성의 법칙 같은 게 아닐까요?" 가모가 대답했다. 상큼한 체육교사처럼 밝은 모습이다. "한번 심하게 감시를 받은 지역은 감시 기간이 끝나도 규범을 지키려는 의식이 높게 유지된다는 거죠. 앞으로 감시를 받을 지역도 이웃 지역에서 엄격한 처벌이 이루어지고 있는 것을 보면 자연히 규범의식이 높아질 거고요."

"그러니까 한마디로 기가 죽었다는 말이네요."

"그렇죠." 가모가 고개를 끄덕였다.

"삼 개월에 한 번이었지." 오카지마가 말했다. 직접적인 단어는 사용하고 싶지 않아 에둘러 말했다.

"아니요. 사 개월에 한 번입니다. 안전지구에서는 사 개월에 한 번, 총 세 번에 걸쳐 공개됩니다." 가모가 대답했다.

공개처형을 말하는 거다.

"첫 번째 집회가 다가오고 있어요." 구제옷가게 청년이 말했다. 제도를 비판하는 투로 말하면서도 눈빛은 어딘가 번쩍거리는 것처럼 보였다. "본 적 있어요?"

"아니." 곰처럼 생긴 남자를 비롯해 그 자리에 있던 몇 명이 나란히 고개를 저었다.

평화경찰 집회, 즉 공개처형은 방송은 물론 인터넷 중계도 이뤄지지 않는다. 개인적으로 영상을 찍는 사람도 엄격하게 처벌된다. 그 때문에 처형 모습은 그 지역에 있는 사람이 직접 보는 수밖에 없는데 이것이 상당히 사람들의 호기심을 자극한다.

"저는 전에 사이타마에 여행 갔을 때 봤어요." 청년의 콧구멍 평수가 넓어졌다.

"어땠어요?"

"기분이 좋지 않았어요. 참 나, 이런 시대에 참수잖아요. 이상한 기구에 머리를 들이밀고, 단두대 말이에요. 게다가 그때 처형된 사람 중에는 아직 성인이 안 된 사람도 있었어요."

소년법은 이미 무력화되어 평화경찰 제도 앞에서는 연령이나 성별의 차이 같은 건 아무런 고려 대상이 되지 못했다. 이것이야말로 진정한 평등이라고 말하는 사람도 있다. 하지만 일반 범죄에서만 미성년자의 권리가 보호받고 평화경찰의 처형에는 적용되지 않는다는 사실은 아무리 생각해도 이치에 맞지 않는 것 같았다.

"센다이에 그런 처형이 이루어질 만큼 위험한 인물이 있을까?" 오카지마가 말했다. "테러 같은 것과는 전혀 관계가 없어 보이는데."

"응. 그렇죠." 곰처럼 생긴 남자가 수긍했다.

"어느 안전지구에 가건 첫 번째 집회에는 좀처럼 나오지 않는대요." 구제옷가게 청년이 말한다. "처형되는 사람이 한 명 나올까 말까 하대요, 많아야 두 명 나오고. 두 번째, 세 번째 집회에 가서 급격하게 늘어난다고 하더군요."

"처음 사 개월 동안에는 정보가 그만큼 모이지 않을 테니까." 가모가 고개를 끄덕였다.

"아니면 처음 처형을 보고 흥분해서일지도 모르죠." 처음에는 평화경찰 시스템에 대해 빈정대던 청년은 어느새 한껏 흥분한 표정이었다. "'좀 더 보고 싶어!'라고 생각해서 밀고가 늘어나는 게 아닐까요?"

그 자신이 '좀 더 보고 싶어!'라고 외치는 것 같아 오카지마는 얼굴을 찌푸렸다.

∧ 1의 3

"아, 저기, 오카지마 씨, 알았어?"

방재훈련 회의가 끝나고 술집에서 나와 집으로 돌아가기 위해 버스를 기다리고 있는데 옆에서 중년 여성이 말을 걸어왔다.

이름이 바로 떠오르지 않는다. 얼굴은 낯이 익다. 학교 일로 알게 된 사이 같다. 학부모회에서 두드러진 활동을 한 게 아닐까. 둥근 얼굴에 통통하고 나이는 사십 대 후반쯤으로 보였다.

조금 있다가 하야카와 병원의 사모님이라는 게 떠올랐다.

순환기계 내과의 간판을 내건, 예전부터 있었던 개인병원이다. 그곳 원장의 부인으로 접수를 보고 있다. 오카지마도 진료를 받은 적이 있는데 부부가 둘 다 위세를 부리지도 않아 그 탓인지는 모르겠지만 병원은 늘 사람들로 북적댄다.

어두워지기 시작한 거리에 가로등이 켜져 있었다. 차가 지나갈 때마다 꺼져버릴 것 같은 촛불처럼 든든하지 못한 밝기였다.

"알다니 뭘 말인가요, 하야카와 부인?"

"안전지구 말이야, 이발소에 카메라를 설치한대."

"알고 있어요." 오카지마는 대답했다. 어릴 때부터 다니고 있는 낡은 이발소의 오십을 넘긴 주인으로부터 들어서 알고 있었다. "원래 안전지구 안에서 칼 종류를 다루는 가게들은 다 카메라를 단대요?"

몇 년 전, 간사이의 이발소 주인이 위험인물이었는데, 손님을 면도해주고 있다가 목을 베는 바람에 가게 안이 온통 피바다가 되는 참극이 일어났다.

"아아, 그 일이 발단이었어?"

"틀림없어요. 안전지구에서 일어난 사건이라 주목을 받았거든요. 그러니 경찰도 재발방지 대책을 세우라고 얘기할 수밖에 없겠죠. 우리 회사도 늘 그러니까요."

오카지마가 말하자 하야카와 부인이 우아하게 호호 웃었다.

"다들 그렇지 뭐."

"경찰도 마찬가지예요. 어떤 대책을 세우지 않으면 반성하지 않는다고 혼이 나니까 뭐든 해야 하죠. 그래서 가위나 칼을 사용하는 이발소나 미용실에 카메라 설치가 의무화되었어요."

"택시에서도 몰래 찍고 있다지?"

"몰래 찍는 건 아닐 겁니다. 사고가 일어났을 때 증거가 되니까, 또 손님과 기사 사이에 마찰이 생겼을 때를 대비해 차 안을 찍고 있는 것 같아요. 이발소에서도 상사 험담을 못 하는 시대가 됐네요."

"하지만 사건이 일어나지 않는 한 재생되지 않잖아?"

"그렇죠. 게다가 이발소는 데이터를 보존하는 기간이 사흘 정도라서요."

"카메라 얘기가 나와서 말인데." 하야카와 부인은 어두운 길에서 작은 벌레라도 발견한 것 같은 말투였다. "몇 년쯤 전인가, 어떤 남자가 개에게 물려 죽은 사건, 기억해요? 영상이 돌아다녔잖아."

"도쿄였죠. 십 년쯤 전이었나. 화제가 되었어요."

"아니, 그 영상도 참혹했지만 그 희생자도 아주 지독한 남자였다던데."

"그 사람 때문에 구조조정을 당한 사람이 목숨을 끊었다고 했던가요." 오카지마도 그 사건이 기억났다. 출근길 전철 안에서 고교생들이 그 영상을 휴대전화로 재생해 보며 난리 법석이었다. 개가 남자의 목을 물어뜯어 숨이 끊길 때까지의 영상은 상당히 충격적이었는데 어딘가 현실적이지 않았다.

"그게 원래 계기가 되었다고 하던데."

"원래 계기요?"

"평화경찰 말이야. 그 일로 안전지구 정책이 강화되었다던데. 그 남자가 테러 같은 것과 관련이 있었다잖아. 그래서 체포되었는데 증거불충분으로 석방되고 나서 텔레비전 방송에 나와 국가나 경찰을 비판했다며. 그 후에 구조조정당한 사람이 자살했고."

"세상 사람들이 엄청나게 비난했죠."

"그래서 개에게 당한 걸 보면서 모두 후련해한 부분이 있었어. 천벌을 받았다고."

"아아, 알 것 같아요." 오카지마가 고개를 끄덕였다.

"그래서 정부와 경찰이 이기면 되겠다고 생각한 것 같아."

"무슨 말씀이세요?" 오카지마는 웃음을 터뜨릴 뻔했지만 한편으로 그녀가 무슨 말을 하려는지 이해할 수 있었다. "중세의 마녀사냥도 사회 불안을 해소하는 목적이 있었다고 하죠."

"마녀사냥이란 거, 정말 마녀가 있는 건 아니잖아?"

"뭐, 마녀는 웬만해선 찾을 수 없으니까요. 마녀가 틀림없다고 누명을 씌우는 것뿐이죠. 그저 군중심리랄까, 모두 열광하는 느낌이었겠죠."

"무섭네."

하야카와 부인은 사람이 좋아서 그런지, 갑자기 마녀로 몰렸던 중세의 여자들을 생각하는 얼굴이 되었다.

"하지만 지금의 평화경찰이 처벌하는 것은 위험인물로 적발된 사람들뿐이니까 보통 사람들과는 상관없을 거예요." 오카지마는 말했다.

"맞아, 그냥 열심히 살면."

"그렇죠."

잠시 잊고 있던 한마디 말이 머릿속에 스쳐 지나갔다. 거짓말탐지기의 비극이 일어나지만 않는다면.

차임벨이 울렸을 때는 물론, 형사라고 신분을 밝힌 양복 입은 남자가 경찰수첩을 보여주며 '평화경찰'이라는 부서 이름을 댔을 때조차, 자신에게 설마 혐의가 있어서 연행될 거라고는 상상도 하지 못했다.

집 주위를 순찰하고 다니거나 탐문 조사를 하고 있구나, 그 정도 인식이었다.

설마 하고 상상한 것은 눈앞의 미요시라는 이름의 형사가 "오카지마 씨, 샌들을 구두로 갈아 신는 게 좋을 겁니다, 한동안 못 돌아올 테니까요" 하고 차가운 눈빛으로 말했을 때였다.

이것은 뭔가 심상치 않은 사태가 아닐까.

아내인 가오리가 "남편은 아무 일도 안 했어요"라고 떨리는 목소리로 주장하는 시점에서, 다음 단계로 넘어가 '이거 설마' 하는 생각이 들기 시작했다.

정신을 차리고 보니 집 밖으로 나와 미요시 형사의 지시대로 경찰차에 몸을 싣고 있었다. 오카지마는 깜짝 놀랐다. 마치 전기가 통하듯 그제야 머리가 돌아가기 시작해 딸을 떠올렸던 것이다. 밤 열시가 넘은 시간이라 초등학생인 딸은 방에서 자고 있다.

"아, 저기, 가기 전에 딸의 얼굴을 봐도 됩니까?" 아무 죄도 저지르지 않았는데 이런 말을 하면 오해를 살 것 같았지만 말하지 않을 수 없었다.

미요시 형사가 처음으로 얼굴을 굳히고 "증거를 은폐했다고 의심받을 수도 있습니다"라고 무 자르듯 단호한 어조로 대답해 오카지마는 완전히 공포에 사로잡혔다.

"뭔가 잘못된 거예요." 아내가 말했다.

오카지마는 "설명하면 알아줄 거야" 하고 아내에게 말하고, 그리고 미요시 형사에게 "그렇죠?" 하고 물었지만 무표정의 철판과 비슷한, 어디 하나 기댈 데 없는 반응밖에 돌아오지 않았다.

"빨리 타십시오!"

거의 말을 하지 않는, 양복을 입은 덩치 큰 남자가 옆에 앉았다. 운전석에는 제복 경관이 타고 조수석에 미요시 형사가 승차했다. 그야말로 본격적으로 연행되는 범인 같아서 오카지마의 동요는 커져만 갔다.

오카지마는 방구석에 몸을 기대고 다리를 오므려 안은 채 옆으로 누워 있었다. 책상을 구석까지 옮겨 그 밑에 들어갔지만 냉기를 막는 데는 도움이 되지 않았다. 몸이 차갑다. 피부는 자신의 것이라고 할 수 없고 팔은 딱딱하게 얼어붙은 것 같다.

방은 세 평 정도로, 바닥에 마루가 깔려 있다. 그리고 취조용 책상이 있을 뿐이다.

이거 큰일이야. 오카지마는 자신에게 말한다. 입술을 움직일 수 없어서 말이 나오지 않는다. 피부 같은 외부의 데미지보다도 내부의 변화가 무서웠다. 이 정도로 춥다면 체내 회로가 이상해지지 않을까.

방문이 열린 것은 그때였다.

"이 방, 너무 추운걸."

마치 대사를 읊는 것처럼 얘기하는 남자 목소리가 들려오지만 그쪽을 보는 것도 오카지마에게는 어렵다. 몸을 움직이면 애써 팔과 다리를 접어 밀착시킨 부분에 틈이 생겨버린다. 그 틈으로 냉기가 새어 들어온다. 필사적으로 몸을 움츠린다. 오카지마의 머릿속은 이미 '냉기'에서 자신의 몸을 지키려는 생각뿐이다.

들어온 남자의 이름이 제대로 생각나지 않는다. 양복을 입은 날씬하고 키가 큰 체격이다. 히고였나? 천천히 생각난다.

"아이쿠, 냉방을 그냥 켜놓았네. 오카지마 씨도 참, 전원을 꺼달라고 하지. 추운 방을 좋아하나요?" 히고는 대본을 읽는 것 같은 말투였다.

오카지마가 숨어 있는 책상까지 다가와 "책상, 함부로 움직이지 마세요" 하고는 책상 위에 놓여 있는 리모컨의 버튼을 눌렀다. 몇 번이나 손가락을 움직인 후에 "어라, 이거 건전지가 떨어졌네" 하고는 방에서 나갔다가 다시 돌아왔다. 드디어 냉방이 멈췄다.

"이런 추운 방에 두 시간이나 있었다니 춥죠, 오카지마 씨, 괜찮으세요?"

히고는 이렇게 말하며 오카지마에게 다가왔다. 방구석에 그렇게 웅크리고 있으니 토끼나 고양이 같아요, 하고 웃는데 오카지마로서는 냉기로부터 몸을 지킬 것이 아무것도 없으니 에어컨에서 가장 먼 구석에 토끼처럼 웅크리고 있는 수밖에 없었다.

전원 플러그는 천장 가까이에 있는 콘센트와 연결되어 있기 때문에 아무리 뛰어도 손이 닿지 않았다.

히고는 어딘가에서 담요를 가져와서 오카지마에게 둘러주고 쓱쓱 몸을 쓸어주었다. "자, 의자에 앉으세요. 이제 질문을 계속해야 하니까."

"거짓말이야." 오카지마가 갈라진 목소리를 냈다. 얼어붙은 입술이 겨우 움직였다.

"거짓말? 그 말은 이제 질릴 만큼 들었어요. 잘 들어요. 당신이 시내의 테러 조직과 면식이 있다는 것을 알고 있어요."

"시간."

"시간이 뭐요?"

"아까 두 시간이라고 했는데 틀렸어."

"무슨 소리죠?"

"하루는 분명히 넘었어. 이틀이나 사흘이었을 수도 있어. 여기 냉방이 켜진 거."

"그렇게 오래 냉방이 켜져 있었다는 말인가요?" 히고는 놀리는 말투였다. "어이, 오카지마 씨. 농담하지 마세요. 그렇게 오래 이렇게 추운 방에 있고 게다가 식사까지 하지 않았다면 오카지마 씨는 쇠약해져서 지금 엄청나게 위험한 상태입니다. 화장실 문제도 있겠죠."

오카지마는 어깨를 움츠리고 담요를 덮은 채 시선을 오른쪽 벽으로 돌렸다. 거기에는 오카지마가 참지 못하고 볼일을 본 흔적이 있었다.

히고는 틀림없이 그것을 봤을 텐데도 언급하지 않았다. "만약 에어컨이 사흘이나 켜져 있다면 전기료가 장난 아니지 않겠습니까. 좀 봐주세요."

신문은 계속되었다. 오카지마는 몸을 떨며 시퍼런 입술로 이야기를 듣고 있는 수밖에 없었다.

"저기, 오카지마 씨, 다른 동료에 대한 정보를 알려주세요."

"나는 아무것도 몰라."

"하지만 저는 들었는데요. 마을회의 회식차 술집에 모였을 때 지역 치안에 대해 아주 거칠게 발언하셨죠?" 히고의 말투는 아주 느물느물했다.

"회식?" 곧바로 생각이 나지 않는다. 굳이 말하자면 3월 방재 훈련 회식은 떠오르지만 거기서 폭언을 한 기억은 없다. 그저 가모와 다른 사람의 이야기를 듣고 맞장구를 쳤을 뿐이다. 그 자리에 있던 누군가가 정보를 왜곡해 경찰에 알렸을까. 누구야, 도대체 누가 일러바친 거야. 머릿속으로 악에 받쳐 중얼거리는 또 다른 자신이 있다.

그 뒤로도 히고는 세상 돌아가는 이야기를 하는 척하면서 오카지마에게 유도신문을 툭툭 던졌다.

"사회질서를 파괴해버리고 싶다고 생각한 적이 있지 않나요?"

"모두 다 죽어버리라고 소리 지르고 싶을 때도 있잖아요?"

그냥 인정해버리는 게 편하지 않을까. 오카지마는 생각했다. 아니, 진작 상대가 원하는 말을 해버리고 "나머지는 너희가 알아서 해"라고 했어야 하는 게 아닐까. 그러고 싶다는 생각이 머리를 스쳤다. 하지만 그때마다 '인정해버리면 처형된다'는 두려움이 마음속에서 브레이크를 걸었다.

한 달 전, 5월 하순 센다이 역의 동쪽 출입구에 만들어진 광장에서 처형이 이루어졌다.

오카지마가 떠올린 것은 수많은 사람들이 구경하는 가운데 단상에서 머리가 잘린 하야카와 병원 원장의 모습이었다.

죽고 싶지 않아. 낭패한 표정으로 침을 흘리면서 목숨을 구걸하다 질질 끌려가 은색 참수대에 머리가 넣어졌다.

그것을 받아들일 만한 각오는 없다. 하지만 지금 상황을 견딜 수 없는 것도 사실이다.

이대로 진실을 얘기하며 버틴다고 해도 늦고 빠른 시간상의 문제는 있을지언정 결국은 죽을 것이다. 더한 고통이 주어져 걸레처럼 너덜너덜해질 것이다.

아아, 그렇다면, 하고 생각하기 시작한다.

처형된다고 해도 시간 유예는 있을 것이다. 처형이 있다는 것은 즉 그때까지는 살 수 있다는 얘기다. 분명 죽는 그날까지는 지금보다 나은 상태에서 지낼 수 있을 것이다.

히고가 크게 한숨을 쉬었다. "다시 에어컨이 고장 나서 멈추지 않으면 이거 미안해지겠는데요." 일부러 하는 소리다.

오카지마는 몸을 떨었다. 방금 전까지 상상도 못 할 추위 속에서 생명의 위협을 느끼며 겁에 질려 있었다. 온몸이 부서져버릴 것 같은 공포가 엄습한다. 정신을 차려보니 히고의 손에 자신의 손을 얹고 있다. "죄송합니다. 정말 죄송합니다." 침을 튀기며 매달리고 있다.

"이건 인정한다는 뜻이지?"

"인정합니다."

"오카지마 씨는 하야카와 씨의 동료였고요."

"하야카와 씨?" 구경꾼들 앞에서 참수된 하야카와 병원의 원장을 말하는 것이라는 걸 바로 알아차린다. "동료? 감기에 걸려 진찰을 받은 적은 있는데."

3월 방재훈련 회의에서 돌아오는 길에 하야카와 원장의 부인과 만났던 일이 기억났지만 그래도 그 이상의 친분은 없었다.

"오카지마 씨는 그 의사와 진찰을 가장해 모임을 가졌던 것 같은데."

"네?" 오카지마의 목소리가 높아졌다. 하야카와 병원에는 딱 한 번, 갑자기 찾아온 고열로 달려간 것을 제외하면 통원한 적도 없다.

"다닌 적도……" 하고 반박의 소리를 높였지만 '없어요'라는 말은 입 밖에 꺼내지 못하고 오카지마는 결국 "네" 하고 고개를 숙였다.

왜 인정해버렸을까. 대답은 간단하다. 부정하려는 오카지마를 히고가 날카로운 눈빛으로 노려보며 에어컨 리모컨으로 손을 뻗었기 때문이다.

"하야카와 씨는 유행성 감기를 비롯한 다양한 백신을 숨기고 있었어. 환자에게 접종해야 할 것들 말이야."

"그건."

"세균검사 위탁업체와의 거래 내용에도 모순점이 있었지."

"그게?"

"오카지마, 다 알면서 질문하는 건 아니겠지?"

히고가 얼굴을 찡그렸다. 의도했는지 아닌지는 모르지만 들고 있는 리모컨을 흔들자 오카지마는 금방이라도 졸도할 것처럼 창백해졌다.

"네." 오카지마는 대답했다. 머리가 아니라 몸이, 내장과 피부가 '제발 그만하세요'라며 무조건 항복을 주장하고 있다. 떨리는 자신의 육체를 안으려고 한다.

🌑 1의 5

이발소 카메라는 실내를 비추고 있다.

사거리에 면한 입구, 동쪽 벽에 설치된 반구형 방범카메라는 정기적으로 렌즈가 안에서 움직여 실내를 파악한다.

벽에 걸린 달력은 2월이다.

나란히 놓인 세 개의 이발용 의자 중 손님이 있는 것은 가운데뿐이다.

"저게 그, 방범카메라야?"

가운데 앉은 손님의 목소리를 카메라 바깥쪽에 붙어 있는 마이크가 잡는다. 남자는 카메라를 돌아본다.

"맞아요. 있잖아요, 그 어쩌고 하는 지구 때문에." 무늬가 있는 셔츠에 카디건을 걸친 이발사가 대답한다. 특징이 없는 얼굴을 일그러뜨린다. "이발소는 붙여야 한다고 해서."

"무섭네."

"무서운 거라도 있으세요?"

"나야 우리 상품이 팔리지 않는 게 제일 무섭지."

"충분히 잘 팔리고 있잖아요. 센다이의 명물로 자리도 잡았고."

"내가 억지로 정착시킨 거지. 게다가 아직 멀었어. 항상 발화 장치를 가지고 있지 않으면 로켓은 쓸모가 없다니까."

"로켓이 아니라 떡이잖아요."

"저 카메라 앞에서 우리 떡을 들고 춤을 추는 사람에게 적립금을 준다고 하면 홍보가 될까?"

"경찰이 화를 내겠죠."

"화를 내는 거야 뭐, 화제만 된다면 화를 내주면 좋지. 하지만 이상해. 이발소에 카메라를 다는 건. 칼을 사용한다는 이유에서라지? 칼을 쓰는 건 의사나 치과의사, 공사현장 작업부도 마찬가지잖아. 이발소에 카메라를 다는 게 무슨 의미가 있을까?"

"제 아내도 그렇게 얘기하더라고요. 아, 사장님, 스타일은 평소처럼?"

"알아서 해주게."

"그 이발소 주인이 사람을 찌른 사건이랑 관계가 있다고 하던데요."

"어차피 핑계야. 경찰로서는 지역정보가 많으면 많을수록 좋을 테니까."

"그럴지도 모르죠. 이발소에는 그게 있으니까요."

"그거라니?"

"이발소 잡담 말이에요. 건전하고 아주 평범한, 평범한 게 뭔지 정의하기는 어렵지만, 어쨌든 일반 시민이 정기적으로 와서 잡담을 하니까요. 위험인물이 있는지 없는지 조사하기에는 적당하죠."

"그 말은 이 영상을 평화경찰이 체크한다는 건가? 지금 이렇게 얘기하는 것도 녹음이 되겠군."

거울에 비친 남자의 얼굴이 입술을 굳게 다무는 것을 카메라가 잡는다.

"아까 얘기한 내 떡 이벤트도 들키고 말았네. 알면 큰일인데."

"알면 큰일이라니, 경찰에라도 잡혀가나요?"

"그게 아니야. 누가 베낀다는 말이지. 안전지구의 이발소 방범 카메라를 홍보에 활용한다는 참신한 아이디어를 누가 낚아채면 어떻게 하나? 그건 그렇고 정말 센다이에서 처형이 있으려나?"

이발사가 움직이며 가위질 소리가 한동안 계속된다.

"평화경찰이 사실은 고문을 한다는 소문이 진짜일까?"

"글쎄요."

"저기, 방송에 자주 나왔던 아라시야마라는 평론가 알지? 그 남자도 평화경찰을 비판했는데 결국엔 위험인물이었잖아."

"그랬죠."

"맞아. 처형당했지."

"사장님, 자세히 아시네요."

"아니, 그 사람이 무슨 프로그램으로 센다이에 왔을 때 우리 집 떡을 소개해줬어."

"좋은 사람이었네요."

"설마 위험인물이라고는."

"사장님도 동료로 의심받을 수 있어요."

"어쨌든 그 사람이 처형당했을 때 이벤트라도 할걸 그랬어."

"너무하세요."

그때 문이 열리고 작은 종이 울린다.

"어서 오세요!" 이발사가 고개를 든다.

카메라 끝이 가게에 들어온 젊은 남자를 포착한다. 짙은 남색 블레이저에 청바지를 입고 있다.

"아아, 오가이 군. 오늘은 강의 없나?"

"이제 가야죠."

"여전히 바쁜가?"

"네. 최근에는 오토바이로 드라이브하는 것도 못 해요."

사흘 후 녹화장치의 설정대로 이 장면은 삭제되었다.

⋀ 1의 6

다누마 쓰구코는 역의 동쪽 출입구 광장에 모인 수많은 구경꾼을 바라보면서 가슴속이 간질거리는 것 같았다. 신경이 잔뜩 곤두섰다. 오십을 넘긴 지금에 와서는, 아주 오래전, 역사 이전처럼 멀게 느껴지는 젊은 시절에 남자의 시선을 받았을 때가 떠올랐다.

원래 하야카와 병원의 부인과는 서로 잘 맞지 않았다. 십 년 전 다누마 쓰구코가 이사를 온 단독주택의 대각선 건너편에 하야카와 병원이 있어 인사를 갔을 때 원장 부인이 이렇게 말했다. "모르는 게 있으면 사양 말고 언제든 얘기하세요."

그것부터가 다누마 쓰구코는 마음에 들지 않았다. '모르는 게 있으면' 같은 소리를 한다는 건 나를 깔보고 있다는 뜻이다.

하야카와 부인이 아주 싹싹한 것도 싫었다. 다누마 쓰구코의 외아들이 의대 시험에 낙방한 것을 어디선가 조소하고 있는 건 아닐까. 물론 아들에 대해서는 숨기고 있으니 누군가에게 캐물어서 알아냈을 것이다. 상상은 점점 더 커져만 갔다.

그렇다고 대놓고 다툰 적은 한 번도 없었다.

하야카와 병원에서 진찰을 받은 아이가 폐렴이었는데 제대로 진단을 못 해 결국 입원하고 말았다든가, 하야카와 원장이 여자 환자들의 치마를 들치고 성희롱을 한다는 험담을 여기저기 흘리고 다니는 게 최선이었다. 다누마 쓰구코 입장에서는 '그 정도의 조용한 반발로 참아주고 있다'고 생각했다.

그래서 '안전지구'라는 제도가 생기고 그로 인해 적발된 반사회적 인물들이 처벌받는다는 뉴스가 나왔을 때 당연히 그녀는 하야카와 부인이 처형되는 장면을 상상했다.

미야기 현이 안전지구로 지정되어 점점 더 망상과 현실이 근접해지면서 다누마 쓰구코의 흥분은 하늘을 찌를 정도가 되었다. 마침 알림장을 돌리는 얘기를 하던 중에 아이디어가 번쩍였다. 이웃에 사는 부인이 "처형되는 건 너무 잔혹하지 않아요?"라고 말하기에, 그녀가 "그래도 악인이니까. 그걸로 억제력이라는 게 생기잖아요"라고 대답했는데, 그 후에 부인이 "누명을 쓰고 처형되는 경우는 없을까요?" 하며 걱정했던 것이다.

바로 이거다!

다누마 쓰구코는 가슴이 뛰었다. 하야카와 부부가 반드시 악인일 필요는 없는 것이다. 악인일지도 모른다는 인상을 주면 그걸로 평판이 떨어지고 처형까지는 어려울지 몰라도 최소한 곤경에 빠뜨릴 수는 있다.

억울하게 뒤집어쓴 죄도 죄는 죄니까!

무엇보다 다누마 쓰구코는 지난 십 년 동안 하야카와 병원에 대한 험담을 흘려왔기 때문에 그 방면의 베테랑이라고 할 수 있었다. 실제로는 없는 사건을 마치 있었던 일처럼 얘기하는 것뿐으로 이번에는 이웃 주민이 아니라 평화경찰에 신고하기만 하면 되었다. '정보 제공은 이쪽으로'라는 창구까지 준비되어 있었다.

다누마 쓰구코는 하야카와 병원과 관련된 좋지 않은 정보를 여러 차례 흘렸다. 되도록 동일인의 신고라고 여겨지지 않도록 주의를 기울였다.

마침내 하야카와 병원에 '가정방문'이 있었다는 소식을 들었다. 평화경찰 담당자가 '조사 요구'라는 명목으로 하야카와 병원장을 연행하러 왔다는 것이다.

다누마 쓰구코는 "좋았어!" 하고 외쳤다. 그 목소리가 너무 선명하고 컸기 때문에 늘 방에 처박혀 있던 아들이 아래층으로 내려와 도대체 무슨 일이 있느냐고 확인했을 정도였다.

경찰에 끌려간 하야카와 겐시가 어떤 조사를 받고 무슨 말을 했는지, 다누마 쓰구코는 궁금해서 견딜 수가 없었다. 의사라는 직업이나 주변 평판으로 보면 경찰이 하야카와 겐시의 해명을 곧바로 받아들일지도 모르는 일이었다. 괜히 자신이 밀고한 것만 들통 나는 게 아닐까 하는 공포도 있었다.

다누마 쓰구코는 동쪽 출입구 광장에 모인 군중 속에서 사람들 머리 사이를 비집고 앞을 보려고 발돋움을 했다. 주위가 다 앞쪽을, 단상을 보고 있다. 여기에 있는 사람들은 오늘 이 무대를 만든 사람이 바로 나라는 것을 상상조차 하지 못한다. 그것이 마음에 들었다.

미야기 현에서 벌어지는 첫 번째 처형, 처벌되는 위험인물로 하야카와 겐시가 선발되었다.

자신이 추천한 인물이 멋지게 당첨된 기쁨이 있었다.

처형 자체는 음악이 흐르지도 사회자가 진행을 하는 것도 아니었다.

다만 제복 경관과 사복형사가 단상에서 준비를 하고 농구 골대 같은 크기의 은색 참수장치를 설치했다. 중세 단두대와 같은 방식인데 소재 탓인지 체육관의 운동기구처럼 보였다.

단상 너머 오른쪽에 마련된 경찰 관계자들의 자리에는 짐짓 잘난 체하는 남자가 앉아 있었다. 학교 행사에 참석한 내빈 같았다.

제복 경관에게 끌려 나온 하야카와 겐시는 운동복 차림에 고개를 숙이고 잔뜩 어깨를 움츠린 채 몽롱한 상태로 걷고 있었다.

주위 사람들이 침을 삼킨다.

"대체로 첫 번째는 한 사람인가?"

"그래도 어느 지역이나 첫 번째는 긴장감이 있어서 좋지."

다누마 쓰구코의 뒤에서 그런 목소리가 들렸다. 처형을 구경하기 위해 안전지구를 순회하는 사람도 있다는 말을 전에 들은 적이 있다.

그 후 일련의 광경은 다누마 쓰구코에게는 슬로비디오처럼 느껴졌다.

제복 경관을 뿌리치고 하야카와 겐시가 달리기 시작했다.

보고 있던 사람들이 비명 같은 소리를 질렀다. 맹수가 도주한 것 같은 소동이 일어났다.

하지만 하야카와 겐시는 두 손에 수갑이 채워져 있기 때문에 결국 균형을 잃고 넘어져 잡히고 말았다.

죽고 싶지 않아! 하야카와 겐시는 시종일관 호소하고 굽실거리며 목숨을 구걸했다. 고개를 돌리며 절규하는 하야카와 겐시의 표정은 다누마 쓰구코가 이제까지 본 적이 없는 인간의 형상이었다. 고통과 전율이 얼굴에서 뿜어져 나오는 것처럼 보였다.

경관들은 거의 표정의 변화 없이 나무토막이라도 옮기는 것처럼 담담하게 하야카와 겐시를 참수대에 밀어 넣었다. 패널 밖으로 머리와 양손이 나왔기 때문에 이쪽에서는 하야카와 겐시의 얼굴이 보였다.

하야카와 겐시가 이쪽을 바라봤다.

다누마 쓰구코는 등줄기가 서늘해지는 것을 느꼈다. 하야카와 겐시의 얼굴에 커다란 구멍이 하나 생기고 그 안에서 다른 조그만 생명체가 꿈틀거렸다. 알고 보니 그것은 벌린 입속에서 혀가 경련을 일으켜 움직이는 것이었다.

이 순간, 그 가증스러운 하야카와 부인은 어떤 표정을 짓고 있을까. 다누마 쓰구코는 갑자기 그런 생각이 들어 주위를 살폈다. 남편의 무참한 죽음을 목격하고 창백해져 있을 그녀의 모습을 보고 싶었다.

하지만 보이지 않았다.

대신 낯익은 남자가 있어서 도대체 어디서 만났는지 기억을 더듬었다.

우편배달부라는 것을 깨달은 것은 조금 뒤였다. 늘 빨간색 차로 짐을 운반하지 않았나. 오늘은 사복이니 쉬는 날인가. 제복을 입지 않으니 위화감이 있었다.

이제 여기까지 봤으면 충분하다고 생각한 다누마 쓰구코는 근처 슈퍼마켓에서 시작되는 할인 시간을 떠올리며 자리를 뜨기로 했다. 지금이라면 한가할지도 모른다.

"저기……." 누가 말을 건 것은 그녀가 광장을 나가려던 참이었다. 양복을 입은 남자였다. 얼굴은 젊은데 흰머리가 꽤 많다. "어떻게 생각하세요?"

"네?"

"보고도 못 본 체하고 광장을 떠나셨잖습니까."

어딘가 남의 생각을 멋대로 넘겨짚는 말투인 데다가 사실과 전혀 달랐기 때문에 다누마 쓰구코는 화가 치밀었다. "아니, 별로 그런 것 아닌데요."

"아, 그러세요. 실례했습니다."

1의 7

"보고도 못 본 체하고 광장을 떠나셨잖습니까."

센다이의 동쪽 출입구 광장을 나서는 다누마 쓰구코에게 그렇게 말을 건 양복 입은 남자 우스이 아키라는 일 년 전, 치바 시의 자택에서 텔레비전을 보고 있었다.

"그러니까 참수가 폭력적이다 어떻다 하지만 사회적으로 사건을 일으키려는 사람들이 원래 폭력적이에요." 화면 속 수염을 기른 네모난 얼굴의 남자가 침을 튀기고 있다. "그럼 어쩌자는 겁니다. 내버려뒀다가 폭파사건이나 바이러스 테러가 일어나기를 기다리자는 겁니까?"

"그러자는 게 아닙니다." 다른 남자가 말을 되받는다. 이쪽도 수염을 기른 네모난 얼굴이다.

"다른 방법도 있지 않느냐, 이 말입니다. 무엇보다 아무리 생각해도 비인도적인 방법이잖아요. 공개처형이에요. 사람들 앞에서 목을 베다니. 지금이 무슨 시대입니까? 게다가 이제 막 열여섯이 된 미성년을."

"열여섯 살부터 여성은 결혼할 수 있어요. 처형이 아니라 예방이라고 보면 됩니다. 지역의 안전을 지키기 위한 일이잖아요. 그래서 '평화경찰'이라는 명칭도 쓰는 거고."

"그건 '질병보험'을 '건강보험'으로 바꾸는 것과 마찬가집니다. 이미지 조작이에요. 공개살인을 모두가 흥미 위주로 보고 있을 뿐입니다. 어린이까지도 보잖아요."

"흥미 위주가 아닙니다. 아이들이 보면서 나는 저렇게 되어선 안 되겠다는 점을 배웁니다. 충격은 좀 받을 수 있지만 이렇게 효과가 큰 교육은 어디에도 없습니다."

왼쪽에 네 명, 오른쪽에 네 명, 남녀 각각 두 사람씩 앉아 있다. 이것은 '쌍방의 의견을 대등하게 방송하고 있습니다'라는 알리바이를 만들기 위한 형식으로, 평화경찰의 정책을 주제로 토론을 하고 있다.

"재미있네."

텔레비전 화면을 보고 있던 우스이 아키라의 옆에 아내인 우스이 사에가 앉으며 말했다. 임신을 계기로 결혼해 십 년이 지났다. 둘 다 마흔이 지났지만 아직 젊음을 잃지 않았다. 정확히 말하면, 아직 자신들은 젊다고 착각하고 있었다. 회사 실적도 좋아서 생활 기반이 안정되어가는 충만감을 우스이 부부는 만끽하고 있었다.

"재미있어?"

"그러니까 여기 오른쪽에 앉아 있는 사람들이 평화경찰의 정책에 찬성하는 사람이잖아."

"맞아."

"그쪽 멤버에 여당 의원과 야당 의원이 앉아 있고."

"그게 왜?"

"보통 정책 토론이 되면 여당과 야당이 부딪치는데 이 경우는 둘 다 찬성이니까."

"그 정도로 효과가 있다는 말인가." 우스이 아키라가 말했다.

시사문제에 신랄한 비평을 하는 것으로 유명한 중견 희극배우가 "어쨌든" 하며 저음을 낸다. "반대파인 분들에게는 미안하지만 숫자를 보면 일목요연하게 정리가 됩니다."

옆에서 여당 의원 남자가 패널을 든다. "이 평화경찰 정책이 실시되고 난 후의 범죄 발생 건수를 보세요. 실시 이전과 비교하면 30퍼센트가 줄었고 인터넷상의 협박사건이나 폭행사건도 격감했습니다. 놀랍게도 서점에서 책을 훔쳐 가는 사건은 절반 이하로 줄었습니다."

"이건 단순한 공포정치입니다. 책을 훔치는 일은 젊은이들이 하는 경우가 많은데 아이들이 공포에 떨고 있다는 방증이에요."

"멋지지 않습니까?"

텔레비전 화면이 광고로 바뀌었다. 우스이 부부는 멀거니 그 광고를 보았다. 잠시 후 두 사람이 동시에 "하지만 뭐랄까……" 하고 입을 뗐다. 말이 겹치는 바람에 둘 다 조금 쑥스러워져 말을 흐렸다.

하지만 뭐랄까, 효과가 있다면 괜찮지 않을까. 하려던 말은 그것이었다.

효과가 나타나고 있다. 그 사실은 부인할 수 없다.

정책뿐만이 아니다. 야구팀의 선수기용이나 극장 개봉 작품의 홍보방법부터 학원의 지도방침에 이르기까지 모든 분야에서 이상적인 아이디어와 예측, 시뮬레이션보다는 '결과가 나오고 있다'는 말이 무엇보다 설득력을 지닌다. 설득력이 있으면 지지를 얻는다. 적어도 '그만두는 게 낫지 않나'라고 말하기는 어렵다.

광고가 끝나고 토론이 재개되자 반대파 대학 교수가 "효과가 있어도 잘되고 있으니 괜찮다고는 말할 수 없습니다"라고 차분하지만 강한 어조로 발언했다.

"그런 논리라면 경제만 발전하면 환경이 파괴되어도 상관없다, 거품 경제도 반성할 필요가 없다, 그런 얘기나 마찬가지 아닙니까? 내리막에서 기세가 붙었으니 이대로 계속 가자, 그럼 사고가 일어납니다. 속도가 나고 있다거나 결과가 나고 있다는 말은 면죄부가 되지 않습니다. 브레이크가 필요합니다."

치바 현이 안전지구가 되어 조사와 관리를 받기 시작한 것이 약 일곱 달 전이다. 처음 두 달 동안은 별다른 움직임이 없었다. 누가 체포되었다는 뉴스는커녕 조사를 받았다는 소문조차 들리지 않았기에, 우스이 아키라의 동료가 표현한 "세무조사 같은 건가 봐"라는 말이 딱 맞는 것 같아 뭔가 부족함을 느꼈다.

5월 말에 처형된 것은 상습강도를 한 중년 남자였다. 일반 경찰이 단속할 법한 규모가 작은 범죄자라고 생각했는데 강도로

56

얻은 금품을 테러 조직에 넘겼다고 한다. 그자를 필두로 차례차례 위험인물이 발견되었다. 도쿄만 아쿠아라인 고속도로의 해안가 주차장을 폭파하려고 기도한 조직이 발견되고, 그 동료들이 덩굴이 끌려 나오듯 줄줄이 체포되었다. 거기에 더해, 학원을 경영하는 남자가 국가기밀에 접근한 죄로 체포되고, 그 뒤로 회사원 몇 명도 연행되었다고 신문에 실렸다.

9월 말, 두 번째 처형이 이루어져 그 참수 현장을 봤을 때는 우스이 아키라도 긴장했다. 긴장하고 공포에 사로잡혀 흥분했다.

단상에서 목이 잘리는 순간, 유혈과 작은 비명이 있었지만 심플하고 아름다운 조형물처럼 보이는 참수장치 덕분에 어딘가 엄숙한 의식이 이루어진 듯한 분위기였던 것도 사실이다. 죄의식과 공포보다는 성취감과 만족감이 컸다. 이래서는 안 된다고 생각하면서도 대청소와 해충구제를 끝낸, 후련한 감정조차 들었다.

"게다가 말입니다." 텔레비전 화면 속에서 교수가 계속 얘기하고 있다. "범죄자가 처형되어 큰 사건을 미연에 막을 수 있다면 좋은 일일지도 모릅니다."

"좋은 일일지도 모르는 정도가 아니라 좋은 일입니다. 인정하세요."

"하지만 이것이 정부에게는 귀찮은 존재들을 모조리 제거하는 수단이 될 수도 있습니다."

"무슨 뜻입니까?"

"죄를 저지른 사람을 처형하는 게 아니라 미연에 막는 것이 목적이 되면 누가 언제 체포되고 처형될지 알 수가 없습니다. 중세의 마녀사냥과 마찬가집니다. 그러니 소문이 끊이질 않죠."

"소문이라니요?"

"평화경찰의 취조에서 무시무시한 고문이 벌어지고 있다는 얘깁니다." 교수의 말투는 미식가가 코스 요리를 먹는 방법을 설명하는 것처럼 우아하다. 심각함이라곤 없다.

"경찰이 고문한 적이 없다고 밝혔고 그 점은 총리도 언급했습니다."

"그야 당연히 사실은 고문하고 있습니다, 이렇게는 말하지 못하겠죠."

논객 전원이 쓴웃음을 짓고 말끝을 흐렸다.

야당 의원은 "그거야 UFO에 끌려가 수술을 받았다는 사람의 말과 비슷하죠"라고 웃어넘기고, 다른 남자는 "예전의 특고경찰 (일본 제국주의 시대의 악명 높은 비밀경찰인 특별고등경찰의 약칭 – 옮긴이) 을 떠올리시는 모양인데 현대에는 없죠"라며 손을 흔든다.

그때 교수가 "고바야시 다키지의 죽음!"이라며 소리를 높이기 시작한다. 제국군대를 비판한 작품을 쓴 고바야시 다키지는 어지간히 특고경찰의 미움을 받았는지 체포되어 고문을 받다 사망했다. 온몸이 내출혈로 변색되고 퉁퉁 부었으며 몸에 못이 박혔다는 이야기도 있었다고 교수는 흥분해서 말한다.

"그것도 당시에는 평화를 위한 취조였습니다. 특고경찰은 심장발작이라고 발표했고요. 아무리 봐도 고문으로 사망한 게 분명한 사체를 앞에 두고 심장발작이라고 버틴다, 그것이 바로 국가권력입니다."

"옛날과 지금은 다릅니다." 의원이 얼굴을 찌푸린다.

"저는 아무래도 위험하다고 생각합니다. 법 개정도 너무 빠르게 진행되고 있고요."

"하지만 결과가 나오고 있잖습니까."

"그러니까 지금까지 얘기했듯이 결과가 나오고 있어서 좋은 것이라고는……."

"그럼 어쩌자는 겁니까. 이 제도를 그만두자는 말입니까?"

"저는 그만둬야 한다고 생각합니다. 시범 케이스를 통해 국민을 억압하는 것은 사실상 독재정치입니다."

"독재? 도대체 독재자가 지금 어디에 있습니까?"

날 선 공방 끝에 교수는 순간 입을 다문다. 그래서 잠깐이지만 조용해진 시점에서 카메라가 비추지 않은 곳의 누군가가 툭 한마디 던진다.

"그렇게 반대, 반대 하는 아라시야마 씨야말로 위험인물이 아닙니까?"

아라시야마 씨라고 불린 교수가 표정이 굳더니 곤혹스러운 쓴웃음을 짓는 게 화면에 비친다. 다른 논객들이 웃으면서 광고가 시작되었다.

우스이 아키라는 등을 쭉 펴고 긴 한숨을 내쉬었다. 가슴속에서 검은색 연기 같은 것이 피어오르는 듯했다. 묵직하게 위를 누른다. 불안이나 공포는 아니다. 그 정체를 알 수 없는 생각을 떨쳐내기 위해 "어쩐지 무섭네" 하고 말로 표현해보지만 그것도 또 뭔가 다르다. "그러네" 하고 옆에 있던 아내도 조용히 말을 건넸다.

아버지, 하고 뒤에서 아이가 부른 것은 그때였다. 우스이 아키라가 뒤를 돌아보니 아들 야스하루가 서 있다. 두 시간 전에 자기 방으로 돌아가 벌써 잠들었을 거라고 생각했기 때문에 놀랐다.

"왜 그래, 목이라도 마르니?" 사에가 일어났다. 초등학교 사학년인 야스하루는 표준 체형에 별로 앓지도 않는다.

"밖이 시끄러워서." 아이는 반쯤 눈을 감은 표정으로 말했다. 꽤 컸다고 생각했는데 역시 잠옷 차림의 아이는 어려 보인다.

"밖이?" 우스이 아키라가 일어나 거실 창으로 다가가자 야스하루가 "그쪽이 아니라 화장실 쪽" 하며 가리켰다.

탈의실로 들어가자 확실히 밖에서 소리가 들렸다. 뒷집이라는 것을 깨닫고 조용히 욕실로 들어가 간유리 창문을 열었다. 불을 켜지 않은 것은 냉정한 판단이라기보다는 동물적인 위험 감지 능력이었다. 눈에 띄지 않는 편이 나을 듯했다.

"아버지, 무슨 일이에요?" 뒤에서 다가온 야스하루에게 조용히 하라고 속삭였다.

밖은 어둡고 바람도 없었다. 하지만 귀를 기울일 필요도 없이 높은 목소리가 들렸다. 그만해, 그만해요! 무슨 짓입니까? 울며 절규하는 소리가 가깝게 들렸다.

"아, 미와 짱의 목소리다." 야스하루가 알아들었다.

구모다 씨의 외동딸 미와의 목소리다. 십 년 전에 주택지가 조성되었을 때 이사를 온 마을의 동기라고도 할 수 있는 집이다.

"그만하세요. 엄마를 데려가지 말아요." 아우성치는 소녀의 목소리는 밤거리에서 급브레이크를 밟아 타이어가 마모되는 소리만큼이나 긴급한 사태를 전하고 있다.

소리가 났나 싶더니 안쪽에서 현관문이 열리고 사람이 뛰어 나가는 기척이 있다. 야스하루가 나간 것이다. 우스이 아키라는 서둘러 뒤를 쫓았다.

도로에 검은색 밴이 정차해 있었다. 가로등 불빛 덕분에 두 가지 색깔로 칠해진 경찰 차량이라는 것은 알 수 있었다. 사이렌은 켜지 않았지만 시동은 걸어두었다.

제복을 입은 남자 셋만 서 있었다. 그 옆에 집에서 입는 평상복 차림으로 "미와 짱 괜찮아, 괜찮다니까"라고 얘기하는 여성이 있었다. 미와의 어머니 구모다 가노코였다. 사에보다는 세 살 많지만 아이들이 동급생이라 학부모끼리 친구 사이다.

어떻게 해야 좋을지를 몰라 당황해하다가 정신을 차려보니 우스이 아키라는 아들을 뒤에서 껴안고 입을 막고 있었다.

야스하루는 빠져나가려고 몸부림을 쳤다.

몸을 좌우로 힘껏 흔들어 앞으로 뛰어나가 "미와 짱" 하고 소리를 냈다.

어둠 속에서 그곳에 있는 인간들 전원이 일제히 이쪽으로 시선을 향했다. 우스이 아키라는 그 시점에서 더 이상 움직일 수 없었다.

"야스하루!" 뒤에서 아내 사에가 아들을 불렀다.

"이웃이십니까?" 입을 뗀 것은 미와를 제지하고 있던 남자였다.

양복을 입었는데 어깨가 넓다.

네, 하고 우스이 아키라는 대답할 생각이었는데 목소리가 목에 딱 달라붙어 나오질 않았다.

"여기 따님을 좀 맡아주시지 않겠습니까?"

또 우물거리는 목소리가 나왔다. 우스이는 배에 힘을 주고 간신히 "네"라고 말했다. 천천히 차갑게 빛나는 도로를 밟으며 앞으로 나갔다.

"우스이 씨, 저기." 구모다 가노코가 불렀다.

깜짝 놀랐지만 우스이 아키라는 고개를 들 수 없었다. 그것은 감기 감염자와의 접촉을 꺼리는 것과 마찬가지였다. 번화가에서 벌어진 싸움에 휘말리지 않으려고 할 때와 마찬가지였다.

"우스이 씨." 겁먹은 목소리가 다시 나는데 못 들은 척하고 지나쳤다.

"가노코 씨, 이게 무슨 일이야?" 뒤의 사에가 물었다.

"나도 몰라. 갑자기 와서."

"정말 그래?" 사에가 자기도 모르게 질문을 던지고 말았다.

"정말 그러냐니, 우스이 씨, 무슨 뜻이야?" 구모다 가노코의 목소리가 밤길에 찰과상을 만들 것처럼 울려 퍼진다. "내가 무슨 나쁜 사람이라도 된다는 거야!"

"그게 아니라……." 당황한 사에가 얼른 물었다. "남편에게 연락은 했어?"

"연락은커녕 메일도 안 돼." 구모다 가노코가 한탄했다. "사에 씨, 대신 메일 좀 보내줘."

아, 응, 응. 사에가 스마트폰을 꺼내려고 했다. 하지만 우스이 아키라가 생각해볼 여유도 없이 "잠깐!" 하고 말렸다. 왜 그랬는지 자신도 이해할 수 없었다.

'위험인물'이라는 단어가 뇌리를 스쳤다. 나비 무리에 숨어 있던 나방이 나무에 붙은 채 날개를 펼쳐 가루를 흩뿌리듯 '위험'을 사회에 퍼뜨리는 사람이다.

"저기, 아빠, 어떻게 좀 해봐." 야스하루가 큰 소리를 냈다.

우스이 아키라는 서둘러 아들에게 달려가 그 작은 몸을 안았다.

"이 집 따님을 좀 맡아주세요." 어느새 양복을 입은 남자가 옆으로 와서 구모다 미와를 내밀었다.

"저기, 저, 경찰 관계자 가운데 아는 사람이 있는데." 구모다 가노코가 조심조심 말했다. 어딘가 아직 정신을 못 차린 듯한 말투였는데 그녀도 혼란스러운 모양이었다. "친분이 있거든요, 그 사람에게 연락을 해주시겠어요?"

"엄마, 맞다. 그 경찰에게 연락해서 도와달라고 해."

우스이 아키라는 어떻게 반응해야 좋을지 몰라 아내와 서로 바라보았다. 구모다 가노코가 남편의 폭력에 시달리고 있다는 소문이 돈 적이 있다. 아는 경찰이라고 하면 그 가정폭력 상담을 받아준 사람을 가리키는 게 아닐까.

우스이 아키라는 구모다 가노코가 질질 끌려가듯 경찰차에 타는 것을 우두커니 서서 지켜봤다. 빨리 사라져줬으면 하고 바라는 마음도 있었다.

"아빠!" 아들이 자신의 소매를 강하게 잡아당겼다. 한심한 아

버지에게 화가 났다는 것을 알리려는 것이리라. 우스이 아키라
는 아들에게 "조사해서 아무 일도 없으면" 하고 단서를 걸었다.
아무 일도 없으면 문제는 없다. 곧 돌아온다. 그 자리를 모면하기
위한 변명이 아니다. 냉정하게 생각하면 그래야 한다. 지역의 안
전을 지키기 위한 조사이기 때문에 구모다 가노코가 선량한 시
민이라면, 예컨대 우리 같은 시민이라면 곧 석방될 게 틀림없다.

'정말로?' 하고 되묻는 자신의 목소리가 몸속에서 울린다.

연행된 사람이 석방되어 돌아올 확률은 도대체 얼마나 될까.
조금 전에 본 텔레비전 프로그램에서 그 숫자는 나오지 않았다.

1의 8

"중요한 것은 각오를 단단히 다지는 것이다."

가고 에이지가 야쿠시지 경시장에게 이 말을 들은 것은 사 년
전, 평화경찰 부서로 배속된 날이었다. 공식적으로 야쿠시지 경
시장의 직함은 경찰청 형사국 평화경찰과 과장이었다.

가고 에이지는 "아, 네" 하고 대답하고는 등을 꼿꼿이 폈다.

경찰학교에서 반년 동안 받은 신입 연수는 예상했던 것보다
훨씬 어려웠다. 새벽의 집단점호부터 시작해 청소, 교본 수업,
강의, 무술지도, 시험공부로 하루가 채워졌다. 휴대전화는 사용
금지였지만 애당초 누구와 메일을 주고받을 여유도 없었다. 정

신적으로 궁지에 몰려 일찌감치 퇴직을 생각하는 동기도 있었다. 경찰관에게 필수적인 지식을 쌓고 기본적인 동작을 익히는 데 필요한 일이라고 가고 에이지는 이해했지만 태평한 동기 녀석 때문에 연대책임이라며 얼차려를 받거나 말도 안 되는 근력 트레이닝을 하라고 강요받을 때는 이해가 가지 않아 분노와 불만이 치밀어 오르는 하루하루였다. 겨우 연수가 끝났다고 안심할 무렵 평화경찰에 배속되었다는 것을 알게 되어 긴장 이상으로 기쁨을 느꼈다.

"걱정 마십시오. 이렇게 보여도 신경은 튼튼합니다." 가고 에이지는 야쿠시지 경시장에게 대답했다.

"그건 알고 있다."

"네?"

"네가 이 부서에 배속되었다는 사실이 그걸 증명하는 거야."

야쿠시지 경시장은 덩치가 큰 편이 아니다. 굳이 말하자면 작은 몸집에 안경을 쓴 국어 선생님 같은 인상에 한 판 붙으면 금방 넘어뜨릴 수 있는 체격이다. 하지만 실제로 앞에 서면 가까이 가기 망설여질 정도로 불가사의한 박력이 느껴진다. 얼룩무늬 뱀과 노란색과 검은색 줄무늬의 맹독성 벌을 앞에 둔 감각과 비슷하다. 아주 작은 동작과 표정 변화만으로 상대의 목숨을 위협할 수 있을 것 같다.

"그거라니 무슨 뜻입니까?"

"적성검사에서 네 신경이 튼튼하다는 게 인정되었다. 그렇지 않으면 여기 일은 맡길 수 없어."

가고 에이지는 자신의 내부에서 불안함과 멋쩍음, 그리고 가려움을 동반한 떨림을 느낀다. 그 정체가 무엇인지는 잘 알고 있다. 가학성이다. 너란 놈은 인간성이 나쁘다, 인간을 학대하는 걸 즐긴다, 사디스트다, 사람의 마음이 없다, 귀신이다, 가고는 지금까지 살면서 이런 말을 수없이 들어왔다. 자각도 있다. 하지만 그게 뭐 잘못된 것인가, 오히려 그런 말을 듣지 못하는 게 더 이상하다. 세상은 약육강식이다. 새삼스럽게 강조할 필요도 없이 너무나도 분명하게 약육강식이다. 남을 아프게 한다는 것은 강자라는 증거이고 남이 아파하는 것은 자신이 강하다는 실감이라고 할 수 있다.

"내가 각오를 단단히 다지라고 했던 것은 네가 신문에 부적합하다고 생각했기 때문이 아니야." 야쿠시지 경시장이 무표정하게 말했다. "오히려 그 반대다."

"그게 무슨 말씀이신지?"

"이 부서에 배속된 경찰이 다른 사람에 대한 동정이나 죄책감 때문에 망가지는 경우는 드물다. 신문이 지나칠 가능성이 높지. 요컨대……."

야쿠시지 경시장은 가고 에이지 앞에 얼굴을 가져다 대고 속삭인다.

"너무 심해져서 용의자가 죽어버린다."

가고 에이지는 흠칫 몸을 떨었다. 자기 마음의 정체를 갑작스레 들킨 기분이었다.

"어이, 가고, 이제 갈까?"

뒤를 지나치는 인물이 말했다. 몸을 돌리자 선배인 히고 다케오가 방에서 나가고 있었다.

야쿠시지 경시장에게 인사를 하고 가고 에이지는 히고의 뒤를 쫓았다.

복도에서 나란히 걷던 히고는 "무슨 소릴 해?" 하며 어깨에 손을 올렸다. "경시장은 박력이 있지?"

얼굴이 길고 눈빛이 험악한데 눈썹은 옅은 히고는 동네 불량소년이 경찰이 된 모습이다. 가고 에이지보다 다섯 살이 많지만 부서에서는 가고보다 이 년 선배가 된다.

맞장구쳐줘야 할지 어쩔지 몰라 가고 에이지는 에둘러 대답하고 "평화경찰을 만든 사람이 경시장이라는 말이 진짜입니까?" 하고 물었다.

"그렇다고 하더군. 아이디어를 생각해내서 주도하는 건 경시장이 했다지. 원래 머리가 좋은 사람이야. 냉혈한이고."

'냉혈한입니까? 저보다 더?'라고 묻고 싶은 것을 가고 에이지는 간신히 참았다. 실제로 경시장의 냉혹함을 드러내는 에피소드는 가고 에이지도 들은 적이 있었다.

"부하를 방패막이로 삼았다죠."

"세 번."

"네?"

"경시장은 세 번 저격을 당했어. 세 번 모두 옆에 있던 부하가 순식간에 방패막이가 됐지. 반사 신경이 좋다고 얘기하기는 그렇고, 하여튼 되도록 경시장 옆에는 서지 마."

과연, 부하의 목숨을 그렇게 쉽게 다루면 입장이 곤란해질 것 같은데 경시장은 오히려 강력한 힘을 누리고 있다.

"윗사람들이 높이 평가하고 있으니까." 히고가 말했다.

그렇다고 경시장이 아부를 떨 것처럼 보이지는 않았다.

"뭐, 부하를 방패막이로 삼는 것쯤은 높은 사람 입장에서는 별일도 아니지. 오히려 윗사람들은 모두들 부하를 방패로 삼아라, 하고 교과서에 쓰고 싶을 거야. 게다가 경시장이 무슨 생각을 하는지 모르기 때문에 높은 사람들은 떨고 있는 거야. 그건 그렇고, 가고, 너 긴장했어?"

"아, 네. 긴장이 되더라고요."

"익숙해지면 여기는 천국이야."

"천국입니까?"

"뭐 그게⋯⋯." 히고가 자신이 들고 있던 용기를 보여주었다. "이게 뭔지 알겠어?"

이과 실험에서 사용하는 비커에 투명한 액체가 80퍼센트가량 들어 있었다. 섞기 위해선지 가는 유리 막대기도 꽂혀 있었다. 걷는 속도가 느렸던 것은 이걸 들고 있었던 탓이었구나. 가고 에이지는 그제야 깨달았다.

"이건 말이야, 황산이야. 원액에 가깝지."

히고의 말투에는 자기 아이의 사진을 보여주는 아빠에게서 볼 수 있는 것과 비슷한 기쁨이 배어 있었다.

"황산요?"

그렇게 대답한 직후 믿을 수 없는 일이 일어났다. 히고가 유리 막대기를 잡아 획 뿌렸던 것이다. 비커 안의 액체가 튀어 가고 에이지의 목 언저리에 묻었다. 비명을 지르며 뒤로 물러섰다. 동시에 울컥 분노가 치밀었다. 다른 사람에게 고통을 주는 건 좋지만 내가 공격을 당하면 화가 난다. 반사적으로 몸에 열이 확 오르면서 상대에게 달려들고 싶었다.

"화내지 마." 히고가 껄껄대고 웃었다. "미안해, 미안해. 이건 물이야."

"네?"

"그냥 물이라고."

"왜 황산이라고 하셨어요?"

"그랬지."

"왜 그랬죠?"

"있잖아. 이것은 황산입니다, 하고 말하면 사람들은 의외로 그냥 믿어. 물인지 아닌지 아마추어 눈으로는 판단하기도 힘들고."

"애당초 황산이 어떤 색인지도 몰라요."

"그래서 쓸 만하다는 거야."

"어디에 쓰는데요?"

히고는 여우처럼 긴 얼굴로 환하게 웃었다. "물론 일이지."

'일에 황산을?' 가고가 의아한 얼굴을 하자 히고는 흐뭇해하며 설명을 시작했다.

"들어봐, 지금 내가 취조하고 있는 위험인물은 구보타라는 아줌마야."

전자파일에 나와 있기로는, 서른다섯 살에 남편은 다섯 살 연상의 일러스트레이터이고 초등학생 아들이 둘 있다.

"그냥 전업주부 같은데 역시 위험인물인가요?"

"뭐, 그냥."

애매한 말투다. 히고가 웃고는 있지만 어디까지가 진심인지 가고 에이지는 파악할 수 없다.

"그 구보타 리카가 개인적으로 운영하고 있는 통판 사이트가 있는데 그 고객 가운데 위험인물이 있었어."

"구보타 리카도 위험인물이라는 말씀이세요?"

"응. 정보는 그런대로 모았어. 시내의 정의감 넘치는 시민들이 보낸 거지. 다만 구보타 아줌마가 좀처럼 입을 열지 않네. 모른다, 자기는 관계가 없다, 집에 돌아가고 싶다, 이렇게 난리를 치고 있지. 아들이 걱정된다고. 물론 거짓말은 아닐 거야."

"그렇죠."

"그렇지만 큰 문제는 없어. 우리한텐 고도의 기술이 있으니까. 신문의 전문가들이잖아. 방법은 얼마든지 있지."

가고 에이지는 크게 고개를 끄덕였다. 신문 기술은 연수 중에도 수없이 배웠다. 냉방기기를 폭주시켜 상대를 쇠약하게 만들어 육체가 망가질지도 모른다는 공포감을 주는 것에서부터 몸을 잡을 때 엄청난 통증을 안겨주는 방법도 있었다.

"알아? 구보타 리카 같은 종류의 인간에게 가장 효과적인 게 뭔지?"

"뭡니까?"

"아이야."

"아이?"

가고 에이지는 되물었지만 그쯤에서 이미 자신의 가학성이 눈을 뜨고 있었다.

"아이의 몸에 위험이 닥친다면 냉정하게 있을 수 없지. 예를 들어 묵비권을 유지할 정도로 강인한 정신력을 가졌다고 할지라도 말이야."

"할지라도?"

"아들이 위험하다고 하면 '진실'을 말하겠지."

'진실.' 가고 에이지는 그 말을 입속에서 반추해보았다. 그것이 무엇을 의미하는지 순간 알 수 없었기 때문이었다. 아이를 협박에 동원해 받아낸 자백은 '진실'일까, 소박한 의문이 들었다. 그것은 이미 '진실'이 아니라 '상대가 듣고 싶어 하는 말'이 아닐까.

"그래서 이 비커가 등장하는 거지." 걸으면서 히고는 손에 든 투명 액체를 들여다봤다. "안에 든 액체는 뭐다?"

"물입니다."

"사실은 그렇지. 하지만 구보타 리카에게는 그렇게 말하지 않는다."

가고 에이지는 짐작이 갔다.

"황산."

"그렇지. 황산일지도 모른다고 말하는 거야. 그리고 아무것도 모른 채 '건강진단'이라는 말만 믿고 팬티를 내리는 아들의 거기에 막대기를 가져다 대는 거지."

와아! 가고 에이지는 소리를 지를 뻔했다. 비명이 아니라 환호성이다.

"아이의 중요한 부분이 황산으로 엉망이 되려는 순간에 고집을 부릴 엄마는 없지. 우리 어머니는 그럴지 모르지만." 히고는 웃었다.

"자, 여기야." 통로 중간에 다다른 히고가 말했다. 문이 있고 조금 떨어진 앞쪽에 또 문이 있다. 바로 앞에 있는 손잡이에 손을 올리고 히고가 돌아보았다. "자, 내가 하는 방법을 보고 많이 배우라고."

네, 하고 가고 에이지는 몸을 바로 세웠다.

"하지만 뭐, 자네라면 괜찮을 거야."

"뭐가요?"

"지금 황산에 대해 얘기했을 때 눈이 반짝반짝하더군. 이 일에 적합해."

히고는 웃지도 않고 진지한 표정으로 말했다.

네, 하고 가고 에이지는 씩씩하게 대답했다.

⋀ 1의 9

"높은 곳에 철봉이 있고 거기에 매달리게 합니다."

가네코 교수가 말했다. 칠판과 화이트보드만 있으면 당장이라도 그림과 수식을 적을 것 같은, 강의를 자주 해본 말투였다.

하지만 이곳은 칠판도 화이트보드도 없는 센다이 역 앞 빌딩 오층, 다이닝바의 개인 룸이고 모인 사람도 '학생'이나 '생도'를 졸업하고 상당히 시간이 지난 성인 남성뿐이다. 교수를 포함해 다섯 명이 모여 있다. 며칠 전에 간토에서 온 우스이 아키라와 센다이에 사는 남자 세 명이다.

"대체로 몇 분이나 매달려 있을 것 같습니까?"

가네코 교수가 주위를 둘러봤다. 모두 맥주를 마시고 있지만 취하지는 않았다. 마시면 마실수록 정신이 번쩍 든다는 듯 신중한 표정이었다.

"매달리는 시간 말입니까?"

"대충 삼 분만 매달려도 대단한 겁니다. 일반적으로 일 분도 버티지 못합니다." 가네코 교수는 오십 대로 몸집은 작지만 낡은 안경 속 눈동자만은 사명감으로 불타오르고 있었다. 그곳에 있던 가모는 그렇게 느꼈다.

"가모 군 정도는 근육질이라 더 할 수 있으려나."

미즈노 젠이치가 말했다. 오십을 넘긴 무직의 남자다. 시청에서 근무하다가 사정이 있어 퇴직했다고 한다. 고교생 딸이 상대해주지 않는다는 불평을 삼류 개그맨의 웃기지도 않은 개그처럼 입에 달고 산다.

방금 전에도, 그저께 이발소에 갔다가 지갑을 두고 온 것을 알고 딸에게 가져다 달라고 했는데 깨끗하게 거절당해 너무 화가 난 나머지 이발용 에이프런을 두른 채 집까지 뛰어가 딸에게 일장 훈계를 늘어놓았다는 얘기를 신나게 떠들었다. 그렇게 행동하니 딸이 점점 더 싫어하는 거라고 가모는 생각했다.

"확실히 가모 씨는 체격이 좋네요. 무슨 일을 하세요?" 우스이 아키라가 물었다.

스포츠 선수, 그것도 격투기 관련 일을 하는 게 아니냐는 오해를 종종 받았다. 가모는 어디까지나 자신의 건강을 위해 근육 운동을 하고 있을 뿐이라고 설명했다.

"그리고 가모 군이 타고 있는 오토바이도 대단하지 않아요? 어딘지 크고 미래적이고. 운동능력이 뛰어나지 않으면 못 탈 것 같아요."

"아닙니다. 다 탈 수 있어요. 일반적인 스쿠터입니다."

가모는 웃음이 터지려고 했다. 250시시 스쿠터 마제스티는 유선형이라 SF에 나오는 물건 같다는 얘기를 종종 듣는다.

"저는 부동산 업체에서 근무하는 회사원입니다."

"철봉에 삼 분 정도라면 여유롭게 매달려 있을 수 있을 것 같은데요."

벗어난 화제를 되돌리려는 것처럼 입을 연 사람은 성실해 보이는 검은색 테 안경을 쓴 젊은이다. 다하라 히코이치라고 한다.

"다하라 군, 바로 그 점이에요."

가네코 교수가 지휘봉이라도 흔들 것 같은 기세로 날카로운 목소리를 냈다.

"그 점이라고요?"

"삼 분 정도라면 할 수 있을 것 같다. 그래서 모두 해보기로 한 거거든요."

"해보기로 한다? 무슨 뜻입니까?"

"들어보세요, 어차피 평화경찰은 취조를 제대로 할 생각 같은 건 아예 없어요. 아니, '어차피'라는 말도 틀린 말일지 모르죠. 원래 그럴 생각이 없었으니까. 사회의 치안을 지킨다, 평화를 지킨다, 이런 건 어디까지나 명분에 지나지 않아요. 제물이 될 마녀를 찾아내면 그걸로 족한 거예요."

"제물이라고요?"

가모는 무의식적으로 개인 룸의 문이 닫혀 있는지를 확인했다.

"지도자가 국민을 하나로 모아 통솔하기 위해 필요한 것은 알기 쉬운 적을 만드는 것이에요. 흔히 하는 얘기잖아요, 안 그래요?"

"그러고 보니 옛날에 구조조정 업무를 담당하던 남자가 큰 개에게 물려 죽은 일이 있었잖아요." 가모는 예전에 들은 이야기를 떠올렸다. "그것이 이 제도의 시작이라고 들었어요."

가네코 교수가 고개를 끄덕였다.

"맞습니다. 시작이라기보다는 계기가 되었죠. 아니, 그때 이미 시작된 거예요. 그 남자는 저지르지도 않은 죄로 취조를 받았습니다. 이전부터 있었던 치한 누명 사건이 출발점인지도 모르죠. 맘에 안 드는 사람에게 치한 누명을 씌워 곤궁에 빠뜨린다, 그것의 확대판이니까요."

"거기에 처형 이벤트를 덧붙여 국민을 단속하겠다는 건가." 미즈노가 쓴웃음을 지었다.

"누구든 상관없죠. 모두가 불만을 터뜨릴 수 있는 대상이라면. 게다가 나는 저렇게 되고 싶지 않다고 위축되면 더할 나위 없죠. 인간을 통솔하는 효과적인 방법입니다."

"방법?"

"누군가에게 고통을 주어 다른 인간을 위축시키는 것 말입니다. 길거리 불량 서클도, 기업의 파벌 투쟁도 모두 마찬가집니다. 아아, 저렇게 되고 싶지 않아, 하고 두려워하게 되면 제일 효과가 빠르죠."

"그 때문에 평화경찰이 취조를 하고 있다는 말씀입니까?" 다하라가 얼굴을 찌푸렸다.

"취조라고는 하지만 하는 일이라고는 고문을 해서 '제가 마녀입니다'라는 자백을 받는 것뿐이죠."

가모는 그 이야기를 듣고 심장박동이 조금씩 빨라지는 것을 느꼈다. 흥분의 정체는 분노와 증오가 뒤섞인 것이었다. 일방적으로 혐의를 쓴 무고한 사람이 무시무시한 고문을 받고 육체가 장난감처럼 파괴되어 하지도 않은 죄를 자백하기에 이른다. 수많은 사람이 가하는 린치와 일방적인 폭력을 연상시킨다.

미야기 현에서 첫 번째 처형이 이루어졌을 때 가모는 그 광장에 있으면서도 속이 좋지 않았고, 이런 지독한 곳에는 있고 싶지 않아 중간에 떠나려고 했다. 그때 "보고도 못 본 체하고 광장을 떠나셨잖습니까" 하고 누군가 말을 걸어왔다. 그게 바로 우스이였다.

"인권파인 가네코 교수의 모임, 이른바 가네코 세미나라고 하는데 그것을 센다이에서 열려고 합니다."

가모가 참가하겠다고 결심한 것은 평화경찰에 연행된 사람이 차례로 위험인물로 판정되어 동쪽 출입구 광장에서 공개 처형되는 상황을 목격하고 '옳고 그름을 따지지 않는 강권 통치의 힘'에 대해 불쾌감과 의문을 느꼈기 때문이다.

같은 동네에 살던 남자가 연행되어 위험인물로 판정된 일도 영향을 주었다. 아무리 살펴봐도 지극히 평범하고 무해한 아버지라고 생각했던 오카지마 씨가 '왜?' 절로 고개가 갸웃거려졌다. 게다가 그 모습을 다른 사람이 볼까 봐 두려워하는 것 자체도 가모는 두려웠다.

"가모 씨는 정의감이 강하니까." 어떤 여성에게 들은 말이 떠올랐다. "조심하는 게 좋아."

"왜?"

"어머, 얼마 전에도 버스에 탔을 때 뒤에서 우편배달 차가 와서 박았잖아."

"큰일이었지."

손님을 태우고 내려주려고 정차해 있던 버스를 졸음운전을 하던 우편배달 차량이 그대로 들이받았던 것이다. 다행히 서행 중이라 큰 피해는 없었지만 우편배달 차량은 반 이상이 부서져 운전자가 나올 수 없었다. 그때 가모와 다른 승객들이 나서서 운전자를 구출했던 것이다.

"그거 말이야, 정의감에서 도운 거지만 그런 게 아무래도 위선 같아 보일 때도 있잖아."

"위선? 어떤 의미에서?" 생각지도 못한 비판을 받고 가모는 당황했다.

"그러니까 곤란한 사람을 도운 거지만 그런 사람은 다른 데도 많아. 그런데 왜 다른 사람은 안 구해?"

"그래도 위선과는 다르지 않나." 가모는 반박했다.

"전에 말했잖아. 이발소였나, 술집이었나. 할아버지가 복권에 당첨되었다고."

"아아." 가모 자신도 완전히 잊고 있었는데 틀림없이 들은 기억이 있었다.

"위선자라는 소리를 듣고 결국 자살하셨다고."

"아니, 그 할아버지는 위선자가 아니지. 그저 좋은 사람이잖아. 그것을 위선이라고 조롱하는 사람이 이상한 거야."

가모는 설명했지만 상대는 이해하지 못했다.

어쨌든 가모는 사명감이나 정의감에 이끌리는 경향이 있었다. 서른 평생을 살면서 그 점을 스스로 자각하고 있는데도 억제하기 어려울 때가 많았다.

가모가 가네코 세미나에 참가하기로 결심한 것도 결국 이러한 성격 때문이었다. 오카지마와 깊은 관계가 있었던 것도 아니다. 오히려 같은 동네에 사는 주민 정도였지만 그래도 오카지마가 위험인물이라고는 도저히 생각할 수 없었다. 만약 오카지마가 무고하다면 그 사실을 외면할 수 없었다.

"그래서 교수님, 그 철봉 얘기는 뭡니까?"

미즈노가 싹싹한 어조로 물었다.

"아, 그렇지."

가네코 교수는 천천히 고개를 흔들었다. 맥주잔을 들고는 있지만 마실 생각은 없어 보였다. 마치 마이크 대신 사용하는 것 같았다.

"요컨대 지금의 취조는 죄를 자백시키기 위한 것이 아니라 경찰관들의 가학적인 욕망을 채우기 위한 오락처럼 변질되었을 가능성을 부정할 수 없습니다."

"오락이라고요?"

"제가 들은 바에 따르면, 아무래도 평화경찰에 모인 사람들은 경찰 중에서도 가학적 성향이 강한 사람들이라고 합니다. 사디스트죠. 물론 처음에는 국민의 안전을 지킨다는 사명감으로 일했겠지만 용의자를 고문하면서 점점 흥분하는 사람이 늘어났습니다. 그리고 흥분하면 할수록 새로운 자극이 필요해졌고요."

"무슨 소립니까?"

"많은 고문 방법이 발명되었습니다."

내내 잠자코 있던 우스이 아키라가 작지만 분명한 목소리로 툭 내뱉었다.

"예를 들어, 딸이 있는 남자에게는 이렇게 협박합니다. '네 죄 때문에 딸을 신문하기로 했다.'"

"딸도 신문한다고?"

"자신이 받은 고문을 생각하면 아버지로서는 도저히 가만히 있을 수 없죠. 딸도 똑같은 일을 당하게 할 순 없다, 그것만은 안 된다고 매달리죠."

독신에 아이가 없는 가모에게도 그 아버지의 공포는 어느 정도 상상이 갔다. 자신도 견딜 수 없는 고문을 어린애가 견뎌낼

리 없다.

"그러면 평화경찰 중 하나가 이렇게 제안합니다. '기회를 주겠습니다. 만약 높은 철봉에 매달려 삼 분만 버티면 당신을 석방하고 당신 가족도 괴롭히지 않겠습니다.'"

말도 안 돼.

가모는 실소했다. 그것은 위험인물을 밝혀내는 일과는 아무 관계가 없다. 문득 그것과 비슷한 일을 자신은 알고 있다는 생각이 들었다.

초등학교 때 반에서 집단따돌림이 있었다.

특정 소년이 항상 놀림을 당하고 정기적으로 가벼운 폭력에 시달렸다. 모두가 보는 앞에서 놀림을 당할 때마다 소년은 늘 울상이 되었다. 말도 안 되는 논리와 핑계일 뿐이었지만 왕따를 당하는 쪽은 시키는 대로 해야만 했다. 당시 가모는 그 동급생이 안됐다고 생각하고 왕따를 하는 애들에게 분노를 느꼈지만 그렇다고 대들 용기도 에너지도 없어서 보고도 못 본 체하고 지나쳤다.

가모는 그 일을 지금도 후회하고 있었다. 그걸로 충분했을까, 뭔가 할 일은 없었을까 하는 생각이 가슴 한구석에 거미줄처럼 달라붙어 있었다.

"그래서 어떻게 됩니까?" 다하라는 평정을 가장하면서도 침을 삼키며 다음 이야기를 기다리고 있었다. "철봉을 잡은 아버지 말이에요."

"사디스트에게는 볼거리죠." 교수는 눈을 감고 가는 한숨을 토했다. "아버지가 딸을 지키기 위해 팔을 부들부들 떨며 필사적으로 철봉에 매달려 있으니까요."

가네코 교수가 자세히 묘사하지 않았는데도 가모는 그 장면을 머릿속에 그릴 수 있었다. 신체의 한계를 견디며 죽음에라도 홀린 사람처럼 철봉에 매달려 있는 아버지와 그것을 바라보며 '저렇게 필사적이라니' 하며 웃음을 흘리는 신문 담당자가 보인다. 가모는 분노로 심장박동이 빨라지는 것을 느꼈다. 호흡도 거칠어졌다.

"어떻게 되었습니까?" 앞으로 넘어질 듯 묻는다.

"무리입니다, 삼 분이나 매달리는 것은. 게다가 초조할수록 손은 더 미끄러워지거든요."

"교수님, 그게 정말 있는 일입니까?" 미즈노가 거기서 목소리의 톤을 바꿔 눈을 동그랗게 떴다. "저는 그냥 예를 들어 하시는 말씀인 줄 알고 들었는데."

"실화입니까?"

다하라도 고개를 빼고 있었다. 목울대가 움직이는 게 가모가 앉은 자리에서도 보였다. 촉촉해진 눈가. 흥분한 건지, 놀란 건지, 어쩌면 둘 다일 거라고 가모는 생각했다.

"실화입니다." 대답한 것은 우스이 아키라였다. 기업 관리직이라서 그런지 젊은데도 침착한 구석이 있었다. 말수가 많지 않아 말하는 역할은 교수에게 맡긴 채 자신은 맞장구를 치는 역할만 하고 있다가 무겁게 입을 열었다.

"제 이웃이 위험인물로 잡혀갔습니다. 처음에는 부인이, 그다음에는 남편이. 그 가정에는 제 아들의 동급생이 있었습니다."

치바 현이 안전지구였을 때 우스이 아키라는 그곳에 있었다고 한다.

우스이 아키라가 테이블 위에 올린 주먹을 꽉 쥐는 게 보였다. 촉촉해진 눈이 충혈되었다. 처음 만나서 얘기를 나눌 때 우스이 아키라는 절절한 표정으로 말했다. "연행된 이웃을 돕지 못하고 그저 방관만 했던 죄책감에 방황하다가 교수님을 돕기 시작했습니다."

"정말로 경찰이 그런 썩어빠진 조직이란 말이야?" 미즈노는 쓴 것이라도 삼킨 얼굴이 되었다. "무슨 짓이든 하는 거잖아?"

"무슨 짓이든 합니다." 가네코 교수가 수긍했다.

"하지만 우리가 무슨 일을 할 수 있는데요? 당신은 여기 센다이까지 일부러 왜 온 겁니까?"

"미즈노 씨, 그 얘기를 하죠."

가네코 교수는 거기서 테이블 위의 식기를 치우기 시작했다. 우스이 아키라도 빈 접시와 잔을 치웠다.

태블릿 단말기를 펼쳤다. 커버를 벗기자 A3 사이즈의 크기였다. 연구소나 상업시설에서 사용하는 것이라고 들었는데 가모는 실물을 처음 보았다. 전원을 넣자 지도가 표시되었다.

"센다이 시내입니다. 위성사진을 바탕으로 하고 있는데." 우스이 아키라가 표시된 화면을 가리켰다. "지금 위험인물로 분류된 사람들이 어디서 신문을 받고 있는지 아십니까?"

"이 빌딩입니다." 가네코 교수가 들고 있던 젓가락으로 화면 중앙을 가리켰다. 붉은색 불빛이 켜졌다 꺼졌다 하는 건물이 있었다.

"현의 합동청사를 개축해 취조실을 만들었습니다. 방음이 되는 넓고 고문에 적합한 방이죠. 현들을 순회할 때마다 시설이 나아지고 있습니다. 어떤 시설을 설치하면 좋을까, 어떻게 배치하면 좋을까를 궁리해서 점점 완성도가 높아졌습니다. 인간은 어떤 일에서든 효율성을 도모하게 마련이니까요. 그리고 센다이의 평화경찰 취조실은……." 가네코 교수가 여기까지 말한 다음 태블릿 화면을 가리켰다. "여기라고 합니다."

"안에 들어가는 방법에 대해 정보를 얻었습니다." 우스이 아키라는 잔에 있던 맥주를 다 마셨다.

"안에 들어가서 뭘 합니까?"

"도청, 도촬 기기를 설치합니다." 우스이 아키라가 말했다. "고문 증거를 찾아내는 거죠."

"그런 게 가능합니까?" 미즈노가 얼굴을 찡그렸다.

"그러기 위해서……." 가네코 교수의 목소리가 좀 전과는 달리 단단하고 차가워졌다. "그러기 위해서 이렇게 모인 겁니다. 신뢰할 수 있는 세 분과 함께 말입니다."

우스이가 나눠준 전단지에 흥미를 느끼고 연락을 취하기 시작해 처음에는 호텔 대회의실에서 열리는 세미나에 참가해보라는 권유를 받았다. '인권과 공권력의 관계'를 주제로 한 강연이었다. 스무 명 이상의 참가자가 있었지만 다시 안내가 와서 소회의실로 장소가 변경되었고 참가 인원은 거의 반으로 줄었다.

우스이와 또 다른 인물이 와서 '평화경찰의 조직'에 대해 설명했다. 그저 얘기를 듣는 자리였는데 모임을 마무리할 때 소감을 묻기에 가모는 자기 생각을 얘기했다. 그다음 모임에서 지금 이 자리의 세 사람, 가모와 미즈노, 다하라가 멤버가 되었고, 우스이는 "가네코 교수를 만나게 하려고 신뢰할 수 있는 사람만 골랐습니다"라고 말했다.

"실행은 다다음주 월요일입니다." 우스이 아키라가 가모 일행을 보았다. 깜빡 흘려들을 뻔했다. 마치 무슨 업무 지시를 받는 것 같았다.

"여러분의 일정을 정리해봤더니 그날이면 다 모일 수 있을 것 같습니다."

지난번에 만났을 때 우스이 아키라는 평일 중 휴가를 낼 수 있는 날을 조사했다. 부동산은 휴일에도 고객이 찾아오기 때문에 사원들이 돌아가며 쉬어서 그 스케줄을 전했다.

미즈노와 다하라는 곧바로 대답하지 않았다. 뭐라고 대답해야 할지 주저가 되는 눈치였다.

우스이 아키라가 조금 걱정스러운 표정으로 가모를 보았고, 가네코 교수는 별로 흥미가 없는지 닭튀김으로 젓가락을 가져갔다.

"질문 좀 해도 괜찮겠습니까?" 미즈노가 손을 들었다.

"그러세요."

"그거 지금까지 한 적이 있나요?"

"그거라니요?"

"지금은 이 도시가 안전지구잖아요. 그래서 선생들이 우리를 불러 모은 거고요. 다른 도시가 안전지구일 때 그곳 사람들로 시도해본 적이 있느냐는 말입니다."

과거에 성공을 거둔 적이 있느냐는 질문이었다.

우스이 아키라는 고개를 가로저었다.

"지금까지 작전을 세운 적은 있어도 실행에 옮긴 적은 없습니다. 조건이 맞지 않았기 때문입니다. 몇 군데에서 역시 세미나와 공부 모임을 가졌지만 실은 여러분처럼 믿고 의지할 수 있는 사람을 발견하지 못했습니다. 있어도 겨우 한 명 정도라. 다만 여기 센다이에는 여러분 세 분이 있습니다. 그래서 우리도 이제는 실행할 수 있다고 봅니다."

그런 말을 들으니 가모는 자신이 참가한 의미가 있다는 생각이 들어 마음이 놓였다.

"만약 과거에 실행했다면 성공했든 실패했든 저는 지금 이 자리에 없죠." 가네코 교수가 조용히 말했다.

"어쨌든 참혹한 고문을 즐기는 놈들을 용서할 순 없습니다." 우스이 아키라가 목소리를 쥐어짜냈다.

맞는 말이다.

가모는 자신의 내부에 잠들어 있던 정의감이 서서히 끓어오르는 것을 느꼈다. 머릿속에 떠오르는 것은 파란 의상에 파란 망토를 두르고 하늘에서 나타나 악인을 차례로 통쾌하게 쓰러뜨리는, 이른바 히어로의 모습이었다. 그렇게 되고 싶다고 가모는 생각한다.

"저기, 레나코의 아버지는 지금 뭐 하고 계셔?"

버스에서 옆자리에 앉은 동급생 구루미가 말했다.

미즈노 레나코는 버스의 흔들림에 따라 움직이는 창밖 주택들을 바라보고 있다가 옆에 있는 구루미에게 고개를 돌렸다.

"아무것도 안 해. 아마 구직센터에도 제대로 안 가는 것 같아."

"어머, 그럼 생활은 어떻게 유지하고 있어?"

"퇴직금이지 뭐." 미즈노 레나코는 한탄하듯 말했다. "퇴직금이랑 아아, 그리고 퇴직금이랑 또 퇴직금도 있고……"라고 읊조리다가 "너덜너덜하지"라고 덧붙였다.

"나는 어릴 때 레나코의 아버지가 어른의 귀감이라고 생각했어. 양복을 잘 차려입고 넥타이도 딱 매고 머리도 단정하고."

"옛날에는 그랬지. 나도 그랬으니까. 성실하게 시청에서 일하는 아버지였는데. 설마 그만둘 거라고는 생각도 못 했어."

버스 안을 둘러본 후에 구루미가 목소리를 낮추고 물었다.

"하지만 너희 아버지는 누명을 쓰신 거잖아. 너무 억울해. 너는 이해가 돼?"

"누명이라고 해야 하나. 어쨌든 불상사의 책임을 진 것 같아." 미즈노 레나코는 아버지의 느긋한 표정을 떠올리며 한숨을 쉬었다. "공무원 사회에도 일반 기업과는 조금 다르지만 조기 퇴직제도가 있다는 건 몰랐어" 하고 자기도 모르게 감탄하고 말았다.

버스 안을 둘러본다. 학교 부 활동이 끝나고 돌아가는 길이라 저녁 여섯시 전이다. 노인과 장을 보고 돌아가는 여자가 있지만 승객이 많은 건 아니다.

"하지만 그 불상사는 다른 사람이 저지른 거라며. 그런데도 너희 아버지가 책임을 지는 건 너무해. 너희 아버지가 정의감이 강해서……."

"단순히 멋져 보이려고 그런 것뿐이야."

"그런가. 세상에는 나쁜 사람만 살아남는 거 같아. 평화경찰은 제대로 단속을 하고 있긴 한 거야?" 구루미가 입을 쭉 내밀었다.

미즈노 레나코는 반사적으로 쉿 하며 손가락을 세웠다.

"레나코, 왜 그래?"

"누가 들을까 봐 그러지."

"뭘?"

"그런 식으로 평화경찰 얘기를 하면 위험인물로 보인다고." 미즈노 레나코는 그렇게 얘기하고는 새삼 깨달았다. 그렇구나, 나는 평화경찰을 무서워하고 있구나.

"그건 완전히 고발 대회 같아." 구루미가 조심스럽게 말했다. "누가 먼저 고발하면 고발당한 사람은 처형되잖아. 먼저 고발하는 사람이 임자야."

"그렇게 간단한 건 아니지만……." 미즈노 레나코는 살짝 웃고 말았다. 버스가 정류장에 멈춰서 앞에 있던 노인이 내리는 걸 보았다. "위험인물인지 아닌지 제대로 조사는 하니까."

미즈노 레나코는 얘기하면서 처형 장면을 봤을 때를 떠올렸다.

같은 반의 가쓰마 쇼타 일당이 "미즈노도 같이 가자, 엄청나대"라고 얘기하는 바람에 싫다고도 못 하고 자신이 이제 아이가 아니라는 것을 보여주기 위해 어쩔 수 없이 동쪽 출입구 광장에 갔다. 광장을 가득 메운 인파에 칠석 축제나 축구 경기 같은 분주함을 느끼고 재미있는 일인가 보다 하고 마음을 놓는데 막상 단상에서 '그것'이 이루어지자 온몸이 경직되었다. 아무리 '위험인물'이라고 해도 사람의 목숨을 그 자리에서 빼앗는 장면에는 소름이 끼쳤다. 너무나 어처구니없었고 너무나 조용했다. 아무리 선생님이 꾸짖어도 자기들끼리 끊임없이 수다를 떨곤 하는 쇼타 일당이 말없이 단상을 보고 있는데, 눈을 희번덕거리고 있어서 더 소름이 돋았다. 쇼타 일당뿐만이 아니다. 주변 어른들도 코를 벌름거리며 눈빛을 번뜩이고 있었다. 끔찍한 것을 보고 말았다는 생각뿐이었다.

벨 소리가 났다. 구루미가 손을 뻗어 하차 버튼을 누른 것이다.

버스가 교차로에서 좌회전해 속도를 줄이고 아오바 신사 앞 정류장에 섰다.

"하지만 솔직히 나는 평화경찰이 처벌하는 위험인물보다 사립의 '아이 두' 서클이 훨씬 무섭던데. 죽었으면 좋겠어." 버스를 내리며 구루미가 얼굴을 찌푸렸다. 가지고 다니는 가방은 평소와 마찬가지로 납작하다.

"'아이 두'가 뭔데?"

"어머, 부자들이 다니는 신설 사립학교 있잖아. 대학 말이야. 그 대학에 여고생을 납치해 성적인 노리개로 삼는 서클이 있대.

'할 수 있다!'라는 의미에서 '아이 두'래."

'할 수 있다'라면 '아이 캔 두'가 아닐까 하고 미즈노 레나코는 의문을 가지면서도 머릿속이 뜨겁게 끓어오르는 것 같았다. 동시에 동쪽 출입구 광장에서 목격했던 가쓰마 쇼타의 그 검게 빛나는 눈이 떠올랐다.

"성적인 노리개라는 말이 대단하네."

"그렇지? 꽤 당한 모양이야. 왜건 같은 것에 억지로 태워져 납치당한대." 구루미가 침을 삼키는 게 보였다.

우아! 미즈노 레나코는 얼굴을 찌푸렸다. 온몸이 다 비쳐 보이는 것만 같은 기분이었다. 무방비한 상태에서 모든 게 드러난 듯한 그 막막함에 온몸이 떨렸다.

"게다가 더 최악인 건."

"지금까지 이야기한 것 이상으로?"

"이상이라고 해야 할지 이하라고 해야 할지, 여고생을 납치하지? 거기서 자기가 당하고 싶지 않으면 다른 사람의 이름을 대라고 한다더라."

"다른 사람?"

"납치해도 괜찮은 여자의 이름을 대라고. 그러면 놓아주겠다고." 구루미는 거기까지 얘기하고는 "이것도 또 고발하는 얘기네, 완전히 고발 붐이야" 하며 여전히 구김살 하나 없는 얼굴로 덧붙였다.

"너무해. 그러면 피해자가 가해자가 된 듯한 느낌을 가지게 되잖아."

"아이 두 녀석들은 말이야, '우리도 나쁘지만 지인을 판 너도 공범이야'라고 한다더라."

미즈노 레나코는 한숨을 쉬었다. "구루미, 잘도 아네. 이런 얘기는 어디서 들었어?"

얼굴에 그림자가 드리워지듯 구루미의 표정이 흐려졌기 때문에 미즈노 레나코는 불안해졌다. 하지만 무슨 말을 해도 안심할 수 없을 것 같아서 어쩔 수 없이 평소 하는 잡담, 좋아하는 밴드의 신보 얘기와 텔레비전 드라마로 화제를 옮겼다. 수다를 떠는 사이에 구루미와 헤어져야 할 지점까지 왔다. 그럼 내일 보자. 그래 내일 봐.

하지만 그 내일이 오기 전에 미즈노 레나코는 조우하게 된다. 사립 대학생으로 이루어진 저질 그룹을 말이다.

자전거를 타고 학원에 갔다가 돌아오는 길이었다.

주위는 어두운 가운데 편의점 주변만 밝은 빛을 내고 있었다. 미즈노 레나코가 가게에서 나와 자전거를 타려고 하는데 누가 말을 걸었다. 남자는 한눈에 보기에도 수상하거나 경박하기는커녕 산뜻해 보이는 호감형 청년이었지만, 미즈노 레나코는 긴장을 풀지 않고 "싫어요"라고 짧게 거절의 뜻을 밝히고 자리를 뜨려고 했다. 그래도 산뜻해 보이는 남자는 물러나지 않았다.

"잠깐만 이쪽으로 와봐요, 미즈노 씨죠?"

남자가 성을 불렀기 때문에 아무리 미즈노 레나코라도 흠칫했다. 그보다 먼저 머릿속에서 경보가 울렸다. 힘껏 페달을 밟는 수밖에 없다.

지나치는 자전거가 있어서 이쪽을 바라보는 것 같았지만 눈을 마주칠 수 없었다.

교차로의 신호가 빨간불이 되었다. 무시하고 그대로 달릴까도 생각했지만 마침 옆에서 검은색 차가 나타났기 때문에 정차했다.

우체국 차량이 오른쪽에서 왼쪽으로 지나간다. 차량의 빨간색이 위험하다고 경고해주는 것 같다.

뒤쪽으로 사람이 지나갔나, 하고 생각하는 순간 왼쪽에 남자가 서 있었다. 가슴이 두껍고 검은색 피케 셔츠를 입은 젊은 남자다. 조금 전의 산뜻해 보이는 남자와는 다른 사람이구나, 하고 생각하고 있는데 오른쪽에 나타난 것이 그 하얀 셔츠의 산뜻해 보이는 남자다.

그때부터는 순식간이었다. 우선 왼쪽의 피케 셔츠 남자가 자전거를 슬쩍 들어 올리더니 지지대를 세웠다. 그리고 남자 두 명이 동시에 미즈노 레나코의 팔을 한쪽씩 잡았다. 핸들에서 금방 손이 떨어졌다. 서둘러 페달을 돌려보았지만 바퀴는 공회전을 할 뿐이었다. 자전거에서 번쩍 들린 미즈노 레나코는 두 남자에게 안겼다. "영차영차" 하는 구호가 어딘가 웃기기도 하고 축제 놀이의 유치함도 느껴졌지만 왜건의 슬라이드 도어가 열리는 소리가 들리는 순간 미즈노 레나코는 온몸의 털이 곤두섰다.

조금 전 지나갔던 우체국 차가 이상한 낌새를 채고 다시 돌아와주지 않을까, 하는 기대를 잠시 해보았다.

왜건 안의 비어 있는 많은 자리 중에서 맨 뒷좌석의 긴 시트에 옮겨졌다.

"어서 와요! 이름이 뭐지?" 세 번째 남자가 타고 있었다. 마치 연기라도 하는 것 같은 말투였다. 검은색 라운드 셔츠를 입고 있고 장발이다.

"레나코 짱이야. 잘 왔어."

산뜻해 보이는 남자의 말과 함께 몸이 시트에 떨어졌다. 바로 양팔을 올린 상태에서 접착테이프로 손목이 묶였다.

"좋았어. 오케이! 차를 출발시켜. 자, 가자고. 피크닉 하러." 장발 남자가 목소리를 높였다.

운전석에 앉은 남자가 시동을 걸고 왜건을 출발시켰다. "레츠 고 투 더 레이프 쇼"라며 주먹을 들어 올리자, 피케 셔츠 남자와 산뜻해 보이는 남자가 동시에 "예스, 아이 두!"라고 소리치고는 낄낄거리고 웃었다.

미즈노 레나코는 시트에 쓰러진 채 몸을 움직였다. 다리를 버둥거리고 있는데 산뜻한 남자가 차분한 목소리로 "그렇게 해주면 청바지를 벗길 때 쉬워지지"라며 바보 같은 소리를 했다.

그러더니 진짜로 청바지의 바짓단을 잡아당겨 옷을 벗겼다.

드러난 허벅지가 서늘해지면서 미즈노 레나코의 마음은 졸아들었다. 더 몸부림을 쳐보았지만 "무리야, 무리"라며 피케 셔츠 남자에게 비웃음을 샀다.

이대로 어떻게 되는 것일까.

미즈노 레나코의 숨이 거칠어진다. 엄마, 하고 마음속으로 불러본다. 엄마 도와줘, 어떻게 해야 하지.

"조용한 장소까지 이동하는 중이야."

"좀 조용해지면 옷을 다 벗길 거야."

"응. 태어났을 때 모습이 되는 거지."

남자들의 농담이 수없이 쏟아지자 레나코의 머리는 멍해진다. 이런 일은 있을 수 없어. 머리 회로의 전원을 끄고 싶어진다.

이윽고 왜건이 정차했다. 피케 셔츠 남자가 차문을 열고 밖으로 나갔다. 폐점한 편의점 주차장이었다. 가로등도 없이 어두운데 피케 셔츠 남자는 아주 익숙하게 주차장에 쳐진 줄을 치웠다.

왜건이 주차장 안으로 들어갔다.

"하지만 레나코 짱에게는 역전의 기회가 있으니까. 아직 포기하기는 일러."

"그렇지. 물론 네가 우리랑 하고 싶다면 문제는 없지만 그게 싫으면 기회는 있어."

"이름하여 소개 찬스!"

"저기, 아는 여고생을 소개시켜주지 않을래? 그러면 우리는 그 여고생을 납치할게. 레나코 짱은 여기서 끝."

미즈노 레나코는 "이것도 또 고발하는 애기네"라고 말하던 구루미를 떠올렸다. 자신의 몸을 지키기 위해 다른 누군가를 내민다. 희생양이라는 제물을 말이다.

"왜 우리가 이런 일을 할까, 이런 의문이 드니?"

"소개 찬스 같은 귀찮은 일은 그만두고 후딱 여고생을 괴롭히고 끝내면 좋을 텐데 하는 생각을 하겠지?"

미즈노 레나코가 구루미로부터 이야기를 전해 들은 시점부터 느껴온 의문이었다. 여고생을 납치하는 게 목적이라지만 이래서야 차례차례 타깃을 바꾸기만 할 뿐 내내 성폭력은 행사할 수 없지 않은가.

"저기 말이야, 우리가 하고 싶은 건 실험이야. 관찰이라고 해야 할까." 장발의 남자가 호스트인 것처럼 구는데 갑자기 이공계 학생 같은 모습이 보였다. "소문이 퍼지는 속도와 범위를 조사하는 리포트 있잖아. 그런 느낌으로 사람이 자신을 위해 타인을 파는 일이 얼마나 지속될 수 있는가."

"조사해봐야지."

"열심히 공부하고 있으니까."

"학점도 받고 싶어."

세 사람은 각자 자신의 생각을 떠들어댔다.

"그리고 안심시키기 위해 얘기해두는 거야. 봐, 우리 얼굴을 보여줬지? 복면도 안 하고 변장도 안 했어. 그러니까 네가 돌아가면 경찰에 신고할 수도 있어. 그러면 우리는 불안해지지. 그런 일을 방지할 수단, 예를 들어 목숨을 빼앗는다거나 시력을 빼앗는다거나 그런 시끄러운 일을 하지 않을까 무서워지겠지? 어때? 무섭지 않아? 거기까지는 아직 생각할 여유가 없었나?"

"안심해도 괜찮아. 물론 우리가 나중에 네 나체 사진을 찍을 거야. 조금 부끄러운 자세가 되겠지만 좀 참아. 그리고 네가 만약 우리에 대해 누군가에게, 특히 경찰에게 말하면 이 수치스러운 사진은 인터넷이라는 망망대해를 떠돌아다니며 회수 불능한 상태가 될 거야. 물론 너뿐만 아니라 사진을 찍힌 전원이 말이야. 지금까지 우리가 찍어온 컬렉션이 전부 공개되는 거야. 파렴치 컬렉션이."

"네가 여기서 누군가의 이름을 대면 사진만 찍고 여기서 끝. 확실히 지금은 공포로 기분이 나쁠지 모르지만 그것만으로 끝나는 거니까 불행 중 다행이지."

"하지만 경찰에 달려가면 다른 여고생의 인생까지 전부 엉망이 되어버려. 어떻게 할 거야. 이거 아주 중요한 문제야."

미즈노 레나코는 흠칫했다. 상대가 논리정연하게 세일즈맨처럼 떠드는 것에, 그리고 무엇보다도 문득 깨닫고 보니 아는 사람들의 이름을 머릿속으로 하나씩 열거하고 있는 자신의 모습에 놀랐다.

누구에게 미룰 수 있는 일인가? 내 몸을 지키기 위해? 아니, 물론 살고 싶다. 나를 지키고 싶다.

호흡을 거칠게 쉬면서 미즈노 레나코는 아는 사람의 이름을 열거해나갔다.

누가 없을까. 죄책감을 느낄 필요가 없는 희생양은 없을까.

문득 중요한 의문이 머리를 스쳤다. 나를 찌른 것은 누구일까.

이 남자들의 이야기가 맞는다면 이것은 말 전하기 게임처럼 여고생들에게 죄의식을 떠맡기는 것이다. 아니, 죄 같은 건 저지르지도 않았으니 부당한 벌칙일 뿐이다. 그런 벌칙 릴레이를 시키고 있는 것이다. 미즈노 레나코에게 바통이 왔다면 그것을 건넨 사람은 누구인가.

"너, 지금 자신을 판 사람이 누군지 생각하고 있지? 모두 다 그걸 마음에 걸려 하는데 알고 싶어?"

미즈노 레나코는 고개를 가로저었다. 내면에서 갈등하는 두 가지 감정이 있다. 자신을 판 사람을 알고 싶은 마음과 알아봤자 우울해지기만 할 거라는 예감이다.

왜건이 멈췄다. 브레이크가 걸리는 소리가 났다. 슬라이드 도어가 열렸다고 생각했는데 "아아, 드디어 왔다" 하며 남자가 뒷좌석으로 다가왔다. 운전을 하던 남자인 듯했다. 몸집이 훨씬 크고 피부는 까무잡잡하다. 건강한 스포츠맨 스타일로 피케 셔츠 남자와 비교하면 세련된 옷차림이다. 영화배우라고 해도 손색이 없을 정도다.

"자, 어떻게 할래? 누군가를 소개해줄래? 아니면 네가 여기서 당할래?"

"지금, 고민 중인 모양이야."

미즈노 레나코는 일단 머리를 계속 흔들었다. 아무것도 생각할 수 없었다. 어떻게 하면 좋을지 판단이 서지 않았다. 모른다고, 정말 모르겠다고 답을 거부하면 모든 일이 지나가버리지 않을까 하는 기대도 있었다. 또 한 번 마음속으로 엄마, 하고 불러본다. 아침에 깨워주면서 "엄마가 언제까지 널 돌봐줄 수는 없어"라고 얘기하던 엄마의 얼굴이 떠오른다. 미안해요, 엄마, 나 한 번만 돌봐줘요, 나 좀 도와줘요.

"만약 네 이름을 얘기한 사람이 너랑 친한 아이였다면 어떻게 할래? 좀 충격이 되려나? 배신한 게 네 친구라면."

예를 들어 구루미가?

"아, 그 얼굴은 혹시 짚이는 데가 있나 보지? 그 아이, 최근에 만났을 때 어딘가 이상하지는 않았어?"

미즈노 레나코는 달려드는 악의를 물리치려는 듯이 고개를 좌우로 흔들었다.

"뭐라고 말 좀 해. 물으면 대답을 하라고!"

피케 셔츠 남자는 말투에 박력이 넘친다. 부당한 강요일 뿐이니 무시해도 좋을 텐데 미즈노 레나코는 대답을 하려고 한다. 하지만 숨이 막힐 것 같은 상황에서 "저기" 하고 떨리는 목소리가 나온 데다 피케 셔츠 남자가 "제대로 얘기하라고!"라고 다그치며 일부러 험한 표정을 지으니 더욱 겁이 났다.

"어때? 외로워? 배신당한 기분이 어때?"

미즈노 레나코는 눈을 꼭 감고 다시 "엄마, 도와줘" 하고 중얼거렸지만, 그런 다음 배에 힘을 주고 "괜찮아" 하고 말했다.

"괜찮다니 뭐가?"

"만약 누가 내 이름을 댔다고 해도." 미즈노 레나코는 눈을 감고 단숨에 토해냈다. "틀림없이 그 애도 어쩔 수 없었을 거야."

"어쩔 수 없다니, 그건 또 무슨 소리지?"

"누구라도 이런 일을 당하면 도망치고 싶을 테니까."

차 안의 공기가 순간 시들해졌다. 피케 셔츠 남자와 운전수가 서로 마주 보고 눈으로 대화를 했다. 이 여자, 어째 재미가 없네. 그래 맞아, 재미없다. 동감, 나도 지금 그 생각을 했어. 흥이 깨져버리네.

미즈노 레나코의 양 다리가 벌어진다. 운전수 남자가 강력한 악력으로 발목을 잡고 건강기구라도 움직이는 것처럼 그녀의 자세를 바꾸었다. 한 손으로 재빨리 벨트를 벗기는 것으로 보아 그 작업이 익숙한 모양이다.

"어이, 다른 사람 이름을 말하려면 지금이야. 마지막 기회야."

차 안에 조명이 들어온 것은 그때였다. 밖에서 커다란 손전등으로 비춘 것 같았다.

"도대체 누구야?" 피케 셔츠 남자가 몸을 일으켜 창밖을 본다. 눈이 부셔 얼굴을 찡그린다. "오토바이야."

장발 남자도 밖을 본다. "엄청 큰 오토바이야. 틀림없이 들어온 것 같은데."

"마제스티 같은데."

"뭐가?"

"저 스쿠터 차종."

"원동기 부착했어."

"250시시인데."

진동이 있었다. 격렬하지는 않지만 짐승이 위협하는 듯한 울림이 어두운 주차장에 퍼졌다. 시동을 계속 걸어놓은 것이다. 숨기려고 해도 숨길 수 없는 맹렬한 호흡 같았다.

"시끄럽네. 밖에서 시동을 걸어놓고."

"어떻게 해? 내쫓을까?"

"내버려둬."

거기서 오토바이의 불빛이 꺼졌다. 남자들은 안도하고 미즈노 레나코는 낙담했다. 하지만 엔진 소리는 사라지지 않았다.

"아직 있어."

"도대체 뭐야?"

"그건지도 몰라."

"그게 뭔데."

"이 왜건이 수상하다고 감이 탁 온 거지."

"야밤의 주차장에 왜건 한 대가 주차해 있는 것만 가지고?"

"감이 좋은가? 여고생이 납치되었을지도 모른다고 생각했나?"

그때까지는 아직 남자들에게 여유가 있었다. 과거에도 비슷한 일이 있었기 때문이다. 정의감에 달려온 사람이나 수상하다고 여기는 사람이 "무슨 일을 하고 있는 겁니까?" 하고 그들의 즐거움을 중단시키려고 했다. 그때마다 그들은 손에 든 무기로 을러대거나 때로는 실제로 폭력을 휘둘러 상대를 굴복시켰다. 쫓아 보내거나 아니면 사과를 받아냈다. 유약한 청년 서클로 가장하고는 있지만 스스로도 '효율적으로 쾌락주의를 실천하는 요령 좋은 우리'라고 인정하고 있을 만큼, 그들은 본질적으로 거친 실력파 범죄자 무리였다.

피케 셔츠 남자가 말없이 미즈노 레나코의 한쪽 손에 수갑을 채우더니 체인 끝을 차 안 어시스트 그립에 걸었다. 그러고는 입 다물어, 하는 식으로 그녀의 입에 둥글게 만 천을 밀어 넣었다.

낮은 금속음이 났다. 각자 차 안에 놓여 있는 철제 파이프를 손에 들었다. 그 정도는 항상 준비가 되어 있는 모양이다.

"여러분, 빨리 해치웁시다. 누가 시간을 잴래?" 운전수가 슬라이드 도어를 열기 직전에 말했다.

"아, 내가 잴게. 몇 분이려나." 장발 남자가 재빨리 스마트폰을 만졌다.

"저번에는 아저씨를 8분 만에 무릎 꿇렸지."

"모두 방해자를 퇴치하러, 고!"

조용해진 주차장에 찢어지는 것 같은 예리한 소리를 내며 슬라이드 도어가 열렸다. 네 명은 천천히 차에서 내렸다.

정면에 스쿠터가 세워져 있다. 엔진은 꺼져 있고 옆에 남자가 서 있다.

가까이에 가로등이 없지만 후방의 차도를 차들이 드문드문 지나가고 그때마다 헤드라이트 불빛 덕분에 모습이 드러난다. 불빛이 비치는가 싶으면 어둠에 감싸이고 또 밝아졌나 싶으면 곧 어두워져 보이지 않는다. 그 되풀이다.

키는 170센티미터 정도로 크지도 작지도 않다. 말라 보이지만 그림자의 각도 때문일지도 모르겠다.

전신이 검은색 일색으로 보인다.

위아래가 연결된 검은색 라이더 슈트를 입고 검은색 모자를 쓰고 있기 때문이다. 거기다가 수중안경과도 비슷한 큼지막한 고글을 쓰고 있다.

"저기, 빨리 여기서 나가주세요." 산뜻해 보이는 남자가 걸음을 옮기면서 말을 걸었다. "위험해요."

검은색 남자는 대답하지 않았다.

어둠 속으로 모습이 사라졌다. 아, 하고 장발 남자가 생각했을 때 헤드라이트 불빛에 검은색 남자가 드러났다. 방금 전보다 크다. 조금씩 다가오고 있는 것이다.

그것을 깨닫고 먼저 피케 셔츠 남자가 움직였다. 잡고 있던 철제 파이프를 질질 끈다. 땅바닥을 긁는 소리가 폭력적으로 울려 상대를 위축시킨다는 것을 그는 알고 있다. 웃으면서 철제 파이프를 겨눈다.

그 직후였다. 우선 다리 밑으로 뭔가가 굴러가는 소리가 났다. 골프공처럼 보이는 동그란 것 몇 개가 움직이는 것 같더니 피케 셔츠 남자의 철제 파이프에 충격이 가해졌다. 공이 부딪힌 것이다. 갑자기 무거워져 잡아당긴다. 다른 방향에서도 공이 격돌해 온다. 뿌리치지 못하고 균형을 잃는다.

그 옆을 다른 철제 파이프가 굴렀다. 산뜻해 보이는 남자가 잡고 있던 것인데, 역시 철제 파이프를 놓쳐 떨어뜨린 것이다.

피케 셔츠 남자는 자신의 몸이 기울어진 것을 깨닫는다. 어떻게 된 건가 싶어 둘러보니 옆에 있던 장발 남자도 "어어" 하면서 허리를 굽히고 있다. 갑자기 취한 사람처럼 느껴지고 무슨 일이 일어났는지 몰라 당황스럽다.

눈앞에 고글이 있다. 얼굴은 전혀 보이지 않지만 검은색 라이더 슈트에 작업복을 입은 남자가 서 있다. 페이스마스크를 쓰고 있다.

작업복 남자가 아주 재빠르게 땅을 찬다.

큰일 났다고 생각한 순간 머리를 강타하는 충격. 뺨이 땅에 닿는다.

∧ 1의 11

미즈노 젠이치가 바닥을 걸레질하면서 통로를 나아가고 있는데, 창문을 닦고 있던 가모가 그 기척을 느끼고 "그러고 보니……" 하고 말을 걸어왔다.

"미즈노 씨, 따님 일은 잘되었어요?"

"무슨 의미지, 가모 군?"

"아니요. 전에 따님이 상대를 안 해준다고 한탄하셨잖아요."

"아아, 그거."

"그 얘기 말고 또 있습니까?"

가모는 여전히 쾌활한 격투기 선수 같은 모습으로 다정하고도 든든하게 상큼한 하얀 이를 드러내고 있다.

미즈노는 요전 날 딸인 레나코에게 일어난 사건을 생각하고 끓어오르는 분노를 느꼈다. 학원에 갔다 돌아오는 길에 학생들에게 납치를 당했던 것이다. 순환선 외곽의 폐점한 편의점 주차장에서 폭행을 당할 뻔했는데 지나가던 누군가가 젊은이들을 물리치고 딸을 구해줬다. 구조를 당한 딸은 크게 혼란해하지도 않고 울며 아우성을 치지도 않았는데, 큰 충격을 받은 게 확실한데도 일단 경찰에는 신고하고 싶지 않다고 했다. 미즈노도 동의했다. 딸의 말로는 그 가증스러운 학생들이 큰 부상을 입었다는데 그런 일은 신문에 실리지도 않았다.

그렇다고 딸의 망상이라고 생각하지도 않았다. 그런 거짓말을 할 이유가 없었기 때문이다. 짐작컨대 납치범들도 경찰을 찾아갈 생각은 하지 못했을 것이다.

"그러고 보니, 미즈노 씨, 알고 계세요?" 분리한 에어컨 필터를 닦고 있던 다하라가 고개를 들었다. "최근 학생 중에 파렴치하고 지독한 놈들이 있어서 밤마다 여자들을 덮친대요."

물론 다하라는 미즈노의 외동딸이 그런 피해를 입었으리라고는 상상도 하지 못했다. 그저 세상 살아가는 이야기의 일환으로 가볍게 꺼낸 말에 지나지 않았다.

미즈노는 평정을 가장하면서 대답했다. "그런 놈들은 용서할 수 없어. 누군가 뼈아픈 경험을 하게 해줘야지."

"정의의 편이 나타나기를 기다린다는 말이로군요." 다하라가 말했다.

"정의의 편?" 가모가 중얼거렸다.

"평화경찰이 그런 놈들을 일소해주지 않을까요."

미즈노는 다하라를 돌아보았다. 필터를 다시 설치하는 뒷모습이다. "무슨 소리야?"

"그 학생들도 사회를 혼란하게 만든 악인이에요. 지역의 안전을 위협하니까요. 그런 놈들이야말로 위험인물이죠. 사실은 그런 놈들에게 벌을 내려야만 한다고요."

"평화경찰은 진짜 나쁜 놈들은 체포하지 않잖아." 미즈노 젠이치는 나무라듯 말하고 목소리가 너무 컸음을 반성했다.

주목을 받으면 큰일이다. 지금 미즈노 일행이 있는 곳이 바로 평화경찰의 취조실이다.

셋이서 청소회사 유니폼을 입고 실내 청소를 하고 있다.

간토에서 온 가네코 세미나의 우스이 아키라는 이렇게 설명했다.

"실은 이 계획을 위해 업자가 협력을 해주었습니다. 취조 시설이 어디에 있는지 지난번에 말씀드렸죠?"

"우리가 거기에 도청장치를 설치하는 거지." 미즈노가 말하자, 다하라가 "가능하면 카메라도요" 하고 덧붙였다.

"시설 청소 업무를 도급받은 업자로 변장하는 겁니다." 청소 스케줄에 맞춰 유니폼에 신분증을 갖추고 빌딩에 들어가면 수상하다고 여겨질 일은 거의 없을 거라고 우스이 아키라는 말했다.

"왜 업자가 협력해줬습니까?"

가모가 냉정하게 질문하자 우스이 아키라는 복잡한 표정을 떠올렸다.

"사실 그 청소업체 사장은 전국에 지점을 두고 있는데 작년에는 나고야에 있었답니다. 그런데 그때 이웃 주민이 평화경찰에 연행되었던 거죠. 그 후로 아무것도 하지 못했다는 죄의식에 시달려 뭔가 하고 싶다고 생각하게 되었대요."

미즈노는 어디선가 들은 말 같다고 생각했는데 우스이 아키라 자신이 가네코 세미나에 들어오게 된 계기와 비슷했다. 죄책감은 행동의 원동력이 된다는 말인가.

"그래서 그 업자가 도와주는 겁니까?"

"실제로 도와주는 것은 유니폼과 신분증입니다만."

"만약 체포되면 우리는 어떻게 됩니까?"

"끝입니다. 위험인물로 간주되어 처형되겠죠."

"이제 슬슬 카메라를 닦겠습니다."

취조실로 사용되고 있는 방 안에서 가모가 말을 꺼낸다. 말투가 자연스러워서 단지 청소회사의 계약사원이 청소 순서를 성실하게 읊조리고 있는 것처럼 들리지만, 사실은 이 작전의 개시를 알리는 신호다. 말하자면 드디어 돌이킬 수 없는 상황으로 발을 내딛는 순간이 온 것이다.

가모가 사다리를 옮겨 방 한구석, 천장 가까이에 설치된 방범 카메라에 손을 뻗는다.

미즈노는 청소도구를 담은 가방에 다가가 걸레를 꺼낸다.

며칠 전 시내의 대여 회의실을 빌려 예행연습을 했다. 연극 리허설을 하듯 순서를 확인하는 그 철저함에 미즈노는 놀라지 않을 수 없었지만, 연습을 하고 나니 자신감이 붙은 것도 사실이다. 연습한 동작을 떠올린다. 걸레에는 동전 모양의 기구가 끼어 있다. 도청장치이다. 장치에 붙어 있는 실을 떼어내면 접착 면이 드러난다.

책상에 다가가 걸레질을 하는 척하면서 다른 손으로 도청장치를 잡아 책상 안쪽에 붙인다.

다하라는 대걸레질을 하며 미즈노 옆에 서서 몸으로 미즈노를 가리는 역할을 하고 있다. 가모가 렌즈를 닦고 있는 카메라 외에도 다른 카메라가 있을 가능성이 높기 때문에 만일을 대비한 움직임이다.

접착테이프는 강력해서 어지간해서는 떨어지지 않는다고 우스이 아키라가 설명해주었다. 그 얘기를 믿는다면 이제 이걸로 끝이라는 생각에 미즈노는 만족하고 다시 걸레질을 계속했다.

"믿어도 되겠죠?" 지난번 모였을 때 미즈노가 우스이 아키라에게 물었다.

"어떤 의미입니까?"

"우리는 상당한 리스크를 가지고 이 작전에 참여하는 겁니다." '목숨을 걸고'라는 표현을 사용하지 않은 것은 그 사실을 인정하기가 두려웠기 때문이다. "그런데 우스이 군은 실제로 참여하지 않잖습니까. 도쿄로 돌아가면 그만이잖아요. 얼마나 믿어야 할지 모르겠네요."

"아아, 그렇죠." 우스이 아키라는 화를 내지 않았다. "그렇게 생각하시는 것도 당연합니다"라며 뭐라 표현할 수 없는 다소 복잡한 표정이 되어 턱을 잡아당겼다. "믿지 못하시겠다면 저도 어쩔 수 없어요. 다만 이것만 말씀드리겠습니다. 만약 미즈노 씨 일행이 붙잡히는 사태가 벌어지면……."

"생각하고 싶지도 않군요."

"네. 하지만 그런 일이 생긴다면 저와 가네코 교수에 대해 주저 없이 말씀하세요."

"무슨 소리입니까?"

"여러분만 리스크를 짊어지게 할 생각은 없습니다. 저희도 같은 처지란 겁니다."

청소 순서는 예행연습을 할 때 수없이 되풀이했다. 업자 쪽에서 지도원이 왔다. 아마도 그 지도원은 상황을 모르고 사장의 명령으로 파견된 것일 텐데 미즈노 일행에게 청소 방법을 가르쳐 줬다.

"이걸로 청소는 완료된 것 같은데요." 사다리를 든 가모가 말한다. 긴장한 탓인지 땀을 닦고 있다. 실내가 살짝 추운 정도기 때문에 부자연스럽지만 그렇다고 의심을 살 정도는 아니다.

미즈노 일행은 각각 세 방향으로 나눠 손가락질을 하면서 최종 확인을 하고 방을 나온다.

통로로 나온 순간, 안도의 한숨이 나오려고 했지만 여기에도 방범카메라가 있기 때문에 방심할 수 없다.

청소도구를 들고 일렬로 서서 출입구로 향한다.

"무사히 끝났네요." 가장 마지막에 있는 다하라가 속삭였지만 대답할 여유도 없다.

가모를 선두로 해서 정면 출입구로 향한다.

접수용 사무실이 있고 거기에는 제복 경비원이 세 명 대기하고 있다. 역 개찰구의 표 검사장치와 비슷한 것이 설치되어 있어, 신분증 카드를 기계에 대야 하는데 그것도 청소회사가 준비해놓았다.

수고하십니다, 하고 제일 앞에 선 가모가 끝에 있는 경비원에게 싹싹하게 인사를 한다. 수고하십니다, 수고하십니다, 미즈노와 다하라도 따라 인사를 한다.

가모가 카드를 기계에 댄다. 다음은 자신의 차례라고 생각하며 미즈노가 한 걸음 내딛는데 가모의 등에 부딪힌다. 퀴즈 프로

그램에서 오답이 나왔을 때처럼 부저가 울린다. 뒤의 다하라도 연쇄적으로 등에 부딪힌다. 카드가 제대로 반응하지 않은 모양이다.

가모가 다시 한 번 카드를 대어 두 번째 부저가 울렸을 때는 그래도 평정을 유지했지만, 세 번째 부저부터는 무리였다. 발끝이 차가워지면서 오줌을 지린 것 같은 감각이 덮쳐왔다. 이제 돌이킬 수 없이 실패했다는 공포가 고개를 든다.

"왜 그래요, 잘 좀 해봐요?"라고 말하는 다하라는 아직 사태를 파악하지 못한 듯하다. 어쩌면 이미 눈치를 챘으면서도 평정을 가장하는 것인지도 모른다. 필사적으로 '필사적이지 않은' 모습을 보이고 있다.

"아, 이런! 다른 카드인가 보네. 아까 그 방에 두고 왔나 봐요." 가모가 손에 든 파란색 카드를 보면서 놀란 시늉을 한다. "두 사람도 잠깐 카드 찾는 것 좀 도와줘요" 하고 온 길을 되돌아간다.

미즈노와 다하라도 따라간다. 명백히 비상사태이다.

"왜 그래?" 미즈노는 잰걸음으로 가모 옆으로 가서 조그만 소리로 묻는다.

"카드를 사용할 수 없게 되었어요."

"카드 마그네틱이 고장 났나."

"그렇다면 아직 괜찮지만."

"괜찮다니, 무슨 소리야?"

"실패했을 수도 있어요."

"카드가 잘못되었나요?" 다하라도 잰걸음이 되어 가모와 미즈노 사이에 끼어든다.

침착하자고 스스로를 다독이는데 그 소리를 뿌리치듯 심장박동이 격렬해진다. 몸속에서 조그만 북이 울리고 있다.

"어, 어떻게 하죠, 가모 씨?" 다하라가 수없이 뒤를 돌아본다. 경비원이 쫓아오지는 않을까 신경을 쓰고 있다.

"다른 출구를 이용하는 수밖에 없어요." 가모가 스마트폰을 꺼내 한 손으로 액정화면을 조작한다.

"여기 있네요. 우스이 씨가 얘기한 최후의 수단."

"네."

작전이 계획대로 잘만 이루어지면 아무 문제도 없지만 도중에 예기치 못한 사태가 발생해 일이 꼬였을 때는 다른 작전으로 바꾼다. 가네코 교수와 우스이는 '최후의 수단'이라고 표현했지만 요컨대 '비상사태 대처법' 정도에 불과하다.

우스이 아키라에게 스마트폰으로 빈 메일을 보낸다.

"답장을 기다리죠."

가모가 이렇게 말하며 바로 옆에 있는 문을 밀어 화장실로 들어간다. 미즈노와 다하라도 따라 들어간다. 학교 화장실과 비슷하게 소변기 여러 대가 길게 한 줄로 늘어서 있다. 바닥에는 목욕탕 같은 타일이 깔려 있고 개인용 칸이 세 개 준비되어 있다.

세 사람이 서둘러 뛰어들었기 때문에 먼저 와서 용무를 보던 남자가 눈을 크게 떴다. 양복을 입고 있다. 이 빌딩에서 일하는 직원이거나 경찰 관계자가 틀림없다.

"아, 청소해도 괜찮겠습니까?" 가모는 냉정했다. 가져온 도구함을 들어 보이며 정중한 말투로 말한다.

"아, 미안하네. 금방 끝낼 테니." 변기 앞에 선 남자는 허리를 움직여 볼일을 다 마치고 팬티를 올렸다. 벨트를 매면서 손을 씻으러 간다.

수돗물로 손을 씻는 양복쟁이 남자가 한시라도 빨리 나가주기를 바라면서 미즈노 일행은 기다린다. 수상하게 생각하지 말고 빨리 나가라고 빈다. 그럼 수고하세요, 하고 남자가 밖으로 나가자 드디어 이들은 안도의 한숨을 내쉰다.

가모는 죽어라 스마트폰만 보고 있다.

미즈노는 금방이라도 주저앉을 것만 같다. 그 자리에 주저앉기 일보 직전이다. 같은 처지라고 얘기했던 우스이 아키라를 떠올린다. 그렇다. 그는 미즈노 일행이 체포되면 자신들도 처벌을 받을 각오가 되어 있다고 말하지 않았나.

"틀림없이 연락이 올 겁니다." 가모가 강력하게 말하고는 있지만 분명히 흔들리는 마음을 억지로 다잡고 있는 목소리다.

"전파가 안 통하는 게 아닐까?"

"아니요. 안테나가 다 서 있어요."

"다하라 군, 좀 조용하면 안 되나."

미즈노는 의도한 것보다 꾸짖는 투로 말이 나와버려 더한층 초조해진다.

"가모 씨, 어떻게 되었어요?"

"다하라 군, 지금은 그저 조용히 기도하는 수밖에 없어."

"하지만……."

"기도하는 수밖에 없다고."

가모가 작지만 날이 선 목소리로 말한 것은 그때였다.

"답, 왔어요."

"봐요. 역시 우스이 씨가 배신한 게 아니었어요." 다하라가 신이 나서 밝은 목소리로 말한다.

미즈노 젠이치 일행은 화장실에서 나와 통로를 서쪽 방향으로 나아간다.

우스이 아키라가 보낸 메일에는 이렇게 적혀 있다. '일 층의 서쪽 비상구를 통해 밖으로 나오세요. 밖에 동지가 기다리고 있습니다. 그 사람의 안내를 받아 탈출하세요.'

가모를 선두로 해서 일렬로 걸으며 걷는 속도가 점점 빨라진다.

막다른 통로 끝에 도달하자 다들 덜컥 놀라 위장에서 차가운 덩어리가 치밀어 오를 지경인데, 가모가 "이쪽이에요" 하며 바로 앞에서 오른쪽으로 꺾는다. 또 한 번 왼쪽으로 꺾자 비상구 표시가 나왔다.

"있다." 다하라가 목소리를 높인다.

비상구 문을 연다. 바깥 경치가 안으로 들어오는 것처럼 한꺼번에 빛이 쏟아진다.

탈출을 확신하고 미즈노는 크게 호흡한다.

빌딩 밖으로 나온 순간, 상황을 이해할 수 없다.

건물 뒤로 나왔다고 생각했는데 거기에는 자신들이 오기를 기다렸다고밖에 생각할 수 없는 수많은 인원이 대기하고 있다. 서프라이즈 파티를 당하면 이런 기분일까.

다른 점은 기다리고 있는 사람의 손에 들려 있는 것이 파티용 폭죽이 아니라 총과 경봉, 체포 장비라는 점이다.

가모를 비롯해 미즈노와 다하라는 움직일 수가 없다.

양복을 입은 남자가 어느새 나타나 활짝 웃고 있다. "위험인물을 찾아내는 방법에는 여러 가지가 있지."

가모가 도구함을 떨어뜨리자 땅바닥에 대걸레가 구른다. 경관 하나가 다가와 대걸레 자루를 잡자 가모의 인생이 부러지는 것 같은 소리가 났다.

︿ 1의 12

다하라 히코이치 앞에 앉은 가고 에이지는 부드러운 낙타색 재킷을 입었다. 갈색으로 물들인 머리는 상큼해 보였다. 게다가 동안이기도 해서 잘생겼다고 표현하고 싶어지는 구석도 있었다. 어쩌면 비슷한 나이, 이십 대 초반일지도 모른다고 다하라 히코이치는 생각했다.

빌딩 청소 계획이 실패하고 체포되자마자 다하라 히코이치 일행은 이 빌딩 유치장에 갇혔다.

그날부터 취조실에서 신문이 시작되었는데 다하라 히코이치는 사태를 조금 쉽게 생각하고 있었다. 말하자면 성가신 신문이나 무서운 고문은 없을 것 같았다. 물론 무죄 방면되리라는 낙관적인 기대는 없었다. 빌딩에 침입해 도청장치를 설치한 자신들은 아무리 좋게 보아도 위험인물로 분류될 것이기 때문에 당연히 처형될 것이다, 그렇게 생각했다.

"다하라 씨, 동료를 감싸고 싶은 마음은 알겠지만 이제 허심탄회하게 털어놓으세요." 가고 에이지의 치아는 죄인과 신문 담당자라는 두 사람의 입장 차이를 선명하게 드러내듯 희게 빛나고 있었다.

"허심탄회고 뭐고 전부 얘기했습니다." 거짓말이 아니었다. 체포되자마자 자신이 알고 있는 것을 모두 설명했다. 가네코 교수에게 가학적인 고문에 대해 들었던 것도 한몫했다. 뭔가 숨겼다가 고통을 당하고 자백하느니 먼저 얘기하는 편이 낫다고 결심했기 때문이다.

미즈노와 가모와 함께 잡혀서 다행이라는 생각도 했다. 역설이나 비아냥대는 게 아니라, 다하라 히코이치는 정말로 그렇게 생각했다. 한 명이라도 도망쳤다면 그 정보를 숨겨야 할지 어쩔지 고민해야 했을 것이다.

"미즈노 씨와 가모 씨는 무사한가요?" 다하라 히코이치가 질문했다.

"'무사하다'의 정의는 제가 잘 모르겠지만 취조는 계속되고 있습니다."

"도대체 뭘 조사하는 겁니까? 저희는 숨기는 게 없어요."

"그래요?"

"가네코 교수에 대해 말했잖아요. 숨길 뜻이 없으니까요."

"아니요. 다른 위험인물을 알고 있죠? 아직 있을 겁니다."

"누구요?"

"아니, 그걸 알고 싶어서 묻는 게 아닙니까?"

"하지만 제가 알고 있는 사람은 다……."

"아직 있을 겁니다."

그 되풀이로 시간이 흘렀다. 언제 신체적인 고문이 이루어질까. 가네코 교수에게 들은 이야기가 수없이 머리에 되살아났다. '평화경찰에 모인 사람들은 경찰 중에서도 가학적 성향이 강한 사람들'이라고 교수는 말했다. '고문 방법이 날마다 새로이 발명되고 있다'는 무시무시한 소리도 했다. 하지만 앞에 앉은 가고 에이지는 부드럽고 섹시한 남자처럼 보여 폭력을 휘두를 것 같지 않았다. "위험인물이 더 있죠?"라는 질문을 끝없이 반복하는 것은 확실히 이상하지만 그것도 일이니까 당연하다. 틀림없이 지금 앞에 앉은 가고 에이지는 친절한 경찰에 지나지 않을 것이라고 다하라 히코이치는 생각하기 시작했다. 가네코 교수가 말한 것은 공포심이 만들어낸 도시전설에 가까운 것이 아닐까 하는 생각마저 들었다.

"다하라 씨, 가모 씨는 어떤 사람입니까?"

"가모 씨요?"

"무슨 일을 하는 분인지 아십니까?" 가고 에이지가 눈을 가늘게 뜨고 다정하게 물었다.

"뭐 말입니까? 회사원으로, 부동산 회사에서 영업을 하고 있다고 들었습니다."

"그건 표면적인 일입니다."

"가모 씨가 다른 일도 하고 있습니까?"

"일이라고 해야 할까요?" 가고 에이지는 말을 골랐다. "그냥 자원봉사라고 해야 할까요."

"자원봉사요?"

다하라 히코이치는 단어를 입 밖에 내보고 가모라면 그랬을 수도 있겠다는 생각을 했다. 다부진 체격과 성실한 성격, 그리고 대화에서 보이는 풍부한 지식으로 보건대 어딘가 교사 같은 면모도 있었다.

"자원봉사라는 게 어떤 것이었습니까? 가모 씨는 정의감이 있으니까 그럴 수도 있을 것 같습니다."

"이번 위험행동에도 정의감에서 참가했나?" 가고 에이지는 가끔 말투가 자연스럽게 반말로 변한다. 정중한 말투는 더 이상 못 하겠다는 듯 거친 말투가 되는 것이다.

"네? 저 말입니까?"

"아니요, 가모 씨." 가고 에이지는 얼굴 근육을 풀었다. "다하라 씨의 동기는 다르죠."

"아, 네." 다하라 히코이치는 그렇게 대답하고 위가 죄어드는 듯한 느낌을 받았다. "네, 무슨 소립니까?"

가고 에이지의 입술이 옆으로 벌어진다. 다하라 히코이치는 제대로 눈도 마주칠 수 없다. 시선은 아무래도 자꾸 아래로 떨어진다. 상대의 콧구멍이 벌어지는 게 보인다.

"다하라 씨는, 그거죠, 이케노 레이카 씨 때문에 이 일에 나선 거죠?"

다하라 히코이치의 얼굴이 붉어진다. 어떻게 그것까지 아느냐고 물으려다 포기한다.

"초등학교 시절부터 짝사랑했죠?"

"짝사랑이라고 해야……."

"스토커라고 해야 하나?"가고 에이지는 대놓고 놀리는 말투다. "다하라 씨 컴퓨터에 있는 사진, 좀 야한 것들도 있던데 죄다 이케노 레이카와 비슷한 타입이더군요."

이번에는 끓어오르는 분노로 다하라 히코이치의 얼굴이 벌겋게 달아오른다.

"맘대로 봤습니까?"

"다하라 씨는 위험인물입니다. 위험인물일지도 모른다는 수준이 아니라 확실히 위험인물이죠. 평화경찰 건물에 진입해 방해 행위를 하려고 했으니까. 그러므로 가택수색을 벌여 컴퓨터와 책을 압수했죠. 당신 친구와 지인들에게도 얘기를 들었습니다. 그래서 당신이 이케노 레이카를 좋아한다는 사실도 알았어요."

"거짓말입니다." 다하라 히코이치는 곧바로 대답한다.

"거짓말?"

"누군가가 알았거나 알아차렸을 리 없어요."

가고 에이지는 즐거운 듯 눈꼬리에 주름이 생겼다.

"맞아요. 지금 살짝 거짓말을 했습니다. 실제로 당신의 동급생들은 당신을 전혀 모르는 것 같더군요. 영향력이 약하다고 해야 하나. 다만 당신의 컴퓨터와 당신이 좋아하는 책과 만화를 조사한 것은 사실입니다. 사람의 취향에는 경향이 있죠. 흥분하는 대상에도 몇몇 패턴이 나타나게 마련이고. 당신 주위에 있는 사람들과 대조해서 당신이 좋아했을 법한 여자의 범위를 줄여봤죠, 물론 남자로서 말이죠."

"그래서 이케노 씨를?"

"미끼를 던져본 거지."

"짝사랑이라는 것도."

"그것도 맞혔잖아."

화가 나지 않았다. 여기서 흥분해봤자 상대를 기쁘게 할 뿐이라고 다하라 히코이치는 스스로를 다독였다.

"그래서 조금 생각해봤는데." 가고 에이지가 코를 만진다. "당신은 짝사랑하는 공주, 이케노 레이카 씨를 위해 이번처럼 위험한 일에 손을 댄 거야. 몇 개월 전부터 이케노 레이카 씨의 아버지가 위험인물일지도 모른다는 정보가 이쪽에 들어와 있거든. 당신은 그 사실을 알아내고 이케노 씨의 가족을 도우려고 한 거야, 그렇지?"

"이케노 씨의 아버지가 위험인물입니까?"

"아마도. 그보다 다하라, 당신도 알고 있잖아."

"뭘 말입니까?"

"위험한 인물이 위험인물이 되는 게 아니라 위험인물로 지목된 사람이 위험인물이 될 뿐이라는 걸."

다하라 히코이치는 곧바로 대답할 수 없었다. 그런 사실을 평화경찰 스스로가 인정해버리다니 당황스러웠다.

"그렇게 가네코에게 배웠지? 완전히 속아서."

"네."

"가네코 교수가 정말 교수라고 믿는 거야? 아니지, 교수는 맞지. 그저 우리를 위해 일하고 있다뿐이지, 그 사람도." 상대는 심술궂은 표정이 되어 있다. '이 둔한 멍청아'라고 놀리고 있다.

눈앞이 캄캄해지는가 싶더니 갑자기 환해진다. 시력을 조절할 힘을 잃은 것 같다.

"무슨 소립니까?"

"그러니까 가네코 교수와 그 우스이라는 조촐한 그룹으로 경찰의 허를 찌를 수 있다고 생각했어? 쉽게 말하면 그 사람들은 평화경찰의 동료야, 평화경찰의 일을 도와주는 자원봉사자라고."

"일반인이?"

"민간에 업무를 위탁하는 것이 요즘 대세잖아." 가고 에이지는 유쾌해 보였다.

"그건."

"평화경찰이 안전지구로 간다. 그러면 어느 곳에 가든 평화경찰의 이념과 실시 배경을 이해하지 못하는 인간이 일정한 비율로 나타난다. 어떤 일이건 30퍼센트는 반대하게 마련이라는 이론 그대로지. 어떤 고급 호텔도 배수구를 들여다보면 바퀴벌레가 있는 것과 마찬가지야. 해충 구제는 완벽할 수 없어. 그래서 평화경찰은 생각했지. 먼저 불을 피우자고."

"불을 피워요?"

"맞아. 몇 사람을 꾀어 평화경찰에 반감을 드러내는 인간을 색출해내자는 거지. 가네코 교수는 그 작업을 위한 조직, 그러니까 덫이나 바퀴벌레 끈끈이 같은 거야."

"우스이 씨는? 마찬가집니까?"

"뭐가 마찬가지냐는 거야?"

"민간 자원봉사냐고요."

다하라 히코이치가 그 표현을 입 밖에 낸 것이 우스운지, 가고 에이지는 어처구니없다는 듯 숨을 내쉬었다.

"맞아."

"나쁜 사람처럼 보이지는 않았는데."

다하라 히코이치는 우스이 아키라의 진지한 표정을 떠올렸다. 가네코 교수에게서는 감정을 드러내지 않는 모호한 태도 때문에 의심까지는 아니더라도 위화감을 느꼈다. 지금 생각해보니 그런 이유가 떠오른 걸 수도 있지만. 반면에 우스이 아키라에게서는 다하라 히코이치 일행을 덫에 가두려는 것 같은 교활함이 보이지 않았다. 뛰어난 연기파였을 가능성도 있다. 하지만 우스이 아키라의 '같은 처지'라는 말에는 그 자리를 그냥 모면하려는 게 아니라 마음속 깊은 곳에서 우러나오는 진지함이 배어 있었다.

"우스이 아키라도 역시 위험인물이야."

"우스이 씨가?"

"이렇게 경찰에 협력함으로써 처벌을 면하는 사람도 있거든. 우스이 아키라는 그중 하나지."

"무슨 말씀이신지 모르겠습니다."

"어쨌든 다하라 씨가 어제까지 밝힌 정보는 아무 의미가 없어. 유감스럽게도 가네코 교수도, 우스이 아키라도 우리 쪽 사람이니까. 다하라 씨는 좀 더 다른 정보를 얘기하지 않으면 안 된다. 이거야."

"새로운 정보라고 할 만한 게." 다하라 히코이치의 목소리가 작아진다. "아무것도……."

"아무것도 없다고 얘기하면 안 되지." 가고 에이지가 가볍게 말했다. 상대의 기분을 개의치 않고 놀려대는 말투가 다하라 히코이치를 불안하게 했다.

"아니요. 정보는 아무것도."

"당신이 말할 수 있는 게 두 가지가 있지."

"두 가지?"

"하나는 일단, 이케노 레이카 씨." 가고 에이지의 이가 빛난다.

"아."

"당신이 지키려고 했던 짝사랑 이케노 레이카 씨, 그녀가 위험인물이라는 것을 밝혀주시지."

"네, 아니요."

다하라 히코이치는 순간적으로 가고 에이지가 무슨 말을 하는지 알 수 없었다. 이쪽 말을 들은 것 같기도 하고 안 들은 것 같기도 하고.

"이케노 씨 가족은 아무래도 위험인물일 가능성이 높아. 여기저기서 정보가 들어오고 있어."

"그렇다면 내가 말하지 않아도……."

"이것 봐, 이제 속내를 드러내네."

"무슨 소립니까?"

"자, 지금 '내가 말하지 않아도'라고 말했잖아. 그건 얘기하자고 들면 얘기할 거리가 있다는 말이지."

"그 말은……." 아니다. 그런 의미로 말한 게 아니었다. "그러니까 나는 결국, 당신들이 원하는 말을 하지 않으면 안 된다는 겁니까, 그것이 진실이 아니라고 하더라도?"

오른발에 극심한 통증이 느껴졌다.

책상 밑에서 가고 에이지가 발을 움직여 구두 끝으로 정강이를 걷어찬 것을 나중에야 깨달았다. 정강이가 부러지는 것 같은 통증으로 잠시 말없이 몸부림을 쳤다. 도대체 어쩌다 이런 일까지 당하게 된 것일까, 이런 생각에 눈물이 고였다.

"다하라 씨가 어떻게 생각하든, 아무리 불만이 많든, 지금의 이 사회를 살아가야만 해. 룰을 지키며 올바르게 말이지. 마음에 들지 않으면 이 나라를 떠나면 돼. 다만 어느 나라에 가든 이 사회의 연장선상에 있지. 일본보다 의료 기술이 발달하지 않은 나라도 있어. 약도 없고 에어컨도 없지. 말라리아 때문에 고민하는 나라도 있어. 이 나라보다 행복하다고 말할 수 있을까, 아니면 아예 화성에 가서 살 생각이야?"

'화성'이라는 단어가 너무 유치하게 들려, 다하라 히코이치의 마음에는 어두운 그림자가 드리워졌다.

이 상황에서 벗어날 것인가, 아니면 화성에라도 가서 살 것인

가. 희망이 없는 선택지이다.

"그리고 또 한 가지, 다하라 씨가 얘기해줬으면 하는 것은." 가고 에이지가 손가락을 세운다.

"또 한 가지?"

얘기해달라고 표현하고는 있지만 결국은 유도되고 강요받아 상대가 바라는 자백을 하는 것뿐이다.

"가모 씨 말인데, 아까도 얘기했지만 가모 씨의 자원봉사에 대해 알고 있었지? 평화경찰의 업무를 방해하는 남자, 가모 씨는 그런 사람이지?"

"방해하는? 이번 일 말고 또 있나요?"

"보름 전에 말이야, 이즈미 구의 주택가에서 위험인물이 발견되었어. 위험인물이라는 증거가 나온 여성이었지."

"그게 왜요?"

"평화경찰 몇 명이 그 여자를 연행하기 위해 집에 찾아갔어. 그리고 데리고 나오려는데 여자가 저항했지, 격렬하게. 거기서 벌써 일반적인 범위를 넘어선 거야."

"무서웠던 게 아닐까요?"

가고 에이지는 차가운 눈빛으로 다하라를 노려본다. 그 눈빛 하나로 다하라는 쪼그라든다. "도망치려고 했다는 것 자체가 위험인물이라는 증거야. 그래서 우리는 어떻게 해서든 그 여자를 체포하려고 했어. 그런데 그때 갑자기 큰 스쿠터를 탄 남자가 나타났어. 작업복을 입고 페이스마스크를 하고. 그 자리에 있던 경찰관 몇 명을 수상한 무기로 쓰러뜨리고 위험인물인 여자를 도우려고 했지." 그 상황을 가고 에이지는 담담하게 묘사했다.

"그게 가모 씨라고요?"

"지금 내가 묻고 있잖아, 정의의 편이 가모 아니냐고?"

"저기……." 다하라 히코이치가 입을 열었다. "그…… 정의의 뭐라고요?"

그것은 진심으로 한 질문이었다. 경찰은 치안을 유지하는 정의의 조직이 아닌가. 게다가 평화경찰에는 '평화'라는 글자까지 들어가 있다. 그런 사람들이 이렇게 자신을 가둬놓고 무시무시한 얘기를 하는 게 믿기지가 않았다. 결국 말도 안 되는 말을 내뱉고 말았다.

"이럴 거면 화성에서 사는 게 낫겠다 싶네요."

가고 에이지는 동정심을 가득 드러내며 웃었다.

"이쪽의 정의는 저쪽의 악, 그런 일은 수도 없이 많아. 아무리 정당한 벌이라도 받는 입장에서 보면 악이 되니까. 대체로 모든 전쟁의 시작은 똑같잖아."

"똑같다니요?"

"모두의 소중한 것을 지키기 위해!" 가고 에이지는 눈을 가늘게 뜬다. "전쟁은 바로 그 구호로 시작된다고."

"가모 씨가 정의의 편입니까?"

"정말 모르나?"

"아, 네. 그야."

"다하라 씨는 반드시 그걸 기대하고 있을 거라 생각했는데."

"네?"

"가모 씨가 슈퍼맨이나 배트맨 같은 활약을 보여 지금의 다하라 씨를 도우러 오지 않을까 하고 기대하고 있을 거란 말이지."

"가모 씨에게 그런 힘이 있나요?"

"아마도."

"아마도?"

"유감이네."

"무슨 뜻입니까?"

"다하라 씨는 앞으로 지독한 고문을 받게 되더라도 누군가가 도우러 와줄 거라는 기대가 없었던 거야? 가모 씨 말이야."

"그런 기대는 하지 않았는데요."

"우리는 가모 씨의 무기를 알고 싶은데. 가르쳐줘."

다하라 히코이치는 모른다며 고개를 저었다.

"그럼, 다하라 씨는 가모 씨를 잘 모른다는 소리?"

"그 활동은, 네."

가고 에이지는 물끄러미 다하라 히코이치를 바라본 후 "뭐, 됐어"라고 내뱉었다. "어쨌든 지금쯤이면 옆방에서 가모 씨가 설명하고 있겠지. '제가 그때 방해했던 남자입니다'라고 울면서 자백하고 있을 거야."

또 정강이를 차였다. 뼈를 뚫을 것 같은 예리함에 다하라 히코이치는 그 자리에 쓰러졌다. '만약 가모 씨가 정의의 편이라면'이라는 생각이 머리를 스친다. 도와주러 올 가능성이 있을지도 모른다.

히고 다케오는 눈앞에 앉은 가모 요시마사의 얼굴을 보며 사타구니와 아랫배에서 스멀스멀 쾌락의 열기가 피어오르는 것을 느끼고 있었다.

이 건물 안 유치장에 들어왔을 때 가모는 긴장한 기색이 역력했지만 강인한 정신력의 소유자로 보였다. 이를 드러내며 으르렁거리지는 않지만 자신의 영혼은 팔지 않겠다고 다짐한, 그런 인간이라는 것을 보는 순간 알아차렸다.

처음에는 가모의 프로필을 확인하고 이번의 시설 침입과 도청장치 설치 건을 신문했다.

가모의 태도는 훌륭했다. 곧바로 술술 털어놓는 게 아니라 진술을 거부한 채 이쪽이 알고 있는 내용을 확인하다가 조금씩 정보를 제공했다.

마치 히고의 신문에 유도된 듯, 이쪽에 꽃을 가져다 바치는 것처럼!

히고가 직무를 온전히 수행하고 있다는 충실감을 맛보도록 하기 위해서다.

상대로 부족함이 없다, 그런 생각이 들었다.

히고는 일단 모든 사정을 얘기한 후 가네코 교수와 우스이 아키라가 이쪽 사람임을 알렸다.

"네?"

이야기를 들은 가모는 숨을 삼키고 몸을 뒤로 젖혔다. 순간 눈이 초점을 잃었다.

"너희는 처음부터 걸려든 거야."

가모는 얼굴을 찡그리고 책상에 팔을 괴고 양손으로 머리를 감쌌다. 하지만 조금 있다가 이를 악물면서 "아무래도 우스이 씨에게도 무슨 사정이 있었겠죠"라고 말했다.

"무슨 사정?"

"우스이 씨는 늘 괴로운 것처럼 보였습니다. 이 계획 때문에 긴장했다고 생각했는데 아마도 죄책감 때문이었나 보네요."

"무슨 소리지?"

"우스이 씨도 받아들일 수밖에 없는 상황 아니었을까요? 자신과 가족이 위험인물로 지목되지 않기 위해서."

히고는 어깨를 으쓱해 보였다. 가모의 예상은 날카로웠다. 정확한 사정은 히고도 모르지만 평화경찰을 위해 일하는 일반인들의 대다수는 '받아들일 수밖에 없는 사정'이 있다.

그날의 취조는 끝났다.

유치장으로 돌아가는 가모를 바라본 후 히고는 담당 간수를 불러 지시를 내렸다.

"가모 씨는 더위를 많이 타요."

별실에 넣어 에어컨을 틀어놓으라는 지시였다.

다음 날, 취조실로 끌려온 가모는 혈색 없는 얼굴에 필사적으로 몸을 문지르고 있었다. 체온이 내려가 몸이 마비되려 하고 있다. 입술도 파랗다. 가모는 평정을 유지하려 노력하고 있었다.

히고의 질문에 대답하면서도 "냉방이 너무 세서 괴롭습니다"라며 약해진 마음을 내비쳤다.

휴식 시간에 양복을 입은 후배 형사가 다가와 두꺼운 봉투를 건넸다.

"이건?"

"얼마 전 작업복 남자의 정보입니다."

"작업복? 아, 그 체포를 방해했던 남자 말이로군."

시내 북부의 이즈미 구에 거주하는 위험인물을 연행할 때 정체불명의 남자가 갑자기 나타나 방해를 했다. 작업복을 입고 있었다. 그 자리에 있던 경찰관 몇 명이 부상을 입었는데 사용된 무기가 무엇인지조차 판명하지 못했다.

경찰은 경찰 이외의 사람이 '힘'을 지니는 걸 극도로 두려워한다. 그 '힘'이 언제 경찰이나 국가로 향하게 될지 모르기 때문이다.

어떤 힘을 지닌 존재는 경계할 수밖에 없다.

받은 봉투를 열자 안에는 커다란 사진이 들어 있다. 거리 한구석, 아마도 편의점 주차장일 것이다. 그 앞을 지나가는 스쿠터가 찍혀 있다. 방범카메라가 찍은 게 분명하다.

"이게?"

"그, 이즈미 구의 방해 행위가 있었던 현장 근처에서 찍힌 사진입니다. 번호판은 확인할 수 없었지만……." 후배 형사가 다른 사진을 꺼낸다. "이것은 가모 요시마사가 소유하고 있는 스쿠터와 같은 모델입니다."

"같은 모델? 같은 게 아니고?"

"분명히는 알 수 없습니다. 번호판을 가렸기 때문에."

그 말을 듣고 사진을 보니 라이더 슈트를 입은 남자는 가모와 체격이 비슷했다.

신문이 재개되자 히고는 한마디 툭 던졌다.

"너는 아무래도 정의감이 강한 모양이야. 그것도 잘못된 정의감이."

새파란 입술로 몸을 잔뜩 움츠리고 있는 가모는 무서워 떨고 있는 작은 병아리 같았다. 히고는 사진을 책상에 펼치고 "너지?" 하며 웃었다.

가모는 아무 말 없이 시선을 어디에 둬야 할지 몰라 당황한다.

노려보고 한동안 말없이 대치했다. 신문에서는 때로 '말하지 않는 것'도 무기가 된다. 상대는 자신이 먼저 입을 열지 않는 한 영원히 이대로 있을 거라는 불안에 시달린다.

"아닙니다. 제 스쿠터가 아니에요."

"같은 오토바이지?"

"아니요. 내 오토바이는 집에 있어요."

"그러니까 네가 너희 집에 있는 오토바이를 타고 이 사진에 찍힌 거잖아."

"아니에요. 이건 내가 아닙니다."

"아니, 이건 너야. 이 작업복 남자는 너야. 그때의 일을 후회하고 있지 않나?"

가모는 괴로운 듯 한숨을 내쉬었다.

"무슨 소립니까?"

"결국 네가 갑자기 나타나는 바람에 그 구사나기 미요코는 탈주를 시도했고 경찰관의 총에 맞았어. 결과적으로 위험인물이라는 것을 그 자리에서 자백한 셈이지. 너는 그 점을 후회하지 않나? 우리를 방해해 결과적으로 구사나기를 죽게 한 것을."

가모는 대답하지 않는다. 보기에는 기세가 한풀 꺾인 듯하다.

"그래서 그때 네가 사용한 무기가 뭐야?" 히고는 그 사건의 진상을 밝혀내라는 지시를 받았다. "그 무기는 어디에 두었어?"

"아니, 아무것도."

히고는 그 시점에서 '이거야말로 약속한 것처럼 이야기가 흘러가네' 하고 생각하면서 "좋았어, 소지품 검사다" 하며 자리에서 일어났다. 취조실 입구에 서 있는 제복 경관에게 눈짓을 한다.

가모를 일으켜 세워 입고 있는 옷을 벗긴다. 알몸이 되어 벽에 손을 대고 다리를 벌리게 한다. 어디에도 무기가 없다는 것은 명백했지만 히고는 일부러 천천히 몸을 더듬으며 귓구멍부터 항문까지 제복 경관에게 조사시켰다. 굴욕감을 줌으로써 상대의 저항심을 마비시키는 것이다.

전날 밤에 에어컨을 계속 켜놓았기 때문에 가모의 몸은 경직되어 있었고 만지기만 해도 차가웠다. 이걸로 완전 끝이네요. 취조에 들어가기 전 후배 수사관이 히고에게 말했다. 요컨대 가모는 말 그대로 저항할 기력을 모두 잃고 처형장에 실려 가기만을 기다리는 상태라는 의미였다.

그러나 히고는 뭔가 부족하다고 느꼈다. 근성이 있다고 생각했던 이 남자도 결국 이 정도였나 싶었다. 정의의 편이라며 나선 것은 경찰의 노고를 짓밟은 만행이나 마찬가지다. 그 정의의 편을 괴롭히는 것이 유쾌했는데 이렇게 금방 항복하고 선선히 하라는 대로 하면 보람이 없다.

"어떤 무기를 썼는지 알려줄 마음이 생겼나?"

네, 하고 가모는 고개를 끄덕였지만 그대로 고개를 숙인 채 움직이지 않았다. 목이 제대로 돌아가지 않는 것 같았다.

"어이!" 책상을 걷어차자 깜짝 놀라 몸을 보호하는 자세를 취했다. "내 참. 완전히 겁먹은 작은 동물 같잖아. 어이, 무기 말이야, 무기, 뭘 사용했느냐고?"

"네."

"돌 같은 거지?"

"네. 돌." 가모는 조그맣게 말한다. "돌 같은 것으로요."

"총이야?"

"총입니다."

"어느 쪽이야? 어떻게 사용했는지 묻잖아?"

"아, 그러니까." 말에 전혀 두서가 없다.

"좋았어." 히고는 격려라도 하듯 가볍게 박수를 쳤다. 가모가 불안한 표정을 짓는다. "자, 여기서 가모 씨에게 찬스타임!"

박수를 요란하게 친다.

그게 뭡니까, 하고 묻는 듯한 얼굴로 가모가 히고를 쳐다본다. 얼굴 가득 '걱정'이라고 적어놓은 것 같은 겁먹은 표정이다.

"네게는 어머니가 계시지. 그야 당연히 사람으로 태어났으니 어머니가 있겠지. 지금도 야마구치 현에서 밭일을 하면서 혼자 살고 계시지. 아니, 그런 걸 조사하는 게 우리 일이니까 네가 말하지 않아도 다 알아."

가모의 얼굴이 빳빳해진다. 조금 전과는 또 다른 창백함이 얼굴에 떠오른다.

"부모란 말이야, 아무리 세월이 흘러도 부모지. 가모 씨가 걱정되어 일부러 센다이까지 오셨대."

"네?"

"연락을 했더니 아들에게 큰일이 생겼다며 비행기로 센다이 공항까지 오셨어. 사정을 설명했지. 어머니도 평화를 사랑하는 시민이라 아들이 경찰을 방해하는 죄를 저지른 걸 슬퍼하고 계셔. 몇 번이나 죄송하다고 고개를 숙이시더군. 어머니는 그렇게 상식적이고 좋은 분인데 아들은 어째서 그런 일을 했나 몰라. 그리고 어머니는 그 뒤에 우리에게 부탁을 했어. 아들의 벌을 좀 가볍게 해달라고. 머리가 바닥에 닿도록 사죄하면서. 정말로 마음이 아파서 우리도 어머니 고개 좀 드세요, 하고 말렸지만 도통 듣질 않으시더군. 수사관 전원이 필사적으로 눈물을 참았다네."

히고는 익숙한 대사를 외듯 낭랑하게 읊었다. 실제로 이 대사는 익숙하다. 상황에 따라 '어머니'가 '아버지', '따님', '아드님'이 된다.

가모가 뚫어져라 히고를 응시한다.

"우리도 귀신은 아니야. 어떻게 해서든 어머니 마음을 편하게 해드리고 싶은데 그래도 법률은 법률이잖아. 네가 죄를 저지른 사실은 사라지지 않아."

"죄라고요?"

"위험인물이잖아. 하지만 어머니가 너를 돕고 싶다고 무릎을 꿇으시더라고. 우리도 그런 어머니의 소원을 이뤄드리고 싶어. 그래서 말이야……."

히고가 시선을 뒤로 보내자, 뒤에 있던 후배가 지시를 알아차리고 일어나 옆에 있는 벽으로 다가간 다음 닫혀 있던 커튼을 열었다. 벽과 같은 낙타색이라 거기에 커튼이 있다는 것을 아무도 알지 못했다. 가모가 놀라는 게 당연했다.

가로로 긴, 와이드 TV 크기의 창문이 있었다. 그 너머는 옆방이다.

"이쪽에서는 보이지만 저쪽에서는 창문으로 보이지 않아. 매직미러라는 거지."

히고의 설명에도 가모는 한동안 멍하니 보고만 있다가 곧바로 꽈당 소리를 내며 의자에서 일어났다.

깨달은 것이리라. 과연 부모 자식의 정이로구나. 히고는 앞으로 읊을 대사들을 떠올리면서 그 모습을 바라본다.

가모가 유리창 앞에 서서 입을 벌리고 있다. 히고도 일어나 창가로 다가간다.

옆방에는 환갑이 넘은 것처럼도 보이고 환갑을 앞두고 있는 것처럼도 보이는 몸집이 작은 여성이 있다. 싸구려 블라우스 소매를 걷고 있다.

"봐. 네 어머니가 지금부터 너를 위해 도전하는 거야."

가모에게 속삭이듯 전한다.

옆방 구석에는 건강기구와 비슷한 것이 놓여 있다. 올림픽 경기용 철봉 같은 것이다.

"어머니."

힘없이 어머니를 부르는 가모는 환상이라도 보는 듯한 얼굴이다.

"저 철봉을 잡고 삼 분만 매달려 있으면 네 처벌을 가볍게 해주지."

"네?"

"그 얘기를 어머니에게 말씀드렸더니 도전할 마음이 생기신 모양이야."

히고는 새어 나오는 웃음을 참을 수가 없다. 체력 측정과 운동 테스트 결과로 처벌이 가벼워지는 일은 있을 수 없다. 그런데도 진심으로 받아들이는 사람이 있다는 게 유쾌한 것이다.

"안 돼." 가모가 떨리듯 말한다. "안 돼. 무리야."

"안 된다는 게 무슨 뜻이야?"

"다 알고 있어. 삼 분은 길어. 쉽게 할 수 있는 일이 아니야."

히고는 거기서 처음으로 감탄했다. 창백한 표정의 가모를 본다. 턱 주변에 수염이 자라 불결하고 게으른 남자로밖에 보이지 않는다.

"맞아. 삼 분이라고 하면 대부분 어떻게 해낼 수 있을 거라 생각하는데 실제로 매달리면 삼 분은 상당히 괴로워."

말하는 동안에도 옆방에 있는 가모의 어머니는 맨발이 되어

기구 쪽으로 걸어간다. 제복 경관 세 명이 그녀를 감싸고 있다.

"그만두게 해!" 가모가 말했다. "이런 바보 같은 일을!"

"바보 같다니, 네 어머니가 너를 위해 최선을 다하고 있는데."

"그냥 가지고 노는 거잖아."

"갑자기 기세등등해졌네. 그냥 어머니 힘내시라고 응원이나 해드려."

히고는 그야말로 쇼를 감상하는 마음으로 옆방을 바라본다.

제복 경관이 가모의 어머니를 뒤에서 안아 올려 철봉에 매단다.

어머니는 만세 자세로 철봉에 매달린다. "자, 시작하겠습니다"라는 말이 나온다.

제복 경관이 뒤로 물러나자 다른 경관이 스톱워치를 누른다.

어머니의 얼굴이 팽팽하게 당겨진다. 철봉을 잡은 손과 팔에 느껴지는 자신의 체중은 생각보다 무거울 것이다. 팽팽하게 당겨진 팔도 아플 것이다.

불안으로 눈이 초점을 잃는다.

가모는 창에 달라붙는다. 그리고 히고를 노려보며 침이라도 뱉을 기세로 외친다. "그만하게 하라고!" 거친 말투가 불쾌해 히고가 노려보니 "그만두게 해주세요"라며 매달리는 말투가 된다.

"삼 분 동안 버틸 수 있을까."

"무리예요."

"무리면 곤란한데."

"곤란? 누가 말입니까?"

"너와 어머니지. 저 철봉 찬스에는 룰이 있어. 만약 삼 분을 매달리면 축하드립니다, 아들인 너는 처형을 면할 수 있습니다, 하지만 만약 실패하면 어머니도 처형됩니다."

"뭐라고?"

"어머님이 아주 대담하시네. 아들을 위해 삼 분, 반드시 성공한다. 실패하면 어떻게 되든 상관없다."

히고가 말을 하고 있는데 가모가 멱살을 잡는다. 수갑을 찬 그대로 멱살을 잡고 놓지 않는다. 히고는 놀라지도 않고 "어이!" 하는 소리를 낸다.

이거 큰일이다, 가모는 그런 표정이 된다. 완전히 이쪽을 두려워하는 눈이다. 히고는 지배자의 만족감을 느끼면서 옆방으로 고개를 돌린다.

삼십 초가 경과했다.

어머니 입장에서는 영원에 가까운 시간이 아닐까. 팔이 떨리고 몸이 흔들리기 시작한다. 이쯤 되면 곧 떨어질 것이다.

건너편에 있는 제복 경관이 가모의 어머니에게 말을 걸고 있다. 대사는 상상할 수 있다. "여기서 떨어지시면 아드님인 요시마사 씨의 처형은 기정사실이 됩니다."

어머니는 눈을 동그랗게 뜨고 코를 벌름거리며 다시 팔에 힘을 준다.

자식을 위해 고통을 감수하는 어머니의 모습이 히고에게는 코미디이다. 옆방에서 어머니의 철봉 매달리기를 지켜보는 제복 경관 세 명도 대놓고 웃고 있다.

창 너머, 옆방에서 자신의 어머니가 철봉에 매달려 고뇌의 표
정을 짓고 있다.

가모 요시마사는 자신이 보고 있는 것을 현실의 일로 제대로
받아들일 수 없었다. 요 며칠, 평화경찰에 잡혀 와 받은 취조 자
체가 허상 같은 체험이었다. 에어컨으로 인한 냉기 지옥이 몸만
이 아니라 머리까지 둔하게 만들었다.

그래서 지금 가모는 본래 야마구치에 있어야 할 어머니가 센
다이의 경찰시설에 있는 사태를 제대로 이해할 수 없었다. 게다
가 커다란 남자들에 둘러싸여 기합이라도 받는 것처럼 철봉에
매달려 있다.

"어머니, 지금 뭐 하시는 거예요?" 하고 소리를 냈다. 냉기에
얼었는지 혀가 제대로 움직이지 않았다.

"너를 위해 최선을 다하고 계시잖아." 옆에서 소리가 들렸다.
누구지? 이 남자는? 아아, 평화경찰이지. "네가 정의의 편 행세
를 하고 다녀서 어머니가 저런 비참한 지경에 이른 거 아냐! 죄
송하다는 생각은 안 드냐?"

정의의 편? 도대체 누가? 어렸을 때조차 그 명칭을 쓸 때는 쑥
스러웠던 기억이 있다. 아니, 정의감은 있었다. 옛 애인이 얘기
하지 않았나. "가모 씨는 정의감이 강하니까 조심하는 게 좋아."

조심하는 게 좋아. 정말 그랬다. 조심하지 않았기 때문에 지

금, 어머니가 저런 지독한 상황에 빠져 있는 것이다. 어머니도 실로 인생의 후반에 이르러 이런 굴욕과 공포가 찾아오리라고는 생각도 하지 못했을 것이다.

유리 너머로 보이는 광경이 흐려지기 시작한다. 자신이 울고 있기 때문이라는 걸 조금씩 깨닫기 시작했다.

"살려주세요. 전부 다 제가 잘못한 거니까." 정신을 차리고 보니 히고에게 매달려 있다.

"살려주고 뭐고. 지금 너를 도우려고 어머니가 노력하고 계시잖아."

히고의 목소리에 웃음기가 담겨 있지만 가모 요시마사는 알아차리지 못한다.

"함께 응원하자고. 잘 봐둬. 삼 분간 버티지 못하고 떨어지면 사이좋게 처형이니까."

가모 요시마사는 몸이 한층 더 차가워지는 것을 느낀다. 두 팔로 자기 몸을 껴안고 부들부들 떤다.

"이제 한계인가 보군. 봐, 어머니가 다리를 버둥거리네. 저 지경이면 이제 초읽기야." 히고가 유리를 가리킨다. "너도 잘 지켜보라고."

가모 요시마사는 옆방을 본다. 확실히 몸집이 작은 어머니가 발을 움직이며 온몸을 사용해 기도라도 하듯 몸부림치고 있다.

"자, 봐두라고!" 히고가 실실 웃으며 가모 요시마사의 머리를 잡은 손에 힘을 줬다.

그 유리 너머에서 문이 열리는 게 보였다. 옆방에 새로 경관이 왔나 하고 가모 요시마사는 상상했다.

그런데 나타난 것은 시커먼 남자였다.

자신의 눈이 흐려졌기 때문일까, 아니면 실내조명의 각도 때문에 그림자가 생겼기 때문일까, 그것도 아니면 경찰의 무시무시한 공권력이 어두운 인상을 주었기 때문일까, 어쨌든 온몸이 검은 인물이 보였다.

검은색 모자와 검은색 옷을 걸친 데다 페이스마스크까지 검은색이다.

옆방에서 쾅 하는 금속음이 났다. 아니, 실제로 소리가 난 건지는 확실치 않았지만 불꽃이 튀는 게 보였다.

건너편에 있는 제복 경관 세 명이 일제히 뒤에 있는 벽으로 시선을 돌렸다. 검은색 남자가 재빨리 이동했다. 손에는 목검 같은 것을 들고 있었는데 순식간에 세 경관의 머리를 가격했다. 경관들이 웅크렸다.

검은색 남자는 철봉에 다가가 가모의 어머니를 안았다.

그리고 이쪽을 봤다.

매직미러인 창문을 물끄러미 응시하는가 싶더니 가모의 어머니를 데리고 방에서 나갔다.

히고는 어느새 벨트에서 권총을 꺼냈다. 취조 중에 권총을 휴대하고 있었다는 사실을 가모 요시마사는 처음으로 알았다. "어이!" 하고 실내에 있는 다른 경관에게 말을 걸었다. 그 경관도 총을 빼 들고 문으로 향했다.

가모 요시마사는 그저 그 자리에 서서 아연해 있었다. 어머니가 어떻게 되었는지, 자신이 어떻게 되는 건지도 알 수 없었다.

손잡이가 돌아가고 문이 열렸다.

히고와 경찰관은 총구를 들이대고 있지만 아직 발포하지 않는다. 언제든 방아쇠를 당길 준비는 마쳤을 것이다.

문 저쪽에서 뭔가가 실내로 굴러 들어오는 게 보였다. 검은색에 골프공 크기다. 딱딱한 소리를 내며 안으로 들어온다. 수류탄을 던지면서 진입할 때의 모습 같다. 폭발물일까? 간담이 서늘해진다. 히고와 경찰관의 몸이 흔들렸다. 아니, 정확하게는 겨누고 있던 권총으로 그 공을 쫓는 모습이 되어 비틀거렸다. 그리고 그 직후 공이 책상 다리에 격돌했다.

검은색 남자가 안으로 들어왔다. 가모의 어머니는 없다.

작업복을 입고 있다. 검은색 가죽장갑을 끼고 얼굴에는 고글을 쓰고 있다. 손에 든 목검을 획 돌리며 성큼성큼 안으로 들어와 일단 경관의 뒷머리부터 내려쳤다.

뒤이어 히고에게 목검을 휘둘렀는데 히고가 피했다. 낭패한 기색이 역력한 히고는 자리에서 일어나 권총을 겨눴다.

작업복 남자가 허리에 손을 댔다. 그 순간 그의 몸에서 여러 개의 구슬이 굴러떨어졌다. 역시 골프공처럼 생겼다.

"웃기지 마!" 히고가 방아쇠를 당기는 시늉을 하는데 또 권총을 잡은 손이 흔들렸다. "이대로 무사히 돌아갈 수 있을 거라 생각하나?"

검은색 남자는 말이 없다. 애당초 스키 마스크 같은 것을 쓰고 있기 때문에 입도 보이지 않는다. 잠자코 등에서 막대기 모양의 뭔가를 꺼내 히고에게 겨냥한다.

도대체 무슨 막대기인지 모르겠다.

그 순간 히고는 총을 쏘았다, 드디어. 하지만 역시 몸이 기울어 있기 때문인지 총알은 엉뚱한 방향으로 날아가 벽에 박혔다.

바로 이어서 공기가 파열하는 소리가 났다. 막대기 끝에서 작은 구슬이 날아갔고, 히고는 동물 같은 소리를 내며 그 자리에 주저앉았다. 곧이어 피식 하는 분사음이 울리면서 온 방 안에 연기가 가득했다. 독가스라도 퍼뜨린 걸까. 가모 요시마사는 너무나 무서워서 순간 손으로 얼굴을 가렸다. 무미무취, 뜨겁지도 차갑지도 않은 연기가 솟아올랐다. 눈앞이 온통 뿌연 가운데 몸부림치고 있는 히고의 모습이 보였다. 움켜쥔 사타구니에서 바닥으로 액체가 퍼지고 있었다. 가모 요시마사는 히고가 오줌을 지렸구나 생각하다가 그것이 피라는 것을 깨닫고 입을 다물지 못했다.

히고는 사타구니 출혈로 몸을 웅크리고 있었다. 가모 요시마사에게는 그의 목숨이 속속 빠져나가고 있는 것처럼 보였는데 그 모습도 곧 연기에 덮이고 말았다.

제2부
정의의 편이 나타났다!

"이봐, 니헤이, 이쪽이야."

이름이 불리자 나는 대답을 하고 같은 미야기 현경 소속 선배인 미요시 다쓰야의 옆으로 갔다. 이곳은 경찰 관계자들이 '제2빌딩'이라고 부르는 건물의 뒤편이다. 미야기 현이 안전지구로 지정되면서 평화경찰의 수사와 취조에 사용하기 위해 현의 합동 청사였던 건물을 개축한 것이다. 위험인물을 구류하는 데도 사용되고 있다.

미요시는 반쯤 열린 문손잡이를 잡더니 벽에 붙은 보안 박스를 쳐다봤다.

"이거, 고장 났네."

"뭔가 큰일이 났나 봐요?"

"평화경찰 둘이 죽고 부상자도 열 명 이상이래."

"아니, 그런 일이!"

"갑자기 당한 모양이야. 통로에 쓰러진 사람이 여기저기 널려 있어."

정면 출입구는 물론 뒷문도 무단으로 들어갈 수 없다. 신분증을 카드 스캐너에 통과시킨 후 지문 인증을 받아야 도어가 열린다. 그 보안 기능이 부서져 있는 것이다.

"이제 잠그지 않나요?"

"전자 잠금장치가 고장 났어."

"방범카메라에는 찍히지 않았나요?" 빌딩 안팎은 물론 통로와 방마다 카메라가 설치되어 있고, 녹화된 정보는 모니터 관리실에 보관된다.

"고장 났다나 봐. 전부는 아니지만 곳곳이, 이 출입구의 카메라랑 그 취조실의 카메라도. 나머지 통로의 방범카메라를 지금 조사하고 있어."

주위에는 감식반이 떨어진 콘택트렌즈라도 찾는지 여기저기서 수색 작업을 하고 있었다.

"부장은 벌써 난리야. 평화경찰에게는 연신 사죄를 하면서 우리를 질책하고 있지. 높으신 분들에게는 사탕을, 아랫사람들에게는 회초리를, 이런 걸 보고 당근과 채찍이라고 하나?"

안전지구로 선정된 지역에서는 경찰청에서 파견된 평화경찰 멤버 외에 현경에서 선발된 사람들이, 그러니까 나와 미요시가 거기에 해당되는데, 예비군으로 협력하는 체제를 구축하고 있다. 평화경찰을 순찰직이라고 하면 별로 좋아하지 않겠지만 어쨌든 평화경찰은 전국을 돌며 위험인물을 단속하고 있다. 기본적으로 경찰청에서 온 평화경찰은 이쪽을 부리는 입장으로 위험인물의 연행과 신문을 맡는다. 현경 직원인 우리는 주로 허드렛

일에 동원되지만 원래 경찰 일이 대부분 그런 사소한 것들이기 때문에 늘 일어나는 일이라고도 할 수 있다.

안전지구에서 위험인물이 소란을 피워 수사관을 공격하는 일은 과거에도 있었지만 이번처럼 평화경찰 수사관이 사망한 사태는 지금까지 들어본 적이 없다.

현경 측은 큰 실수라며 거품을 물고 있다.

조직에서 가장 성가신 일은 전례가 없는 트러블이다.

왜냐고?

참고할 만한 대처 방법이 없기 때문에 결과적으로 상부의 능력이 시험대에 오르기 때문이다.

"야쿠시지 경시장은 단단히 화가 나셨겠네요?"

"뭐, 언제나 그렇지만 워낙 표정이 없어서 말이지. 그래도 화는 났겠지."

그 이야기를 듣고 뒤를 돌아보니 몸집은 작지만 꼿꼿하고 눈초리가 예리한 야쿠시지 경시장이 감식반 사이에 섞여 허리를 굽히고 있었다. 경찰청 형사국 평화경찰과 과장이라는 직함을 가진 엘리트 경찰로, 평화경찰 소속 베테랑이다. 얼핏 보면 성실한 교사 같은 인상이지만 무슨 일이 있더라도 눈 하나 꿈쩍하지 않을 분위기가 있다.

어제 사건으로 사망한 것은 취조 중이던 평화경찰 담당자 히고 다케오와 가고 에이지다.

"평화경찰 중에서도 특히 이 두 사람을 신임했던 모양인데."

예전에 퇴근길 지하철에서 미요시가 소곤거렸던 말이 떠올랐다. "니헤이, 나는 말이야, 뭐 그렇게 깨끗하고 바르게 살아온 놈도 아니고 나도 꽤나 가학적인 스타일이라고 생각했는데 평화경찰을 보고 있으면 뛰는 놈 위에 나는 놈이 있다는 생각이 들어."

동감이었다. 내 안에 있는 괴팍하고 냉담한 감정은 파악하고 있다. 경찰로 일하고 있기 때문에 일반 시민들이 나를 무서워하고 동경하며 때로는 든든하게 생각하는 것에 짜릿한 쾌감을 느끼기도 한다. 사회 치안을 위해서는 시민이 조금 불편하거나 고통을 받아도 어쩔 수 없다는 생각도 한다. 하지만 평화경찰과 함께 활동할 때면 '정말 저럴 것까지는'이라고 눈을 돌리고 싶어질 정도로 신문하는 경우도 있어서 정규 평화경찰 부대의 대단함을 실감하게 된다.

히고와 가고는 그중에서도 특히 '우수한 평화경찰'로 보였다.

그 둘이 취조 중에 나타난 침입자에게 살해되었으니 야쿠시지 경시장이 불쾌한 것은 당연할 것이다. 감식반 사이에 섞여 구부리고 앉아 있는 경시장의 뒷모습에서 부하를 잃은 지휘관의 마음이 읽힌다.

"제2빌딩 통로에서 우리 동료도 몇 명 당한 모양이야."

"범인은 얼마 전 구로마쓰 때의 그 남자입니까?" 내가 물었다.

보름쯤 전, 이즈미 구 구로마쓰에서 위험인물을 연행하려고 하는데 어디선가 나타난 오토바이 남자가 평화경찰을 방해하는 사건이 있었다. 잠시 소동이 있었지만 결과적으로 그 오토바이 남자는 도망쳤다고 한다. 미요시도 그 현장에 있었다.

"가능성은 높아. 그 녀석도 역시 작업복을 입고 있었거든."

미요시가 얼굴을 찌푸렸다. 그 남자가 이번에 평화경찰 빌딩에 침입했다고 한다면 명백한 저항세력이라고 봐야 할 것이다.

"어쨌든 범인을 검거하지 않으면 안 돼. 야쿠시지 경시장의 체면이 걸린 일이야."

"야쿠시지 경시장이 평화경찰과 안전지구 제도의 도입을 주도했으니 여기서 문제가 생기면 입장이 곤란해지겠죠."

"반대 파벌도 있으니까." 미요시는 이렇게 운을 뗀 다음에 "파벌이라기보다는 야쿠시지 씨는 주변 사람 모두가 반대파 같은 분위기니까" 하고 소리 죽여 말했다.

"그래요?"

"무슨 생각을 하는지 짐작할 수가 없는 우수한 남자는 상층부에게 위협이지. 윗분들 입장에서 보면 야쿠시지 씨는 위협 그 자체거든. 그렇다고 배제할 수도 없어. 어떻게 해서든 자신의 편으로 만들어두는 게 최선인 거야, 안 그래?"

"죄송합니다. 이거 조사해도 될까요?" 감식반 남자가 다가와 미요시가 바라보고 있던 인증 장치를 가리켰다.

"오오, 미안해, 미안해." 미요시는 얼른 자리를 비켜주었다.

"히고 씨와 가고 씨가 상당히 지독한 방법으로 당했습니까?"

"못 들었어? 가고는 머리가 쪼개졌고, 히고는 사타구니를 다친 후 머리를 당했대."

"총입니까?"

"목검이라는 얘기가 있던데."

"그런 원시적인 무기라니. 게다가 사타구니는 너무하네요."

"그렇지?" 미요시가 고개를 끄덕였다.

"하지만 너희가 평소에 하는 일과 별로 다르지 않잖아."

옆에서 소리가 나서 나는 깜짝 놀랐다. 바로 옆의 지면에서 출입금지 테이프를 붙이고 있던 감식반 남자가 한 소리였다. 말 한마디 하는 법 없이 땅바닥에 쭈그리고 앉거나 벽에 코를 박고 조용히 작업에만 몰두하는 그들이 우리 입장에서는 어디에나 있는 일개미로만 여겨져 설마 우리 얘기를 들을 것이라고는 생각도 하지 못했다. 아니, 듣고 있다고 해도 신경 쓰지 않았다.

"그게 무슨 뜻입니까?" 미요시가 재빨리 물고 늘어졌다.

"평화경찰의 고문이……." 자주 보던 얼굴로 감식반 중에서도 나이가 많은 직원이다.

"고문이 아니라 취조인데요."

"고문이 꽤나 지독하다던데. 차라리 처형되는 편이 낫다는 소릴 들었어. 너희도 평화경찰을 돕다가 세뇌를 당한 건지 모르겠지만 지독한 일을 하면 자신도 똑같은 일을 당하게 되지."

"평화경찰도 뭐 좋아서 그런 거친 취조를 하는 건 아니에요. 위험한 놈을 찾으려면 거친 방법이 필요하죠."

"그럴까?"

"무슨 뜻입니까?"

"어제 역 앞 덮밥 가게에서 아침을 먹고 있는데 평화경찰 둘이 내 뒤에서 위험인물을 괴롭힌 이야기를 신나서 떠들던데."

"가게에서 그런 얘기를 할 줄은 몰랐는데."

"그만큼 감각이 마비되었다는 거지."

"야쿠시지 씨가 알았다면 크게 혼났을 거예요."

감식반 남자가 비웃었다. "그 야쿠시지 씨야, 덮밥 가게에 있었던 사람이."

"역시. 아마도 그건 연기를 피우는 작전일 겁니다. 그런 이야기를 했을 때 그 가게에 위험인물이 있으면 반응할 거라고 생각해서." 미요시가 대답했다.

고령의 감식반 남자는 쓴웃음을 지었다. "이렇게 얘기하면 저렇게 되받아치는군."

"니헤이가 누구지?"

뒤에서 소리가 나 돌아보자 야쿠시지 경시장이 목청을 높이고 있었다. 옆에 있는 현경 형사부의 부장이 나를 알아보고 손가락질했다. "저기 있습니다."

나는 놀랐지만 곧바로 달려갔다. "왜 그러십니까?"

"지금 곧장 센다이 역으로 갈 수 있을까?" 야쿠시지 경시장은 눈을 깜빡이는 법을 잊은 사람처럼 눈을 크게 뜨고 말했다. 물론 나는 알았다고 대답했다. 이 일에서 의문형의 의사 타진은 곧 명령이나 마찬가지다.

"도쿄에서 이 사건을 위해 특별히 수사관이 오게 되었네." 부장이 나를 보고 설명했다.

"마카베라는 남자인데 경찰청 특별수사실 소속이다."

"특별수사요?"

"주로 경찰 내부에서 일어난 사건이나 경찰이 관련된 사건을 수사한다. 뭐든 하는 사람이란 얘기지."

"경찰 내부라고 하셨는데."

"경찰이 피해자 또는 가해자이거나, 아니면 외부로 새어 나가길 바라지 않는 사건을 수사할 때 파견되는 전문 수사관이다."

부장의 설명을 듣고 있던 야쿠시지 경시장이 골이 난 표정을 숨기지도 않고 그대로 내뱉었다. "단체 행동을 잘 못하는 주제에 탐정 흉내를 내지."

야쿠시지 경시장의 반응으로 보건대 '그 수사관을 싫어한다'고 나는 생각했다. 동시에 의문도 들끓었다. 경찰 조직에서 기본적으로 단독 행동은 허락되지 않는다. 게다가 상층부 사람이 좋아하지 않는다면 배척되는 게 당연하다. 그럼에도 이 비상사태에 도쿄에서 불러올 정도라면 필요한 인물로 여겨지고 있다는 것이다. 왜일까? 그 대답은 극명하다.

'유능한 분입니까?'

그렇게 묻고 싶었지만 묻지 않았다. 상사에게 질문해도 좋은 기회는 거의 없다.

"이번에 이 지구에서 위험인물을 불러내기 위한 세미나 덫이 있었지?" 부장이 나를 봤다.

세미나 덫은 위험인물을 적발하기 위한 수단 중 하나다. 평화경찰에 불만을 품고 반항적인 행동을 하려는 사람들을 모아 덫을 놓고 체포하는 것이다. 인권파 교수가 주도하는 방식으로 이루어지기 때문에 모이는 사람들을 '세미나 학생'이라고 부른다. 이번에도 그 작전이 성공을 거두어 평화경찰 빌딩에 잠입해 도청장치를 설치하려 한 남자들을 체포했던 것이다.

"그 아이디어를 처음 제안한 것도 마카베 수사관이라네."

"그렇습니까?"

"다만 그 세미나 학생을 취조하는 중에 다른 침입자가 들어와 이런 사건이 일어났으니까 그 잘난 마카베에게도 책임이 있지."

야쿠시지 경시장은 표정의 변화는 없었지만 말투가 거칠었다. 그 정도로 마카베 수사관이 마음에 들지 않는 건가.

우리 형사부장은 야쿠시지 경시장의 추종자가 되기라도 한 것처럼 맞장구를 쳤다. 경찰청의 평화경찰은 다른 부서, 특히 지방 경찰에게는 한 단계 급이 높은 조직이었다. 메이저리그 선수에게 가르침을 청하는 마음이 되는 것도 당연했다.

"다른 지역에서도 위험인물을 찾아내기 위한 아이디어를 많이 냈다고 하네."

형사부장이 나에게 말했다. 저쪽에는 아부하는 간드러진 소리를, 이쪽에는 기세등등한 소리를 내려니 그것도 힘들겠다.

"이번 사건의 수사를 위해 오시는 겁니까?"

나도 모르게 평소 하지 않던 질문을 했다.

야쿠시지 경시장은 고개를 획 돌려, 어제 부하들이 살해당한 빌딩을 바라보고는 인정하고 싶지 않은 사실을 겨우 인정하는 말투로 대답했다. "등이 할 일을 배가 할 수는 없지."

형사부장이 말을 받았다. "니헤이는 그 마카베 수사관을 안내해주게. 내 판단으로 자네가 어울릴 것 같아서 추천했으니까." 감사하라는 말이다. "곧장 역으로 가게."

나는 씩씩하게 대답하고 다시 미요시가 있는 곳으로 돌아와 사정을 설명했다.

"그래? 한동안 손님 접대라? 마카베라는 이름은 들어본 적이 있지." 미요시가 반쯤 놀리며 말했다.

"그래요?"

"무슨 생각을 하는지 모르는 사람이라는 얘기야."

"이봐, 니헤이, 빨리 준비해!" 뒤에서 형사부장의 목소리가 꽂힌다.

미요시가 낙담한 목소리로 한탄했다. "그에 비해 우리 부장은 무슨 생각을 하는지 정말 알기 쉽지. 머릿속에 자기보다 대단하신 분에게 아부해서 자기 자리를 지킬 생각밖에 없으니까."

"확실히 파악하기는 쉽죠."

"옛날에는 지금보다는 나았는데."

"그래요?"

내가 미야기 현 경찰에 들어왔을 때 이미 부장은 윗사람에게는 굽실굽실, 아랫사람에게는 기세등등의 전형이었다. 통통한 체형과 어울려 한심함이 뚝뚝 떨어졌다.

"정의감 있고 우수하고. 뭐, 경찰에 들어오는 놈들이 다 그렇지. 처음에는 다들 사명감에 불타올라. 부장은 동기들이 속속 출세하자 초조해진 거야. 지금은 윗사람 눈치만 살피는 무사안일 주의자고."

"사람은 저마다 살아남는 길이 있다는 말인가요." 나는 한숨을 쉴 수밖에 없었다. 이윽고 "잠깐 다녀오겠습니다" 하고 인사하고 그 자리를 떠났다.

"니헤이 군, 식물은 무력하다고 생각하지 않나? 스스로는 움직일 수 없으니까. 물론 바람에 가지와 잎이 흔들리고 미모사처럼 움직이는 풀도 있지만, 기본적으로는 문자 그대로 손도 발도 없고 공격을 받아도 몸을 지킬 수 없잖아. 지나가던 사람이 잡아당기면 어쩔 수 없이 뿌리까지 뽑히고 곤충이 다가와 줄기를 파먹으면 속수무책으로 먹혀야 하지. 꿀을 가져가도 그대로 있어야 하고. 물론 그것을 이용해 벌이 꽃가루를 옮기게 하는 꽃도 있지만 해를 입어도 자신을 지킬 수가 없어. 아아, 정말 무방비하잖아. 아름답고 허무하지. 그 헌법 9조의 전수방위보다 더 허무해(일본은 제2차 세계대전 패전 이후 헌법 9조에 따라 자국이 무력 공격을 받았을 때에만 최소한의 방위력을 행사하는 전수방위를 원칙으로 삼고 있다 – 옮긴이). 가엾다는 생각은 안 해봤나? 하지만 말이야, 식물 중에는 방위의 지혜를 가지고 있는 것도 있어. 그게 바로 양배추야."

십여 분 전, 나는 센다이 역 신칸센 개찰구 앞에서 마카베 고이치로와 합류했다.

'단독 행동을 허락받은 유능한 수사관'이라는 말에서 내가 떠올린 것은 진지한 표정에 눈빛이 날카로운 양복 차림의 형사, 뛰어난 육감과 직관력을 자랑하는 베테랑이었는데, 정작 나타난 마카베는 모든 예상을 벗어났다.

애당초 개찰구 건너편, 신칸센 승강장 쪽에서 나올 줄 알고 기다리고 있는데 갑자기 뒤에서 "현경에서 보낸 사람?" 하며 말을 걸어왔다.

어디에서 온 거지? 나는 당황할 수밖에 없었다.

"일찍 도착해서 역을 어슬렁거리고 다녔지."

마른 체형에 양복을 입었지만 어깨에 닿을락 말락 한 단발에 파마까지 해서 웬 뮤지션이 센다이에 온 느낌의 외모였다.

"마카베 수사관이십니까?" 목소리를 낮춰 물었다. "미야기 현경의 니헤이라고 합니다."

"니헤이 군이라고, 잘 부탁하네."

"우선은 현경까지 모시겠습니다."

"싫은데."

"네?"

"어차피 '잘 오셨습니다' 같은 인사말이나 할 거잖아. 그리고 야쿠시지 씨도 있을 거고."

"경시장님이 평화경찰을 총괄하고 있으니까요."

"나랑 안 맞아, 그 진지한 느낌. 나를 눈엣가시처럼 여기고 있기도 하고. 왜 그럴까. 나는 그다지 그 사람의 발목을 잡은 일이 없는데. 그보다 이른 점심이라도 할까? 역 건물 일 층에 탄탄면 가게가 오픈한 것 같던데."

"그러시겠습니까?"

"식당 오픈이 오늘부터래. 그게 안 되면 현장에 가자고. 어디야, 그 웃기는 현장이?"

"웃기는?"

"그러니까 취조 중이던 사디스트 형사들이 갑자기 나타난 남자에게 머리와 사타구니를 맞고 죽었다며. 웃기지 않아?"

나는 마카베 고이치로를 뚫어져라 보고 말았다. 슬쩍 봤을 때는 알아차리지 못했는데 가까이에서 보니까 나보다 키가 크다. 올려다보는 각도가 된다.

"자, 갈까?"

마카베 고이치로의 말에 역 구내를 걸었다.

그리고 동쪽 출입구에 정차해둔 차의 조수석에 타자마자 갑자기 마카베가 식물 이야기를 늘어놓기 시작했던 것이다. 식물은 몸을 지킬 수 없다. 일본의 헌법 9조나 간디의 비폭력주의와 마찬가지다. 하지만 완전한 무방비라고는 할 수 없다. 그런 얘기들이었다.

"양배추의 천적은 배추벌레야. 배추흰나비의 유충이지. 그 배추벌레들은 양배추를 좋아해서 무턱대고 먹어대지. 양배추 입장에서는 참을 수가 없어. 그래서 말이야, 양배추는 배추벌레를 물리치기 위해 기생벌들을 부르지."

"기생벌이라뇨?"

"배추벌레에 기생하는 벌이야. 요컨대 배추벌레의 적이지. 배추나비고치벌이라고도 해. 그게 배추벌레에 기생하면서 배추벌레의 수를 줄여줘."

"양배추가 어떻게 부릅니까?"

"바로 그 부분이 중요한데." 마카베 고이치로는 신이 나서 말했다. "SOS 신호를 보내는 거야."

운전 중이라 슬쩍만 봤는데도 그의 반짝이는 눈과 마주쳤다.

"양배추가요?"

"배추벌레가 양배추를 물어. 그러면 그 타액에 포함된 효소와 양배추 성분이 섞여 휘발성 물질이 공중에 뿌려져. 그것이 배추벌레의 천적을 부르지."

나는 그 말에 '그렇구나' 하고 이해했지만 가장 마음에 걸린 것은 배추벌레도 타액이 있을까 하는 점이었다.

"물렸을 때 방어 신호를 내보내는 것은 생물 세계에서는 자주 있는 일이지. 그렇게 생각 안 하나, 니헤이 군?"

"먹이사슬이나 약육강식 같은 거죠."

마카베 고이치로는 내 대답이 성에 안 찼는지 한심하다는 눈빛을 던졌다.

"그런 틀에 박힌 키워드는 하나도 재미없어. 약육강식이라고 해도 동물들은 이기기도 하고 지기도 해, 안 그래? 의태한 곤충이 늘 천적을 속이는 것도 아니야. 먹힐 때도 있고 도망칠 때도 있지. 약육강식이라고 해도 사실은 애매해. 하지만 방금 한 양배추 얘기는 재미있지? 그러니까 배추벌레 자신이 적을 부르는 거잖아. 양배추는 상대의 힘을 이용해 천적을 퇴치하는 거고. 합기도 같지 않아?"

"아아, 네." 상관이나 선배 같은 윗사람에게 동의하는 일은 익숙하다. "확실히 그러네요."

하지만 그 영혼 없는 맞장구를 민감하게 간파했는지, 마카베 고이치로가 역시 한심하다는 시선을 보내는 게 곁눈질로도 느껴졌다.

"이건 말이야, 니헤이 군. 평화경찰에도 해당하는 말이야."

"네? 양배추가 말입니까?"

"맞아. 양배추가 평화경찰에 해당되지. 이번에 의문의 침입자가 경찰을 다치게 했어. 취조 중인 형사를 살해하고. 아이고, 이건 정말 큰일이야."

마카베 고이치로는 말과는 달리 유쾌해 죽겠다는 듯 조그맣게 웃었다.

"말하자면 그 침입자가 배추벌레지. 그리고 그 사건이 SOS 신호야. 그것을 듣고, 물론 듣고 싶지 않았지만 말이야, 이렇게 내가 온 거야. 배추벌레인 범인을 찾기 위해서. 기생하는 벌레가 바로 나야. 늘 그렇지. 경찰은 사건이 생기면 나를 부르지. 나를 부르고 싶어서 사건을 일으키는 게 아닌가 싶기도 하지만. 야쿠시지 씨는 사실은 정말로 나를 만나고 싶었던 게 아닐까?"

"아, 네."

나는 그의 망상에 가까운 말에 나도 모르게 속내를 드러내는 바보 같은 대답을 하고는 이런 저질러버렸네, 하는 표정을 지었는데 마카베 고이치로는 오히려 더 좋아하는 눈치였다.

"니헤이 군, 바로 그거야. 표면적인 맞장구보다 그런 속내야말로 나를 구원한다니까."

빌딩에 도착하자 마카베 고이치로는 척척 안으로 들어갔다. 노란색 테이프가 처진 취조실에 도착해 여기저기를 살폈다.

현장인 취조실에서는 아직도 감식반이 바닥을 기어 다니고 있었다.

"수사를 위해 오신 마카베 고이치로 수사관이십니다."

나는 감식반 직원들에게 마카베를 소개했지만 그들은 별 관심이 없는지 반응이 없었다.

마카베가 벽을 바라보고 파인 곳을 가리켰다.

"여기, 발포한 흔적이 있네."

"히고 씨가 쏜 총 같습니다."

"아주 가까운 거리였는데 빗나갔네. 초조했나?"

마카베 고이치로는 어린아이의 실패를 화제로 삼는 것 같은 말투였다.

"통로에도 여러 명이 총을 쏘려고 한 흔적이 있는데 모두 빗나갔습니다."

"흐음." 마카베 고이치로는 벽에 설치된 유리 앞에 섰다. "이 너머는 고문실인가?"

"마카베 씨, 그런 호칭은…… 취조실입니다." 나는 당황했다.

"니헤이 군, 얼버무릴 필요 없네. 세상에는 그렇게 말해야 할지 모르지만 내게는 그럴 필요 없어. 동료이니까." 마카베 고이치로가 말했다.

취조실 옆 작은 방으로 들어갔다. 작은 방의 벽에서는 취조실이 보이지 않는다.

"여기서는 단순한 거울로 보이네."

마카베 고이치로는 그 벽의 커다란 거울에 비친 자기 모습에 노크를 했다.

"이거 정말 재미있네. 매직미러는 보통 거꾸로 되어 있는데. 저쪽 취조실에 있는 용의자를 이쪽의 목격자나 피해자가 몰래 보기 위해 사용하잖아. 용의자가 범인과 닮았는지 어쩐지 관찰하려고 말이야. 그렇지 않나? 그런데 여기는 반대야. 아니, 여기만이 아니지. 평화경찰의 시설은 대체로 이래."

말하지 않아도 잘 안다.

평화경찰의 취조는 기본적으로 '위험인물이라 여겨지는 인물'을 자백시키는 것이다. 그러기 위해서는 수단과 방법을 가리지 않는다. 그 수단과 방법을 가리지 않는다는 것에 나도 처음에는 거부감이 있었지만 어느새 익숙해졌다. 미적지근한 신문으로 입을 여는 자는 진정한 위험인물이 아니라는 야쿠시지 경시장의 설명을 이해할 수 있었다. 그렇다. 위험인물은 순순히 자백하지 않는 법이다.

그러자면 취조 중인 피의자를 동요시키는 것은 꼭 필요한 일이다. 예를 들어 옆방에서 그 피의자의 친한 친구, 가족 등에 압력을 가하는 것은 매우 효과적인 방법으로 이런 일방통행의 유리는 그 장면을 피의자에게 보이기 위해 사용하는 것이다.

"악취미야." 마카베 고이치로는 이렇게 말했지만 불쾌감을 드러내지는 않았다. "이것은 매달리는 건강기구인가?"

작은 방에 놓여 있는, 위쪽에 철봉이 설치된 건강기구를 움직이지 못하게 된 장신의 인물이라도 관찰하듯 쳐다보던 마카베 고이치로는 "이유를 모르겠어"라고 말하고는 곧 스스로 부정했다.

"어디에 썼는지 대충 알겠군. 전에 본 적이 있어. 몇 분 매달리면 도와주지만 떨어지면 끝. 이 분인가 삼 분, 짧은 것 같지만 사실은 길지. 매달려 있을 수 없어."

"네, 그때는 가모 요시마사의 어머니가 매달려 있었습니다." 내가 대답했다.

마카베 고이치로는 졌다는 표정을 지었다. "어머니가? 매달리는 플레이가 한창일 때 말인가?" 그러고는 통로로 이어지는 문을 돌아보았다. "침입자가 들어왔다는 거군."

"네."

"열쇠는?"

"이 방은 잠겨 있지 않았습니다. 출입은 자유입니다. 이 빌딩에 수상한 자가 들어올 가능성은 낮으니까요."

"그건 왜?"

"빌딩 자체에 보안이 되어 있습니다. 건물에 들어오는 단계에서 체크하기 때문에 안쪽 방들은 특별히 잠그지 않습니다. 게다가 이번에는 방범카메라도 고장 났습니다."

"전부?"

"아, 아니요. 전부는 아니라고 들었습니다."

"취조실의 녹화 테이프는 어떻게 되었나? 그 취조 과정을 담은 영상은?"

"네?"

"평화경찰은 취조 과정을 영상으로 보존하고 있지. 고문하는 상황을 보존한다니 리스크가 있지만 그래도 보존하고 있어."

"마카베 씨, 그게 말인데요, 평화경찰이 거칠게 신문하는 건 위험인물의 입을 열기 위해서 필요한 일입니다."

나는 곧바로 강하게 반발했다. 내가 하는 일이 이렇게 부정된다면 항변의 말 한마디쯤은 해두고 싶다. 우리에게도 사명감이 있다.

"그리고 취조가 무섭게 느껴지면 위험인물들에게도 억제 효과가 있을 겁니다."

마카베 고이치로는 물끄러미 나를 봤다. "니헤이 군, 진심으로 그렇게 말하는 건가?"

"물론 진심입니다."

"자네는 형사의 귀감이로군." 마카베 고이치로는 놀랍다는 표정으로 양팔을 벌렸다. "어쨌든 평화경찰은 취조 상황을 보존하고 있으니까, 어제 사건 당시 취조실의 카메라는 고장 났어도 데이터는 남아 있을 거야."

마카베 고이치로가 향한 곳은 방범카메라를 관리하는 모니터 관리실이었다. 처음 온 장소일 텐데도 마카베 고이치로는 조감도를 머릿속에 넣고 있는 것처럼 척척 걸어가, 우리가 조금 전 들어온 일 층 뒷문 바로 옆에 있는 방 앞에 도착했다.

"원래 여기 들어가려면 지문 인증이 필요한데." 문 옆에 붙어 있는 인증 장치를 가리키며 내가 물었다. "고장 났습니까?"

"아니, 여기는 무사해." 그렇게 말하고 마카베 고이치로는 자신의 카드로 문을 열었다.

모니터 관리실 벽에는 작은 디스플레이가 늘어서 있고 큰 서버 단말이 놓여 있었다. 수사관이 거친 목소리를 내는 취조실과는 달리 인간의 냄새가 없는 기계만 있는 방이다. 이곳의 화면 너머로 취조실을 보면 음성이 없기 때문인지 생생함이 사라진 지루한 텔레비전 드라마를 보는 것만 같다. 그나마 지금은 모니터들의 전원이 전부 꺼져 있다.

여기에서도 감식반 직원 한 명이 기어 다니며 증거를 찾고 있었다.

"녹화 데이터는 얼마나 가지고 있으려나." 마카베 고이치로가 물었다.

감식반 직원이 일어나 모르는 얼굴을 보고 당황해했다. 하지만 내가 소개하자 등을 쫙 펴고 대답했다. "아직 모르겠습니다."

"시스템 관리자가 로그를 조사하면 상황은 알 수 있겠지. 그런데 니헤이 군."

"네." 갑자기 이름이 불려 놀랐다.

"이거 재미있네."

"무슨 말씀이십니까?"

"이 방에 들어오는 데는 지문 인증이 필요하고, 게다가 방범 카메라의 데이터를 지우거나 녹화 정보를 빼앗기 위해서는 로그인이 필요하다."

"범인이 어디까지 무슨 짓을 했는지 아직 모릅니다만."

"그렇다면."

"그렇다면?"

"상대는 상당히 강해. 재미있지 않나?"

나는 어떻게 반응해야 할지 알 수 없었다. 옆에 있던 감식반 직원도 괜한 얘기를 들어버렸다는 표정으로 당황했다.

"재미있지 않은데요."

"그래? 나는 막 흥분되는데." 마카베 고이치로는 어느새 바닥을 기고 있었다.

"누군가가 이 방에 들어왔다면 마지막 인증 번호를 조사해서 누군지 알아낼 수 있을 텐데요?"

"아마도 그 정도 정보는 지워져 있지 않을까. 아니면 망가져 있거나."

갓난아이가 기어 다니듯 엎드려 마치 투명한 철도 모형이라도 달리고 있는 것처럼, 마카베 고이치로는 잠자코 바닥을 관찰했다.

"저도 한참 봤으니까 수사관님이 그렇게 보실 필요는 없습니다." 감식반 직원은 어쩐지 창백해 보였다.

"아, 그래." 마카베 고이치로는 일어나 먼지를 털었다. "지문 담당과 발자국 흔적 담당은 이미 왔다 갔나?"

"여기는 이미 끝냈습니다."

"뭐라도 있었나? 특별한 뭐가?"

"특별히⋯⋯." 감식반 직원은 비닐주머니에 담긴 물건을 몇 개 들어 올렸다. "유류품으로 여겨지는 것은 이 덮밥 가게 영수증뿐입니다."

확실히 거기에는 덮밥 가게가 영수증 대신 사용하는 식권 반 장이 들어 있었다. 쓰레기로밖에 여겨지지 않는 물건이 소중하게 보관되어 있는 것이 우스웠다.

"어제 날짜인 걸 보면 여기 담당자가 떨어뜨린 것 같습니다."

"아니면 범인이겠지." 마카베 고이치로는 별일 아니라는 듯 말했다.

"네?"

"덮밥 가게 영수증은 중요해."

무슨 근거로, 하고 나는 생각했지만 마카베 고이치로는 자신만만하게 고개를 끄덕이고 있었다.

방을 나와 빌딩에서 나오자 뒷문에는 몇 명의 형사가 남아 있었다. 미요시는 이미 없다. 저 멀리서 제복 경관 두 명이 서서 얘기하면서 힐끗힐끗 이쪽을 보고 있었다. 도쿄에서 왔다는 마카베 고이치로에게 관심이 있는 모양이다.

마카베 고이치로는 카드와 지문을 인증하는 보안 박스를 찬찬히 바라본 후 이번에는 문을 바라보았다. 열고 닫기를 몇 번하고 문을 만졌다.

감식반의 활동에 관심이 있는지 한참 멍하니 바라보고 있는데 그런 우리 앞을, 빌딩 안에서 나온 감식반 남자가 지나쳤다.

"앗! 잠깐!" 마카베 고이치로는 그중 한 사람을 불러 세웠다.

긴장한 표정으로 감식반 남자가 돌아보았다. "네? 무슨 일이시죠?"

"그대로 멈추게."

마카베 고이치로는 감식반 남자의 뒤로 돌아 구부렸다. 도대체 왜 저러나 하고 생각하고 있는데, 마카베는 남자가 걸고 있는 웨이스트 파우치에 얼굴을 가져다 댔다.

"움직이지 마." 중얼거리며 손을 뻗는다.

"왜 그러십니까?"

"아니, 이게 붙어 있어서." 마카베 고이치로가 오른손가락으로 뭔가를 집더니 상당히 힘을 들여 문질러 떼어냈다.

"그게 뭡니까?"

"뭘까. 철의 파편 같다."

웨이스트 파우치의 금속 부속품 부분에 붙어 있었던 것 같은데 잘도 찾아냈네, 하며 나는 오히려 그 부분에 감탄한다.

"아주 작네요."

"쓰레기 조각일까요?" 감식반 남자는 귀찮다는 투로 말했다.

"폭발물 파편일지도 모르지."

"폭발물이 있었습니까?"

"아니, 아직 몰라. 폭발물이 없었다고도 할 수 없지." 그러고는 "이것도 증거 중 하나니까 제대로 보관하게" 하면서 마카베는 파편을 감식반 직원에게 건넸다.

내 전화기가 울렸다. 형사부장이 건 것이다. 마카베 고이치로는 "귀찮으니까 받을 필요 없어"라고 주장했지만 나는 무시할

배짱이 없어 통화 버튼을 눌렀다.

"니헤이, 일단 마카베 수사관을 여기 본관으로 모셔 오게."

내 의사를 묻지 않는 단호한 말투가 내게 꽂혔다.

"마카베 수사관이십니까. 만나뵙게 되어서 영광입니다."

얼굴을 내밀자 형사부장이 공손하게 인사했다. 역시 부장도 마카베 고이치로의 기타 하나만 들면 금방이라도 노래를 시작할 것 같은 풍모에 놀란 것 같았다. 한편 뒤에 버티고 있는 짜증 난 표정의 야쿠시지 경시장에게도 신경을 쓰고 있었다. 무슨 일에든 늘 무표정과 무감정인 야쿠시지 경시장이 너무나 노골적으로 마카베 고이치로에 대한 혐오와 빈정거림을 드러내고 있었기 때문에 형사부장은 대립하는 두 종교의 신자들 사이에 끼어 양자의 기분을 다독이는 난이도 높은 일을 하고 있었다. 나는 직속상관이 보이는 저 격조 높은 아부 기술에 감탄을 금치 못했다. 이윽고 부장은 팔방미인 노릇을 하는 데 질렸는지 억눌린 감정을 풀 기세로 나를 꾸짖고 나섰다.

"니헤이, 실례를 저질렀잖아."

네, 하고 나는 대답했다.

"실례는 없었습니다. 니헤이 군은 아주 성실하고 불평 한마디 없는 대응으로 저를 맞았습니다." 마카베 고이치로가 싹싹한 태도로 부장과 악수했다. "교육을 아주 잘 시키셨더군요."

"아니, 아닙니다." 부장이 콧구멍을 부풀렸다.

"저기, 마카베." 야쿠시지 경시장이 다가왔다. "이건 자네의 아이디어가 일으킨 사건이라고 할 수 있다네."

"야쿠시지 씨, 무슨 말씀입니까?"

"이번 취조에 끌려왔던 놈들은 예의 그 세미나 학생들이라네. 자네가 제안한 교수를 이용한 덫에 걸린 녀석들이었어. 그러니까……."

"그렇다고 정의의 편이 나타난 것을 제 탓으로 몰면 곤란합니다. 그런 식으로 따지면 애당초 야쿠시지 씨가 평화경찰 제도를 추진했으니까 이런 일도 생긴 거죠."

"무슨 그런 바보 같은 소리를!"

"그와 마찬가지로 저와는 관계없는 일입니다. 어디까지 원인을 거슬러 올라갈 생각입니까. 모든 범죄는 이 세상에 인간이 있기 때문이라고도 할 수 있죠. 그렇다면 처벌받아야 하는 건 누구입니까. 아아, 괜한 얘기를 꺼냈군요. 내가 그 이름도 기억 안 나는 교수를 동원해 레지스탕스를 밖으로 끌어내는 아이디어를 고안했지만 그것은 어디까지나 해보면 재미있겠다 정도의 생각이었죠. 세미나의 덫을 놓지 않았다면 범인은 침입하지 않았을 테지만 어느 정도 효과가 있는지도 알 수 없었겠죠. 그러나 그 세미나 수법은 군마와 나라에서는 별 탈 없이 진행되었고 이번에 어쩌다 미야기에서 사건이 일어난 겁니다. 이 미야기 현에 우연히 정의의 편이 있었던 것뿐이죠. 원인은 그것 외에는 없습니다."

야쿠시지 경시장의 표정이 흐려졌다.

"정의의 편이라는 호칭은 뭐야? 그렇다면 우리가 악이라는 뜻인가?"

"말도 안 됩니다. 세상에 악 같은 건 존재하지 않아요. 전부가 정의라고 해도 될 정도죠. 해충이라는 벌레가 존재하지 않는 것과 마찬가지입니다. 벌레 스스로 생각하면 자신은 유익한 벌레입니다. 다만 야쿠시지 씨, 평화경찰이 위험한 것은 일반 시민을 개미로밖에 여기지 않기 때문이에요."

"벌레 취급은 하지 않아."

"정말입니까? 야쿠시지 씨, 평화경찰 수사관이 실수로 택시 운전사를 죽인 이야기를 들었습니다." 마카베 고이치로는 조금 도발하는 이야기를 꺼냈다. "목격자 두 명도 죽였다던데요. 굉장하죠. 게다가 어딘가에 버렸다고 하던데."

무슨 얘기를 하는 건지 나는 금세 알아차렸다.

심야에 택시를 탄 평화경찰 수사관이 운전사와 말다툼을 벌이다 욱해서 총으로 쏘아 죽였던 것이다. 게다가 그 자리에 있던 남자 둘이 목격했다는 이유로 그 둘도 사살했다. 곧바로 야쿠시지 경시장에게 보고가 들어와 출동했을 때는 이미 수사관이 목격자 한 사람의 사체를 바다에 버리고 있었다고 한다.

"야쿠시지 씨는 그 운전사가 위험인물이었다고 했죠. 사살한 것은 평화경찰의 수사 과정에서 적절한 조치였다고."

"마카베, 너는 여전히 비뚤어진 사고방식을 가지고 있군. 있는 그대로 받아들이질 않아. 택시 운전사가 위험인물이고 수사 관은 스스로를 지키기 위해 발포했다.”

“그런데 이런 이야기를 들었습니다. 택시 운전사를 위험인물로 둔갑시키고 목격자 시신은 몰래 처리했다고.”

“사체를 몰래? 누가 어떻게 그럴 수 있겠나.”

마카베 고이치로는 거기서 입술을 쭉 내밀고 어깨를 으쓱해 보였다. “그 정도 일은 평화경찰이라면 여유롭게 할 수 있지 않나요?”

야쿠시지 경시장은 대답하지 않았다. 대신 옆에 있던 형사부장이 드러내놓고 당황해 거동 수상자처럼 동공이 흔들리고 있었다.

“형사부장이 그 시신을 처분할 거라느니 벌써 했다느니 하는 이야기도 들었는데.” 마카베 고이치로가 무심결에 툭 질문을 던지자, 형사부장은 “네, 뭐” 하며 진실을 얘기하고 말았다. 서둘러 “아니, 그런 일은” 하며 부정했지만.

경찰서 안에 있는, 적어도 평화경찰 일을 하는 사람들은 모두 알고 있었다. 수사관이 미처 처치하지 못한 목격자의 사체를 형사부장이 한동안 감추고 있었다는 사실을.

“아아, 그런가. 시신을 보관하고 있다가 어디선가 큰 교통사고라도 나면 슬쩍 섞어 넣을 생각인 건 아닙니까.” 마카베 고이치로가 계속한다.

“무슨 뜻이지?”

“내놓는 걸 까먹은 쓰레기는 다른 날에 섞어서 버리면 됩니다. 평화경찰이 자주 하는 일 아닙니까. 고문하다 실수로 죽인 사람을 그럴듯한 사고나 재해의 희생자로 둔갑시키는 것 말입니다. 시신을 보관하기 위한 대형 냉동실이 있다고 하던데."

"마카베, 적당히 해. 네 망상을 듣고 있을 시간이 없어. 택시 운전사는 위험인물이었네. 그것뿐이야."

"역시 야쿠시지 씨는 일반 시민을 벌레나 개미처럼 생각하는군요. 아, 하지만 개미는 아주 무서운 곤충 중에 하나입니다. 개미로 의태하는 곤충도 있을 정도니까요. 베짱이의 유충도, 불개미거미도, 빨간 노린재의 유충도 모두 개미와 똑같습니다. 의태에는 몇 가지 종류가 있습니다. 이 경우는 기본적인 방식의 의태, 즉 강한 것을 흉내 내어 적을 퇴치하는 유형이므로, 개미는 개미 시늉을 낼 정도로 강한 겁니다. 개미에게 잘못 손을 대면 한 마리에 손을 댔다고 생각한 순간, 수천 마리를 상대해야 하는 지경에 빠지니까요."

마카베 고이치로의 장광설에는 익숙한 모양인지, 야쿠시지 경시장은 진저리를 치면서도 흘려듣고 있었다.

"개미는 날개를 버리고 지면을 기어 다녔기 때문에 저렇게 번성한 겁니다. 재미있지 않습니까, 야쿠시지 씨. 생물에게는 저마다 살아남는 방법이 있죠."

"아니, 마카베 수사관님, 앞으로 수사 방침은요?" 형사부장이 중재하듯 화제를 바꾸었다.

"가모 요시마사 일행은 지금 어디에 있습니까?" 마카베 고이치로는 입을 쭉 내밀었다. "정의의 편에게 도움을 받은 후 어떻게 되었습니까?"

"아직까지 소재를 파악하지 못했네."

"그 말로 보건대 곧 알게 될 거라는?"

"실은 그런 보고가 들어와서." 형사부장이 서둘러 설명을 덧붙였다.

"누가 한 보고입니까?" 마카베 고이치로가 형사부장이 아니라 야쿠시지 경시장을 쳐다봤다.

야쿠시지 경시장은 아주 잠깐이지만 콧구멍 평수를 넓혔다.

"범인이다. 범인이 평화경찰 미야기 현 본부에 메일을 보냈다."

"아니, 그런 걸 보냈습니까?"

마카베 고이치로가 호기심을 보였다. 이쪽은 야쿠시지 경시장과 정반대로 어린아이처럼 감정을 얼굴에 드러내고 수시로 표정이 바뀐다.

"'어제는 괜한 소동을 일으켰습니다'라고 적혀 있나요? 아니면 사건의 진상을 알고 싶으면 여기를 클릭? 그거, 절대 클릭하면 안 돼요. 비아그라 판매 페이지로 넘어간다니까요. 게다가 유감스럽게도 비아그라를 사고 싶어도 그 페이지에서는 안 팔 가능성이 높아요."

위험인물에 대한 정보를 얻기 위해 평화경찰에서는 전화번호와 함께 메일주소도 공개하고 있다. 쏟아지는 메일 양이 엄청나기 때문에 모든 메일을 바로 경찰 관계자가 확인하기는 어렵다. 그 때문에 처음에는 대강 선별한다. 제목과 본문 키워드, 문법을 기계적으로 체크해 신뢰성을 몇 단계로 분류한다. 예를 들어, 스팸 메일 종류는 최저 레벨로 들어가 정리, 보관된다. 어느 부서가 관리하고 있는지는 잘 모르지만, 나도 그렇게 들었다.

어젯밤, 범인으로 보이는 사람이 보낸 메일은 '가모 요시마사'와 '미즈노 젠이치'라는 단어가 본문에 포함되어 있었기 때문에 가장 중요한 데이터로 취급되어 곧바로 담당자의 눈에 들어왔다고 한다.

"그 두 사람은 이미 신문 중이었기 때문에 필터링 대상에 포함되어 있었습니다." 형사부장이 설명했다.

메일 본문에는 '가모 요시마사와 그의 어머니 기미코, 미즈노 젠이치를 구출했다'라는 내용이 담겨 있었다고 한다. 범인만 알 수 있는 정보도 담겨 있었기 때문에 거의 틀림없이 범인 또는 공범이 보냈다고 판단했다.

"요구 사항은 무엇이었습니까?"

"요구 사항이 있었는지는 어떻게 알았나?"

"일부러 메일까지 보낸 것을 보면 요구 사항이 있었겠죠."

야쿠시지 경시장은 아주 긴 한숨을 내쉬었다. "가모 일행을 집에 돌려보내고 싶다, 그렇게 말했다."

"돌려보내려고 하면 얼마든지 보낼 수 있지 않습니까?" 나도 모르게 이야기에 끼어들고 말았다. 분하지만 아직 경찰은 도망친 가모 일행의 소재를 파악하지 못하고 있다.

"니헤이, 정신 차려. 그들이 집에 돌아오면 평화경찰이 체포하지. 그리고 또 신문을 받아. 또 구해내 집에 돌려보내면 또 체포되고. 도와주고 체포, 도와주고 체포, 그 바보 같은 작업을 행성의 자전처럼 되풀이해야 한다고. 뭐 누범 범죄자와 경찰의 관계가 이와 비슷하긴 하지. 그건 그렇고, 어떻게 구출에는 성공했다고 해도 돌아오기는 아주 어렵다고. 어딘가 안전한 곳을 만들어놓고 그곳으로 피신시켰을 거라고 생각했는데."

"경찰의 눈을 피해 편안하게 살 수 있는 땅은 없어."

"도망쳐봐야 소용없긴 해요. 도망치면 칠수록 가까워지니까. 지구는 둥글잖아요. 진심으로 도망치고 싶으면 화성으로 가는 수밖에 없죠."

"범인의 요구는 이거로군. '가모 일행을 집으로 돌려보내고 싶다. 그러니 더 이상 체포하지 마라. 그냥 둬라.' 그리고 세상에는 '가모 일행은 위험인물이 아닙니다'라고 발표하고 말이지."

"요컨대 체포 전 상태로 되돌려놓으라는 말이네요."

"가모 일행도 가혹한 신문을 받았던 걸 발설하지 않겠다, 평화경찰이 비난받을 일은 없다, 그런 교환 조건으로 거래를 제안했다."

"그 요구는 받아들여도 괜찮지 않습니까, 야쿠시지 씨? 큰 타격도 없네. 요컨대 그 녀석은 단순히 가모 요시마사와 미즈노 젠이치를 일상생활로 돌려보내고 싶었던 거네요."

172

야쿠시지 경시장은 옆에 있는 내가 다 속이 쓰릴 정도의 날카로운 눈빛으로 마카베 고이치로를 노려봤다.

"그렇게 간단한 일이 아니잖나."

"상대는 무엇을 인질로 삼고 있습니까? 맨손으로 요구를 받아들이라고 하지는 않았을 테고. 거래 조건으로 뭘 얘기했습니까?"

"녹화 데이터야. 가모 일행을 신문했을 때의 녹화 영상을 가지고 있다. 만약 가모 일행을 다시 체포하면, 또는 두 가족에게 무슨 일이라도 일어나면 곧바로 녹화 영상을 공개하겠다고 한다. 아주 상냥하게도 영상의 일부를 첨부해서 보내주기까지 했어. 거짓말이 아닌 건 분명해."

"한심한 신문 내용이 제대로 찍힌 영상 말입니까? 그런데 그 정도로 상대의 요구를 받아들일 만큼 우리 경찰들은 사람이 좋지 않은데." 마카베 고이치로가 말했다.

"무슨 뜻인가?"

"신문 동영상이 공개되면, 아마도 인터넷에 유출되겠지만 얼마든지 얼버무릴 수 있어요. 조작한 가짜 동영상이라고 주장할 수도 있고 '위험인물 관련 법'을 적용해 검색 결과에서 삭제하는 것도 가능합니다. 그 정도는 힘들지도, 귀찮지도 않아요. 물론 그것은 날조죠. 어쨌든 일반 시민 입장에서는 '이렇게 지독한 신문은 하지 않을 거야'라고 생각하게 할 수도 있어요. 이거야말로 평화경찰이 잘하는 일 아닙니까?"

야쿠시지 경시장은 거기에는 대답하지 않았다. "지금 우리 방침으로는 상대방의 요구를 받아들이기로 했다."

"그래요?" 놀란 것은 바로 나였다. "그러면 가모 요시마사 일행을 집으로 돌려보내는 겁니까?"

"니헤이, 네 입장을 생각해!" 형사부장이 거의 속삭이는 목소리로 한마디 했기 때문에 나도 깜짝 놀라 입을 다물었다.

"마카베가 말한 것처럼 마음만 먹으면 취조실 동영상 파일은 어떻게든 할 수 있다. 공개된다 해도 얼마든지 대응할 수 있어."

"지금쯤 경찰청의 시나리오 부서가 기자회견용 변명 연설을 준비하고 있겠죠."

"그런 부서가 있습니까?" 내가 따져 물었지만 그 질문은 누구도 제대로 받아주지 않았다.

"어쨌든 마카베, 네가 말한 대로 영상이 공개된다고 해도 우리에게 큰 지장은 없다. 영향이 아주 없지는 않겠지만 커다란 위협이 되진 않는다. 다만 우리는 범인을 찾는 걸 우선시한다. 그러자면 상대방의 요구를 받아들여야 한다고 판단했다."

"설치고 다니게 놔둔다는 말씀이군요." 내가 말했다.

"그렇다. 만약 그 녀석이 정말로 가모 일행을 집으로 돌려보내는 게 전부라면 그것도 그런대로 단서가 된다. 지금은 상대가 시키는 대로 하는 게 최선책이다. 그러므로 마카베 자네도 가모 일행의 가족은 탐문하지 마라. 그것이 상대의 요구니까. 알았나?"

마카베 고이치로는 어깨를 으쓱해 보였다. "범인에 관한 정보는 있습니까?"

그 대목에서 형사부장이 가슴을 폈다. "아, 영상이 있습니다. 출입구와 취조실 방범카메라는 고장 났지만 계단과 복도 쪽은 무사했습니다. 모든 걸 파괴할 여유는 없었겠죠."

"그 영상 데이터, 빨리 보여주세요." 마카베 고이치로는 기쁜 눈치였다. "아, 기대된다. 정의의 편이 어떤 인물인지, 가슴이 막 뛰네."

나와 마카베 고이치로는 현경의 다른 방, 정보분석부로 이동해 방범카메라 영상을 보기로 했다. 컴퓨터와 접속한 액정 디스플레이 앞에 몸집이 크고 고양이처럼 등이 굽은 고토가 앉아 마우스를 조작하고 있었다. 몇 년 전에 본격적으로 설치된 부서로 정보를 수집, 정리하는 것은 물론 정보의 발신, 조절 업무도 맡고 있다. 일반적인 수사 활동을 위한 부서라고 해도 평화경찰이 오면 더욱더 강력한 힘을 발휘한다.

고토 뒤에 마카베 고이치로가 서서 디스플레이를 들여다보고 있다.

"예를 들면 이겁니다." 고토는 둥근 얼굴에 몸집이 크다. 태도가 부드러워 연배가 낮은 나에게도 상냥하게 말을 걸었다.

어제 제2빌딩 안에서 찍힌 영상 몇 개를 순서대로 재생했다.

처음 영상은 빌딩 안 복도 저쪽에서 이쪽으로 걸어오는 사람의 모습이다. 흑백 영상이지만 화질은 나쁘지 않다.

위아래 시커먼 옷을 입은 남자가 성큼성큼 걸어와 영상 하부로 사라진다.

고토가 재빨리 영상을 조작해 되돌렸다가 일시 정지시켰다.

"오오!" 마카베 고이치로는 놀라며 박수를 쳤다. "이게 바로 평화경찰에 돌격해 들어온 정의의 편인가?"

화면 속에서 억지로 멈춰진 남자는 적당한 몸집에 조금 키가 커 보인다. 검은색인지 짙은 남색인지 아니면 짙은 녹색인지는 모르겠지만 위아래가 붙은 작업복을 입고 있다.

"오토바이를 타는 사람들이 입는 옷 같은데."

"그런 것 같습니다. 라이더 슈트 또는 레이싱 슈트라는 겁니다. 브랜드는 모르겠지만 오래된 겁니다."

"소재는?"

"일반적으로 가죽입니다."

"흐음."

카메라에 맨얼굴이 찍혀 있을 거라고는 기대하지 않았지만 역시 얼굴은 보이지 않았다. 모자를 눌러쓰고 고글을 착용한 데다 코에서 턱까지 천으로 덮여 있다. 스키용 페이스마스크겠거니 하고 있는데 고토가 설명해준다. "아마 오토바이용일 겁니다. 방진, 방풍 기능이 있는."

"특징이 있는 것도 같고 없는 것도 같고." 마카베 고이치로는 그다지 곤란한 기색이 없었다.

"보기에도 그렇고, 골격 계측을 해도 그렇고, 웬만하면 남자로 봐야 할 것 같습니다."

"다른 영상은?"

"다음은 이겁니다."

다음으로 재생된 것은 오른쪽에서 왼쪽으로, 범인이 통과하는 영상이었다. T 자 모양의 통로를 위에서 내려다본 경우인데 세로획 위에 방범카메라가 있어 그 카메라의 머리가 돌아갈 때 가로획 부분이 녹화된 각도였다.

움직임이 재빨라 순식간에 통과했는데 그림자는 하나가 아니었다. 되감기와 정지가 이루어진다.

"여긴 빌딩 안 통로입니다. 미즈노 젠이치를 데리고 나올 때입니다."

작업복 남자가 앞장서서 걷고 조금 키가 작은 남자가 질질 끌려가는 모양새로 비틀거리며 따라간다.

"범인은 우선 유치장에 있던 미즈노 젠이치를 데리고 나왔습니다. 거기에 도착할 때까지 통로에서 경찰관을 여러 명 쓰러뜨렸는데 일단 미즈노 젠이치를 데리고 나온 후에는 가모 요시마사 일행이 있는 취조실로 향했습니다. 이것은 그때의 영상입니다."

"그런데 유치장은 방마다 잠겨 있잖아. 아니면 미즈노 방만 문이 열려 있었나?"

"아닙니다. 전자 잠금장치가 고장 나 있었습니다."

"빌딩 뒷문도 마찬가지죠. 어떻게 열었을까요." 내가 물었다.

끼어들어 질문을 던진 데다 연배도 낮은 내게 고토는 화도 내지 않고 설명해주었다.

"뒷문도 그렇지만 미즈노가 구류되어 있던 방도 근처 방범카메라가 고장 나 있어서 중요한 부분은 찍히지 않았어. 하지만 카드의 마그네틱 띠를 읽어들이는 부분이 제대로 작동하지 않은 것으로 보아 이 남자가 고장을 낸 게 분명해. 전자 잠금장치는 편리하지만 마그네틱 데이터와 읽어들이는 부분이 에러를 일으키면 아무 소용이 없거든. 의외로 물리적인 자물쇠가 효과적일 때도 있어."

"고토 짱, 좋은 말을 하네. 맞는 말이야. 전자장치보다 자물쇠가 유용할 때가 있지."

고토가 새로 영상 몇 개를 재생했지만 아까 것보다 더 희미하게 찍힌 것들뿐이었다.

"이것 말고 다른 영상은 없나?"

"작업복 남자 말입니까?" 고토가 물었다.

"예를 들어, 어젯밤 빌딩 주변이라든가. 아무리 그래도 이 작업복 남자가 땅에서 홀연히 솟아오르지는 않았을 테니까. 어떤 방법으로든 이동해 왔을 거야. 도중에 편의점이나 다른 건물의 방범카메라에 찍혔을 가능성이 있어."

"지금 그것들을 수배하여 정보를 모으고 있을 겁니다."

"이 남자는 어떤 모습으로 빌딩까지 왔을까. 집에서부터 이 차림으로 왔을까, 아니면 중간에 옷을 갈아입었나."

"글쎄요." 나는 고개를 갸웃했다. "이 정도 변장이라면 집에서 입고 와도 그리 눈에 띌 것 같진 않은데요."

"맞아. 페이스마스크와 고글만 직전에 쓰면 되니까. 작업복도 점퍼를 입으면 숨길 수 있고."

마카베 고이치로는 잠깐 머리를 정리하기 위해 팔짱을 끼고, 마치 작곡 중인 뮤지션이 아주 잠깐만 허공에 떠오르는 선율을 잡으려는 것처럼 진지한 표정을 지었다. 잠시 후 몸을 일으켰다.

"아아, 그러고 보니 작업복 남자는 이전에도 활약하지 않았나?"

"활약요?"

"보내온 자료 중에……."

마카베 고이치로는 자신의 태블릿 단말기를 꺼내 전원을 넣고 손가락으로 몇 군데를 가리켰다.

"그래 맞아. 이거야. 현경 취조 파일에 있었어. 역시 예습을 하면 도움이 되지. 공부 해놓길 잘했네. 가모 요시마사의 신문 메모야. 보름 전, 이즈미 구 구로마쓰 주택가에서 위험인물 용의자를 체포하려고 할 때 방해자가 나타났지. 그때 목격된 스쿠터가 가모 요시마사의 것과 비슷해 이 방해자가 가모 요시마사일 가능성이 높다고."

"맞습니다." 내가 고개를 끄덕였다.

이즈미 구 주택가에 출동해 용의자를 연행하려고 할 때 스쿠터가 나타나 근처에 정차했다. 스쿠터에서 내린 남자는 바로 평화경찰에 대한 방해 행위를 시작했다.

"경관 두 명이 목검 같은 것으로 맞아 부상을 입었습니다."

"총을 겨누니까 도주했다고 적혀 있네. 그래서 결국 여성은 어떻게 됐지? 위험인물 용의자는? 아, 또……."

마카베가 태블릿 화면에 뜬 문서를 훑어보았다. 시선이 왼쪽에서 오른쪽으로 재빠르게 움직인다.

"아, 그 자리에서 죽었네."

그 말투는 작은 곤충의 죽음을 말하는 것처럼 자연스러웠다. 거기에 "평화경찰은 역시!" 하며 칭찬도 비아냥거림도 아닌 말을 덧붙였기 때문에 뭐라고 반응해야 할지 몰라 곤혹스러웠다.

"도주의 우려, 그리고 상황의 긴급성과 위험성을 고려해 수사관이 사살했습니다."

"그때의 영상은 있나? 그 주택가 근처 편의점 같은 데는 방범 카메라가 없었나? 이 남자가 스쿠터로 들렀을지도 모르는데."

"실은 그 주변 카메라의 확인은 뒤로 미뤄졌습니다."

"왜?"

"들으셨는지 모르지만 평화경찰 수사관이 택시기사를……."

"아아, 그거! 아까도 그 얘기를 했지." 마카베 고이치로는 왠지 신나 보였다. "택시 운전사를 죽여버린 사건 말이로군. 목격자도 함께."

그 대목에서 나는 마카베 고이치로의 전문 분야는 경찰이 피해자 또는 가해자가 되는 사건의 수사라는 것을 떠올렸다. 그런 의미에서 택시 운전사 살인사건에 관심이 많은지도 몰랐다.

"나한테는 거짓말 안 해도 되니까. 그게 왜?"

"택시 운전사의 거주지가 이즈미 구 구로마쓰여서."

"그랬군. 곤란한 영상이 있으면 안 되니까 회수해버렸다, 이 얘기로군."

"통상적으로 수거된 테이프들과는 별도로 취급해야 했기 때문에 확인이 늦어졌습니다. 가모의 스쿠터가 카메라에 찍힌 것도 바로 발견하지 못했습니다. 하지만 이런 영상이 있었습니다."

컬러 화면이다. 주택 마당이 있고 그 너머가 찻길이다.

"마침 정원 너머에 방범용 카메라를 설치한 집이 있어서." 고토가 설명했다.

영상은 마당 너머 바깥을 잡고 있다. 도로를 끼고 오른쪽 건너편 집을 평화경찰들이 둘러싸고 있는 장면이 찍혀 있다.

왼쪽에서 스쿠터가 다가온다. 마침 카메라 정면의 펜스가 끊어진 부분에 주차한다. 내린 남자는 작업복 차림에 헬멧을 쓰고 있다.

"이거, 우선 틀림없이 어제 취조실을 습격한 남자와 동일 인물이네. 그래서 이때 이 남자가 도우려고 했던, 도우려고 했는지 어떤지는 아직 모르지만, 그 상대에 대한 정보는 있어?"

네, 하고 고토가 손가락을 움직였다. 근처의 프린터가 작동을 시작해 용지를 내뱉었다. 이 여자입니다, 하고 건넨 종이에는 '구사나기 미요코'라는 이름이 적혀 있었다. 마흔다섯 살로 노인 요양시설의 직원이다.

"초등학교 육학년과 오학년의 아들이 있네."

"남편은 레스토랑 셰프입니다."

"음." 마카베 고이치로는 그 이력서 같은 종이를 한동안 바라봤다. 정신을 딴 데 팔고 있는 모습이었다.

"이거, 어떻게 고른 거지?"

"네?"

"이 정의의 편 말이야, 어떤 기준으로 도와줄 사람을 고르는 거지?"

"평화경찰의 일을 방해하는 것이 목적이니까 단순히 위험인
물들을 돕는 거 아니겠습니까?" 내가 대답했다. "이때는 결과적
으로 구출하지도 못했지만."

"작업복 남자도 낙담했겠어. 역효과가 났으니. 하지만 봐, 어
제 이 빌딩에는 가모 요시마사와 미즈노 젠이치 말고도 다른 사
람들이 있었어. 예를 들어, 가모와 미즈노와 함께 세미나 덫에
걸려 들어온, 그러니까……." 마카베 고이치로는 태블릿 단말
기를 만졌다. "다하라 히코이치라는 젊은이도 유치장에 있었다
고. 그 밖에도 같은 시기에 유치장에 있었던 사람이 셋 정도."

태블릿 화면에 표시된 리스트를 보고 나는 고개를 끄덕였다.

"하지만 도와준 것은 이 두 사람과 가모의 어머니뿐이야. 게
다가 보름 전에는 구사나기 미요코도 도우려고 했어. 적어도 이
세 사람, 가모 요시마사의 어머니를 포함하면 네 명에게는 어떤
공통점이 있다고 생각하는데."

고토가 컴퓨터 키보드를 바쁘게 두드리기 시작했다. 네 명의
정보를 추출하고 있는 듯했다. "나이와 주소에서는 그다지 큰
공통점은 없어 보이는데요."

"그렇군. 하지만 이게 아주 재미있어, 니헤이 군."

"왜 그러십니까?"

"연쇄살인사건이 일어난 경우 경찰이 하는 일은 피해자들의
공통점을 찾는 거야. A와 B, 그리고 C가 살해된 데에는 어떤 공
통적인 이유가 있기 때문이라고. 거기서부터 범인의 윤곽을 좁

혀나갈 수 있지. 이번에는 그 반대야. 피해자가 아니라 '도와준 인물'의 공통점을 찾을 필요가 있어, 범인을 찾기 위해서는. 정의의 편을 찾는 거지. 자네, 혹시 가능하다면 인터넷에서 '정의의 편'의 목격담을 모아주겠나?" 마카베 고이치로는 밝은 목소리로 고토에게 말했다.

"목격담 말입니까?" 고토가 벌떡 일어나 그 큰 몸을 흔들었다.

"이 정의의 편은 옛날부터 어딘가에서 활약했을지도 몰라."

"위험인물을 돕기 위해?"

"그건 모르지. 다만 아무리 정의의 편이라도 그런 건 필요하니까."

"그런 거라뇨?"

"연습 말이야. 무슨 일이든 예행연습을 해두는 게 좋지. 평화경찰과 갑자기 대결하기 전에 마을의 양아치를 상대로 힘을 실험해봤을 수도 있고. 그러니까 경찰에는 알려지지 않은, 인터넷상에서 돌아다니는 그런 인물에 대한 정보를 보게 되면 언제든 보고해주게."

"경찰이라는 것은 숨기고요?"

"숨기는 편이 정보를 모으기 편할 거야. 경찰이라고 하면 모두 긴장하니까. 일단 정보가 들어오면 그때 경찰 신분을 밝히고 자세히 물어보는 식으로 할까. 그건 고토 짱에게 맡기지. 떡은 떡집에 맡겨야지."

고토는 당황해하면서도 일단 등을 꼿꼿이 펴고 "알겠습니다" 하고 대답한 다음 "저기, 수사관님" 하고 불렀다.

"응, 왜?"

"어떻게 제 고향집이 떡집이라는 걸 아셨습니까?"

놀라는 고토를 보며 별일 아니라는 듯한 표정을 지어 보이던 마카베 고이치로는 오히려 내 얼굴을 슬쩍 보고 나서는 상사를 무시했다는 듯 얼굴을 경직시키고 "내 수사능력을 함부로 보지 말게"라며 으스대는 소리를 했다.

"여기로 가볼까?"

차에 탄 후 시동을 걸자 조수석의 마카베 고이치로는 태블릿 화면에 표시된 지도를 내게 보여주었다. 가이드북을 한 손에 들고 데이트 장소라도 고르는 것 같은 가벼운 말투다.

화면의 중심에는 '미야기 현립 후타바 고등학교'라고 되어 있다.

"학교입니까?"

"여기에 미즈노 젠이치의 딸이 다니고 있다던데." 태블릿 화면에 표시된 리스트 가운데 미즈노 젠이치의 상세 정보가 있다. "고등학교 이학년이래."

"가서 뭐라고 하실 건데요?" 범인은 메일에서 가모 요시마사와 미즈노 젠이치의 가족에게 접근하지 말 것을 요구했다. "고등학교에서 미즈노 레나코와 접촉하는 건 위험하지 않습니까?"

"물론 야쿠시지 씨처럼 저는 형사입니다, 하는 사람이 다가가면 안 되겠지. 그러지 않으면 아마 들키지 않을 거야. 특별히 미즈노 레나코와 접촉하는 게 아니라 레나코의 동급생들과 이야기를 나눌 거니까."

확실히 마카베 고이치로의 풍모를 보면 정작 경찰수첩을 보여줘도 "정말?"이라며 의심을 살 게 틀림없다.

나는 차를 출발했다.

"센다이에 오는 신칸센 안에서 조사해봤지. 이동시간에는 할 일도 없으니까. 이번에 도움을 받은 가모 요시마사, 미즈노 젠이치의 가족을 조사했어."

"어땠습니까?"하고 물었지만 나도 짐작은 갔다.

지금까지 평화경찰이 일본 전역을 순회하며 거둔 성과를 다룬 통계와 보고서가 몇 차례 발표되었다. 발표와 동시에 위험인물로 통보되어 평화경찰에 연행된 사람들에 대한 정보도 인터넷을 통해 유포되었다. 그 사람이 얼마나 위험하며 과거에 어떤 불법 행위를 했는지에 대한 소문이 봇물 터지듯 쏟아졌던 것이다. 물론 반쯤은 재미 삼아, 약자를 괴롭혀 스트레스를 풀 목적으로 꾸며낸 정보가 대부분이었지만 어디까지나 위험인물이니만큼 어느 정도는 어쩔 수 없는 자업자득이라고 나는 받아들였다.

가모와 미즈노에 대한 비판적인 정보도 취사선택을 할 수 없을 정도로 인터넷에 널려 있을 것이다.

"그래서 일단 내가 조사한 것은 평화경찰이 그들을 체포하기 전의 정보였어." 마카베 고이치로는 좌회전하는 차에 몸을 맡긴 채 말했다.

"그래요? 체포 전 정보 말입니까?"

그러니까 축제에 편승하는 것 같은, 진위를 알 수 없는 정보가 범람하기 전이라는 소리다. 그렇다면 상당히 괜찮은 정보일 수도 있다.

"그랬더니 재미있는 게 걸렸어. 봐, 학교에 비밀 게시판이 있잖아. 정확하게는 공식적인 거지만."

"아, 네."

학교의 비밀 게시판은 예전부터 문제시되어왔다. 학교 학생들이 자기 맘대로 적는 인터넷 게시판에 왕따를 조장하는 메시지나 불순한 대화가 오가기 때문에 화제가 되는 경우가 많았다. 성가시게도 이런 게시판은 주소가 공개되지 않아 어른들의 감시망 밖에 존재하기 때문에 감시나 대처를 할 수 없다. 설사 적발된다고 해도 다른 곳에서 비밀 게시판이 새로 만들어지곤 했다. 비밀 게시판이라고 불리는 이유다. 하지만 아주 오래전부터 이것을 거꾸로 이용하는 사람들이 있었다. 비밀 게시판처럼 보이는 것을 이쪽에서 준비하는 것이다. 너무나도 비밀스럽고, 어른들의 지배 밖에 있는 것처럼 보이는 폐허가 사실은 가장 공식적인 관리자의 컨트롤 아래 있는 셈인데, 아이들은 그런 것도 모르고 자기네들 맘대로 까불고 있다.

감시하는 측은 물론 대부분의 메시지는 놔둔다. 어디까지나 그곳이 '치외법권'이라고 생각하게 하기 위해서다. 하지만 큰 사건이나 문제 있는 정보가 있으면 대처할 수 있다.

자신이 전능하다고 느끼는 손오공이 자유자재로 날아다녔지만 결국 석가모니의 손바닥 안이었다는 것과 비슷한 일이다.

"후타바 고등학교의 게시판을 들여다봤어. 그랬더니 얼마 전에 미즈노 레나코가 납치당한 적이 있다는 재미있는 얘기가 있더라고. 어쨌든 모두가 소곤소곤 미즈노 레나코의 험담을 적고 있었어. 그러니까 그녀가 어디 대학생들에게 나쁜 일을 당했다, 뭐 이런 비슷한 내용이야."

"네?"

"뭐, 불쌍한 일이지. 대개 뉘앙스를 달리해가며 다양한 표현을 썼어. 레나코가 많은 수의 대학생을 상대했다고도 하고 음란 고양이 같은 존재라고도 하고. 소문이 많았어. 음란 베이비, 음행 소녀라고 수군댄 거지. 그리고 위선자라는 비난도 뒤따랐어."

"위선자?"

"흥미롭지. 위선자라고 비난받으려면 겉으로 뭔가 좋을 일을 해야 해. 그게 도대체 뭘까?"

"그게 아버지가 체포되기 전입니까?"

"체포되기 전이야, 전. 체포된 다음에는 위험인물의 가족이 받는 그런 종류의 비난으로 우글거리지. 마치 아침 인사를 건네듯 위선자라는 말이 쉽게 나온다고."

"이전부터라고 하면 미즈노 가족이 확실히 도덕적으로 문제가 있었고 비사회적인 존재였다는 증거일 수도 있습니다."

"그럴 수도 있지." 마카베 고이치로는 고개를 끄덕인 후 "다만" 하고 계속한다. "다만 험담은 몇 가지로 분석할 수 있어. 예를 들어 '얼마 전 나랑 한 약속을 깼다'거나 '선생에게 나를 일러바쳤어' 같은 험담은 동기를 쉽게 알 수 있어."

"동기?"

"커뮤니티를 지키려는 의식에서 비롯된 정의의 고발이지. '녀석은 룰을 지키지 않았어!'라는 경고인 거야. 그들 나름의 규범, 동료의 룰을 지키기 위한 정의이지만. 그런데 여기에 적혀 있는 것처럼 '얘는 음란하다'거나 '아무하고나 자는 여자다' 같은 험담은 좀 달라."

"뭐가 다릅니까?"

"맞아. 대개가."

"대개가?"

"질투와 원한에서 나온 단순한 굴욕을 주려는 의도일 가능성이 커. 자고로 그런 정보를 흘린다고 해서 공동체에 별다른 메리트는 없어."

"규범의식에서 비롯되었을 수도 있습니다. 그런 지저분한 행실을 하면 커뮤니티의 평화를 무너뜨리니까."

"그렇다면 조금 더 비판의 뉘앙스가 강해야겠지. 음란한 여자라는 말이 경고가 되진 않아."

전방의 신호가 빨간불이었기 때문에 천천히 브레이크를 밟았다. 마카베 고이치로의 얘기를 머릿속으로 되새기며 완전히 차를 세웠다. 하지만 이해가 잘 가지 않았다.

"그건 무슨 뜻입니까?"

"이런 패턴은 단순히 괴롭히려는 의도가 강해."

과연! 그럴지도 모른다. 내가 고등학생 때 불량 동급생들이 "녀석은 아무하고나 하는 새끼야"라고 입술을 일그러뜨리며 싱글거리곤 했는데 그것은 물론 '음탕해서 싫다'라기보다는 괴롭히면서 즐기는 것이다.

"괴롭힌다고요? 미즈노 레나코가 괴롭힘을 당했다고 하면 뭐가 다른데요?"

"어쩌면 미즈노 레나코가 괴롭힘을 당하고 있었기 때문에⋯⋯."

마카베 고이치로가 이쪽을 봤다.

신호가 바뀌어 차를 출발시켰다.

"네."

"정의의 편이 도와주러 온 것이 아닐까. 니헤이 군은 그렇게 생각하지 않아?"

마카베 고이치로는 후타바 고등학교에서 가장 가까운 역까지의 통학로 근처 벤치에 나와 함께 앉아 있었다. 하교하는 학생들을 보다가 적당한 여학생을 발견하자, 물론 어느 면을 보고 '적당'하다고 판단했는지 나로서는 알 수 없었지만, 말을 걸었다.

"미즈노 레나코가 지금 어디에 있는지 알아요? 아니면 미즈노 레나코의 친구라도?"

예정대로 경찰이라고 밝히진 않았다.

마침내 미즈노 레나코의 동급생 또는 미즈노 레나코를 알고 있다는 학생을 발견하자 그는 나를 가리키며 말했다.

"실은 내 친구인 저 사람이 아주 오래전 영국 록 밴드가 일본에 공연하러 왔을 때 미즈노 레나코와 만나서 해적판 음원을 교환하기로 약속했어요. 그런데 연락이 되질 않아서."

그야말로 거짓말 위에 거짓말의 물감을 덧칠해 어디서부터 물감이 벗겨질지 모를 정도였기 때문에 나는 부정은커녕 질문이나 확인을 할 기분도 들지 않아서 일단 '이건 일이야'라고 스스로를 다독이고 심각한 표정으로 고개를 까딱거리기만 했다.

말을 붙여본 학생들은 학년을 불문하고 한 명도 빠짐없이 미즈노 레나코를 알고 있었다. 아버지가 위험인물이라 학교 안에서도 그 화제로 꽃을 피웠을 것이다. 그래서인지 가급적 자신은 관계가 없다는 점을 어필하고 "자세한 것은 모른다"며 자리를 뜨는 케이스가 많았다.

아버지가 체포되고 이틀째부터 등교하지 않고 있다는 사실은 알고 있었다.

그 와중에 몸집이 작은 교복 차림의 여학생을 발견했다. 둥근 얼굴에 쾌활해 보이는 그녀는 미즈노 레나코의 이름을 듣고 조금 표정이 어두워졌다. 그런 점은 이제까지 본 학생들과 별다를 게 없었지만 내키지 않는다는 듯 대답하는 자세에서 거북스러워하는 기색이 역력했다.

"레나코는 지금, 학교에 없어요." 그녀는 눈을 피했는데 피하는 것 자체를 숨기려고 마카베 고이치로를 보았다. 그런 다음 나를 슬쩍 보고는 이내 구두로 시선을 떨어뜨렸다.

"집에 가는 것 외에는 방법이 없으려나?"

"아마도." 그녀는 힘없이 조그맣게 대답했다.

"그래? 그런데 아까 이상한 소문을 들었는데, 미즈노 레나코가 전부터 나쁜 소문이 있었어?"

"네?"

"아니, 여기선 말하기 좀 그런데 행실이 좋지 못하다는 소문이 있더라고. 그녀가 젊은 학생들과 그렇고 그런 일을 했다는, 불결한……."

"불결한?"

"학생은 들은 적이 없나?" 마카베 고이치로의 질문에 여학생은 대놓고 새하얗게 질려 처음에는, 아니요, 아무것도 몰라요, 하고 고개를 흔들었지만 곧이어 입을 다물어버렸다.

이즈음부터 우리는 여학생을 상대로 질문하는 게 아니라 위험인물을 놓고 신문하는 평화경찰이 되어 있었다.

"학생이지?" 마카베 고이치로가 말했다. 미끼를 던진 것이다. "학생이 레나코에 대한 그 소문을 흘린 거지?"

인간에게는 죄를 숨기고 싶어 하는 마음과 마찬가지로 '양심의 가책을 덜고 싶다'는 마음도 존재한다. 그게 없다면 참회나 고해 시스템도 무용지물이다.

여학생은 왈칵 눈물을 쏟으며 그 자리에서 두 손에 얼굴을 묻었다.

옆을 보니 마카베 고이치로가 엄지를 척 올리고 성취감 가득한 얼굴로 입만 살짝 웃고 있었다. '일보전진!'이라고 얘기하고 있는 듯했다.

그녀는 자신이 게시판에 미즈노 레나코에 대한 험담을 올렸다는 것을 인정했다. 그녀는 미즈노 레나코와 소꿉동무나 마찬가지라고 했다.

"왜 그런 글을 올린 거야? 사이가 틀어지기라도 했나?"

"아니야, 니헤이 군, 만약 그랬다면 이 학생은 아직까지 죄책감에 시달리지 않았겠지. 분명 싸움 같은 건 아니야."

여학생은 카운슬러를 우러러보는 것 같은 표정이 되었다. 눈은 빨갰지만 눈물은 그쳤다.

"싸운 게 아니라면?"

"질투 아니면 자기 몸을 지킬 목적이었겠지." 마카베 고이치로는 본인이 그 자리에 있다는 것도 개의치 않고 단정적으로 말했다.

"질투? 자기 몸 지키기?"

나는 옆의 여학생을 보았다. 정답인 거야? 퀴즈 프로그램의 사회자가 반응을 살피는 심정으로 물었다.

"그래?"

여학생은 잠시 침묵을 지켰다. 허공에 떠오르는 뭔가를 바라보는 눈빛이었다. 내 분석으로는 '질투'와 '자기 몸 지키기'가 의미하는 것을 필사적으로 해독하려고 하는 듯 보였는데, 그렇게 여학생은 한동안 움직임이 없었다.

그러다 또 눈물을 터뜨렸는데 이번에는 약간 연기 같았다. 어쨌든 우리는 그녀가 눈물을 그치길 잠시 기다렸다. 이번에도 마카베 고이치로는 엄지를 세우고 게임 스테이지를 하나 통과한 것 같은 기쁨을 슬쩍 드러냈다.

여학생이 들려준 얘기는 내가 예상한 것과는 조금 달랐지만 흥미진진했다.

제일 먼저 대학생 불량 서클이 있었다.

시내 사립대학에 다니는 고생을 모르고 자란 젊은 대학생들이 여고생을 납치해 위협하는 야만적인 행각을 이어나가고 있었던 것이다. 납치한 다음 "누구를 대신 덮칠까?" 하고 윽박지른다. 즉 자신을 대신할 누군가를 대라고 강요한다. 이름을 대면 풀어준다. 그것을 거부한 사람, 즉 바통을 넘기기를 거부한 사람은 여러 명이 강간한다는 방식을 채용하고 있다고 한다.

"납치한 전원을 덮치지 않은 걸 보면 아직 양심적……." 마카베 고이치로는 한마디 툭 내뱉었다가 바로 "……이라고는 할 수 없지만" 하고 덧붙였다. "악취미네. 안 그래, 니헤이 군?"

"그러네요."

"그렇게 사람의 마음에 상처를 입히는 방식이야말로 평화경찰의 장기이긴 하지만."

나는 그 점에 동의할 수 없어 에둘러 대답했다. "십 대 여학생들이 의심에 빠지고 죄의식으로 괴로워하는 모습이 눈에 훤하네요." 과장을 섞어 한탄했다.

여학생은 내 옆에서 내내 땅만 보고 있다.

"그 저질스러운 녀석들에게 자네와 미즈노 레나코 양이 걸려든 거군. 내 직감이지만 자네는 누군가의 이름을 댔어, 안 그래? 희생양으로 말이야. 다만 미즈노 레나코는 그러지 않았어."

"어째서 그렇게 말하는 겁니까?"

"봐. 이 아이 입장에서는 그 케이스가 가장 굴욕적이지 않겠어? 자기는 극복하지 못한 시련을 옆의 친구가 아무렇지도 않게, 물론 아무렇지도 않았을지 어땠을지는 알 수 없지만, 넘었다면 존경하는 마음이 들든지 굴욕감을 느끼든지 둘 중 하나겠지. 그 균형을 맞추기 위해 미즈노 레나코에 대한 험담을 흘릴 마음이 되었을 거고. 악마가 속삭였을 거야. '그 아이는 친구를 팔지 않았어. 그 말은 곧 대학생들에게 당했다는 뜻이지. 그게 더 지독한 일 아니야? 자기만 멋진 척하는 위선자. 이 사실을 모두에게 알려야 해.' 이렇게 말이야."

여학생의 반응을 파악하기는 쉽지 않았다. 무슨 말을 하려다가 망설였다. 부정하고 싶은 것인지, 모두 자백하고 싶은 것인지 분명하지 않았다.

"어때?" 나는 그녀에게 물었다. 마카베 고이치로의 추측이 맞는지 확인할 생각이었다.

"조금……." 그녀가 입을 열었다. "조금 달라요."

"그래? 달라?"

엄지를 내밀고 있던 마카베 고이치로가 진심으로 놀라 언성을 높였다. 자신의 추측이 빗나간 것이 이해가 되지 않는지 부루

퉁한 기색이었다. "어디가 다른데?"

"아니요. 레나코가 친구의 이름을 대지 않은 것은 사실이에요. 하지만 대학생들에게 험한 일을 당한 것 같지도 않아요."

"왜?"

미즈노 레나코가 드물게 부 활동을 쉰 날, 동급생인 그녀는 미즈노 레나코에게 무슨 일이 생겼다는 것을 알아차렸다. 아마도 그 가증스러운 대학생 집단에게 납치를 당했을 것이다. 레나코도 누군가의 이름을 댔을까, 내가 그랬던 것처럼? 아니면 저항하다 결국 험한 일을 당했을까? 신경이 쓰여 정신을 차릴 수 없었지만 그렇다고 대놓고 캐물을 수도 없어서 메일로 '무슨 일 있어?' 하고 자연스럽게 물어보았다.

"애매한 대답밖에 오지 않았어요. 그리고 학교에 왔을 때 레나코는 좀 이상했어요. 어색하게 굴고."

"아마도 네가 자기 이름을 댄 게 아닐까 의심했겠지." 마카베 고이치로가 무신경하게 말했다. "나를 팔아넘기다니, 하고."

그녀는 네, 하고 대답할 뿐 화를 내지는 않았다. "그래도 계속 물어봤더니 레나코가 말해줬어요."

"뭘 말이야?"

"'구루미, 그 녀석들은 이제 더 이상 누군가를 괴롭히지 않을 거야.' 이렇게 말했어요."

"괴롭히지 않아? 그 녀석들이라면 그 대학생들?"

"도움을 받았다고 했어요. 퇴치해주었다고."

마카베 고이치로가 손가락을 가볍게 튀기는 소리가 주위에 울렸다. 빛이라도 날 것 같은 낭랑한 소리였다.

"아, 나왔다. 정의의 편!"

뒤에서 남자들이 다가오는 것을 나는 전혀 몰랐다. 형사 자격이 없다고 비난받아도 할 말이 없다.

우리는 대학생 한 명을, 사회학을 전공하며 럭비부 활동을 하는 이학년 고구레 다이키를 궁지에 몰아넣고 있던 참이었다.

왜건을 타고 밤의 시가지를 돌아다니며 여고생을 상대로 협박과 집단폭행을 일삼는, 그 악질적인 그룹은 의외로 쉽게 찾을 수 있었다. 미즈노 레나코 친구의 증언으로 그들의 소속 대학과 함께 '아이 두 서클'이라고 불린다는 사실도 알아냈기 때문에 해당 대학 캠퍼스로 가서 몇몇 학생들에게 물은 결과 바로 멤버 몇 명을 파악할 수 있었다. 물론 그 과정에서 마카베 고이치로의 자연스러운 풍모가 효력을 발휘했다.

캠퍼스 안에서 탐문한 결과 고구레 다이키라는 남자를 찾아냈다. 골절이라도 당했는지 왼팔에 삼각건을 두르고 있다.

"자네가 고구레 다이키인가?"

"그럼 어쩔 건데?"

"만나고 싶었지. 미녀가 기다리고 있으니까 이쪽으로 좀 와

보라고."

그런 말도 안 되는 얘기를 들을 리 없다고 생각했는데 '미녀'의 효과는 절대적인지 고구레 다이키는 경계하면서도 따라왔다. 캠퍼스에서 나오자마자 바로 옆에 보이는 부지, 작은 공원 같은 곳에 있는 벤치에 앉았다.

마카베 고이치로가 박수를 쳤다.

"실은 고구레 군, 여고생을 덮치는 데는 장인의 경지에 오른 자네들에게 얘기를 듣고 싶었지."

엇, 무슨 소리야? 고구레는 왼손은 붕대에 감겨 있고 오른손은 점퍼 안에 넣고 있어 두 손이 자유롭지 못한 상태에서 얼굴을 붉혔다. 화를 내며 일어나려고 했다.

경찰수첩을 꺼내는 게 편하겠다고 생각하고 있는데 뒤에서 몇 사람의 발소리가 들렸다.

돌아보니 각기 다른 취향의 옷을 입은 학생 둘이 서 있었다. 인상은 별로 나쁘지 않았다. 굳이 말하자면 한 명은 요란하게 차려입은 경박한 학생, 또 한 명은 공부를 열심히 하는 학생으로 보였다. 손에는 금속 배트를 들고 있었다.

"야구를 하려는데 볼이 없네." 마카베 고이치로도 벤치에서 일어나 학생들을 바라보았다. "고구레 군, 주머니에 들어 있는 스마트폰을 이용해 친구들을 불렀지? 알고 있었어."

"당신들, 도대체 무슨 용건이야?" 뒤에서 온 찰랑찰랑한 머릿결의 남자가 말했다. "어이, 다이키, 이 녀석들이 네가 말한 그놈이야? 교지의 눈을 망가뜨린 그놈이냐고?"

"몰라." 고구레 다이키는 고개를 저었다.

"교지 군이란 사람은 눈을 다쳤어? 이야, 그 이야기를 좀 찬찬히 듣고 싶네." 마카베 고이치로가 가슴을 당당하게 폈다.

젊은이들의 온도가 눈에 띄게 올랐다. 적의가 가득 차오르고 있었다. 내 안에서도 심지가 단단해지면서 불꽃이 확 타오르는 것 같은 감각이 생겼다. 요컨대 평화경찰 수사관으로 변신한 것이다.

"그러니까 위아래가 붙은 작업복을 입은 남자 말이야, 자네는 그 녀석에게 당한 거지, 고구레 군?"

고구레 다이키가 기관차 연통처럼 거칠게 콧김을 내뿜었다. "그 작업복 새끼, 절대 용서 못 해. 너 아니야?"

"나는 아니야. 그 이야기를 자세히 들려줬으면 하는데."

뒤에서 다가온 남자 둘이 동시에 배트를 휘둘렀다.

나는 곧바로 움직였다. 사선 방향으로 한 걸음 내디디며 몸을 숙여 첫 번째 배트를 피한다. 동시에 옆구리에 손을 넣고 배트를 힘껏 잡아당긴다. 곧바로 손을 떼면 될 텐데도 남자는 무기를 잃고 싶지 않은 마음에 배트를 계속 잡고 있다가 이쪽으로 기우뚱 쓰러진다. 거기에 또 다른 사람의 배트가 떨어진다.

고통에 웅크린 젊은이와, 동료에게 배트를 휘둘러버려 당황하는 젊은이, 내 입장에서는 둘 다 한심할 정도로 움직임이 느려 한숨이 나온다.

나는 이런 상황을 곧바로 수습하는 방법을 알고 있다.

쓰러진 남자에게 다가가 손목을 비틀어 들어 올렸다. 손가락을 잡고 아주 솜씨 좋게, 내 입으로 솜씨가 좋다고 하긴 좀 그렇지만, 평소 관절을 쓰지 않는 방향으로 꺾었다.

젊은이가 비명을 지른다. 곧바로 다음 손가락을 꺾는다. 가차 없이. 망설임 따위 불필요하다.

평화경찰을 돕기 시작하면서 배운 것 중에 하나다.

집단의 적을 얌전하게 하기 위해서는 본보기로 한 명을 철저히 분쇄해야 한다. 쉽고 빠르면서도 잔인한 방법을 쓰는 게 좋다.

다른 동료들의 반항심을 공포심으로 바꿔놓으면 되는 일이다.

나는 다른 젊은이들을 보면서 말했다. "전부 부러뜨려줄게. 너희 손가락까지."

특별히 긴장은 하지 않았다. 처음엔 배트의 움직임에 신경이 날카로워졌지만 이내 이 젊은이들이 수와 무기에 의존할 뿐 별 것 아닌 집단이라는 것을 간파했다.

"모두 움직이지 말게." 마카베 고이치로는 여기 주목, 하고 손뼉을 쳤다. "괜히 움직였다가는 저 오빠가 정말 손가락을 부러뜨릴 거야. 얌전하게 보이지만 무섭거든."

젊은이들은 우리 쪽으로 다가올 엄두도 내지 못한 채 그대로 서 있었다. 어떻게 해야 할지 몰라 서로 얼굴만 쳐다보고 있었다.

"자, 고구레 군, 가르쳐주게나." 마카베 고이치로는 왼팔을 삼각건에 건, 보기에는 부상자의 모습을 한 피케 셔츠 남자에게 돌아섰다.

"뭘?" 반항적인 말투로 되물었지만 이미 기가 꺾인 상태라 "말입니까?"를 덧붙였다.

"너희를 응징하러 왔던 정의의 편 얘기 말이야."

"당신들이 그 녀석의 동료인 것 아닙니까?"

"동료가 아니야. 굳이 말하자면 적이지. 적의 적은 아군이라는 논리로 보자면, 아이고! 고구레 군이 우리 동료일세그려."

고구레 다이키는 눈을 이리저리 굴렸다. 필사적으로 계산을 하는 모습이다. 어떻게 해야 이득이고 손해가 적은지를 생각하고 있다. 자기가 들고 있는 재료, 즉 정보는 한정되어 있으므로 끌어낼 수 있는 대답에도 한계가 있지만 그래도 최대한 살아남을 길을 찾아야 한다. 나는 상대의 반응을 보면서 마음속 깊은 곳에서 쑥쑥 쾌락의 싹이 트는 것을 느낀다. 다른 사람이 필사적이 될수록 괴롭히는 재미가 있다.

모래 밟는 소리가 나서 돌아보니 청재킷을 입은 젊은이가 등을 돌리고 사라지고 있었다.

나는 곧바로 대응했다. 이런 부분은 지독한 훈련을 받아 몸이 기억하고 있다.

도망가는 놈은 무조건 잡는다.

청재킷 젊은이는 허둥거린 탓인지 제대로 달리지도 못하고 다리가 자꾸 엉켜 별다른 어려움 없이 따라잡을 수 있었다. 나는 도망치는 상대의 오른쪽 다리를 뒤에서 걸어챘다.

녀석은 다른 쪽 다리에 걸려 앞으로 넘어져 굴렀다. 얼굴부터 모래에 처박혔다.

나는 쭈그리고 앉아 상대의 오른손을 뒤로 비틀어 올리고 이번에도 관절을 꺾었다. 아주 기분 좋은 소리와 함께 아주 기분 좋은 비명이 들렸다.

몸부림을 치는 젊은이를 질질 끌고 원래 자리로 돌아오자 다른 젊은이들의 얼굴이 창백해졌다.

"그렇게 놀라지 마. 무엇보다 너희는 이 비슷한 일을 여고생들에게 했잖아." 마카베 고이치로가 태평하게 말했다. "게다가 너희는 여럿이서 한 사람을 괴롭혔고. 우리를 봐, 머릿수도 적잖아. 어느 쪽이 정당하느냐 물으면 말할 것도 없지. 그래서 말인데 고구레 군, 좀 알려줘. 그날 밤에 있었던 일을 전부 이야기해달라고. 어떤 남자가 와서 어떤 모습을 하고 어떻게 너희를 해치웠는지."

고구레 다이키는 고개를 연신 크게 끄떡였다. "네" 하고 대답하며 등을 꼿꼿이 폈다. "스쿠터를 타고 왔습니다." 갑자기 예의 바른 청년이 되었다.

"스쿠터란 말이지." 마카베 고이치로가 나를 쳐다보았다.

"작업복을 입고 있었습니다."

"이런 느낌이었나?" 태블릿 단말기를 고구레 다이키에게 내밀었다. 이즈미 구 구로마쓰에서 평화경찰 앞에 나타났던 스쿠터 남자의 정지 화면을 보여줬을 것이다.

"맞아요. 이놈입니다! 혼자였는데, 어떤 작은 돌을 굴렸어요."

"돌?"

"몸을 제대로 움직일 수가 없어서 비틀거렸는데, 그 틈에 얻어맞았습니다."

"흥미롭군. 자세히 좀 말해봐. 아, 그리고 앞으로 또 여자를 덮치면 다시 찾아올 거야."

"니헤이 군, 폐점한 가게라고 해서 다 한적한 곳에 있는 건 아니네."

차에서 내려 유리창이 깨지고 안이 텅 빈 편의점을 보면서 마카베 고이치로가 말했다.

산업도로를 동쪽으로 달리다 보면 중간에 나오는 모퉁이에 있었다. 장거리 트럭을 주요 고객으로 삼았는지 아주 큰 주차장이 편의점을 둘러싸고 있었다.

고구레 다이키의 말로는 이 주차장에 미즈노 레나코를 끌고 왔는데 그 작업복의 남자가 나타났다고 한다.

마카베 고이치로는 주차장을 빙글빙글 돌며 걷기 시작했다. 재킷 주머니에 손을 넣은 채 조금 고개를 앞으로 내민 자세는 감식반이 기어 다니는 자세와 비교하면 상당히 건성이어서 그저 어슬렁거리고 있는 것처럼 보였다.

나는 마카베 고이치로와 반대 방향으로 주차장을 돌며 증거 같은 게 떨어져 있는지, 또는 어떤 흔적이 남아 있는지 조사하기로 했다.

"남자의 키는 170센티미터쯤 됐습니다." 대학에서 고구레 다이키가 증언했다.

"쇠파이프를 휘두르며 달려들려고 했는데 상대가 던진 공에 세게 맞고 그 충격 때문에 몸이 비틀거렸습니다. 교지는 갑자기 눈이 보이지 않는다고 했고요. 작은 돌 파편이 들어갔는지도 모르겠습니다. 아직도 한쪽 눈을 뜨지 못하고 있으니까요. 병원요? 병원에는 안 갔습니다. 그렇죠, 아무래도 우리 상황이 드러날 수 있지 않겠습니까? 교지는 병원에 가고 싶어 하지만 모두들 뭐랄까, 열심히 말리고 있습니다."

"골프공 크기라고 했지." 마카베 고이치로는 원래는 편의점 간판이 붙어 있었을 기둥 밑, 잡초가 무성한 부분을 구두로 헤집으며 말했다. "어떤 남자일까, 니헤이 군."

"네?"

"그 정의의 편 말이야. 정의감 그 자체인지, 아니면 반쯤 즐기는 성향인지."

"정의라는 의미에서는 우리 경찰 측이 정의인데요."

마카베 고이치로는 아랫입술을 내밀고 "뭐 그렇지"하며 이야기를 받아주었다. "그건 그렇고 나방 얘기를 알고 있나? 나방은 멈출 때 날개를 펼치지. 그리고 언제나 새에게 들키지 않으려고 보호색을 띠고 있어. 흙색으로."

"아, 네."

마카베 고이치로가 기둥을 따라 시선을 하늘로 보냈기 때문에 나도 따라 하늘을 봤다. 솔개 한 마리가 완만하게 원을 그리며 날고 있는 게 보였다.

"하지만 산업이 점점 발전해 공장 굴뚝에서 연기가 나오고 공기도 더러워지고 벽도 연기 때문에 시커메지자, 나방도 점점 검은색에 가까워졌다네."

"보호색이 바뀌었단 말입니까?"

"응. 주위의 벽이 검어졌기 때문이라고들 하지. 하지만 그건 거짓말이야."

"거짓말입니까?"

"원래부터 흙색에 가까운 나방과 검은색에 가까운 나방이 따로 존재하고 있었어. 옛날에는 벽 색깔이 흙색에 가까우니까 검은색 나방은 새의 눈에 띄어 쉽게 잡아먹혔지. 점점 벽이 더러워지자 이번에는 흙색 나방이 더 눈에 띄어 잘 잡아먹히게 된 거야. 그것만 보면 나방은 환경에 맞춰 진화했다고 볼 수 없어."

"마카베 수사관님은 의태에 정말 정통하시네요."

"의태는 정말 흥미로워. 요즘 빈발하는 노인에게 전화를 걸어 손자 흉내를 내며 돈을 빼앗는 범죄 말이야, 이것도 사실은 의태와 같은 거야."

마카베 고이치로는 여기까지 말하고 불쑥 한마디를 내뱉었다. "맞아, 자네 부서 감식반에도 한 명 있어."

"감식반요?" 갑자기 무슨 소리지?

"성실한 척하고 있지만 뒤에서 높으신 분 마누라에게 손을 대고 있지."

"네에." 당연하다는 듯 들었지만 처음 듣는 얘기라 당황스러웠다. "그게 누군데요?"

"그것도 의태와 같은 거지." 마카베 고이치로가 이쪽으로 오기 전에 이곳 경찰관과 수사관을 조사했을 거라는 데 생각이 미쳤다. 태평하게 덜렁덜렁 온 것처럼 보이지만 꼼꼼하게 기초조사를 끝냈을지도 모르는 일이다.

"그리고 봐, 니헤이 군의 부장도 있잖아, 형사부장 말이야."

"형사부장님이 왜요?"

"그 사람 아주 재미있어."

'어디가 말입니까?' 하고 반사적으로 말할 뻔했지만 "확실히 위에 아부하는 모습은 재미있긴 하죠" 하고 대답했다.

마카베 고이치로가 웃었다. "조금 전에 한 번 만났을 뿐인데도 그 능력이 충분히 전해지더군. 아부 능력을 숨길 수 없는 느낌이었어."

"아랫사람에게는 엄격합니다."

"전형적으로 형편없는 상사지. 옛날엔 성실했을 수도 있지만."

"그런 이야기를 들은 적은 있습니다."

"조사해봤더니 그 사람도 옛날에는 불륜을 저질렀더군."

"점점 더 형편없어지네요." 나는 대답했다.

"맞아, 형편없는 불륜남이지. 상대도 유부녀이니까 더블 불륜인가?"

"그런데 그게 왜요?"

"원래는 의태 얘기였는데 불륜 얘기가 되어버렸네. 뭐, 불륜도 주위를 속인다는 점에서 의태 같은 것이지. 인간보다 곤충이 훨씬 고도의 의태를 하지만."

어차피 날개 색을 주변 색과 비슷하게 하든가, 다른 곤충과 비슷한 모양을 하든가, 그 정도겠지 하고 상상한다. "나방 날개에 물방울무늬가 있는 것도 의태의 일종입니까?"

"맞아. 그래. 내가 놀란 것은 땅가뢰라는 딱정벌레야. 캘리포니아 모하비 사막에 사는 종류가 아주 흥미진진하지."

"모하비 사막요?"

"그곳에 사는 유충들은 아주 작아서 꿀벌에 몰래 기생해. 수컷 벌을 불러들여 그 털에 살짝 달라붙지. 그러다 그 수컷이 암컷과 교미할 때 살짝 나와 암컷에 기생해."

"어허, 그건 재미있네요."

"아니야, 니헤이 군, 여기까지는 재미있지 않아. 재미있는 것은 그 수컷을 불러들이는 방법이지. 그 유충들은 작은 지렁이처럼 가늘게 생긴 놈들인데 우선 식물 위에 우글우글 모여. 엉켜 있는 것뿐인데 그것을 멀리서 보면 꿀벌의 암컷처럼 보이거든."

"암컷 모양으로? 어떻게 그렇게 돼요?"

"유충들이 잔뜩 모여 마치 매스게임을 하듯 꿈틀거리면서 암컷 꿀벌로 의태를 하는 거야. 수십 마리가 모여 다른 곤충의 형태를 만드는 거지."

나는 학교 교정에서 학생들이 다 같이 모여 문자를 만드는 것을 공중에서 촬영하는 장면을 떠올렸다. 그 얘기를 하자 마카베 고이치로는 신이 났다.

"그거야, 그거. 게다가 모인 유충들은 암컷 꿀벌의 페로몬을 내뿜어. 그래서 수컷이 속아서 오는 거지. 물론 가까이 와도 암컷이 아니니까 교미는 하지 못해. 다만 그 틈을 타서 유충들이 수컷 꿀벌에 달라붙을 수 있는 거야." 마카베 고이치로는 만면에 웃음을 지었다.

"아, 네."

"나는 때때로 상상해." 주차장 부지에 선 마카베가 하늘을 올려다보았다. "우리가 이렇게 건물을 만들고 길을 달리잖아. 공공사업을 벌이고 상업시설을 짓고 또는 집을 짓거나 부수거나 하잖아. 저마다의 사정이나 이해관계가 얽혀 마을 하나가 생기기도 해. 만약 그 장면을 위에서 내려다본다면 어떤 형태가 보일 수도 있겠지."

"나스카 지상화처럼 말입니까?"

"그건 의도적으로 평원에 그림을 그린 거야. 내가 말하고 싶은 것은 모두가 본능과 욕망에 따라 멋대로 행동한 결과가 다른 차원의 누군가에게는 메시지가 될 수도 있다는 이야기야. 만약 그렇게 된다면 재미있지 않겠어? 어느 날 인간이 만든 마을을 본 어떤 사람이 찾아오는 거야. 아마도 그 녀석의 암컷과 닮았을지도 모르지. 우리의 문명과 경제 활동이 어딘가에 있는 우주인을 위한 메시지가 되고 있다면 그건 그것대로 재미있잖아."

나는 뭐라고 대답해야 할지 알 수가 없었다. "마카베 수사관님은 곤충을 정말 좋아하시는군요." 그 말밖에 할 말이 없었다.

"그렇지 뭐." 마카베는 천연덕스럽게 대답했다. "곤충이 되고 싶어. 내가 죽으면 그대로 들판에 버려졌으면 좋겠어. 개미들에게 분해되어 그들의 보금자리로 옮겨지게."

"네?"

"아, 니헤이 군. 찾았어." 어느새 마카베는 주차장의 간판 기둥 옆에서 허리를 굽히고 있었다.

다가가 마카베 고이치로와 같은 자세로 주저앉자 가리키는 손끝에 검은색 파편이 있었다. 기둥의 스테인리스 부분에 붙어 있었다.

"이게 뭡니까?"

"이거, 정말 떼어내기가 어려워." 파편은 손가락으로 집기에도 너무 작았고 힘을 주기도 어려웠다. "자석이야. 맞다. 아까 빌딩에서도 감식반의 파우치 금속 부분에 똑같은 게 붙어 있었잖아. 그것도 자석일지 몰라. 파편이지."

마카베 고이치로가 그것을 집어내는 모습을 나도 봤다. 아주 가는 파편이지만 색이 같았다.

"자석이 무슨 관계가 있습니까?"

"자석을 무기로 하고 있는 것 같아."

"자석을? 자석에 그런 힘이 있습니까?"

"글쎄, 모르지." 마카베 고이치로는 일어섰다.

"그걸로 수사해서 범인을 찾아낼 수 있을까요?"

"그건 모르지만."

"모르세요?"

"그야 그렇지. 하지만 자석에 대해 조금 더 알아봐야겠군. 도대체 어떻게 만들어졌는지도 모르겠으니. 좋았어. 니헤이 군. 좀 알아봐주지 않겠나. 대학에 자석을 잘 아는 교수가 있는지. 이야기를 듣고 싶어."

"수사를 위해서입니까?"

"일단은 내 호기심을 충족시키기 위해서이지만 수사를 위해서이기도 하지."

차에 타서 우선은 마카베 고이치로의 희망대로 시가지로 향했지만, 도중에 운전석 드링크 홀더에 있던 내 휴대전화가 울렸다. 운전 중이라 안 받으려고 했는데 어떤 양해의 말도 없이 마카베 고이치로가 덥석 집어서 전화를 받았다.

"네. 아, 나야. 지금 니헤이 군은 운전 중이고."

조수석의 마카베 고이치로는 "그래, 그거 재미있네, 그래?" 하고 친구의 근황을 묻기라도 하는 것처럼 맞장구를 치더니 끝에는 "그럼 고토 짱, 또 보세" 하며 친근하게 인사까지 했다.

"니헤이 군, 정보분석부가 일을 빨리 해주었네. 도움을 받은 사람이 또 있는 모양이야."

"네?"

"정의의 편은 역시 이전부터 활약하고 있었던 거야. 멋져!"

이발소 카메라는 실내를 비추고 있다.

사거리에 면한 입구, 동쪽 벽에 설치된 반구형 방범카메라는 정기적으로 렌즈가 안에서 움직여 실내를 파악한다.

벽의 달력은 3월이다.

나란히 놓인 세 개의 이발용 의자 중 손님은 가장 안쪽에 있다.

"영구자석의 발명에서 일본인이 활약하고 있어요." 학생은 이발용 에이프런을 매고 있다. 머리를 자르면서 이야기하고 있는 목소리를 마이크가 잡고 있다.

"자석도 발명하는 건가?" 이발사가 가위를 리드미컬하게 움직이면서 묻는다.

"그럼요. 이를테면 최근 백 년 동안 자석의 힘은 육십 배나 강력해졌습니다. 그게 어떤 재질을 갈고닦거나 진화시킨 게 아니에요. 우리 대학이 자랑하는 혼다 고타로 선생님이 만든 KS강은 물론이고요, 그 후에 나온 신KS강과 사마륨코발트 자석도, 그리고 네오디뮴, 철, 붕소를 섞어 만든, 이른바 네오디뮴 자석까지도 저마다 다른 물질이니까요. 제조법도 달라 '자력'이라는 공통점을 빼면 완전히 다른 물질이에요."

"네오디뮴 자석이란 게 제일 강한가?"

"네오디뮴 자석을 만든 사가와 씨도 우리 대학원에서 박사가 되었어요."

"오가이 군은 모교 사랑이 지극하네. 그래서 그 전통에 따라 오가이 군의 연구실에서도 새로운 자석을 발명하려는 건가?"

"네."

"하지만 전에 미군에서 문의를 해 왔다고 했잖아. 그건 어떻게 됐어?"

"전파를 흡수하는 소재 말이죠?"

"어머, 오가이 군, 미군이 뭐?"

"아, 사모님 계셨어요?"

"어서 와, 인사가 늦었네. 그런데 내가 들으면 곤란한 얘기야?"

"오가이 군의 교수님이 연구한 소재 때문에 미군에서 전화가 왔었대."

"저도 놀랐어요. 미군은 그런 기술에 촉각을 곤두세우고 있나 봐요. 우리가 실험 결과를 발표했더니 곧바로 연락이 왔대요. 그런데 우리 교수가 겁을 내서."

"겁을 내?"

"그쪽에서 이런 기기를 만들어줄 수 있느냐고 물어보더래요. 미군용으로 개량해서."

"비싸게 팔 수 있었겠는데."

"교수도 살짝 끌렸대요. 우리도 예산이 늘 부족하긴 하니까. 하지만 결국 거절했대요."

"아깝네."

"아까워요."

"우리 교수는 성공하려는 욕심이 없어요."

"성실이 최고지."

"옆 연구실 교수는 정반대라 성공하려는 야심으로 가득 찬 사람이에요. 그쪽은 소문이긴 하지만 그리 내놓고 얘기할 수 없는 연구를 몰래 해서 돈을 번대요."

"오가이 군도 한번 해봐. 자석은 그런 연구에는 필요 없나?"

"어디 군대가 원하는 자석이라도 만들면 좋겠는데. 하지만 자석의 영향력은 커요."

"영향력이?"

"자석을 우습게 보면 안 돼요. 예를 들어, 오늘날 국가 전력의 절반은 모터를 움직이기 위해 사용되고 있다고 해요. 그런데 모터를 움직이는 데 꼭 필요한 것이……."

"자석?"

"맞아요."

"어, 그게 없으면 움직일 수가 없다고?" 귓가에서 가위질을 하며 이발사가 말한다. 가위질 소리가 잠깐씩 울린다.

"그러니까 만약 강한 영구자석을 만들 수 있다면 조금이나마 위력을 발휘할 수 있는 거지요."

"그렇군."

"그렇게 되면 일단 모터를 소형화할 수 있어요."

"그러면 전력도 절약할 수 있나?"

"그렇습니다. 소비 전력이 줄면 환경 문제도 해결할 수 있어요. 그리고 풍력 발전도요. 지금은 풍력 발전의 프로펠러를 움직이기 위해 기어, 톱니바퀴를 사용하고 있기 때문에 소음과 기어의 마모 등의 문제점이 있는 게 사실이거든요."

이발사의 아내가 거기서 잠깐 미소를 짓는 것이 정면의 거울 너머로 보였다.

"혹시 그것도 자석?"

"강력한 자석을 바탕으로 기어 없이 프로펠러를 돌릴 수 있게 되면 소음 문제도 마모 문제도 해결됩니다. 바람은 육지보다 바다에서 강하고 안정되게 불어오고 일본은 바다에 둘러싸여 있으니까 바다에 풍력용 기어 없는 프로펠러가 가능하다면……."

"심술궂은 나라가 바다에 커다란 벽을 만들어 바람이 일본에 불어오지 못하게 하면 곤란하겠네."

"대량살상무기나 생물화학무기와 비교하면 아주 귀여운 싸움이네요."

"어쨌든 오가이 군은 열심히 연구하고 있지?"

"어떤 뜻입니까?"

"오토바이나 타고 돌아다니는 학생인가 해서."

머리를 다 자르고 면도와 샴푸가 끝난 다음에 드라이어로 머리를 말린다. 그 인공 바람이 내는 시끄러운 소리를 마이크가 한동안 잡는다.

학생이 돌아갈 때 가게 문이 열리고 제복 차림의 우체부가 "소포입니다"라며 상자를 내미는 모습이 카메라에 잡힌다. 이발사가 소포를 받고, 그 옆에 선 학생의 얼굴은 렌즈가 역방향으로 이동하면서 영상에서 벗어난다.

사흘 후 녹화장치의 설정대로 이 장면은 삭제되었다.

우리는 현경에 돌아오자마자 바로 고토가 있는 정보분석부로 가고 싶었지만 건물 안에 들어간 순간 형사부장과 마주쳤다.

"니헤이, 지금 당장 본부 회의실로 와. 정보를 정리한다."

조금 전, 마카베 고이치로에게 들은 이야기가 머리를 스쳤다. 부하에게는 위세를 부리고 윗사람에게는 아부를 하는 데다 불륜까지 저지른다니 한심하고 형편없는 사람이다.

"아, 잠깐만 기다려주세요." 마카베 고이치로가 대신 대답했다. "잠깐 고토 짱이랑 얘기를 해야 해서."

"네, 알겠습니다."

형사부장은 나를 대할 때와는 전혀 다른, 추종자의 말투로 대답했다.

고토가 있는 방에 들어가자 그는 공을 세운 아이처럼 눈을 빛내며 보고했다. "생각보다 좋은 정보가 들어왔습니다." 덩치 큰 몸을 흔들흔들한다.

고토를 비롯한 정보분석부 멤버들은 마카베 고이치로의 지시에 따라 인터넷에서 '정의의 편' 관련 정보를 모집했다. 주간지 기자가 작업복 남자의 목격담 같은 걸 수집하고 있다는 식의 얘기를 비즈니스맨이나 주부들에게 인기가 많은 인터넷 게시판부터 중고교생들의 커뮤니티에까지 두루 올려 정보를 모았다고 했다. 물론 보수를 준다는 말도 빠뜨리지 않았고.

"거기에 일찌감치 반응이 왔다는 말인가?" 마카베 고이치로는 신나 보였다.

"아닙니다. 아직 없습니다."

"응? 무슨 소리야?"

"실은 그것과는 다른 방향에서 왔습니다. 현경 내부의 과거 수사보고서를 조사해봤습니다. 그랬더니 관심이 가는 정보가……."

"고토 짱. 멋지군. 명령받은 것뿐만 아니라 스스로 생각을 해서 조사까지 해주다니."

"고교생끼리 거리에서 싸운 사건입니다. 상급생이 하급생을 괴롭힌 것 같은데 손가락을 부러뜨리겠다고."

"니헤이 군은 아까 부러뜨렸는데."

그 소리를 들은 고토가 나를 슬쩍 봤지만 나는 말없이 서 있기만 했다.

"그 싸움 현장에 어떤 사람이 와서 가해자인 상급생에게 폭력을 휘둘렀다고 합니다. 그래서 경찰에 신고가 들어왔습니다."

"허세를 부리던 상급생을 누가 혼내쳤다는 얘기인가?"

"그런데 하급생이 경찰에 '배트맨이나 가면라이더 같은 히어로가 도와주러 왔습니다'라고 말했다고 합니다. 물론 단순한 헛소리일 수도 있지만 담당 경찰은 일단 그 기록을 남겨놓았습니다. 상급생은 피해신고를 하지 않았고요."

"히어로라, 아주 마음에 걸리는 정보네. 그 고교생과는 연락을 취할 수 있나?"

"정보야 얼마든지 있죠."

"그럼 내일이라도 그 남학생을 만나러 갈까, 니헤이 군. 경찰이라고 하면 경계하고 도망칠지 모르니까 주간지 취재 같은 걸로 약속을 잡지."

"거짓말을 합니까?"

"고토 짱, 앞으로도 기대할게." 마카베 고이치로가 기뻐하며 말했다.

그런 다음 우리는 형사부장이 말한 대로 회의실로 향했다. 마카베 고이치로가 "가고 싶지 않아"라며 끈질기게 앙탈을 부려서 나는 반쯤 억지로 그를 끌고 가야 했다.

방에 들어서자 회의 탁자에 야쿠시지 경시장과 부장이 앉아 있었다. 그 밖에는 평화경찰의 반장급 다섯 명과 정보분석부의 수사관들이 컴퓨터 앞에 앉아 있었다.

"마카베, 수확이 좀 있었나?" 야쿠시지 경시장의 표정은 변함 없이 냉담했다.

"뭐, 그런대로. 하지만 아직 비밀입니다."

마카베 고이치로의 대답에 야쿠시지 경시장은 입을 다물어버리고는 옆에 앉아 안경을 끼고 노트북을 바라보고 있는 젊은 남자에게 지시를 내렸다.

정보분석부에서 일하는 전문직으로 나보다 어려 보였다. 컴퓨터는 정면의 큰 스크린에 연결되어 있어 그 컴퓨터의 화면이 그대로 전송된다.

가모 요시마사, 가모 기미코, 미즈노 젠이치, 미즈노 레나코, 구사나기 미요코라는 이름이 뜨고 이력서 같은 정보들도 보였다.

"그 정도 정보라면 나도 가지고 있습니다." 마카베 고이치로가 태블릿 단말기를 들어 보였다.

"정보는 누구든 가지고 있다. 그것을 어떻게 분류하고 계통을 세우는가가 중요하다. 네가 하는 짓은 공사 현장에서 조립하기 전의 재료를 보고 '어이, 나도 가지고 있다니까' 하고 자랑하는 거나 마찬가지다. 문제는 어떻게 조립하는가이다. 그 목재를 사용해 건축물을 만들지 않으면 의미가 없다. 어때? 범인은 여기에 있는 사람들을 도왔다. 생각할 수 있는 가설은 두 가지. 하나는 범인은 일단 우리 경찰이 마음에 들지 않아서 저항하고 있을 뿐이라는 것이다. 즉 평화경찰을 방해하는 것이 목적으로 누구를 돕든 상관없었다는 가정이다."

"아니면 대다수 위험인물 중에서 저들을 선별해 도왔든가요." 마카베 고이치로가 끼어들었다.

"어느 쪽이라고 생각하십니까?" 부장이 마카베 고이치로를 봤다. 선생님, 답을 가르쳐주세요, 하고는 곧바로 해답 페이지를 찾는 아이 같다.

"아직 어느 쪽이라고 얘기할 수 없습니다. 하지만 저는 후자라고 생각하고 수사하고 있죠. 이유는 세 가지입니다. 하나는 어제 사건에서 작업복 남자는 다하라 히코이치를 구출하지 않았습니다. 시간적인 여유가 없었을지도 모르지만 선별한 것처럼 보입니다. 아아, 그러고 보니 다하라 히코이치는 지금 어떻게 지내고 있죠? 그가 뭘 알고는 있습니까?"

평화경찰들은 가면과도 같은 표정으로, 상사인 야쿠시지 경시장과 꼭 닮아 보이는 표정으로, 아무 말 없이 빤히 마카베 고이치로를 바라보고만 있었다. 딱딱한 벽 같은 그들의 반응 자체가 대답으로 느껴졌다.

아마도 다하라 히코이치는 오늘 아침부터 새롭게 신문을 받고 있을 게 틀림없었다. 가모와 미즈노를 도와주러 온 놈은 누구인가, 하는 질문을 받고 있을 것이다.

"어차피 또 고문으로 불게 만들겠지." 마카베 고이치로의 말투에서 비판보다는 체념과 지긋지긋하다는 느낌이 묻어났다. "저기, 야쿠시지 씨, 그건 쓸모없는 일입니다."

"쓸모없다고? 무슨 뜻이지?"

"다하라에게 자신이 위험인물이라는 것을 자백하게 하는 데는 고문이 유효하죠. 일단 내뱉으면 그만이니까. 하지만 범인이 누구냐고 물어봐도 다하라는 모르기 때문에 할 말이 없습니다. 물론 알고 있으면서 비호하고 있다면 고문이 효과적이겠지만 정말 모르고 있기 때문에 아무리 고통을 준들 아무것도 나오지 않습니다. 나온다고 하더라도 거짓 정보일 수밖에 없죠. 아무리 고문을 해도 아무것도 얻을 수 없습니다."

야쿠시지 경시장은 마카베의 말을 들으면서도 낯빛 하나 바뀌지 않았다. 옆에서 형사부장만 허둥대고 있었다.

"야쿠시지 씨와 여러분이 분노로 흥분하고 있는 것은 잘 알겠는데 일반 시민을 고문하고 망가뜨리는 일은 필요 최소한으로 하죠." 마카베 고이치로가 얼굴을 찌푸렸다. "사람은 장난감이 아니니까."

"네가 관여할 일이 아니야. 그러니 화제를 바꾸도록 하지."

"네, 네. 알겠습니다. 그러니까 범인이 구출할 인물을 선별하고 있다고 생각하는 이유를 이야기하고 있었죠. 하나는 다하라 히코이치를 도와주지 않았다는 점, 또 다른 하나는 무차별적으로 도울 작정이었다면 좀 더 비슷한 사건이 빈발했을 거라는 점입니다. 첫 번째 처형일에 방해하러 오지 않은 게 정말 이상할 정도입니다. 보름 전, 범인은 구사나기 미요코를 구로마쓰에서 도우려고 했습니다. 그 보름 동안 위험인물이라는 혐의로 취조를 받고 있던 사람은 그 밖에도 많았죠. 하지만 어제 가모 일행을 도울 때까지 범인은 아무 짓도 하지 않았습니다. 방해를 하고 싶은데 보름 동안 가만히 있었던 거죠. 도무지 이유를 알 수 없습니다."

"보름에 한 번밖에 활동할 수 없는 남자든가." 평화경찰 수사관이 발언했다.

"좋은 의견!" 마카베 고이치로는 신나서 손가락질을 했다. "그건 재미있네. 무기의 충전에 보름이 걸린다? 그렇다면 가능하지. 다만 그렇지 않다면 일부러 가모와 미즈노를 노리고 왔다고 생각해야만 합니다. 뭐, 야쿠시지 씨도 그렇게 생각하고 있죠? 무차별이 아니라 도와줄 대상을 고르고 있다고. 그러니까 도움을 받은 사람들의 공통점을 찾고 있는 거겠지." 마카베가 스크린을 턱으로 가리켰다.

"양쪽 다 생각하고 있다. 둘 다에 가능성을 열어두고 수사하고 있다고."

야쿠시지 경시장이 노트북 앞에 앉은 남자에게 지시를 내렸다.

"잘 보게. 이것이 지금까지 범인이 도운 사람들의 정보라네."

스크린에 다양한 정보가 나타났다. 얼굴 사진이나 나이, 본적지, 현재 주소, 혈액형, 생년월일 등이다. 전화번호와 휴대전화 번호, 휴대전화 통신사, 이용하는 인터넷 업체까지 기록되어 있다.

"어떤 공통점이 있었습니까?" 마카베 고이치로의 말투는 솜씨를 좀 보여달라는 식이다.

"큰 구분에서는 물론 몇 가지 공통점이 있습니다." 컴퓨터 앞에 앉은 담당자가 로봇처럼 발언했다.

"큰 구분?"

"일본 국적, 나이 십칠 세 이상 칠십 세 미만. 이 다섯 명의 공통점입니다."

형사부장이 자기도 모르게 풋 웃음을 터뜨렸다. "그야 공통되겠지."

"아, 가족은 한 세트로 취급해도 괜찮을 것 같은데." 마카베 고이치로가 말했다.

"가족은 한 세트?"

"네. 예를 들어 범인은 어떤 조건에서 가모 요시마사를 돕기로 결정했고, 그 어머니를 도운 것은 가모 요시마사의 어머니이기 때문일 수도 있습니다. 가모 기미코는 그러니까 가모 요시마사 때문에 도움을 받은 거지요."

"그럼 미즈노 레나코는요?" 정보분석부의 남자가 고개를 내밀고 이쪽을 봤다.

"미즈노 젠이치의 딸이기 때문에 도움을 받았을 수도 있습니다. 반대로 미즈노 젠이치가 미즈노 레나코 덕분에 도움을 받았을 수도 있고요. 그러면 공통점이 좀 더 늘어나지요. 가족은 어느 쪽이든 상관없다고 치고 기미코를 제외하면, 모두 센다이에 사는 사람입니다. 요컨대 가모 요시마사, 미즈노 젠이치, 구사나기 미요코, 이 세 사람으로 줄여 생각한다면?"

담당자가 컴퓨터를 재빨리 두드렸다.

"전원 혈액형이 A형입니다."

"지금까지 이 지역에서 위험인물로 수사를 받은 사람 중에 A형
은 훨씬 더 많을 거야. 공통점으로 보기 어려워." 야쿠시지 경시
장이 말했다.

"이 세 사람이 살고 있는 장소를 표시할 수 있나?" 마카베 고
이치로가 묻자 잠시 후 스크린에 센다이 시의 지도가 나타나고
빨간색으로 반짝이는 점이 세 개 나타났다.

"미즈노와 가모는 아오바 구, 구사나기는 이즈미 구입니다."

"그리 가까운 지역이라고 할 수는 없네." 마카베 고이치로는
팔짱을 꼈다.

센다이 역을 중심으로 세로축과 가로축을 그리면, 세 개의 붉
은 점은 가로축에서 살짝 왼쪽으로 벗어나고 세로축에서 위쪽으
로 올라가는 범위에 모여 있다. 그렇다고 해도 각각의 거리를 보
면, 미즈노와 가모가 가까운 장소에 사는 반면 구사나기는 상당
히 떨어진 형태이다.

"아, 어쩌면?" 마카베가 급히 나를 돌아보았다.

"네?"

"그들의 주소를 위에서 확인하면 어떤 도형이 될지도." 마카
베 고이치로는 즐거운 듯 보였다.

내 얼굴을 보고 "니헤이 군, 아까 얘기했던 대로일지도 몰라,
우주인에게 보내는 메시지가 그려져 있을지도"라고 말했지만

어차피 농담이었다. "시험 삼아 최근 반년 동안에 시내에서 위험인물로 신문받은 사람의 주소를 표시할 수 있을까?"

"네." 잠시 데이터 담당자가 키보드를 두드리는 소리가 울렸다. 스크린 위에 빨간 점이 늘어났다. 조금 전 세 개의 점이 있던 범위에 십여 개의 반짝이는 점이 추가되었다.

음, 하고 팔짱을 낀 마카베 고이치로는 안타깝다는 듯 신음 소리를 냈다. "별달리 도형이나 그림이 되지 않는군. 게다가 다른 붉은 점의 위험인물은 도와주지도 않았고."

"출신 학교는 어떠한가?" 야쿠시지 경시장이 끼어들었다.

"아아, 좋네요. 의외로 연결되어 있을 수도 있어요."

"미즈노 젠이치는 센다이 서쪽 지역인 아야시 지구에서 태어났습니다. 아야시 제1초등학교에서 아야시미나미 중학교로 진학해서, 고등학교는 센다이 시내의 센다이2고를 나왔고, 도호쿠 대학을 다녔습니다. 가모 요시마사는 야마구치 현에서 태어나 초등학교 때 센다이 시내로 이사를 왔습니다. 히가시니반초 초등학교와 중학교를 거쳐 사립 히로세 고등학교를 나와 교육대학을 다녔습니다."

정보를 검색하는 수사관이 컴퓨터를 조작할 때마다 스크린에 학교 이름과 풍경이 나왔다.

"구사나기 미요코는?"

우리는 화면에 표시된 내용을 바라보았다. 결론부터 말하자면 그들의 학력에서 특별한 공통점은 없었다. 수사관이 다시 한 번 특유의 감을 발휘해 정보를 배열해보았다.

"가령 범인의 타깃이 구사나기 미요코의 남편 구사나기 케이였다면 구사나기 케이는 후쿠시마 현 고리야마에서 태어나⋯⋯."

하지만 역시나 전원에게 공통되는 요소는 찾아볼 수 없었다.

"니헤이 군, 뭔가 번뜩이는 게 없나? 셋을 연결하는 공통점으로 말일세."

"아, 네."

대답은 했지만 나도 바로 떠오르는 건 없었다. 애당초 데이터상으로 판정할 수 있는 요소라면 진작 발견했을 가능성이 높았다.

"그런 의미에서 예를 들면, 같은 입시학원을 다녔다든가."

"아아, 그 방향이 맞는 것 같아. 십 대 때 실제 거주지가 지금 기록과는 다를지도 모르니까." 마카베 고이치로의 말에 비판적인 느낌은 없었다. 오히려 "아주 좋은 관점이야, 경찰도 다녔던 입시학원 정보까지는 가지고 있지 않잖아"하며 칭찬해주었다. "아, 모두의 취미가 같다, 이런 건 맹점일지도 모르겠네."

"아닙니다." 수사관이 즉시 대답했다. "그 정도의 정보는 데이터베이스에 있습니다. 각자의 인터넷 통신 이력에서 검색 키워드와 열람 이력을 수집해 취미와 취향은 어느 정도 분류할 수 있습니다. 미즈노 젠이치는 미술과 골동품에 관심이 있었던 것 같습니다. 플라이 낚시에도요. 가모 요시마사는 오토바이, 재즈, 구사나기 미요코는⋯⋯."

"전부 얘기하지 않아도 괜찮아. 결론은 공통점이 없다는 거잖아."

"지금 시점에서는 그렇습니다. 앞으로 각각의 가족 구성원도 조사해보겠습니다."

"세 사람이 공통적으로 좋아했던 성인영화 여배우가 가슴이 컸다, 이런 정보가 나오는 거 아니야?" 마카베 고이치로는 약을 올리고 있었다. "성인물 검색 결과 같은 걸 입수할 수 있으면."

"물론 그런 정보도 입수할 수 있습니다." 수사관은 성실하게 대답했다.

마카베 고이치로는 나를 보고 어깨를 으쓱했다. "경찰의 정보 수집 능력은 무섭네."

"마카베, 그러고 보니 세 번째는 뭔가?" 야쿠시지 경시장이 말했다.

"세 번째요?"

"범인이 돕는 사람을 선별하고 있다고 생각하는 이유 말이야. 세 가지가 있다고 했잖아."

아아, 하고 마카베 고이치로는 입을 떼고 쑥스러운지 얼굴 근육을 한껏 풀었다. "단순히 그쪽이 조사하기 재미있기 때문입니다. 공통점을 발견하고 범인을 찾는 게 재미있지 않습니까?"

야쿠시지 경시장은 놀라움도 분노도 드러내지 않는다.

"아, 맞다. 야쿠시지 씨, 좁히지 않아도 한 가지 방법이 있습니다."

"어떤?"

"계속해서 시민을 데려다가 고문을 가하는 겁니다."

"고문은 없다."

"취조겠죠. 속속 데려다 조사하면 그중 당첨자가 나올 경우 범인이 또 올 수도 있고요."

"당첨자?"

"범인이 돕고 싶은 사람 말입니다. 그러면 범인이 또 도우러 오겠죠."

야쿠시지 경시장은 천천히 자리에서 일어나 우리가 앉아 있는 자리까지, 구둣발 소리를 울리면서 다가왔다. 이윽고 마카베 고이치로 앞에 서서 말했다.

"자네가 말하지 않아도 그럴 생각이야."

"무서워, 무서워!" 마카베 고이치로는 양팔로 자신을 감싸며 떠는 시늉을 했다.

"그건 그렇고 가모 요시마사 일행은 지금 어디에 있습니까, 야쿠시지 씨?"

"무슨 소리지?"

"문자 그대로입니다. 범인은 가모 모자와 미즈노 젠이치를 데리고 여기서 사라졌습니다. 곧 돌려보내겠다고 했고요. 지금은 어딘가 비밀 기지 같은 데 숨어 있지 않을까 해서."

"비밀 기지 역시……." 야쿠시지 경시장은 그 말을 하기가 너무나 싫은지 꼭꼭 씹어 뱉듯이 또박또박 말한다. "어딘가에 있는 게 틀림없다. 방이 여러 개 있는 맨션이나 민가, 여관이나 호텔도 가능하지만. 지금 샅샅이 뒤지고 있다."

"인해전술은 야쿠시지 씨에게 맡기고 저와 니헤이 군은 다른 방법으로 조사하겠습니다."

고교생은 사토 마코토라고 했다. 교복을 입은 일학년 학생이다. 손가락에 붕대를 감고 있다. 다다 구니오에게 뼈가 부러질 정도로 당한 것은 아닌 모양이지만 그래도 부상을 입었다. 옆에 있는 다다는 이학년 같은데 사토 마코토와의 체격 차이는 한 살 수준이 아니었다. 다다는 가슴팍도 두툼하고 팔뚝도 굵어 탄탄해 보였다. 태클 승부라도 하면 어른도 쉽게 쓰러뜨릴 것이다. 하지만 다다도 부상을 입었는지 상반신을 보호하려는 듯 어색한 움직임을 보이고 있다.

"경찰이라고요?" 다다는 얼굴을 찡그렸다. 속아서 화가 난 모양이었다.

"미안, 설명이 부족했나 보네." 마카베 고이치로는 개의치 않는 투였다.

"우리는 잡지 취재라고 들었는데 경찰이었습니까?" 다다는 코를 치켜들고 거칠게 숨을 쉬었다. 투우 같았다. 옆에 있는 사토는 겁을 먹은 듯 머뭇거리고 있었다.

둘이 다니는 고등학교에서 조금 떨어진 골목이었다. 개인이 경영하는 제과점과 탁구선수 포스터가 붙은 스포츠용품점, 세탁소가 건너편에 있다.

"자네들이 싸울 때 정의의 편 같은 사람이 와서 자네를 혼내 줬다는 기록이 경찰에 있길래 그때 이야기를 듣고 싶어서."

니헤이가 다다와 사토 마코토에게 연락을 취해 '주간지 기자' 를 가장하고 "이야기를 듣고 싶은데 만날 수 있을까?" 하고 이 야기를 나눈 결과, 그들은 어슬렁어슬렁 나타났다. 다다가 적극 적이고 사토 마코토는 억지로 끌려온 모양새였다. 다행히 학교 행사 준비를 위해 오전 중에 수업이 끝난 날이었다.

"아, 그러니까 그 작업복 남자는……."

마카베 고이치로는 턱에 손을 대고 정리하듯 얘기를 꺼냈다. 우선 다다를 가리키며 "자네에게는 훼방꾼이고"라고 말한 후 사 토에게 손가락을 향했다. "사토 군에게는 정의의 편이겠지."

"아, 네, 맞습니다." 사토 마코토는 주저하면서도 인정했다.

"누군지 알아?"

"아, 아니요. 저, 거의 보질 못해서."

"얼굴을?"

"네."

"그 녀석은 무기를 사용했지?"

"그 새끼, 무기를 썼어. 절대 용서할 수 없어." 다다가 끼어들 었다. 뭔가 생각이 났는지 어깨 부근을 만졌다. "뭘 사용했는지 는 모르겠지만."

"골프공 같은?" 마카베 고이치로가 말하자, 사토 마코토가 "아, 맞아요" 하며 곧바로 끄덕였다. "굴러오네 하고 생각하고 있었는데 갑자기 펜스에 탁 붙어서."

"역시 자석이네." 마카베 고이치로가 나를 슬쩍 보았다.

"그래요?" 사토 마코토가 눈을 휘둥그레 떴다. "어쩐지 끌려

가는 느낌이 들었어요."

"자석? 그래서 벨트가 끌려갔나? 에이, 바보 같은 소리 하네. 그렇게 강력한 자석이 어디 있어?" 다다가 금속 장신구가 잔뜩 달린 자신의 허리 벨트를 만지며 말했다.

마카베 고이치로가 두 고교생에게 이야기했다. "그때의 상황을 재현해주지 않겠나?"

학생들은 썩 내키지 않는 눈치여서 그들에게 부탁 같은 강요를 해야 했다.

반항기의 고교생도 경찰의 끈질긴 요구는 거스르지 못하는 것인지 두 학생은 떨떠름해하면서도 액션 시뮬레이션을 슬로모션으로 재연하는 것 같은 움직임을 보여주었다.

사토 마코토가 다다 구니오 역할을 하고, 다다 구니오가 정의의 편이 보여준 동작을 재연했다. 다다 구니오는 동작을 하면서 당시가 떠올라 흥분했는지 이따금 진짜로 발길질을 해서 사토 마코토가 비명을 지르게 했다.

"애드리브는 필요 없어. 정말 잘했어." 마카베 고이치로가 웃으며 박수를 쳤다.

마지막으로 마카베 고이치로는 태블릿 단말기를 그들에게 보여주며 물었다.

"이 중에 아는 사람이 있니?"

가모 요시마사 일행과 관련된 정보였다. 미즈노 젠이치, 구사나기 미요코의 얼굴 사진과 이름이 보였다.

"사토 군이 아는지가 중요해. 알고 있다면 얘기지만."

"네?"

"정의의 편이 도와준 사람들의 공통점을 찾고 있어."

너무 떠들면 가모 일행이 취조실에서 도망쳤다는 사실이 들통 날 것 같아 나는 조마조마했지만 고교생들은 거기까지 생각할 여유가 없는지 진지한 표정으로 단말기를 보고 있었다.

"어때, 아는 사람이 있나?"

"어이, 사토. 어때?" 다다가 호통을 쳤다.

"아니요." 사토 마코토가 고개를 기울이며 "모르는 사람뿐이에요" 하고 대답했다. "아, 하지만……."

"하지만?"

사토 마코토는 구사나기 미요코의 얼굴 사진을 가리키고는 "이 사람의 얼굴, 어디서 본 것 같은데" 하며 억지로 기억을 짜내려는 것처럼 안타까워했다. 여기가 취조실이었으면 "분명하게 말해!" 하며 한마디가 날아갔을 텐데.

"생각이 안 나요. 어디서 만났는지."

마카베 고이치로는 부드러운 눈빛으로 그래, 그래, 하며 사춘기 소년을 잘 다독이면서도 예리하게 관찰하는 눈빛이었다. 거짓말을 하고 있는지 알아보는 것이다.

"나중에라도 생각이 나면 전화를 줘. 자, 니헤이 군, 전화번호를 알려주게."

바로 그때 사토 마코토가 "공통점이라고 하면……" 하고 마카베 고이치로가 그만 넣으려던 태블릿 단말기를 손가락으로 가리켰다.

"생각났어?"

"아니요. 지금 이 사람들의 이름 말이에요."

"이름?"

"모두 착해 보이는 한자가 들어 있어요."

"착하다?"

"착할 선이나 옳을 의나."

나는 태블릿 화면을 들여다봤다. 가모 요시마사, 미즈노 젠이치, 구사나기 미요코의 정보가 나와 있었다. 가모의 어머니인 가모 기미코와 미즈노 젠이치의 딸 미즈노 레나코를 제외한 리스트를 사토 마코토는 본 모양이었다. '의(義)', '선(善)', '양(良)'까지 확실히 착해 보이는 한자가 들어 있었다.

"그렇구나!" 마카베 고이치로는 어린아이처럼 눈을 반짝이며 흥분했다. "아, 이거 참 좋네."

"게다가 사토 군, 자네 이름에는 '성(誠)'이라는 글자가 있지. 이 또한 '착한 성질'을 나타내. 과연 정의의 편이 이걸 기준으로 사용했을까?"

나는 한심하다는 표정을 짓지 않으려고 필사적으로 참으며 마카베 고이치로를 보았다. '설마 진심으로 이러시는 건 아니죠?' 이 말이 정말 목구멍까지 올라왔다. 사람 이름에는 애당초 '나쁜 성질'의 한자는 쓰지 않는다. '양'이나 '의'가 붙은 이름이라면 정말 셀 수 없이 많을 것이다.

"그래서 나를 도와줬다고요?"

"그럴지도 모르지. 그랬다면 부모님께 감사드려라."

마카베 고이치로는 단말기를 가방에 넣은 다음, "그럼, 무슨 일 있으면 또 보자" 하며 손을 들어 보이고는 그 자리를 떠났다. 나는 그를 뒤따르려다가 몸을 돌려 체격이 좋은 다다를 보고 가볍게 말했다.

"아, 자네 말이야, 마음에 안 드는 일이 있다고 폭력을 휘두르는 건 그만두는 게 좋아."

"왜요?"

그게 어른에게, 그것도 경찰에게 할 소리냐! 나는 절로 그를 때릴 뻔했다.

"자네보다 훨씬 강한 사람이 나타났을 때는 문제를 해결할 수 없기 때문이지. 외교를 전쟁으로만 해결하는 국가는 최악이야. 교사가 폭력으로 아이를 따르게 하거나 부모가 무섭게 훈육하는 것도 마찬가지로 의미가 없어. 상대가 성장하면 효과가 없어지기 때문이지. 요컨대 나보다 강한 무력을 지닌 적이 나타났을 때 맞설 방법이 없단 말이야. 그러므로 결국 무력을 사용하지 않고 상대를 견제하는 게 중요해. 나는 이 정도가 가능해, 하고 보여 줘 상대를 제압하는 건 괜찮아도 실제로 손을 대면 끝장이야. 좀 더 잘 해보라고."

다다는 골이 난 표정으로 아무 말 없이 입만 오물거렸다.

"그런데 자네들도 참 이상한 관계야." 내가 말했다.

"이상하다고요?" 다다가 눈썹을 찡그렸다.

"사토 군은 다다 군에게 괴롭힘을 당하고 폭력을 당하기도 했잖아. 그런데 지금은 이렇게 사이좋게 나란히 있으니까."

사토 마코토는 얼굴을 찌푸렸다. "아니, 별로 사이좋은 건……."
역시 억지로 끌려온 부분이 있을 것이다. 그렇게 생각하고 있는
데 다다가 묻지도 않은 말을 거칠게 내뱉었다. "제가 억지로 끌
고 왔어요."

"아, 하지만……." 사토 마코토가 말을 이어받았다. "지금은
이렇지만 옛날에는 사이가 좋았어요."

"그래?"

"함께 놀아도 주고." 사토 마코토의 말투에는 변명이나 아부
가 아니라 소년 시절을 그리워하는 마음이 담겨 있었다.

다다는 당혹해하며 조금 쑥스러운 눈빛으로 사토 마코토를
쳐다보았다.

마카베 고이치로가 다정하게 말해주었다. "사이좋게 지내. 어
차피 짧은 인생. 조금이라도 인연이 있으면 사이좋게 지내라고."

이발소 카메라는 실내를 비추고 있다.

사거리에 면한 입구, 동쪽 벽에 설치된 반구형 방범카메라는
정기적으로 렌즈가 안에서 움직여 실내를 파악한다.

벽의 달력은 5월이다.

나란히 놓인 세 개의 이발용 의자 중 가운데와 안쪽 자리에

손님이 있다.

"늘 생각했는데, 서부극 같은 영화에서 이발소가 나오면 왜 꼭 수염을 깎는 장면일까?"

안쪽 자리의 남자가 말하는 것을 카메라에 내장된 마이크가 잡는다.

"정말 그러네요." 이발사가 맞장구를 친다.

"머리를 자르는 장면은 거의 본 적이 없네요." 가운데 자리에 앉은 남자도 화제에 낀다. "수염을 깎을 때 더 긴장감이 있어서 그런가."

"그냥 머리를 진짜 자를 수 없기 때문이 아닐까요?" 가운데 남자의 목에 면도칼을 대고 있던 이발사의 아내가 말한다. "연기자의 머리를 잘랐다가 실패하면 큰일이고, 게다가 가위질은 나름대로 기술이 필요하니까 연기하기도 어렵고."

"그거 그럴듯하네."

"그러고 보니 사장님, 얼마 전 그건 어떻게 됐습니까?"

"얼마 전 그거라니?"

"떡 홍보 이벤트의 일환으로 히로세가와 강변에 수십 명을 모아놓고 거대한 두루마리 같은 것에 가게 이름을 써서 펼쳤잖아요."

"아, 했지, 했어. 효과는 구청의 욕만 들어먹은 정도지만."

모두의 웃음소리를 마이크가 잡는다.

"그렇게 많은 사람을 잘도 모으셨네요."

"조금 푼돈을 던져주면 재미 삼아 참가하는 사람들이 세상에는 얼마든지 있어. 그걸 알았다는 게 수확이지. 젊은이들 중에 그런 놈들이 있다는 걸."

"그런 이벤트를 할 때는 상품명을 드러내지 않는 게 더 좋을지도 몰라요." 가운데 자리의 남자가 말한다.

"오호!"

"이상한 일이 일어났다고 생각해 저게 뭐지, 하고 화제가 된 후에 실은 이겁니다, 하고 밝히는 게 효과적이에요. 처음부터 선전이라고 하면 다들 시큰둥해지니까."

"과연 그러네."

"사장님은 정말 자잘한 일에는 신경을 쓰지 않으시네요." 이발사의 아내가 웃는다. "전에도 사원 기숙사를 대신하려고 맨션 같은 걸 사셨잖아요."

"회사까지 거리가 너무 멀어 사용하지 못하고 있어. 시외에 있거든."

"그런 건 살 때부터 아셨어야죠." 이발사가 쓴웃음을 짓는다.

카메라 가까이에서 문이 열린다.

"어서 오세요. 어머, 오가이 군, 오랜만이네."

"오랜만입니다." 들어온 손님이 말한다. 카디건을 입은 젊은 남자로 배낭을 들고 있다. 이발사의 아내가 다가와 짐을 들어준다. "잠깐만 기다려줄 수 있어?"

"괜찮습니다."

"역시 실험 같은 걸 하느라 바쁜가?"

"네, 뭐."

"몸이 안 좋아? 안색이 나빠."

"괜찮습니다."

카메라는 그대로 이발소 실내의 잡담 모습을 계속 찍는데 얼마 후 이야기가 끊긴다. 가위질 소리와 머리를 감는 물소리가 마이크에 잡힌다.

이발을 마친 남자가 가운데 자리에서 일어난다. 이발사의 아내가 가는 털 빗으로 재킷에 묻은 머리털을 털어준다. 계산을 마치고 가게를 나가는 모습이 찍힌다.

"그러고 보니 이제 슬슬 첫 번째가 다가오네. 일 년에 세 번이라고 했으니까 사 개월째, 팔 개월째, 십이 개월째지. 무슨 자동차 검사 같네."

이리 오세요, 하는 소리와 함께 젊은이가 가운데 자리에 앉는다. "아무래도 한 사람이 잡힌 것 같아요. 의사라고 하는데 학교에 소문이 파다해요."

"센다이에는 위험인물은 없을 것 같은데."

"어느 지역이나 첫 번째까지는 위험인물을 거의 찾을 수 없었대요."

"오가이 군, 그게 무슨 소리야?"

"아마도 어느 지역엘 가도 처음에는 서로 상황을 살펴보기도 하고, 평화경찰도 정보를 모으는 게 중심이라 그렇겠죠. 지역 주민도 처음에는 제대로 알지도 못하는데 정보를 제공하기가 꺼려질 테고요."

"그렇지."

"그래도 대부분의 지역에서는 육 개월째가 되면 위험인물로 여겨지는 사람이 여기저기 나타난대요. 처음엔 하나나 둘, 그 후로 갑자기 늘어난다고 해요."

"늘어나다니, 뭐가 늘어나?"

"밀고하는 사람의 수가요."

이발사를 비롯한 그 자리에 있는 전원이 말없이 거울을 보고 방범카메라의 안색을 살피는 표정이 된다.

"그렇게 나쁜 녀석들이 이 근처에 있을까. 아, 그런 선전을 해볼까. '이 떡을 먹는 사람은 위험인물이 아닙니다.' 이렇게."

"사장님이 체포되겠어요."

"그래서 선전이 된다면 그것도 좋고."

"저는 그런 떡은 무서운데요."

"사모님, 너무하세요."

카메라는 그대로 이발소 실내의 잡담 모습을 계속 찍는데 곧 이야기가 끊긴다. 가위질 소리와 드라이어 바람 소리가 마이크에 들어온다.

"오가이 군, 정말 몸은 괜찮은 거야? 자도 상관없는데 수염을 깎을 땐 정신을 차려야지."

"괜찮습니다. 아르바이트를 좀 늘렸을 뿐이에요."

어금니를 악문 것처럼 경직된 젊은이의 얼굴이 거울 너머로 카메라에 잡힌다. 그 자리의 누구도 그 표정을 알아채지 못한다.

사흘 후 녹화장치의 설정대로 이 장면은 삭제되었다.

"지금까지 영구자석 중 가장 강한 것은 네오디뮴 자석으로 네오디뮴, 철, 붕소라는 물질로 만들어졌습니다. 하지만 고열이 되면 자력 유지력이 떨어집니다. 그 때문에 디스프로슘이라는 것을 사용하고 있는데 이것이 희토류, 레어 어스, 레어 메탈이라고 하는 것으로 생산지가 한정되어 있습니다."

앞에 앉은 시라하타 교수는 내가 상상한 것 이상으로 겸손하고 온화했다. 이쪽이 경찰이기 때문이 아니라 원래 그런 성격 같았다. "영구자석은 환경 문제, 에너지 문제와 관련되어 있습니다"라고 소년처럼 얘기했다.

"레어 어스라. 그러고 보니 전에 중국이 수출제한을 걸어 문제가 됐지, 니헤이 군." 마카베 고이치로는 이미 공학부 학생이라도 된 것처럼 사건 조사라는 목적은 완전히 잊은 얼굴을 하고 있었다.

"희토류는 중국에 많습니다. 그러므로 그것이 들어오지 않으면 네오디뮴 자석 생산에도 영향을 미칩니다. 네오디뮴 자석은 모터에 사용됩니다. 따라서 하이브리드 자동차 생산에도 큰 영향을 줄 겁니다."

"자석의 영향력이 대단하네요." 마카베 고이치로가 감탄하자 교수는 온화한 눈빛으로 고개를 끄덕였다.

"하지만 말입니다. 완전히 속수무책은 아닙니다. 우리도 참가

한 연구에서 네오디뮴 자석을 제조할 때 필요한 디스프로슘을 대폭 삭감할 수 있었습니다. 40퍼센트나 줄였습니다."

"40퍼센트나? 그것참 멋진 일 아닙니까?"

"네오디뮴 자석은 소결 자석이라고도 합니다. 요컨대 재료가 되는 합금을 잘게 부수어 구워서 굳힌 겁니다. 재료가 되는 합금을 잘게 부술수록 자력의 힘은 커집니다. 내열성과 자력 유지력도 올라가고요."

교수는 우리를 학생이나 기자로 혼동하기 시작했는지 신나서 계속 설명을 늘어놓았지만 우리는 점점 이해할 수 없는 단계로 접어들고 있었다.

"다만 잘게 부수는 데 시간이 걸립니다. 산화가 진행되고 입자 표면적이 증대하면서 질소의 양이 늘어나버리기 때문이죠. 그래서 우리는 헬륨을 분사하는 제트 밀이라는 것을 사용해 디스프로슘 삭감에 성공한 것입니다."

"즉 그 방법을 계속 진화시키면 점점 더 강한 자석을 만들 수 있다는 겁니까?"

"그렇습니다. 나노 단위로 결합시킬 수 있을 정도로 개량하면 이론상으로는 훨씬 강력해집니다."

우리는 시라하타 교수를 만나자마자 자석 같은 것을 이용한 무기가 가능한지 물었다. 사건 조사에 필요하다는 모호하면서도 긴급한 분위기가 나는 말을 들먹여가면서, 예를 들면 자력에 의해 사람이 자세가 흐트러지거나 비틀거릴 수 있는지 물었다.

시라하타 교수의 대답은 '예스'도 '노'도 아니었다. 다정한 말투로 "현재 통용되고 있는 자석으로는 힘듭니다", "하지만 자석은 커지면 커질수록 자력이 강력해지기 때문에 소형화에 매달리지만 않으면 불가능한 과제도 아니에요", "그렇다고 해도 강한 자석을 만드는 것은 중요한 발명이며 제가 하고 있는 연구가 바로 그런 것입니다" 등의 이야기를 늘어놓다가 다시 "자석은 모터에 꼭 필요하며 전력 문제와도 관련이 깊습니다", "소형 모터로 프로펠러를 돌리면 환경 문제 해결에도 도움이 됩니다" 등의 이야기로 넘어갔다.

"잘게 부수어 자력 유지력을 높이는 방법 외에 결정구조를 제어해 전혀 새로운 강력한 자석을 만드는 방법도 생각해볼 수 있습니다."

"결정구조요?"

"요컨대 자석이 되는 철과 코발트의 결정구조, 즉 원자의 배열을 바꾸는 겁니다. 이론상 어떤 배열과 구조에서 자성이 강해지는지는 어느 정도 알려져 있습니다. 그러니까 남은 것은 그 구조를 변화시키는 것뿐입니다."

"어떻게 변화시킵니까?"

"그걸 모릅니다." 시라하타 교수의 표정이 풀어졌다. "어떤 힘을 어떻게 가하면 구조가 바뀌는지, 그걸 모릅니다. 예를 들어 맨션이 있다고 칩시다. 그 철근 구조를 이렇게 나열하면 강해진다는 것은 아는데 어디에 어떤 힘을 주면 그런 구조가 되는지 모르는 겁니다. 강력한 힘은 필요한데 아무렇게나 가중하는 것은 전혀 의미가 없습니다."

"하지만 그것이 가능해지면 보다 강력한 자석이 만들어질 수도 있겠군요."

"아, 네. 그렇습니다."

"니헤이 군. 그렇게 단정적으로 몰아붙이면 선생님이 당황하시지, 안 그렇습니까?" 마카베 고이치로가 옆에서 웃고 있다. "선생님, 강력한 자석이 있다면 전자 잠금장치도 부술 수 있나요?"

나는 작업복 남자가 습격했던 빌딩 뒷문을 떠올렸다. 출입용 패스를 사용하지 않으면 들어갈 수 없는 문이 타깃이 되었다. 인증용 센서가 고장 나버린 것이다.

"물건에 따라 다르지만 자기 데이터는 자석으로 고장이 나니까요."

"그렇군요." 마카베 고이치로는 만족스러운 표정이었다.

"저기, 그 범인은 어떤 사람입니까?" 시라하타 교수가 물었다.

마카베 고이치로가 내 얼굴을 슬쩍 보더니 설명했다.

"아니요, 아직 범인을 특정하진 못했습니다만 아무래도 자석과 비슷한 것이 현장에서 발견되었기 때문에 기본적인 지식을 알고 싶었습니다."

"그래요?" 시라하타 교수가 목소리를 낮췄다. 흔들리는 눈동자.

"선생님, 매우 흥미진진한 말씀을 들려주셔서 감사했습니다." 마카베 고이치로가 일어나자, 나도 따라 일어났다.

"아, 그런데." 마카베 고이치로가 지금 막 생각났다는 듯이 물었다. "선생님은 안전지구와 평화경찰에 대해 어떻게 생각하십니까?"

"네?" 교수는 의외의 질문을 받아서인지 잠깐 멈칫하다가 되물었다. "자석과 관련해서 말입니까?"

"자석과 상관없이 말입니다." 마카베 고이치로는 웃으며 설명했다. "평화경찰이 이렇게 한 도시를 점거하고 위험인물을 색출해 처형하는 방식을 어떻게 생각하시나 해서요. 이건 단순히 일반 시민의 얘기가 듣고 싶어서입니다."

"자석은······."

"자석과는 상관없어도 괜찮습니다." 마카베 고이치로가 유쾌하게 말했다.

"제 입으로 말하기는 좀 그렇지만 저는 위험인물이 아니고, 주위에도 그럴 만한 사람이 없습니다. 모두의 정보를 교환해 위험인물을 찾아내서 처벌하는 것은 나쁘지 않지 않을까, 필요한 일이겠구나 하는 정도의 생각입니다."

"아아, 그렇군요."

마카베 고이치로가 네, 네, 하며 맞장구를 쳤다.

나는 교수의 말을 들으면서 동정을 금할 수 없었다. "나는 위험인물이 아니다"라고 주장하는 사람이 위험인물로 처형되는 케이스를 여러 번 봐왔다. 자기도 모르는 사이에 위험조직에 가담했다거나 위험인물을 도왔다는 이유로 체포되어 우리에게 신문을 받는다. 완전히 누명을 쓰거나 밀고를 당해 위험인물로 결정되는 경우가 있다는 것도 부정하진 않는다. 그러므로 시라하타 교수의 "주위에 그럴 만한 사람이 없다"는 말도 낙관적인 방심에 불과하다. 하다못해 작업복 남자가 자석을 무기 대신 사용했다는 것이 밝혀지면 교수는 사건 당사자 중의 당사자다.

"자석을 묶어서, 예를 들어 클립을 붙일 경우, 이렇게 S극과 N극의 방향을 가지런히 해서 묶는 것과……." 시라하타 교수는 테이블 위의 연필을 막대자석 대신 잡았다. "S극과 N극을 뒤섞어 묶는 것 중에 어느 쪽이 자력이 강할 것 같습니까?"

"그야 아무래도 같은 방향이?"

"맞습니다. S극과 S극을 나란히 맞추면 강해집니다. 그러므로 강한 자석을 만들기 위해서는 잘게 부수어 방향을 맞춥니다. 다만 방향을 뒤섞는 쪽이 안정됩니다."

"안정된다고요?"

"자력이 약해지지만 묶기도 쉽고 에너지 면에서 안정됩니다. 그러므로 자연계에서 안정된 상태로 존재할 수 있습니다."

"그렇군요."

"그러므로 사회인의 사고방식도 하나로 다 맞추지 않는 쪽이 자연적인 상태라고 저는 생각합니다. 전체적인 힘은 약하지만 안정됩니다."

"즉 평화경찰이 국민을 누르고 있으면 힘은 강해질지 모르지만 부자연스럽고 안정되지 못한다는 것이 선생님의 생각이시로군요." 마카베 고이치로가 말했다.

"지금 생각난 것이지만……." 시라하타 교수는 아마도 우리가 경찰 관계자라는 것을 잊어버린 듯 태평한 말투이다.

"하지만 선생님, 평화경찰은 같은 방향으로 묶으려는 게 아닙니다. 모두가 저마다 안정된 상태에서 있을 수 있도록 위험한 물질을 제거하는 것뿐입니다."

마카베 고이치로가 반론하자 교수는 금세 또 받아들였다.

"듣고 보니 그렇군요."

우리는 인사를 마친 후 시라하타 연구실 문을 닫고 강의동 통로로 돌아와 엘리베이터 앞에 섰다.

"특별한 단서는 없는 것 같은데요"라는 나의 말과 "저 선생, 뭔가 감추고 있는 것 같은데"라는 마카베 고이치로의 말이 부딪쳤다.

"그런 기미가 보였습니까?"

"자석 얘기를 할 때는 달변에다 신이 나서 얘기하더니 중간에 '범인은 어떤 사람입니까?' 하고 물었지? 별것 아닌 것처럼 물었지만 조금 진지했어. 내내 마음에 걸려 있던 것을 저도 모르게 내뱉었다고 해야 하나. 그리고 무엇보다 우리는 자석에 관해서만 물었지 '범인' 얘기를 한 적이 없어. 게다가 강력한 자석에 대해서도 가정처럼 얘기했지만 실제적이었어. 어쩌면 이미 만들어졌을지도 몰라."

"아아."

나는 몸을 뒤로 젖혔다. 지금 당장 연구실로 돌아가 시라하타 교수를 끌고 나와야 한다고 생각했기 때문이다.

"니헤이 군. 서두를 필요 없어. 저 선생이 도망칠 사람도 아니고 말이야."

"시라하타 교수가 작업복 남자 본인일 가능성은 없습니까?"

"있지."

"네?" 마카베 고이치로가 너무 선선히 얘기하는 바람에 나는 놀랐다. "그렇다면……."

"어쨌든 상관없으니까."

"무슨 소리입니까?"

"가령 저 선생이 작업복 남자라고 해도 내일 갑자기 사라지지는 않을 테니까. 그렇다고 지금 시점에서 우리를 공격하지도 않을 거고. 내버려둬도 별 차이는 없어."

"그렇습니까?"

이해가 되지는 않았지만 마침 엘리베이터 문이 열리는 바람에 마카베 고이치로를 따라 안으로 들어갔다. 문이 닫히기 직전, 잰걸음으로 달려온 여학생 때문에 마카베 고이치로가 열림 버튼을 눌렀다.

아래로 내려가는 도중에 그 여학생이 내게 물었다. "경찰이신가요?" 긴장했지만 호기심도 묻어 있는 말투다. 어쩌면 우리에게 말을 걸기 위해 쫓아왔던 건지도 모른다.

"맞아요." 마카베 고이치로가 대답했다.

"네? 오빠도 경찰이에요?" 여학생은 마카베 고이치로를 뚫어져라 쳐다보았다.

마침 엘리베이터가 일 층에 도착해 우리 셋은 통로를 나왔다.

"저기, 오가이 군의 행방은 아직도 모르세요?"

"오가이 군?"

나는 처음 등장한 이름에 허를 찔렸지만 마카베 고이치로는 전혀 아무렇지도 않게 "응, 아직 몰라요" 하고 대답했다. "아, 오가이 군의 친구인가 보지?"

나중에 확인한 결과 마카베 고이치로는 '오가이 군'이 누구인지 전혀 몰랐지만 여학생의 말투로 '오가이 군의 행방이 묘연하다', '오가이 군은 교수 연구실과 관련이 있다' 정도를 미루어 짐작하고는 이 얘기, 저 얘기 해보면서 정보를 끌어내려 했다는 것이다.

"저는 같은 시라하타 연구실의······."

"오가이 군은 도대체 어디 있는 거지? 아파트에도 없고."

"그러게요. 고향집에 간 것도 아니고. 경찰분들이 오셔서 오가이 군이 어떤 사건에 휘말렸다고 생각했는데."

마카베 고이치로가 나를 슬쩍 봤다. 그러고는 "아직 사건에 휘말렸는지 아닌지는 모르지만"이라면서 어깨를 움츠렸다. 물론 나는 그런 얘기는 알지 못했다.

"가능성이 제로는 아니지."

"그래요?" 여학생은 걱정스러운 얼굴을 감추려고도 하지 않았다.

"오가이 군이 어떤 사건에 휘말렸을지 짚이는 데가 있나요?"

"아, 아니요."

"아주 작은 일이라도 마음에 걸리는 일이 있으면 알려줘요. 그런 작은 정보가 모여 오가이 군을 찾을 가능성이 높아지니까."

"그래요?"

"그럼요. 참고로 오가이 군이 어떤 음악을 좋아했다거나."

그 질문에는 별다른 의미가 없었다고 나중에 마카베 고이치로는 말했다. 무슨 소리든 지껄이고 있으면 상대도 말하기 편할 것 같았다나, 말하자면 분위기를 조성한 것이다.

"오가이 군은 재즈나 블루스 같은 어두운 느낌의……."

"재즈나 블루스는 그리 어둡지 않은데. 혹시 빌리 홀리데이 같은 걸 얘기하는 건가?"

그 질문은 내게도 감이 왔다. 나중에 둘만 남았을 때 마카베 고이치로가 만족스러운 표정으로 설명해주기도 했고.

"빌리 홀리데이의 「기묘한 과실」을 알고 있지? 그 유명한?"

"잘 알아요. 오가이 씨도 그 곡을 알려주었어요. 린치를 당한 흑인이 나무에 매달려 있는데 그것을 기묘한 과실로 표현해 노래한 것이라고."

"역시 그랬군."

"역시?"

"아니, 오가이 군은 그런 게 용서가 안 되는 정의감이 넘치는 사람이었구나 싶어서."

"맞아요. 오가이 군은 언제나 정의와 위선에 대해 얘기했어요. 전에도 눈길에 오토바이가 미끄러져서 집배원이 넘어졌는데 그걸 돕기도 했어요."

"역시!"

그것은 큰 수확이었어, 하고 돌아오는 차 안에서 마카베 고이치로는 신이 나서 말했다. 내가 보기에는 그 이후에 그가 던진 질문이 더 핵심을 찌른 것 같았는데 말이다.

"오가이 군은 작업복을 가지고 있나?" 아무렇지도 않게 마카베 고이치로가 물었다.

"작업복요? 아! 위아래가 붙은 옷 말인가요? 오가이 군은 오토바이를 가지고 있어서 먼 곳에 갈 때는 늘 그 옷을 입었어요."

"그래?"

"하지만 지금은 오토바이를 팔아버린 것 같은데."

마카베 고이치로의 눈이 번뜩였다. "참고로 시라하타 교수님도 오토바이를 타시나?"

"아니요. 시라하타 선생님은 오토바이는커녕 자동차 면허도 없으세요."

"데이터마이닝이란 문자 그대로 대량의 데이터 산에서 광맥을 찾아내는 채광을 말하는 거야, 니헤이 군."

현경으로 돌아와 회의실에 얼굴을 내밀자 야쿠시지 경시장을 비롯한 여러 명이 다양한 정보를 커다란 스크린에 표시하며 분류하고 있었다. 가모 요시마사를 비롯해 작업복 남자가 도와준 사람들의 공통점을 찾고 있다는 것은 알고 있었다. 요컨대 마카베 고이치로와 같은 방침을 세웠던 것이다. 그런데 바로 그때 내가 뭐라고 묻지도 않았는데 마카베가 "데이터 마이닝이란" 하며 느닷없이 설명을 늘어놓기 시작했다.

"옛날에는 구두가 닳도록 뛰어다니며 범인을 쫓던 경찰도 지금은 키보드를 두드려 데이터를 모은다네. 하지만 모으기만 하는 거라면 누구든 할 수 있지. 중요한 것은 어떤 관점에서 분류하고 취사선택하는가에 있어."

"지금도 수사관들은 여기저기 돌아다니며 범인과 관련된 증거를 찾고 있다." 야쿠시지 경시장이 고개를 들었다.

"그래서 뭔가 알아냈습니까, 야쿠시지 씨?" 마카베 고이치로가 테이블 맨 끝에 앉았다. 나는 그의 매니저도 아니고 그렇다고 사이좋은 콤비도 아닌 데다 그저 운전사 역할을 하는 것뿐이라 옆에 있을 필요가 없었다. 오히려 마카베 고이치로의 왓슨 역할로 오해를 받으면 손해를 볼 수 있기 때문에 멀찍이 떨어지고 싶었는데, 어쩌다 보니 나란히 앉고 말았다.

화면에 나타난 정보를 보니 주소와 호적, 학력 등은 물론 통원 중인 치과와 가입한 신용카드 정보까지 나와 있었다.

"건강보험 이용 상황, 휴대전화와 인터넷 사용 기록, 신용카드 사용 정보는 평화경찰이 수집할 수 있으니까. 아아, 있는 것을 죄다 끌어모으는 것은 간단하지." 옆에 앉은 마카베 고이치로가 중얼거리듯 말했다. "그런데 공통점은 있는 거야?"

"가모 요시마사와 구사나기 미요코는 같은 문구 통판 사이트를 이용하고 있습니다. 아주 자주." 야쿠시지 경시장의 옆과 뒤에서 역시 수사관들이 컴퓨터를 또각또각 조작하고 있었는데 그중 하나가 말했다. 큰 스크린에 해당 사이트가 나타났다.

"같은 통판 사이트를 사용했다고 해서, 그게 뭐. 게다가 미즈노 젠이치는 다르잖아." 마카베 고이치로가 말했다.

"그러는 자네는 뭔가 얻은 정보가 있나?"

화면의 내용을 알아보기 쉽도록 실내를 약간 어둡게 해놓아 야쿠시지 경시장의 표정은 잘 보이지 않았다. 어둠 속에서 목소리만 투명한 총탄처럼 날아왔다.

"어쩌실 겁니까? 그 오가이라는 학생 얘길 하실 겁니까?"

나는 목소리를 낮춰 물었다. 우리는 아직 그 오가이 군의 성조차 파악하지 못한 상황이니 구체적인 단서를 얻은 것은 아니다.

마카베 고이치로가 손을 들었다. "야쿠시지 씨, 하나 생각났는데요."

"뭔가?"

"공통점입니다. 가모 요시마사, 미즈노 젠이치, 구사나기 미요코 셋의 공통점 말입니다."

'설마 그 고등학생이 한 말을 그대로 보고하려는 건 아니겠지.' 나는 생각했다.

"세 사람의 이름에는 모두 좋은 의미를 지닌 한자가 들어 있습니다." 마카베 고이치로는 천연덕스럽게 이야기를 이어나갔다.

순간 야쿠시지 경시장과 컴퓨터를 만지고 있던 담당자들이 침묵하는 게 보였다. 그것은 놀라움이라기보다는 분명히, 그들에게서 튀어나온 '포기'가 소리를 흡수해버렸기 때문이리라.

야쿠시지 경시장은 한숨을 한 번 크게 쉬고 "진심으로 말하는 건가?"라고 말하고는 뒤의 담당자에게 어떤 지시를 내렸다.

스크린에 지도가 나오고 이어서 색깔 있는 점이 표시되었다. 대량이라고는 할 수 없지만 센다이의 여러 곳이 반짝였다.

"이것은 평화경찰이 취조한 위험인물들의 주소 정보이고, 그 중에 '의(義)'나 '선(善)', '양(良)'이라는 한자가 들어간 이름은 이렇게 많다."

야쿠시지 경시장의 손가락이 스크린을 가리켰다. 지금 지도 위에서 빛나는 점들은 취조 대상 명단의 이름으로 검색한 결과일 것이다.

"만약 작업복 남자가 이름으로 도울 사람을 결정했다면 왜 다른 위험인물들은 도와주지 않았나. 저들은 이미 우리에게 신문을 받고 있는데도 작업복 남자가 도우러 오지 않았어."

마카베 고이치로는 더 이상 주장하지 않고 손바닥을 흔들었다. "아니, 나도 그렇게 생각했는데, 오늘 만난 고교생이 그런 추측을 하기에 한번 얘기해봤죠."

야쿠시지 경시장이 실소했다. "고교생한테서 정보나 얻고 있으면 끝장이야."

"뭐, 그렇죠."

마카베 고이치로는 여유롭게 대답했다. 다음 정보를 효과적으로 야쿠시지 경시장에게 던지기 위해 일부러 고교생의 추리를 언급한 것이다.

"야쿠시지 씨, 사실은 그 고교생이 지난번에 말한 정의의 편에게 도움을 받았다고 해서 만난 겁니다."

의자가 움직이며 바닥에 끌리는 소리가 나고 발소리가 울리는가 싶더니 야쿠시지 경시장이 눈앞에 서서 태평한 얼굴의 마카베 고이치로를 밀어붙이고 있었다.

"어이, 마카베. 무슨 소리야? 어디 고교생?"

"왜, 알고 싶으세요?"

과연이라고 해야 할까, 일단 타깃이 정해지자 정보 수집에 속도가 붙었다. 나뭇가지에서 어쩌다 떨어진 유충에 일제히 개미 떼가 달라붙어 그 몸을 통째로 분해하며 파고드는 장면을 방불케 했다.

순식간에 회의실 스크린에는 사토 마코토의 주소, 가족관계, 건강보험에서 찾은 통원 기록이 표시되었다. 위험인물들과는 달리 피의자 신분이 아니기 때문에 전화와 인터넷 통신 기록까지는 확보할 수 없는 듯했지만 그래도 신속했다.

"그러니까 이 고교생도 범인의 '도와줘야 하는 사람 리스트'에 들어 있다는 말인가?"

"아마도요. 아, 야쿠시지 씨가 무슨 생각을 하시는지는 알겠지만 그만두는 게 좋아요."

마카베 고이치로는 그 얘기를 하면서 의자에서 일어났다. 그러고는 "니헤이 군, 이제 우리는 슬슬 가봐야 하지 않을까, 구두가 닳도록 뛰는 유쾌한 수사를 위해"라고 나직하게 말했다. 아무래도 시라하타 교수와 오가이 군에 대해서는 아직 밝힐 생각이 없는 모양이었다. 역시, 하고 나는 생각했다. 마카베 고이치로는 항상 야쿠시지 경시장과 본대에 비밀을 하나씩 남겨두는 듯했다. 우위에 서기 위해 자기만의 정보를 하나 잡고 간다. 그런 방침인 것이다. 그러므로 시라하타 교수의 정보가 들어오자 고교생 사토 마코토의 정보는 버리는 게 좋다고 판단한 게 아닐까.

"그만두는 게 좋다니, 뭘 말인가?"

"사토 마코토 군을 끌고 와 신문하려고 생각하고 있죠? 그러면 정의의 편이 도와주러 올 거라고."

"정의의 편? 범인을 그렇게 부르는 것부터 그만두게!"

"평화경찰은 고교생도 처벌할 수 있다는 거죠. 하지만 그것은 역시 최후의 수단입니다. 위험인물도 아닌데 억지로 연행해 신문하는 건."

"사토 마코토는 위험인물일 가능성이 있어." 야쿠시지 경시장이 차가운 목소리로 분명히 말했다. "범인이 도와주려고 했다는 것 자체가 바로 그 증거다."

"일리는 있지만 그것만으로 연행하는 것은 너무합니다." 그렇게 말하면서도 마카베 고이치로의 입가는 유쾌하다는 듯 풀어져

있었다. "하긴 너무한 것 또한 정의고, 그게 평화경찰이라는 것
도 잘 알고 있습니다. 정 그러시다면 아버지로 하면 어떨까요?"

"아버지?"

"정의의 편은 가모 요시마사의 어머니와 미즈노 젠이치의 딸
도 구했습니다. 덤으로 말이죠. 물론 거꾸로 가모 기미코의 아들
이기 때문에 가모 요시마사를 구했는지도 모릅니다. 마찬가지로
미즈노 레나코의 아버지였기 때문에 미즈노 젠이치를 구했을 수
도 있고요. 가족 할인 적용은 어느 쪽이든 상관없는 법이니까요.
일단 가족 단위로 구하는 게 아닐까 하는데, 그러니까 사토 마코
토를 구한 것은 아, 그 애 아버지 이름이……?"

나는 스크린을 보았다. "아버지는 사토 세이이치이고 어머니
는 사토 유리에입니다."

"사토 세이이치의 아들이기 때문이라는 가능성도 있습니다.
미성년자인 사토 마코토를 데려올 거라면 사토 세이이치를 신
문하는 편이 더 나아요." 마카베 고이치로는 어깨를 으쓱해 보
이고는 말을 이었다. "그리고 가능하면 사전에 사토 세이이치가
위험인물인 것 같다는 소문을 흘려두는 게 좋아요. 곧 평화경찰
에 연행될 거라고."

"그런 일을 하면 사토 세이이치 본인이 먼저 도망칠 우려가
있지 않나."

"도망칠 것 같지 않은데요. 그보다 정의의 편에게 사토 세이
이치가 연행된다는 것을 알려주는 게 중요합니다. 그러지 않으
면 구하러 오지 못할 테니까요. 그저께 취조실을 급습해 가모 요

시마사 일행을 구했다고는 해도 또다시 평화경찰에 쳐들어올 배포까지는 없을지도 모릅니다. 그러므로 사전에 소문을 통해 사토 세이이치의 연행을 알게 되면 구사나기 미요코 때처럼 평화경찰이 집에서 체포해 나올 때를 노리고 도우러 올 가능성이 높습니다."

야쿠시지 경시장은 침묵을 지켰다. 마카베 고이치로의 말을 그대로 받아들이고 싶지는 않지만 일리가 있다고 여기는 눈치였다.

뒤에서 데이터 담당자가 야쿠시지 경시장을 불렀다. "왜 그래?" 하며 돌아본다.

"사토 마코토의 정보를 추적하던 중에 가모 요시마사와 구사나기 미요코의 공통점을 발견했습니다." 데이터 담당자는 교사의 질문에 대답하는 학생 같았다.

"미즈노는 해당되지 않나?"

"네. 그 세 사람의 집에서 근무지, 학교까지의 루트를 조사했는데 특정한 버스 노선을 이용했을 가능성이 있습니다."

"통근 버스?"

"사토 마코토의 경우는 통학입니다."

"아이고!" 마카베 고이치로가 기쁨의 소리를 흘렸다. "그건 재미있을 것 같네."

스크린에 시내 지도가 나타나고 세 사람의 집으로 여겨지는 곳이 점으로 표시되었다. 그 위에 색깔 있는 선이 그어졌다. 통근, 통학 루트를 그리고 있는 듯했다. 어디까지나 최단 경로를 바탕으로 한 추측이겠지만 그 선들은 중간에 겹쳐졌다.

"시영버스의 사쿠라가오카 중앙정류소에서 센다이 역 방향입니다. 세 사람은 이것을 이용했을 가능성이 있습니다."

"범인도 이 버스를 이용했단 말인가?" 야쿠시지 경시장이 마카베 고이치로에게 물었다. 아마도 무의식적으로 튀어나온 질문이었을 것이다.

"그저 우연일 수도 있죠. 무엇보다도 버스 이용객이라면 그보다 훨씬 많을 테니까요."

나는 그때 이런 생각을 떠올렸다. 가모 요시마사 일행이 늘 일정한 버스를 사용하면서 그 버스에서 나름 동료의식을 키운 건 아닐까, 작업복 남자가 남몰래 늘 보는 얼굴들에 동료의식을 가진 건 아닐까. 그래서 조심스럽게 입을 열었다.

야쿠시지 경시장은 내 의견을 칭찬하지도 않았지만 웃어넘기지도 않았다.

"그렇다고 해도 통근 버스 멤버들을 도와줄 의리는 없지. 우리를 적으로 돌리는 리스크까지 짊어지면서 말이야."

"그게 뭔가 하면."

"은혜나 의리, 또는."

"또는 뭡니까?" 내가 물었다.

"도와주지 않으면 훨씬 곤란해질 수도 있는 거지. 돈을 빌려주었다거나."

"야쿠시지 씨, 반대로 생각해볼 수도 있습니다." 마카베 고이치로가 끼어들었다.

"반대로?"

"'전원은 다 구할 수 없다'는 문제입니다."

"그게 무슨 소린가?"

"'히어로는 불행한 사람이 눈에 띄는 족족 다 구해야만 하는가'의 문제입니다."

마카베 고이치로는 빈정거리는 미소를 입가에 올렸다. 어딘가 이 상황을 즐기는 눈치였다.

"저 사람은 구하면서 이 사람은 버려둔다. 이런 상황을 좀처럼 받아들일 수 없으니까요. 아니, 물론 받아들이는 사람도 있겠지만 그런 사람은 애당초 누구를 구하려고도 하지 않겠죠. 어쨌든 사람을 대가 없이 구하겠다고 하는 사람이니까 분명 좋은 사람일 테고, 그런 사람은 고민할 겁니다. A는 도와주고 B는 도와주지 않아도 되는 걸까? 모두를 도와줄 수는 없는데 어쩌지? 물론 제가 보기에는 무의미한 고민이지만 고민하는 사람은 할 겁니다. 좋은 사람일수록 고생하는 세상이니까요. 그런 의미에서 야쿠시지 씨나 우리는 고생을 모르는 사람들이죠."

"무슨 소리를 하고 싶은 건가?"

"정의의 편은 스스로 결정했을지도 모릅니다."

"뭘?"

"언제나 같은 버스를 타는 사람만 돕자. 그리고 나머지는 다 포기하자. 그래서 가모 요시마사 일행을 도울 이유가 생기는 건 아니지만, 반대로 전원을 구할 수는 없으니 적어도 가모 요시마사 일행만은 돕자고 생각했을 거란 말입니다."

"버스 운전사가 범인이라고 말하는 건가?"

256

"그럴 가능성도 제로는 아니겠죠." 마카베 고이치로는 어디까지가 진심일까. "하지만 미즈노 부녀 중 누구라도 그 버스를 타지 않았다면 공통점은 사라집니다."

"마카베 수사관님은 앞으로 어떤 수사를 하실 생각입니까?" 알랑거리며 아첨하는 목소리가 들려 나는 그제야 이 자리에 형사부장이 있다는 것을 깨달았다.

"나는 아무래도 마음에 걸리는 게 있어서 여기 니헤이 군과 함께 조사해볼 생각입니다."

마카베 고이치로는 여전히 시라하타 교수와 그의 제자인 오가이 군에 대해 밝힐 마음이 없었다.

"야쿠시지 경시장님." 단말기를 조작하고 있던 데이터 담당자 하나가 목소리를 냈다. 어둠 속에서 손을 들고 있었다.

"왜 그래?"

"사쿠라가오카 중앙정류소에서 출발한 센다이행 버스가 운행하는 지구의 주소로 검색한 결과 작년 11월에 역 앞 근처에서 사고가 있었습니다."

"그게 왜?"

"하하. 그것참 재미있네."

"신호 대기로 버스가 정차하고 있는데 뒤에서 달려오던 우편배달 차량이 추돌했다고 합니다. 우편배달 차량의 운전사가 졸음운전을 한 것이 원인이며 사고 충격으로 운전석이 크게 찌그러졌습니다."

화면에 우체국 직원의 얼굴 사진이 표시되었다. 어두운 눈빛에 안경을 쓴 남자다. 이름은 가이즈카 마키오(貝塚万亀男), 나이는 오십이 세라고 기록되어 있다.

"일만 만 자나 거북 구 자도 작업복 남자가 좋아하는 한자인가?" 마카베 고이치로는 농담을 던졌다.

"그 녀석은 사고로 죽었나?"

"아닙니다. 사고 때 버스 승객이 부서진 우편배달 차량의 운전석에서 가이즈카 마키오를 끌어내어 인공호흡을 한 덕에 기적적으로 살았습니다."

그 말에 마카베 고이치로가 일어났다. "운전사를 도와준 버스 승객이 누군지 아나?"

담당자는 "알아보겠습니다" 하고 대답하고는 곧바로 정보 검색을 시작했다.

"공식적인 기록은 남아 있지 않은 것 같습니다. 버스 운전사는 다카하시 다이가라는 서른세 살 남자였는데 구출을 도운 승객은 알 수 없습니다."

"다카하시 다이가에게 물어보면 알 수 있을지도." 야쿠시지 경시장의 말에 벽 쪽에 서 있던 수사관이 반응해 문을 열고 밖으로 나갔다. 곧장 버스 회사에 알아보려는 것이다.

"그 구출을 도운 승객이 가모 요시마사와 구사나기 미요코일 가능성이 있습니다. 게다가 그날 마침 미즈노 젠이치나 미즈노 레나코가 타고 있었을 가능성도 있죠."

"그렇다면 어떻게 되나?"

"아직 모르겠지만 예를 들어, 그때 도움을 받았던 우체국 직원

마키오 짱이 은혜를 갚겠다고 도우러 왔다면 이상할 게 없죠."

야쿠시지 경시장의 이마 힘줄이 불끈 경련하는 게 보였다. 실내의 온도가 조금 올라간 것 같은 기분이었다. 지시에 따라 수사관들이 각자 방에서 뛰어나갔다.

나와 마카베 고이치로는 패스트푸드점의 가장 안쪽에 있는 사 인용 테이블에 자리를 잡았다.

"조금 전 이야기가 핵심을 찔렀습니까?"

나란히 앉은 마카베 고이치로가 감자튀김을 입에 던져 넣은 후 "뭐가?" 하고 물었다.

"범인과 그 가모 일행과의 관계 말입니다. 마카베 씨가 말한 대로 같은 버스를 탔을 때 우편배달 차량의 추돌 사고가 일어났다, 그것이 그들을 연결하는 끈일까요?"

그렇다면 여대생의 이야기를 들으러 패스트푸드점까지 온 의미를 이해할 수 없었다.

"글쎄, 확률이 20퍼센트쯤 될까."

"네?"

"니헤이 군은 믿을 수 있어?"

"우편배달 차량의 추돌 사고가 관련이 있다는 설을 주장한 사람은 바로 마카베 씨예요!"

"그야 뭐 회의에서 내놓은 무책임한 의견이지. 그럴 때는 생각나는 대로 죄다 떠들어야 해."

"그래야 합니까?"

"물론 절대 있을 수 없다고 생각하는 건 아니야. 그쪽은 야쿠시지 씨가 바로 조사하겠지. 그보다 나는 이쪽에 흥미가 있으니까. 자석을 연구하던 학생, 오가이 군 쪽이."

"아, 확실히 그에게는 뭔가가 있을 것 같습니다."

현경 안에서 두세 번 전화를 넣자 도호쿠 대학 공학부 시라하타 연구실 소속인 학생의 이름을 알아낼 수 있었다. 오모리 오가이는 석사과정 2년차, 이와테 출신의 남학생으로 다이하쿠 구 야기야마 동물공원 근처 주택가의 임대 아파트에 살고 있다.

우리는 곧장 그의 아파트를 방문했다. 마카베 고이치로는 집에서 오모리 오가이 군을 만나지 못할 거라는 것을 예상하고 있었는지 세 번 정도 차임벨을 누르고 철커덕 철커덕 손잡이를 돌려 문이 잠긴 것을 확인했다.

"관리회사에 전화해보겠습니다" 하고 내가 말했지만 그는 이미 복도를 가로질러, 오가이의 아파트 건너편에 놓여 있는 소화기에 다가가고 있었다. 그러더니 "내가 학생 때는 이런 데 여벌 열쇠를 놓아뒀는데" 하며 소화기 밑을 더듬어 실제로 테이프로 붙여둔 열쇠를 발견했다. 주저 없이 문을 열고 안으로 들어갔다.

현관에는 문틈으로 들어온 우편물이 몇 개 떨어져 있었다. 광고 전단지가 대부분으로 마카베 고이치로는 그것을 주워 하나씩 살펴보았다.

　방은 세 평짜리 하나로 마루가 깔렸는데 정리정돈이 잘되어 있는 것은 아니지만 물건이 어질러져 발 디딜 데가 없는 정도도 아니었다.

　"성실하게 공부하는 것 같군." 마카베 고이치로는 방구석에 놓인 책장을 보며 강의 내용을 적은 노트를 펼쳤다. "컴퓨터는 없나?"

　인터넷 방문 기록으로 관심 분야를 알 수 있는데 소형 노트북이라면 가지고 다닐 가능성도 있었다. 아니면 휴대전화나 스마트폰으로 다 처리하거나.

　"나중에 오모리 오가이의 통신 이력을 모아볼까요?"

　"그러지." 마카베 고이치로는 흥미가 있는지 없는지, 멍하니 얘기하면서 실내를 돌아보았다. "얼마 전까지만 해도 방바닥에 굴러다니는 걸 보면 관심 있는 음악이나 영화를 알 수 있었는데. 시디나 디브이디 같은 걸 보고 말이야."

　지금은 대부분 인터넷으로 서비스되어 직접 재생 단말에 넣을 수 있다. 스마트폰이나 컴퓨터를 들여다보지 않으면 음악 취향도 파악하기가 어렵다.

　"니헤이 군, 해충에 몇 가지 종류가 있는지 아나?"

　"네?" 또 곤충 이야기다. 나는 두 손 들었다 싶었지만 그 마음을 드러내지는 않았다.

　"바퀴벌레와 파리는 위생 해충이야. 요컨대 불결하니까 곤란한 거야. 다만 그것 때문에 죽는 일은 없어. 노린재와 노래기는 독도 없어. 그저 보기 싫은 거지. 불쾌 해충이야."

"네, 그게."

"해충이라고 해도 그렇게 해가 없는 종류가 있다는 거야. 악,
징그러워, 이런 마음으로 죽이는 것뿐이야. 그것을 제멋대로라
고 해야 하나. 요컨대 인간에게 방해가 되느냐 아니냐는 상당히
자의적이라는 거야. 한편 정말 문제가 되는 해충도 있어. 농작물
에 악영향을 주는 해충들이지. 그렇다고 해도 곤충들에게 악의
는 없어. 눈에 보이는 피해가 있어서 그렇지. 옛날에는 해충 구
제를 위해 어떤 일을 했는지 아나?"

"농약이 없었을 때 말입니까?" 나는 옷장 안을 조사했다. 행
거에 걸려 있는 옷들은 싸구려에 색깔도 비슷비슷했다. 패션에
는 관심이 없는 학생인 듯했다.

"벌레 보내기라고 해서 기도로 곤충을 쫓았어."

"기도로? 효과가 있습니까?"

"신사에서 기도를 하고 나서 횃불을 들고 엄청나게 시끄럽게
떠들면서 논밭을 돌아다녀 벌레를 쫓는다는 작전이지. 물론 근
거는 전혀 없어. 하지만 그 정도밖에 방법이 없었던 거지. 그리
고 에도 시대에는 논밭에 기름을 흘려 그 유막에 곤충을 빠뜨렸
다고 해. 벌레는 작고 민첩하기 때문에 귀찮은 존재지."

"농약이 생겨서 다행이네요."

"맞아. 뭐, 안전지구 정책과 평화경찰이 생긴 것도 마찬가지야."

"어떤 의미입니까?"

"성가신 방해자를 쉽게 퇴치할 수 있게 되었기 때문이지, 안

그래? 농약보다는 천적을 이용한 제거인가?"마카베 고이치로는 어깨를 움츠리더니 텔레비전 테이블 옆의 서랍장을 열어 안에서 뭔가를 꺼냈다.

"그게 뭡니까?"

"사용하지 않는 카드들이야. 진찰권이나." 고무줄로 묶은 카드 다발을 이쪽으로 보여주었다.

나는 책장에 꽂힌 책 표지를 봤다. 빌리 홀리데이의 전기가 있고 그 옆에는 인종차별과 빈부격차를 다룬 신서가 몇 권씩 있다.

"자네가 말한 대로 오가이 군은 인종차별을 비롯한 세계의 부조리한 불행에 흥미가 있었던 것 같군."

마카베 고이치로는 패스트푸드점 자리에 나타난 여대생, 즉 얼마 전 대학 엘리베이터에서 말을 걸었던 여성에게 말했다.

"오가이 씨와 만나셨어요?"

"학생은 오가이 군의 연인이에요, 뭐예요?" 내가 묻자 그녀는 내가 미안할 정도로 얼굴을 붉히고, 아니요, 아닙니다, 하며 허둥거렸다. 같은 연구실 후배예요, 하고 대답했다.

"만나지 못했지만 아파트 안을 조사했네. 보름쯤 전부터 우편물이 쌓여 있는 걸로 보아 아무래도 돌아오지 않은 것 같더군. 학교에 오지 않았다면 고향일까. 이와테의 모리오카라고 했지."

"네. 분명히." 그녀는 아래를 보았다. 숨길 게 있어도 도무지 숨기지 못하는 타입, 우리 입장에서는 너무나 고마운 성격이다. "고향 얘기를 들은 적이 있어?" 하고 던지자 "네" 하고 대답하고는 조금 망설였다.

"알려주면 고맙겠어. 오가이 군을 찾는 데 달리 정보가 없어서 말이야."

여대생은 몇 번이나 "잘 모르겠지만"이란 말을 하고 나서야 오모리 오가이는 고향의 부모와 사이가 좋지 않아서 거의 가출하다시피 진학한 것처럼 보였다고 말했다. 그 때문에 아르바이트로 학비와 생활비를 벌어야 했고 게다가 대학원 연구 시간도 내야 해서 늘 바빴다고 했다.

"하지만 늘 심각하게 생각하지 않고 즐긴다고 해야 하나, 긍정적이라고 해야 하나. 불평도 거의 없어서 주변 사람들이 잘 깨닫지 못했어요. 그런데 얼마 전 아주 어두운 얼굴을 하고 있기에 무슨 일인가 싶어서……."

"무슨 일인데?" 마카베 고이치로가 감자튀김을 입에 넣으며 연애 상담이라도 하는 말투로 물었다.

"고향에서 갑자기 연락이 왔다고 했어요. 부모님이 빚 때문에 고생하고 있다고."

오모리 오가이가 자업자득이라고 딱 잘라 말했다는 걸 보면 사업 실패나 불의의 사고, 어쩔 수 없는 병이 아니라 타고난 게으름이나 도박 같은 헤픈 돈 씀씀이가 원인이었을 거라고 나는 짐작했다.

"오가이 씨한테 여동생도 있는 것 같아요. 확실히 들은 적은 없지만."

"그랬군요."

"태어날 때부터 장애가 있었던 것 같은데."

"그래요?"

나는 마카베 고이치로의 옆얼굴을 살폈다. 평화경찰에 있으면 타깃의 가족관계에 민감해진다. 위험인물임을 자백하게 할 때 신변에 약점이 될 만한 인물이 있으면 큰 무기가 되기 때문이다. 오모리 오가이의 여동생이 어떤 장애가 있는지는 모르지만 이쪽에는 유익할 게 틀림없기에 마카베 고이치로가 눈을 빛내고 있으리라 생각했는데, 예상과는 달리 그는 표정의 변화 없이 관심 없다는 투로 말했다. "빚 때문에 그 소중한 여동생에게 악영향이 갈 수도 있었단 말이로군."

"어떻게 아세요? 경찰은 대단하네요."

"아니, 그냥 상상할 수 있는 일이잖아." 마카베 고이치로가 곤혹스럽다는 듯 얼굴을 찌푸렸다.

"그래서 오가이 군은 어떻게든 돈을 만들려고 한 것 같아요."

"위험한 일에 손을 댔을 가능성도 있나?"

그녀는 그게요, 하고 대답하고는 조금 고민스럽다는 듯 입을 일자로 꼭 다물었다. 곧바로 부정하지 않은 것은 긍정이나 다름없었다.

나는 뭔가가 나올 듯싶어 자세를 고쳤다. "혹시 오모리 군도 그런 일에 휘말려 행방불명이 된 걸 수 있으니까."

실제로 그럴 가능성은 있다.

이제부터는 내가 최근 반년 동안 갈고닦아 이제는 제법 익숙해진 신문 기술을 발휘할 차례였다. 자연스럽게 위협하듯 위기감을 부채질하는 한편 네가 정보를 제공해주면 세상 모두가 구원을 받을 거라는 식의 말을 던지는 것이다.

질문을 몇 개 던졌다. 현직 경찰인 나와 평범한 여대생이니 승부는 이미 결정 나 있었다.

"저기, 시라하타 교수님은 자석에 대해 뭐라고 안 하셨어요?" 조심스럽게 떨리는 목소리로 물으며 그녀가 이쪽을 봤다.

마카베 고이치로는 역시 훌륭했다. 이번에도 상대방보다 몇 수를 앞서 보고 말했다. "아, 그건 큰일인 것 같더군. 시라하타 선생도 곤란해하고 있어."

물론 모호하게 미끼를 던진 것뿐으로 우리는 아직 아무것도 파악하지 못한 상태였다. 하지만 그녀는 조금 안심한 후에 서둘러 변명하듯 말을 이었다. "그래도 아직 훔친 사람이 오가이 군이라고 단정할 수는 없으니……."

"얼마나 없어졌나?"

"이제 막 만든 시험 제작품 한 상자랑 플레이트 몇 개요."

역시 그 교수는 새로운 자석을 개발했던 것인가.

마카베 고이치로는 낯빛 하나 바뀌지 않았다. "설마 오가이 군이 훔쳤다고는 생각되지 않는데."

"그래요."

"하지만 시라하타 씨는 이렇게 말했어." 마카베 고이치로가 담담하게 거짓말을 계속했다. "총이나 독극물이 없어진 것과는 다르고 오가이 군이라면 유용하게 사용해줄 거라고."

"다행이다." 그녀는 진심으로 안도하는 눈치였다. "오가이 군이 다른 교수와 얘기를 나눈 걸 보기도 해서."

"그게, 무슨 소리야?" 내가 몸을 내밀었다.

"우리 교수님은 아주 성실하고 연구만 좋아하는 분이에요. 하지만 옆 연구실의 교수는 조금 달라서."

"불성실한가?"

그녀는 뭐라고 대답해야 할지 몰라 당황했는데 그런 반응 자체가 즉답이나 마찬가지였다. "소문으로는 연구 결과를 이용해 민간 기업에 판다고도 하고."

"그렇군."

"저는 잘 모르지만 상품을 파는 상대가 다양하대요." 거기까지 말하고 그녀는 경찰을 상대로 너무 말을 많이 했다는 것을 깨달았는지 입에 손을 댔다.

"오가이 군이 그 교수와 뭔가를 꾸미고 있진 않을까 걱정했군. 하지만 안심해. 오가이 군은 그런 짓을 하지 않아. 내기를 걸어도 좋아."

거는 칩도 가짜이니까 얼마든지 걸 수 있다.

이발소 카메라는 실내를 비추고 있다.

사거리에 면한 입구, 동쪽 벽에 설치된 반구형 방범카메라는 정기적으로 렌즈가 안에서 움직여 실내를 파악한다.

벽의 달력은 6월이다.

나란히 놓인 세 개의 이발용 의자 중 손님이 있는 것은 가운데뿐이다.

"오가이 군, 얼마 전에 집중호우 있었는데 괜찮았어?" 깔끔한 카디건을 입은 이발사가 가위질 소리를 울리면서 말한다. 그의 아내가 뒤에서 수건을 접고 있다.

"그날부터 마침 이사 일을 해서 무서웠는데 괜찮았어요." 하품을 하는 오가이의 얼굴이 거울에 비친다.

"오가이 군, 잠은 제대로 자? 안색이 안 좋아."

"아, 네. 간사이 쪽이 큰일이었던 것 같아요."

"무슨 얘기야?"

"지난번 집중호우 말이에요. 비로 고립된 지역이 있었대요. 원정을 왔던 야구 선수들이 힘을 모아 침수된 집 청소를 도왔다는 뉴스를 봤어요. 반면에 어떤 남성 아이돌 그룹은 구호물자를 가지고 갔다가 돈으로 평판을 사려 한다고 혼만 났대요."

"아아, 위선자라고 취급했구나."

"저는 그런 걸 잘 모르겠어요."

"그런 것?"

"그러니까 기부니 뭐니, 예를 들어 돈이 필요한 사람을 도와주면 위선이라고 하잖아요? 적어도 진심으로 한 건 아닐 거라는 식으로 말하고."

"그건 엄청 원조하고 있다고 자랑해놓고 사실은 담보를 요구하고 있다거나 하는 경우에나 해당하는 말이지. 아니면 곤란한 누군가를 위해 무슨 일을 했는데 오히려 상대를 괴롭히는 결과가 되거나."

"하지만 요즘은 그런 의미가 아니라 그저 단순히 좋은 일을 해서 눈에 띄기만 해도 위선이라고 몰아붙여요. 예를 들어 강에 빠진 아이를 본 사람이 '여기서 도우면 나는 히어로가 될지도 몰라'라는 생각으로 강에 뛰어들어 구출했다면 위선인가요?"

"참, 성가신 걸 다 생각하네. 오가이 군. 그거야 그냥 용기 있는 선행 아니겠나. 그 덕분에 히어로 취급을 받아도 문제는 없을 것 같은데. 굳이 말하자면 보는 사람이 있을 때만 노인에게 잘하고 평소에는 괴롭히는 것 같은 이중성이 위선 아닐까."

"재활용 문제만 봐도 그래요. 환경에 좋다고 하니까, 우리 고향인 모리오카에도 그런 데 열심인 아주머니가 있어요. 열심히 페트병을 수거해 가죠. 그런데 재활용이 오히려 역효과를 낸다는 이야기도 있어요."

"우리 손님이 전에 그 얘길 하더군. 페트병을 재활용하기 위해서는 석유와 전기 등 비용이 든다나. 에너지가 꽤 든다고 했어."

"실제로 그런 부분이 있을 거예요. 그래서 그 아주머니를 비판하는 사람이 있었어요. 당신이 하고 있는 일은 쓸모없는 일이고 오히려 환경에 나쁘다, 이거죠."

"그래. 그런 사람도 있겠지."

"우리 아버지가 그래요. 물론 그것도 틀린 생각은 아니니까 아버지를 비난하고 싶진 않아요. 하지만 가령 정말 환경을 위한 재활용이 이루어진다고 해도."

"어떤 방법이라고 해도 말이야?"

"언젠가 그런 재활용 방법이 발견된다고 해도 아버지는 아무 것도 안 할 겁니다. 틀림없어요. 그런 반면에 그 아주머니는 재활용에 협력할 겁니다. 어느 쪽이 옳은지 단정할 수는 없어요. 하지만 '너는 좋은 일이라고 생각해서 하고 있겠지만 다 쓸모없는 일이야'라고 말하는 사람은 그저 자신의 귀찮음을 정당화할 이유를 생각해낸 것뿐인지도 몰라요."

"오가이 군, 정말로 성가신 걸 다 생각하네."

"빈 병 재활용은 의미가 있다는 말을 들은 적이 있어요. 아버지가 '페트병 재활용은 소용이 없으니까 안 하지만 빈 병은 모은다'는 태도라면 이해할 수 있습니다. 논리적이니까요. 하지만 아버지는⋯⋯."

"결국은 아무것도 하지 않는다는 말이지."

"네. 위선, 위선 하고 부르짖는 사람들은 단순히 좋은 일을 하는 사람이 꼴 보기 싫은 게 아닐까 해서요."

"실제로 꼴 보기 싫은 사람도 있어. 우리 어머니가 그런 타입이었으니까." 이발사의 아내가 끼어들었다.

"그래요?"

"동쪽에 길을 잃고 헤매는 사람이 있다는 소리를 들으면 지도를 챙겨 달려가고, 서쪽 지하철에 시각장애자가 있다는 걸 알면 달려가 손을 끌어주고, 북쪽 길가에서 노숙자가 춥다고 하면 싸구려 재킷을 사다 주고."

"좋은 분이네요."

"좋다기보다는 자기만족에 가깝다고 생각해. 왜냐하면 그 노숙자를 평생 돌볼 것도 아니고, 만약 그를 돕고 싶다면 먼저 그를 위해 일자리를 찾아줘야 하는 것 아냐?"

"그거야 나라에서 할 일이죠."

"하지만 그 재킷을 받지 않았다면 그 남자는 추위를 견디지 못해 필사적으로 일을 찾아 나설 수도 있었어. 잘 알지도 못하는 사람을 돕는다는 것은 그리 쉬운 일이 아니야."

"그러니까 겨우 나와 가까운 사람들 정도가 한계일까요."

"아니지, 나야 돈만 받으면 누구 머리든 깎으니까."

"아저씨, 정말 알기 쉽게 남들을 위해 사시니 대단하세요."

"오가이 군이 더 대단해. 강력한 자석을 연구해 모두를 위해 쓰려고 하니."

"아니에요, 그런 건 아닙니다."

"오가이 군, 괜찮아? 너무 피곤해 보여."

"네, 조금."

"조금?"

"아무것도 아닙니다."

학생은 카메라 위치가 신경 쓰이는지 눈빛이 이리저리 흔들린다. 눈 밑에 거무스름한 그늘이 지고 뺨도 쑥 들어갔다.

사흘 후 녹화장치의 설정대로 이 장면은 삭제되었다.

"오모리 오가이 군일까요?" 나는 핸들을 쥔 채 물었다.

"정의의 편의 정체?"

"네."

그 범인이 자석을 무기로 썼다면 강력한 자석을 연구하는 학생이 수상할 수밖에 없다.

"시험 제작품을 훔친 데다 은신까지 했으니 거의 맞지 않을까요. 어쩌면 그 옆 연구실의 교수와 협력해 자석을 사용한 무기를 만들었을 가능성도 있습니다."

"부디 어디 있는지 알 수 있으면 좋을 텐데." 마카베 고이치로가 양손을 뒤통수에 가져다 댔다. "이런 경우 정석은?"

"네?"

"우선은 오가이 군의 흔적을 쫓아야겠지. 마지막에 만난 사람이 누군지. 일단 아까 그 여학생 얘기로는 한 달 반쯤 전에 연구실에서 나가는 것을 본 게 마지막이라고 했으니 그날을 기준으로 지인을 만나볼까, 아니면 좀 더 빠른 방법으로 연기를 피워 불러내볼까?"

"무슨 말씀이십니까?"

"오가이 군이 위험인물이라는 정보를 세상에 흘려 생활하기 어렵게 하는 거야. 산에 불을 놓으면 참지 못하고 튀어나오는 동물들과 마찬가지지. 아니면 상대가 직접 나올 만한 덫이나 함정을 준비하고 기다릴까. 둘 다 그리 어려울 것 같지는 않은데."

"이제 경찰서로 돌아가면 야쿠시지 경시장에게 오모리 오가이 군에 대해 보고할 건데 괜찮으시죠?"

"어쩔 수 없지. 알려주고 싶진 않지만."

"그러세요?"

"회의나 프레젠테이션 때 절대 해선 안 되는 게 뭔지 아나? 가장 중요한 것은 내가 아는 정보를 전부 발표하지 않는 거야."

"그러면 안 됩니까?"

"그러면 질의 응답할 때에 대답할 게 없어지잖아. 어떤 감상을 얘기할 때도 마찬가지야. 먼저 다 내놓으면 나중에 내놓을 게 없어. 게다가 자기가 솔선해서 발표하는 것보다는 다른 사람의 질문을 받고 바로 대답하는 쪽이 '유능하다'는 평을 듣거든."

마카베 고이치로는 어디까지가 진심인지 알 수 없는 말을 이어나갔다.

"그건 그렇고, 그동안의 내 경험으로는 돌아가면 야쿠시지 씨가 강경책을 발동시키지 않을까."

"강경책을요?"

"고교생인 사토 마코토 군을 위험인물로 체포하거나, 아니면 곧 체포할 거라는 정보를 퍼뜨리거나. 그렇게 하면 아마도 정의의 편인 작업복 남자가 사토 군을 구하러 올 거라고 기대하고 있을걸. 내 제안이 솔깃했다면 사토 마코토 군 아버지를 연행할지도 모르지. 뭐, 그것도 좋지만 조금 덫을 놓는 편이 더 스마트한 것 같은데."

"스마트하다고요?" 나는 잠시 생각하고 난 다음에 물었다. "예를 들어, 그 가네코 교수의 세미나 같은 것 말입니까?"

평화경찰에 반감을 품은 가네코 교수라는 인물을 중심으로 저항군을 모집하는 척 가장해 위험인물을 색출하는 작전은 마카베 고이치로의 아이디어였다고 들었기 때문에 그런 대답을 들으면 좋아할 거라고 짐작은 했지만 마카베 고이치로는 예상보다 훨씬 기쁜지 "아아, 좋은 답이야"라며 고개를 연신 끄덕였다.

"맞아. 정말 그런 연구가 필요해. 다만 야쿠시지 씨는 단순하니까 사토 군을 데려오지 않았더라도 그 우체국 직원을 끌고 왔을 거야. 끌고 와서 신문했겠지. 니헤이 군도 알 거야. 하지만 지금 같은 경우는 조금 귀찮지. 도움이 되지 않아."

"도움이 안 되나요. 어째서?" 최근 반년 동안 평화경찰의 일원으로 신문 작업을 계속해왔기에 나는 신문의 강력함을 잘 알고 있다. "작업복 남자는 터프해서 좀처럼 입을 열지 않을 거란 말씀입니까?"

"반대야. 신문이 오히려 역효과를 내지."

'무슨 소립니까?' 하고 되묻고 싶었는데 마침 현경에 도착했다. 뒷문 가까이에서 먼저 마카베 고이치로를 내리게 했다.

"아, 니헤이 군, 조사 하나만 해줄래?" 마카베는 조수석 문을 열면서 주머니에서 카드 다발을 꺼내 위의 두 장을 내게 내밀었다. "오가이 군의 방에 있던 것인데 계좌 정보에서 뭔가 알아낼 수 없을까, 고토 짱에게 부탁해줘."

도시 은행과 지방 은행의 신용카드 두 장이었다.

나는 차를 주차장에 세우고 건물로 들어가자마자 곧바로 정보분석부로 향했다. 고토가 안 보여서 다른 수사관에게 카드에서 뽑아낼 수 있는 정보를 조사해달라고 의뢰했다.

"사토 마코토를 잡아 올 거야." 회의실에 들어가자 야쿠시지 경시장이 마카베 고이치로에게 선언하고 있었다. 의논이 아니라 통보다. 부장을 비롯해 다른 사람들은 의자에 앉아 하나같이 무기력한 표정을 짓고 있었다. 아마도 아침부터 지금까지 가모 요시마사와 미즈노 젠이치 일행 관련 정보를 수집해 다양한 관점에서 분석하고 공통점을 찾다가 피폐해졌을 것이다. 대형 스크린에 몇 개의 지도 정보와 얼굴 사진이 표시되어 있긴 했지만 유익한 정보를 얻었다기보다는 그저 나열해놓았을 뿐 아무것도 얻지 못하고 방치한 분위기였다.

"다시 한 번 말하겠는데 상대는 고교생입니다."

야쿠시지 경시장과 대치한 마카베 고이치로가 예상대로 그 점을 지적했다. 어디서 가지고 왔는지 부드러운 고무공을 들고 있었다. 누군가의 테이블에라도 놓여 있었을까. 힘주어 만지며 감촉을 즐기고 있다.

"그건 사소한 문제다. 최근까지도 미성년 신문은 이루어져왔다."

맞는 말이다. 행실이 불량한 십 대 소년들을 취조한 경험은 내게도 있다. 어른들을 얕잡아 보는 불량소년들을 정신적으로 흔들어 굴복시키는 일이라면 동료들은 싫어하기는커녕 그동안 소년법 때문에 손을 대지 못해서 쌓였던 스트레스를 폭발시키기라도 하는 것처럼 좋아했지만 작업복 남자를 낚기 위해서 사토 마코토를 신문하는 일은 조금 다른 것 같았다.

하지만 야쿠시지 경시장의 설명에 나는 이해를 했다. "실제로 신문할 필요는 없다. 어디까지나 놈을 끌어내기 위해서다."

작업복 남자가 사토 마코토를 도와준 것은 사실이다. 그것은 다다라는 고교생이 이미 체험한 일이다. 게다가 이즈미 구 구로마쓰에 사는 구사나기 미요코의 경우처럼 연행하는 현장에 작업복 남자가 나타날 가능성도 있다. 먹잇감으로 딱 적당하다.

"그전에 사토 마코토가 연행된다는 정보를 흘린다."

"그건 제 아이디어인데요."

"마카베, 자네도 잘 알겠지만 우리 평화경찰의 장기는……."

"가학적인 수사죠."

야쿠시지 경시장이 흥 하고 비웃음을 지으며 마카베 고이치로를 노려보았다. "정보의 컨트롤이다. 소문도 제어하지."

"확실히 장기이기는 하죠."

인터넷 게시판, 학교의 비밀 게시판, 이발소나 미용실, 병원, 술집 등에 배치된 관측기구를 통해 정보를 흘려 반응을 살피는 경우도 있지만 특정인을 고립시키기 위해 소문을 퍼뜨리기도 한다. 평화경찰은 그런 노하우가 있고 경험과 분석을 통해 그 정확도와 효율은 날로 좋아지고 있다. 처음에 미요시 선배는 "어느 지방에 가도 똑같은 서비스를 제공할 수 있는 체인점의 접객 기술과 같은 거지, 평화경찰의 수사 매뉴얼 말이야" 하고 놀리듯 얘기했지만 실제로 평화경찰에 예비군으로 참가하여 효율 좋고 효과적인 노하우가 넘치는 걸 두 눈으로 직접 확인하고는 혀를 내둘렀다.

"다음 주다." 야쿠시지 경시장이 딱 잘라 말했다. "평화경찰에는 현내 위험인물을 일소하기 위한 참고 리스트가 있다. 다음 주 그중 몇 명을 일제히 연행한다."

"그래요?"

"그런 정보를 흘릴 거라는 얘기다. 참고 리스트가 없는 건 아니다. 위험인물 관련 신고는 이 미야기 현에서도 상당히 모여 있다. 거기에 사토 마코토를 포함시킨다." 야쿠시지 경시장이 말했다. "그 정보를 시내에 흘린다. 일주일만 지나면 그 정보가 사토 마코토를 아는 모든 사람들에게 퍼질 것이다."

"당사자인 사토 마코토도 가만히 있진 않을 겁니다. 그 소문은 본인 귀에도 들어갈 테니까요. 겁을 먹겠죠, 전에도 있었잖아요. 십 대 여고생이 취조를 받을 거란 정보가 퍼지자 자살해버렸잖습니까."

"그건 선동이야. 우리는 그 자살과는 관계가 없다."

"야쿠시지 씨, 그렇게 말씀하시면 윗분들이 무서워해요. 반성하지 않고 강경하기만 하니까." 마카베 고이치로가 고무공을 손으로 통통 튀기면서 말했다.

그러자 우리 부장은 "도대체 무슨 소리를!" 하며 부르르 떨었고, 야쿠시지 경시장은 화가 난 표정을 지었다.

"야쿠시지 씨, 사토 마코토가 어떤 행동을 할지는 알 수 없습니다. 아니, 예측이 되긴 하지만 어쨌든 최악의 사태를 고려해야 합니다."

"최악의 사태는 이대로 작업복 남자를 체포하지 못하는 것이다. 마카베, 너는 미야기 현경의 소중한 직원을 운전사로 쓰면서 시내를 돌아다니고 있는 것 같은데 무슨 수확이라도 있나?"

야쿠시지 경시장은 차가운 표정 그대로 말했지만, 나는 그 말투에 단순한 비아냥거림과 조소, 그냥 해보는 말이 아닌 철갑을 두른 경계심이 포함되어 있는 것을 깨달았다. 야쿠시지 경시장은 여기에 있는 누구보다도 마카베 고이치로의 수사 능력과 예리한 직감을 잘 알고 있는 듯했다.

"야쿠시지 씨, 한 가지 부탁이 있습니다." 마카베 고이치로가 타이밍을 맞춘 듯 목소리의 톤을 조금 바꿔 말했다. "이건 그냥 제 응석인데요."

야쿠시지 경시장의 표정이 눈에 띄게 달라졌다. 그 "제 응석인데요"라는 말은 마카베 고이치로의 결정적인 대사, 이를테면 추리소설에서 탐정이 모든 용의자를 모아놓고 "자, 여러분"이라고 하는 것과 같을지도 모른다는 생각이 들었다.

"뭐야?"

"도호쿠 대학 공학부의 시라하타 교수도 연행할 후보에 넣어주시겠습니까?" 마카베 고이치로가 쥐고 있던 공이 다시 공중에 떴다.

실내가 순간 정적에 휩싸였다. 그리고 곧바로 키보드 두드리는 소리가 났다. 대학 교수인 시라하타가 어떤 사람인지 서둘러 정보를 모으는 것이다. 말하자면 그들은 아직 범인과 자석의 관계조차 모르고 있었다는 소리다.

"그게 누군가?" 야쿠시지 경시장이 물었다.

"공학부에서 영구자석을 연구하고 있습니다. 자석 분야에서는 일본 최고예요."

"자석이라고?"

"강력한 자석의 발명 또는 발견이 세상에 얼마나 커다란 영향을 끼칠 수 있는지 얘기하자면 너무 기니까 그만두겠습니다. 아세요, 야쿠시지 씨? 자석은 환경 문제와도 관련이 깊습니다. 어쨌든 그 작업복 남자의 무기가 자석이라고 추측되어서요."

야쿠시지 경시장은 '자석인가?' 하고 솔직히 감탄하고 싶은 마음을 꾹 참으려는 듯 입을 굳게 다물었다. "그 시라하타 교수라는 사람이 범인인가?"

"만나서 얘기를 들어본 결과로는 십중팔구 아닙니다. 자동차 면허도 없답니다. 뭐, 면허 없이도 스쿠터는 탈 수 있지만."

"그렇다면 어떤 관계가 있나?"

"그 교수 연구실의 석사 과정 학생 하나가 없어졌습니다."

"석사 과정 학생이? 그 녀석이 수상한가?"

"오모리 오가이 군입니다. 모리오카 출신인데 아파트에도 한동안 돌아오지 않아 마음에 걸립니다."

"왜 일찍 얘기하지 않았나?"

"뭘요?"

"그 오모리 군에 대해서 말이야?"

"지금 얘기하고 있잖아요."

"좀 더 일찍 여기에 와서 바로 보고를 했어야 하는 수준이 아닌가!"

"'바로'의 정의가 뭡니까?"

"그러면 교수를 연행하라는 말은 뭔가? 교수가 그 학생이 있는 곳을 안단 말인가?"

"야쿠시지 씨, 감이 너무 떨어지신 게 아닙니까? 그게 아니라 사토 마코토와 마찬가집니다."

"뭐라고요?" 어느새 형사부장이 옆에 서 있었다.

"만약 오모리 오가이 군이 작업복 남자라면 교수를 도우러 나타날 것이기 때문입니다."

"잠깐." 야쿠시지 경시장은 눈살을 찌푸렸다. "사토 마코토는 도우러 오지 않을 거란 얘긴가? 버스 노선과의 관계는? 우편배달 차량 추돌 사고와는 어떻게 연관되는 거지? 교수도 그 버스 노선을 이용하나?"

이미 시라하타 교수 관련 정보는 낱낱이 수집되어 있을 것이다. 뒤쪽에서 컴퓨터를 두드리는 수사관들로부터 "이용하지 않습니다"라는 대답이 돌아왔다.

시라하타 교수는 야기야마 남쪽에 자택이 있어 버스로 통근을 하지만 노선은 완전히 달랐다.

"버스 노선 쪽을 부정하는 건가?"

"아니요, 야쿠시지 씨. 양동작전입니다." 마카베 고이치로는 고무공을 오른손에서 왼손, 또 오른손으로 넘기며 말했다. "야쿠시지 씨도 직접 말하지 않았습니까? 둘 다 노린다고. 저도 특별히 어느 쪽이 맞는지 모릅니다. 가능성은 둘 다 있습니다. 물론 사토 마코토는 한 번 도움을 받았기 때문에 작업복 남자가 올 가능성이 높지만, 오모리 오가이가 관련되어 있다면 시라하타 교수를 도우러 오지 않으면 이상합니다. 어느 한쪽으로 결정하기 어렵습니다. 그러므로 양쪽으로 칩을 나누는 게 좋겠습니다. 꼭 하나에만 걸라는 법은 없으니까요."

야쿠시지 경시장은 잠자코 마카베 고이치로를 주시하다 이윽고 담당자에게 지시했다. "대학 교수 시라하타의 정보를 모아."

"시라하타 가즈오입니다." 뒤에서 소리가 났다. 정보를 수집하는 수사관들의 작업 속도는 정말 감탄이 나올 지경이었다.

"당일은 인원을 분산시켜 범인을 체포하는 겁니까?" 형사부장이 상담도 제안도 아닌 말을 실실 늘어놓았다.

"야쿠시지 씨, 그러고 보니 우편배달 차량의 운전사는 어떻게 됐습니까?" 마카베 고이치로가 야쿠시지 경시장에게 물었다.

"어떻게 되다니, 그게 무슨 소린가?"

"그 우체국 직원도 틀림없이 끌려왔을 텐데요. 신문해서 무슨 정보라도 얻었습니까?"

"이제 막 데려왔다." 야쿠시지 경시장은 말을 하면서도 전혀 편치 않은 곳을 찔린 표정이 생생하게 드러났다.

"야쿠시지 씨 팀이 작정하고 나서면 장난이 아니죠. 지나친 것은 금물입니다."

"무슨 소리를 하고 싶은 건가?"

"무슨 일이든 가장 중요한 것은 밸런스입니다. 동물과 곤충에도 여러 가지 종류가 있기 때문에 아직 잘 지내고 있는 겁니다.

천적이나 의태의 문제도 마찬가지지만 어느 쪽이 반드시 이긴다는 방식은 너무 치우친 겁니다. 얼룩말이 사자에게 늘 먹히기만 한다면 얼룩말은 없어지고 맙니다. 이기기도 하고 지기도 하기 때문에 균형이 맞는 거죠."

야쿠시지 경시장은 불쾌한 얼굴로 대답했다. "상관없는 얘기는 그만해."

"상관이 있는데요. 일단 우리 포스트맨의 상태부터 살펴보겠습니다." 마카베 고이치로는 어깨를 으쓱하는가 싶더니 몸을 날렵하게 움직였다.

상반신을 틀었다고 생각했는데 갑자기 들고 있던 고무공을 야쿠시지 경시장을 향해 던졌다.

너무나 갑작스러운 일이라 나는 소리 하나 내지 못했다.

강속구가 야쿠시지 경시장의 가슴에 꽂힐 거라고 생각했다. 그런데 그렇지 않았다. 야쿠시지 경시장이 옆에 있던 형사부장을 순식간에 자기 앞으로 끌어당겼던 것이다. 공은 방패막이가 된 형사부장의 통통한 몸에 맞고 콩 하고 튕겨 나갔다.

"야쿠시지 씨, 대단하십니다." 마카베 고이치로는 눈을 크게 뜨고 감탄했다.

회의실을 나온 후에 마카베 고이치로는 내게 웃으며 말했다. "야쿠시지 씨 근처에는 서지 않는 게 좋아. 자신을 지키기 위해서는 무슨 짓이든 할 인물이야."

과거에 부하를 방패막이로 삼았다는 에피소드가 떠오르면서 그게 사실이었구나, 하고 새삼 깨달았다.

마카베 고이치로는 직장 휴게실에라도 가는 것처럼 편안하게 취조실을 들여다봤다. 우체국 직원인 가이즈카 마키오를 신문하고 있었다. 문 근처에 다가갔을 때 미요시가 나오면서 나를 불렀다. "오오! 니헤이 군."

　"가이즈카는 어떻습니까?"

　"아, 그냥 그래." 미요시는 불편한 듯 얼굴을 찡그렸다. "저 녀석이 범인인지 아닌지는 모르겠지만."

　"자백했나?" 마카베 고이치로가 옆에서 물었다.

　미요시는 불쾌한 기색이었지만 경찰청에서 파견된 유능한 수사관에게 노골적으로 적의를 드러내지 않을 정도의 냉정함은 유지했다.

　문을 열고 취조실 안으로 들어가자 책상이 나왔다. 평화경찰 수사관이 앉아 있다가 마카베 고이치로를 보고 바로 자리에서 일어났다.

　가이즈카 마키오는 고개를 숙이고 어깨를 움츠리고 있었다. 앞머리 숱이 없다. 오십이 넘은 것일까. 사각형 얼굴에 안경을 쓰고 뺨에 살이 올라 있다.

　"마키오 짱, 처음 뵙겠습니다. 저는 마카베라고 합니다." 급히 자리에 앉으며 말한다.

　그러자 가이즈카 마키오는 고개를 푹 숙이고 바들바들 떨며 용서를 빌기 시작했다. "제가 했습니다. 용서해주세요." 그러거나 말거나 마카베 고이치로는 어깨에 손이라도 올려놓을 것처럼 친근하게 말을 걸었다. "그러니까 하나만 물어볼게요. 괜찮아요? 반년 전, 운행 중에 노선버스와 부딪친 것은 사실?"

"아, 네, 그것은, 네."

"'그것은'이라면, 여기에 있는 사람들은?" 책상 위에는 가모 요시마사와 구사나기 미요코의 얼굴 사진이 놓여 있었다. 면허증 정보에서 얻은 것인지 정면을 보는 똑같은 앵글이다.

"아까도 말씀드렸는데……." 가이즈카 마키오가 벌벌 떨면서 손가락을 내밀어 사진을 가리켰다. 그 검지에 핏자국이 있다. 미요시가 바늘로 찔렀을 것이다. "여기 가모 씨는 기억이 나는데 나머지는……."

"이봐!" 내 옆에 있던 미요시가 낮게 경고한다.

"아, 죄송합니다." 가이즈카 마키오는 깜짝 놀란다. "아니요, 아마도 이 사람들일 겁니다."

"그래서 너는 이 사람들에게 은혜를 입었다고 생각했지?" 미요시가 말하자 가이즈카 마키오는 "네" 하고 바로 답했다.

그러자 마카베 고이치로는 손을 들어 올리며 말했다. "아, 괜찮아. 너무 무리하지 않아도 돼. 지금 보기에는 마키오 짱, 사실은 별 기억이 없지? 누가 도와줬는지 그때는 신경도 쓰지 못했을 테니까."

가이즈카 마키오는 대답하지 않았다.

마카베 고이치로는 자리에서 일어나며 "니헤이 군, 이 사람은 관계가 없어"하고 말했다. 그러고는 "야쿠시지 씨에게 제대로 보고해주게, 우체국 직원은 무죄라고"하며 미요시의 어깨를 두드렸다. "자, 마키오 짱을 보라고. 무기를 들고 평화경찰에 쳐들어와 형사를 살해할 히어로로 보여?"

통로를 걷고 있는데 뒤에서 쫓아오는 발소리가 들렸다. 돌아보니 고토가 있었다.

"니헤이, 이거." 고토가 내민 것은 내가 조금 전 조사실에 건넨 카드 두 장이었다.

"아, 빨리도 조사했네." 마카베 고이치로가 환영하듯 두 팔을 벌렸다.

"아닙니다. 실은 이 카드, 둘 다 마그네틱이 고장 나서 읽을 수가 없습니다."

"뭐라고?"

"카드를 사용할 수 없어요."

"마그네틱이라고? 강한 자석인가." 마카베 고이치로는 알아들었다는 듯 끄덕였다. "오가이 군이 실수로 지갑 근처에 자석을 놔두었나 보네."

"어쨌든 카드에 적힌 계좌번호로 거래 정보는 입수했습니다." 고토가 말했다.

"이따가 니헤이 군에게 보내도 좋으니까 그 정보를 태블릿에서 읽을 수 있게 해주겠나?"

"네." 고토가 고개를 끄덕였다.

"그리고 고토 짱, 시내를 달리는 택시에 탑재된 카메라들의 정보를 모을 수 있나?"

"할 수 있습니다. 편의점과 이발소 카메라와 마찬가지로 제공받고 있으니까요."

"보존 기간은 어느 정도 되나?"

"길게는 한 달 정도 보관하는 업자도 있지만 대부분은 사흘이나 일주일입니다. 이발소와 미용실은 협회가 시끄러워 대체로 사흘입니다. 편의점은 비교적 협조적입니다만."

방범카메라의 녹화 데이터를 보존하려면 데이터 용량이 필요하기 때문에 대부분 하루 만에 덧씌우거나 아니면 트러블이 일어난 때부터 거슬러 올라가 몇 분 정도만 보존하는 경우가 많았다. 하지만 평화경찰의 설립에 맞춰 국가에서 업자들에게 방범카메라 데이터를 얼마간 보존하는 조건으로 보조금을 지급하면서 상황이 조금씩 달라졌다. '경찰이 해야 할 일을 민간에 떠맡기고 있다'는 비판을 받았지만 실제로 민간에 떠맡김으로써 치안이 좋아졌으니 뭐라고 할 수는 없다. 나는 그렇게 생각한다. 게다가 업자들은 영상을 보존하고 있다가 요청에 따라 제공하기만 하면 되기 때문에 업무에 지장이 있는 것도 아니다.

물론 그것이 표면적인 이야기라는 점은 알고 있다.

위험인물의 정보를 얻기 위해서라지만, 방범카메라 정보를 제공하는 데는 나름대로 노력이 필요하고 무엇보다 업자들의 고객 정보가 우리 경찰에 들어오는 것도 사실이다.

이발소라고 치면 고객과의 대화가, 그것이 설사 그냥 세상 돌아가는 얘기라고 해도 경찰에게 들어가는 게 유쾌한 일은 아니다. 택시 운전사도 회사에 대해 불평을 늘어놓은 영상이 보존되는 게 그리 기분 좋을 리가 없다. 계약서에는 '대상 사건의 정보에 한해 사용하고 관계없는 것은 파기한다'라고 되어 있지만 우리 입장에서는 대상 사건과 관련 없는 것이라고 단정할 만한 게 거의 없다. 지금 당장 사용하지 못더라도 다른 위험인물을 색출하는 데 활용할 수도 있는 거니까.

"그럼, 오가이 군의 얼굴 사진으로 영상을 스캔할 수 있을까?"

"오가이 군이라니요?" 마카베의 요청에 고토가 '이건 갑자기 무슨 얘기야, 쉽게 좀 설명해'라는 표정으로 나를 쳐다봤기 때문에 중요 참고인이라고 대충 설명해주었다. 행방을 알 수 없기 때문에 방범카메라 영상으로 발자취를 찾을 수 있지 않을까 하고 마카베 고이치로는 기대했을 것이다.

"야쿠시지 경시장에게 말하면 오가이 군의 얼굴 사진은 금방 얻을 수 있을 걸세. 조사해주면 정말 큰 도움이 되겠어."

"시간은 걸리겠지만 해보겠습니다."

"그리고……."

"네." 또 뭐야, 하고 고토는 생각했지만 표정에 드러내지는 않았다.

"정의의 편 관련 정보는 새로 들어온 게 없나? 전에 얘기해준 고교생 사토 마코토 군은 정말 도움이 됐거든."

"정보는 많이 들어오고 있지만 체에 걸러보면 작업복 남자와 전혀 관계가 없는 것들뿐입니다."

"그렇다면 자석 쪽으로 알아볼까?" 마카베 고이치로가 슬쩍 내게 시선을 보냈다.

"자석요?"

"이를테면 갑자기 현금카드의 마그네틱이 망가졌다든가."

"그게 자석의 영향 때문입니까?" 내가 확인한다.

"맞아. 강력한 자력으로 카드가 망가진다. 그것은 틀림없어. 따라서 오가이 군이 자석을 가지고 돌아다녔다면 그 영향이 주변에 미쳤을 거야."

"무슨 말씀이십니까?"

"이를테면 지하철에서 오가이 군 옆에 앉아 있던 승객의 현금카드가 자력 때문에 사용할 수 없게 되었다거나. 지금으로선 가능성일 뿐이지만, 그런 정보가 모이면 그의 행적을 알 수 있지 않겠나."

"네." 고토는 그렇게 대답하고는 말을 이었다. "그러고 보니 제 동기가 지금 평화경찰의 지원부대로 수사에 참여하고 있는데 말입니다."

"고생하네."

"탐문을 하는데 마음에 걸리는 주민이 있었다고 합니다."

"마음에 걸리는?"

"네. 제2빌딩이 습격을 당한 날 밤, 수상한 남자를 미행했다고 합니다. 그런데 조사해보니 작업복 남자와 일치하는 점이 많다고 해서요."

마카베 고이치로는 "그래?" 하며 호기심을 드러냈다. "그렇다면 가네코 세미나 작전을 써봐도 좋겠군. 함께 평화경찰에 맞서 싸우자면서 끌어들이는 거야."

"야쿠시지 경시장님에게 보고하는 게 나을까요?"

"그런 사소한 것까지 보고할 필요는 없지 않을까? 결과가 나오면 좋겠지만."

"그럴까요?"

"그렇지." 마카베 고이치로는 만족스럽게 고개를 끄덕였다. "그러고 보니 잘 생각해보면 말이야."

"뭡니까?" 고토와 내가 동시에 물었다.

"영화 같은 데서 보면 주인공은 적을 쓰러뜨리잖아. 쓰러뜨릴 뿐만 아니라 목숨까지 빼앗지."

"그렇죠."

"그리고 마지막에는 목숨을 걸고 싸웠던 주인공이 살아남고 축하를 받는 걸로 끝이 나. 하지만 우리 입장에서는 주인공도 여러 사람을 죽였으니 그렇게 태평하게 끝나는 건 말이 안 되지."

"무슨 말씀을 하시는 겁니까?" 나는 그만 참지 못하고 끼어들고 말았다. "죽은 적은 악인이잖아요."

"적이라고 해도 보스는 물론 수하까지, 이렇게 말하면 뭐하지만, 그저 열심히 일한 것뿐이잖아. 그쪽에는 그들 나름대로 생각도 있고 사명감도 있으니까."

"네?"

"요컨대 정의의 편이 해피엔딩으로 끝나는 것은 센고쿠 시대 장군이 적의 병사들을 무참히 살해하고 낄낄댄 것과 같은 얘기라고. 교과서를 읽어보면 떠오르잖아. 살육에 가까운 전투들 말이야.”

평화경찰을 야유하는 것이라 생각했는데 마카베 고이치로는 짐작과는 반대로 “그러고 보면 평화경찰이 하는 일도 나쁜 것만은 아니야”라고 긍정적인 말을 했다.

이발소 카메라는 실내를 비추고 있다.

사거리에 면한 입구, 동쪽 벽에 설치된 반구형 방범카메라는 정기적으로 렌즈가 안에서 움직여 실내를 파악한다.

벽의 달력은 7월이다.

나란히 놓인 세 개의 이발용 의자 중 가운데에만 손님이 있다.

“오가이 군, 머리가 많이 자랐어.” 가위를 움직이는 이발사가 말한다. “역시 바빴던 모양이야. 괜찮아? 잠이 부족하다는 게 한눈에 보이는데.”

“한눈에 보이다니, 잠이 부족한 사람에게 그런 게 보이나요?”

“그런 농담을 할 정도의 힘은 있나 보군.”

“어? 오늘은 혼자 하시는 거예요?”

“우리 마누라는 잠깐 휴식 중. 요즘은 일어나면 현기증이 난다고 해서.”

“걱정이시겠네요.”

"뭐, 서서 하는 일이니까. 옛날부터 빈혈이 있었어."

"혼자서 커트부터 면도까지 다 하려면 힘드시겠어요."

"이상하게도 손님이 안 올 때는 한참 안 오다가 올 때는 한꺼번에 몰린다네. 분산해서 오면 좋을 텐데. 이대로 아내가 계속 쉬어야 하면 한동안 문을 닫는 게 차라리 가게 평판에 좋을지도 모르겠어."

"그럼 곤란해요. 단골 이발소를 바꾸는 건 큰 문제라고요."

"그렇게 말해놓고 갑자기 다른 이발소나 미용실에 가버리는 것 아냐?"

학생의 대답은 마이크에 잡히지 않는다. 이발사의 손이 빗과 가위를 이용해 앞머리를 자른다.

"오가이 군, 갑자기 꾸벅 졸면 면도할 때 위험하니까 좀 참아."

"네."

가위가 머리를 자르는 금속성의 기분 좋은 소리가 나는 와중에 조그맣게 "저기" 하며 손님이 말을 건다. 거울에 비친 학생의 눈동자가 초점을 잃고 흔들린다.

"왜, 앞머리 너무 잘랐나?"

"그게 아니라, 아니, 아무것도 아닙니다."

"돈을 빌려달라는 얘기만 아니면 무슨 얘기든 들어줄게."

"아니, 됐습니다."

"정말로 돈 얘기였나? 미안해."

"아닙니다. 그러니까 전에 연구실로 다른 데서 몰래 의뢰가 들어와서 개발하느니 마느니 하는 얘기를 했는데 기억하세요?"

"다른 데서 의뢰가? 아아, 미군이 스텔스 소재를 부탁한 것 말이지?"

"맞습니다."

"말했지. 하지만 오가이 군은 신중하니까 그런 건 안 만들 것 아냐."

"저보다는 저희 교수님 얘기였죠."

"옆 연구실 교수는 한다는 소리?"

또 대화가 중단되고 가위질 소리만 들린다. 이발사가 의자 주위를 재빨리 이동하면서 머리를 자르고 있다. 검은색 머리카락이 바닥에 떨어진다.

"그런 게 범죄일까요?"

"그런 거라는 게 뭔데?"

"세상을 시끄럽게 만들 무기를 만든다거나."

이발사가 크게 웃음을 터뜨리는 모습이 거울에 비친다. "세상을 시끄럽게 하는 무기라면 그야 안 되지."

"그렇죠."

거울 속 젊은이는 피곤에 지친 얼굴로 입을 다문다.

머리를 다 자른 이발사가 이발용 에이프런을 벗기고 젊은이를 일으켜 세운다. 가는 털 빗을 사용해 옷에 붙은 머리카락을 털어낸다. 쓱쓱 옷감이 쓸리는 소리가 가게 바닥에 쌓이는 것 같다. 계산대에서 계산을 마치고 "그럼 또 보세, 잠은 꼭 챙겨서 자고"하며 이발사가 인사하는 장면이 사거리 쪽에 렌즈를 향한 카메라 끝에 걸린다.

청년이 나가면서 양복을 입은 손님이 들어온다.

"어서 오세요."

사흘 후 녹화장치의 설정대로 이 장면은 삭제되었다.

그날은 반드시 온다.

이것은 내가 경찰 현장에서, 특히 형사로서 일하기 시작할 무렵 상관에게 들은 말이다. 며칠 후에 체포한다. 몇 월 며칠에 용의자가 어디에 나타난다. 어느 날 범행 예고가 도착한다. 그때는 아직 오지도 않은 미래의 일이라고 생각해도 시간은 확실히 흘러 '그날'은 반드시 오는 법이다. 그러므로 정신을 똑바로 차리고 시간 낭비를 해서는 안 된다. 그런 의미로 배웠다.

이번에도 그날은 찾아왔다. 현경의 수사 회의실에는 서른 남짓한 수사관이 모여 의자에 앉아 있었다. 미야기 현경에 배치된 평화경찰은 물론 현경 수사 1과, 2과, 3과에서도 불려온 사람들이다. 총동원이자 일대 이벤트다.

"거기! 니헤이 군, 어떻게 생각해?" 정신을 차려보니 뒤에서 씩씩하게 걸어온 마카베 고이치로가 옆에 앉아 얼굴을 들이밀며 묻고 있었다.

"어떻게라니요?"

"사토 마코토와 시라하타 교수 중 어느 쪽에 정의의 편이 나타날 것 같으냐고? 내기할까?"

회의실 맨 앞에 앉은 야쿠시지 경시장이 양동작전에 대해 설명했다.

모인 멤버는 크게 북팀과 남팀으로 나뉜다.

북팀은 사토 마코토를 연행하고, 남팀은 시라하타 교수를 연행한다.

리스트에 오른 인물은 이 밖에도 더 있지만 그들은 덤에 불과하기 때문에 수사관이 몇 명씩만 할당된다.

"필시 범인은 둘 중 하나의 관계자일 가능성이 높다. 연행을 요구하며 면회하는 타이밍 혹은 이쪽으로 데려오는 도중에 범인이 저지하기 위해 나타날 수 있다. 그것을 기대한 작전이다."

"나타나지 않으면 실망이야." 마카베 고이치로가 살짝 내게 들릴 정도의 목소리로 말했다.

"연행 정보는 상당히 퍼져 있다. 범인이 시내에서 일상적인 생활을 하고 있다면 상당히 높은 확률로 이 사실을 파악하고 있을 것이다."

야쿠시지 경시장의 설명에 앞에 앉아 있던 양복을 입은 남자가 일어나, 최근 일주일 동안 정보가 어느 정도 침투했는지를 그래프로 만들어 정면 스크린에 표시했다. 상승 곡선과 색깔이 있는 둥그런 원이 겹쳐 있다. 벤다이어그램 같은 것이 나타난다. 소문을 퍼뜨릴 때는 우선 정보를 흘릴 거점을 선정한다. 사람은 '재미있는 정보는 다른 사람에게 얘기하고 싶은' 욕구가 있기 때문에 동기부여가 되도록 정보에 각색을 더한다. 예를 들어 '고교생 사토 마코토는 성실하게 생활하는 것처럼 보이지만 실은 미해결 여고생 살인사건과 관련이 있다'라고 가공해 소문을 흘린다. '그 때문에 평화경찰에 발각된 것 같다'라고. 그런 다음 정해진 지점에서 정기적으로 관측하여 사람들이 어느 정도 그 소문을 알고 있는지 조사한다.

평화경찰의 정보 컨트롤 방법을 사용한 결과 오늘 연행한다는 소문을 아는 사람이 이처럼 늘었다. 그리고 소문의 내용에도 꼬리가 붙어 미묘하게 왜곡되었지만 중요한 요소, 이를테면 날짜와 대상자 정보는 틀리지 않았다. 그런 보고가 이루어지고 있었다.

배포된 자료에 대한 설명이 시작되었다.

사토 마코토의 신체적 특징과 조사를 통해 파악된 성격, 운동 경험, 가족관계 등이 기록되어 있었다. 시라하타 교수, 시라하타 가즈오도 같은 정보가 나열되어 있었다.

"오늘 시라하타 가즈오는 이미 다이하쿠 구 아오야마의 거주지를 출발해 공학부 캠퍼스에 도착했습니다. 오전 중에는 공학도를 상대로 한 강의가 있습니다. 오후에는 강의가 없어서 연구실에서……."

형사 한 명이 설명하자 정면 스크린에 캠퍼스 지도와 강의실, 연구실의 배치도가 나타났다.

"오후 두시, 우리 남팀이 연구실로 가서 동행을 요구할 예정입니다. 그 후 아오바야마에서 가와우치 방면으로 나와 나카노

세 다리를 건너 니시 공원 교차로에서 좌회전합니다."

지도가 뜨고 경찰차의 주행 루트가 밝게 강조되어 나타났다.

"만약 범인이 시가지의 혼란을 피하려고 생각한다면 공학부 부지나 아오바야마 주변, 또는 나카노세 다리 등 주위에 휘말릴 사람이 없는 장소에서 습격해 올 것이라 생각한다." 야쿠시지 경시장이 말을 받았다.

"이번에는 사토 마코토에 대해 보고하겠습니다." 다른 수사 관이 설명을 시작했다. "오늘 원래는 고등학교에서 수업을 받고 있어야 하지만 어젯밤부터 이즈미가다케 기슭에 있는 산장에 가 족과 함께 머물고 있습니다."

"도망갈 생각인가?" 낮지만 거친 목소리로 누군가가 물었다.

"본인과 가족은 그럴 생각이었겠지만 사실은 저희가 유도했 습니다."

의도적으로 정보를 흘려 시내에 소문을 퍼뜨리면 당연히 당 사자 귀에도 들어간다. '사토 마코토가 위험인물인 것 같다', '곧 연행된다고 한다'라는 소문을 사토 마코토와 그 가족도 알게 된 다. 동요한 그들이 어딘가로 도망칠 가능성도 있으므로 그것을 방지하기 위해 그들이 독자적으로 이동하기 전에 피신처를 제공 한 것이다. 평화경찰이 여러 번 사용한 방법일 것이다. 사토 마 코토의 지인을 끌어들여 위협을 했는지, 매수를 했는지는 알 수 없지만, 어쨌든 "연행 소문이 사실인지 아닌지는 모르지만 당일 에는 집을 떠나 있는 게 좋겠어", "평화경찰은 대상이 집에 없는 경우에는 다시 검토하는 경우도 있대", "내가 아는 산장에 가 있는 게 좋겠다" 같은 말로 상대를 설득해 끌어낸다. 사토 마코토의 가족은 그 말을 그대로 따른 것이다.

덕분에 이쪽은 사토 마코토가 독자적으로 도망치는 것을 막을 수 있고 더 나아가 주택가에서 소동이 일어나는 리스크도 방지할 수 있다.

"이즈미가다케 산장에서 연행할 때의 루트입니다." 수사관의 설명에 따라 조금 전과 마찬가지로 스크린에 뜬 지도 위에 경로가 표시되었다.

"니헤이 군, 저기 직선 경로가 꽤나 인상적이네." 마카베 고이치로가 야구를 보다가 잡담이라도 하듯 말했다.

"네노시로이시의 직선도로입니다. 편도 일 차선으로 주위는 모두 논입니다. 약 3킬로미터에 달하는 길로……."

"3킬로미터 직선이라, 엄청 달릴 수 있겠는데."

"아마도 시내에서 가장 속도를 낼 수 있는 직선 도로로 보입니다. 속도위반 단속을 하면 일망타진이겠지만 그것도 너무 전망이 좋아서 어렵습니다."

"과연. 아주 잘 만들어진 곳이야."

"잘 만들어져요? 무슨 소린지 모르겠는데요."

수사관의 설명은 이어지고 있었다.

"남팀과 마찬가지로 우리 북팀도 오후 두시 산장을 방문해 사토 마코토의 동행을 요구합니다."

"부모가 저항하면 어쩔 셈인가?" 나이가 많은 수사관이 확인차 물었다.

"부모까지 끌고 와. 그게 범인에게는 더 필사적인 상황이 될 수도 있다." 야쿠시지 경시장이 차가운 목소리로 대답했다. "그리고 마카베, 네가 말한 대로 먹이도 뿌려놨다."

"먹이? 아아, 범인 후보에게도 정보가 도달하도록?"

"그렇다. 수사관이 시내에서 수상한 자를 몇 명 찾아냈다."

"저도 하고 있는데요." 마카베 고이치로가 지기 싫어하는 소년처럼 말대답을 하는 게 우스웠다.

"네가 하는 일은 어차피 곤충 채집 같은 거겠지. 어쨌든 우리 생각대로라면 범인은 오늘 연행 루트 중 하나에 나타날 것이다."

"그러길 바랍니다. 어떤 덫에 걸릴지 기대됩니다."

"범인이 나타났을 때 어떤 조치를 하면 됩니까?" 내가 물었다.

야쿠시지 경시장이 턱을 당겼다. "체포해 이리로 데려온다."

"그러면 신문으로 울분을 풀고 처형으로 본보기를 보일 수 있으니까." 마카베 고이치로는 나에게만 들릴 정도로 소곤소곤 얘기했다.

"그렇지만 상대가 얌전히 체포될 거라고는 생각할 수 없다. 저항한다면 우리도 나름의 대응을 해도 좋다. 어이, 마카베, 자네 주장을 믿어도 괜찮을까?"

"주장이라니 뭘 말씀하시는 겁니까?"

"범인이 강력한 자석을 사용한 무기를 가지고 있다고 하지 않았나?"

"그것은 야쿠시지 씨도 확신하고 있잖아요. 대학 교수도 체포해 왔죠? 시라하타 교수 말고 말입니다."

오모리 오가이는 시라하타 연구실에서 자석의 시험 제작품을 훔쳐 그것을 옆 연구실 교수와 어떤 무리가 이용할 수 있도록 개발한 게 아닐까.

그것이 마카베 고이치로와 내가 조사한 결과 도달한 결론이었다. 물론 그 사실을 야쿠시지 경시장에게도 전했다.

야쿠시지 경시장은 바로 그 교수를 끌고 와 신문했다. 교수는 오모리 오가이와 함께 자석을 이용한 상품을 만들었다는 것을 자백했다. 교수 자신이 '상품'이라고 돌려 말했다고 한다. 과거에 일을 의뢰받았던 단체와 거래할 계획이었다는 것도 시인했다. 하지만 더 이상은 교수도 알지 못했다. 오모리 오가이 군이 그 상품을 가진 채 사라졌다고 말할 뿐이었다.

"지나치게 신문해서 그 교수가 쇼크사에 이른 것은 야쿠시지 씨 책임이에요. 덕분에 오모리 오가이 군이 어디서 누구와 물건을 거래할 계획이었는지 모르게 됐잖아요."

야쿠시지 경시장은 그 말에 웬일로 굳게 입을 다물었다. 확실히 그 교수를 신문 중에 죽게 한 것은 안타깝기 그지없는 일이었다. 운이 나빴던 것도 사실이다. 그리 심하게 신문한 것도 아니었다. 그런데 교수가 원래 심장에 지병이 있었는지 아무것도 안 했는데 혼자 겁을 집어먹고 고통스러워하다가 입에 거품을 물고 절명해버렸다.

"그 교수는 홀아비에 가족도 없었으니 사고사로 위장할 거죠?" 마카베 고이치로가 신이 나서 떠들었다. 실제로 교수의 시신이 형사부장에게 맡겨졌다는 소문이 있었다.

야쿠시지 경시장은 거기에는 대답하지 않고 지시를 내렸다. "이미 다들 알고 있겠지만 전원 자석에 반응하는 금속은 지참하지 말도록."

마카베 고이치로도 더 이상은 참견하지 않았다.

"권총도 말입니까?" 수사관 하나가 물었다.

지급되는 권총에는 몇 가지 종류가 있는데 그중에는 폴리머 프레임인 것도 있지만 총구와 공이치기, 방아쇠는 철제인 것이 대부분이라 자석에 반응한다. 히고 일행이 지근거리에서도 발포에 실패한 것은 자석의 힘 때문에 총구가 흔들렸기 때문일 가능성이 높다.

"나사 부분이 자석에 반응할 가능성도 있기 때문에 안 가지고 가는 게 좋다."

그렇게 강력한 자석인가. 수사관들이 눈을 껌뻑였다.

"만일을 위해서다. 나도 그 자석을 직접 본 것은 아니다."

"그런 이유로 권총을 제외한 특수경봉과 사스마타(끝이 양 갈래로 갈라진 창으로 범인의 목을 눌러 잡는 데 쓴다─옮긴이)를 중심으로 사용해라."

수사관들은 불안한 얼굴이었다. 나도 마찬가지였다. 과연 그런 무기로 얼마나 범인에 대항할 수 있을지 알 수 없었다.

"사스마타에도 금속이 있는데요."

"그래도 권총보다는 낫다. 권총은 잘못하다간 우리 편을 쏘게 돼."

야쿠시지 경시장이 굳은 얼굴로 말했다. "이상, 해산!"

"니헤이 군은 어디?" 내가 회의실에서 나서는데 마카베 고이 치로가 쫓아왔다.

"남팀입니다. 시라하타 가즈오 쪽을."

"그렇군. 하지만 니헤이 군은 다른 일을 조사해줬으면 하는 바람이 있는데."

틀림없이 귀찮은 일이 될 게 뻔했다. 곤란하다는 표정을 짓고 실제로도 "곤란합니다"라고 말했다.

하지만 마카베 고이치로는 물러서지 않았다. "괜찮아, 괜찮아, 야쿠시지 씨에게는 내가 얘기해놓을 테니까."

"다른 일이란 게 뭡니까?"

"군이 말하면 북도 남도 아니라 동쪽이지. 센다이 시 동쪽 해 안가에 있는 놀이시설인데 볼링장과 영화관이 모여 있어."

"거기에?"

"고토 짱이 연락했어. 거기 방범카메라에 찍혔다네."

"누가요?"

"오가이 군 말이야. 스캔한 결과 걸렸다네."

"지금 거기로 가라고요?" 내가 '우아, 체포하러 가요!' 하는 기 세로 몸을 돌리려는데 "얼마 전이야, 한 달 전쯤"이라는 답이 돌 아왔다. "거기 방범카메라의 데이터 보존 기간이 한 달이라 아슬 아슬했어. 어쨌든 행방이 묘연한 오가이 군이 그곳을 지나갔어."

"그렇다면 지금 당장 거기에 간다고 해도."

"의미가 없지. 맞는 말이야. 그래서 나도 고토 짱의 정보를 듣고도 가만히 있었어. 그런데 어제 다른 정보가 들어왔어."

"그게 뭡니까?"

"한 달 전에 식당에서 신용카드로 결제하려고 했는데 마그네틱이 망가졌다는 정보야. 회사원이래. 고토 짱은 꼼꼼하게 카드 인식 오류 정보도 모아주었어. 그 회사원 말로는 지갑에 넣어뒀던 카드가 전부 못쓰게 되었대. 그런데 그날이 오가이 군이 놀이시설 카메라에 찍힌 바로 그날이야. 시간은 조금 다르지만. 게다가 그 식당이 놀이시설 근처야."

"오가이 군이 그 식당에서 그 회사원의 카드를 망가뜨렸다는 말입니까?"

"고의는 아니겠지. 어쩌면 자석을 운반하다 회사원의 가방 옆에 뒀다거나."

"단순히 그 정도로 카드가 망가집니까?"

마카베 고이치로는 눈썹을 조금 끌어 올렸다. "새로 발명된 자석이 그 정도 위력은 있겠지. 어쨌든 니헤이 군은 그쪽을 추적해주게."

"오늘 말입니까?"

"잘만 하면 오가이 군을 찾을 수 있어. 오가이 군이 작업복 남자로 변신해 사토 마코토를 탈환하러 오기 전에 말이야."

"오늘 당장 찾을 수 있을 것 같진 않은데요."

"치지 않은 퍼트는 들어가지 않는 법이지."

"그건 또 무슨 소립니까?"

"골프의 퍼팅 말이야. 마지막에 치잖아. 치지 않았으니 들어갈 리 없지. 일단 해보는 거야. 복권을 안 사면 당첨이 안 되는 거나 마찬가지야."

복권 당첨에 비유되는 수사를 하고 싶은 마음은 생기지 않았지만 나는 마카베 고이치로의 지시에 따르기로 했다.

마카베 고이치로에게 이끌려 야쿠시지 경시장 앞까지 가서 사정을 얘기하니 "알아서 해"라는 될 대로 되라는 식의 반응을 얻었다. 어차피 나 하나 빠진다고 작전에 큰 영향은 없다는 사실을 통감하며 나는 조금 상처를 받았다.

게다가 야쿠시지 경시장은 "그것보다도" 하며 화제를 돌렸다. "마카베, 만약의 경우에는 차량을 폭파시킬 거니까."

"폭탄을 실었습니까?"

"미끼 차량에만 실었다. 만약 우리가 손을 대지 못하는 상황이 되면 어쩔 수 없다. 여기서 또다시 범인이 도망가면 우리는 개망신이다."

"개망신이라면, 체면 때문이라는 겁니까? 나는 반대합니다. 폭파해버리면 뭐가 뭔지 모르게 되지 않습니까. 나고야에서도 비슷한 일을 하지 않았나요? 도망치는 위험인물의 차량을 폭파시켰죠."

"이번은 그때와 상황이 다르다. 경찰의 위신이 달려 있어."

그때 옆에 있던 형사부장이 조심스럽게 앞으로 나서는 듯싶더니 곧바로 한 걸음 물러나며 말했다. "죄송합니다. 폭탄을 설치하자고 제안한 사람이 저라."

'이거 웬일?' 하는 눈으로 마카베 고이치로는 어깨를 으쓱했다.

"참고로 그 놀이시설 방범카메라에 오모리 오가이가 찍힌 게 언제인가?" 야쿠시지 경시장이 마카베 고이치로를 쳐다보았다.

"약 한 달 전입니다."

"그렇게 오래되었다고?"

"하지만 영상 데이터가 남아 있는 것만으로도 감지덕지입니다. 이발소 카메라는 보존 기간이 사흘뿐이라."

"택시 회사 중에도 하루 만에 덮어쓰기를 하는 곳이 많다."

"평화경찰에 협조적이지 않군요." 어디까지가 진심인지 모르겠지만 마카베 고이치로는 이렇게 한탄했다.

"니헤이, 너, 아무쪼록 폐를 끼치지 않도록 해." 이렇게 말한 사람은 형사부장이었다. 무사안일주의가 통통한 몸에서 발산되고 있었다.

폐라니 도대체 누구에게 폐를 끼칠까 봐 두려워하는 걸까. 나는 한심해하면서도 "네" 하고 대답했다.

"야, 너희 부장은 사람이 참 좋아 보여." 통로를 걸으면서 마카베 고이치로가 웃었다. 나는 마치 내 일처럼 부끄러웠지만 상사 험담을 하는 것도 꺼려졌다. 그때 문득 이틀쯤 전, 이른 아침 집 근처에서 달리기를 하다가 목격한 광경이 떠올랐다.

"실은 강변에서 부장을 봤습니다."

공을 주고받고 있길래 아침 일찍부터 열심히 하는구나 싶어서 봤더니 한쪽이 부장이었다.

그래서 아이와 야구 연습이라도 하나 생각했는데 상대가 없었다. 앞쪽에 피칭 머신 같은 것을 놓고 공을 받는 연습을 하고 있었던 것이다. 그리 무겁지도 않은 플라스틱 볼을 필사적으로 받는 꼴이 우스웠다.

"그래?" 마카베 고이치로는 유쾌하게 웃었다.

"글러브가 아니라 거의 몸으로 받는 연습이었습니다." 나는 얼굴을 찡그렸다.

"아! 그거 혹시⋯⋯." 마카베 고이치로의 얼굴이 환해졌다. 손가락이라도 튀길 태세였다. "그 연습 아닐까?"

"상사의 방패막이가 되는 연습요?" 나도 설마 하면서도 그 생각을 떨칠 수 없었다.

마카베 고이치로는 바로 수긍하고는 감탄했다. "철저하군. 아주 호감이 가."

나는 점점 더 부끄러워졌다.

"상당히 예전 일이라 기억나진 않습니다만."

회사원 남자는 쥐꼬리만 한 월급을 받아 간신히 생활을 이어가는 것 같은 이십 대 젊은이로, 이름은 이토 유키라고 했다.

"카드를 사용할 수 없게 되었을 때는 정말 당황했습니다. 머리가 텅 비어서 순간 우리 회사가 망했나 하는 생각이 들었습니다. 회사가 망해도 내 카드가 동결되는 일은 없을 텐데." 웃으며 성게알 군칸마키(잘 흩어지는 재료를 김으로 싼 밥 위에 얹어 먹는 초밥-옮긴이)를 먹는다.

센다이 신항구 근처에 있는 회전초밥집의 사 인용 테이블이다. 평일 오전, 정오 전이기 때문에 일반 손님도 샐러리맨도 거의 없다. 이토는 영업 일로 외근 중이었다는데, 갑자기 경찰에게 호출을 받고도 별로 의아해하지 않고 이 회전초밥집을 지정했다.

"지갑은 어디에 넣어뒀습니까?"

"가방에요."

나는 종이를 꺼냈다. 손으로 그린 배치도 같은 것으로, 사전에 준비한 것이다. "이것이 대충 그린 식당의 내부입니다. 여기에 오기 전에 들러서 간단한 약도를 그렸습니다. 카운터 자리, 테이블 자리와 앉는 자리가 있습니다만 이토 씨는 어디에?"

"상당히 오래전이었고 그 식당에 자주 가기 때문에 잘은 모르겠지만……."

"옆에 이 젊은이가 있지 않았습니까?" 나는 테이블 위에 올려놓은 태블릿 단말기를 조작해 이미지를 불러냈다. 오모리 오가이의 사진이다. 학생증 사진과 시라하타 연구팀이 여행을 갔을 때 찍은 사진을 꺼냈다.

"이게 누군데요?"

"그날 밤 식당에 이 사람이 있었고, 그 옆에 이토 씨가 있었던 것 같습니다."

"그러면 어떻게 됩니까?" 지느러미살 초밥을 집고는 간장을 찍어 입에 넣는다. 내 질문 내용이나 이 사진 속 인물의 정체보다는 어떻게 해야 잔뜩 먹을 수 있을까에만 관심이 있는 듯했다.

"이 남자는 원래 야기야마 근처에 살고 있는데 자취를 감춰서요. 중요한 사건과 관계가 있을 가능성이 있습니다."

"늘 앉는 자리는 여기 카운터 자리 맨 끝이에요. 그때도 혼잡하지 않았다면 여기에 앉았을 거예요." 이토는 배치도를 가리켰다. 주방을 둘러싼 형태로 L 자 모양의 카운터가 있는데 그 모퉁이 부분이 그의 지정석인 모양이었다.

"그 사람을 떠올릴 만한 특징 같은 건 없나요?"

"특수한 장치를 가지고 있습니다. 강한 자석 같은."

"자석요?"

"상당히 강력한 자석입니다. 아마도 이토 씨의 카드가 못쓰게 된 것도 그 때문일 겁니다."

"카드가? 자력 때문에 엉망이 됐다고요? 하지만 가방 속 지갑 안에 들어 있었는데요." 그는 간장을 집으려고 손을 뻗다가 멈칫했다. "아, 그러고 보니 그때 몸이 살짝 비틀거렸어요."

"비틀거렸습니까?"

"화장실에 갈 때도 그랬고 앉을 때도 그랬어요. 허리가 무언가에 끌리는 느낌이 들어 비틀거렸거든요. 단순히 전날 술이 너무 과했나, 아니면 허리와 다리가 약해졌나 생각했는데 지금 말씀을 들어보니 자석에 끌렸던 것 같아요. 하지만 자석이 몸을 끌어당길 수 있나요?"

"벨트는 어떻습니까?"

"아! 벨트." 이토는 재킷 자락을 젖히고 허리를 내려다봤다. 금속 장신구가 잔뜩 붙은 벨트였다. "이거 말인가요?"

"그 벨트와 자석이 반응했을 가능성이 있습니다."

"그래요?" 허리 주위의 살을 체크라도 하듯이 이토는 벨트를 잡아당겼다가 눌렀다가 하고 있다. "그럴 수도 있어요?"

나는 설명하면서도 그토록 강력한 힘이 존재한다는 사실을 스스로도 믿을 수 없었다. 자석이라고 알지 못했다면 아직 술이 덜 깨 비틀거린 거라고 생각한 것도 무리는 아니었다. 만약 그 자석의 위력이 완전히 발휘되면 좀 더 큰 영향이 있을 것이다. 가방에 들어 있었기 때문에 가장 가까이에 있는 이토가 비틀거리는 정도로 끝났으리라고 추측할 수 있었다.

"아, 죄송합니다. 동료가 전화를 했네요." 이토가 옆에 놓아두었던 스마트폰이 진동했다.

"그러세요" 하고 대답하자, 이토는 미안해하면서 테이블 자리를 떠나 가게 입구로 향했다.

이토에게서 더 뭔가를 끌어낼 수는 없을까, 어떤 질문을 던져야 할까 생각한다. 결국엔 마카베 고이치로라면 어떻게 이야기를 진행할까 하고 상상하고 마는 내가 있다.

생각이 통했는지 내 스마트폰에도 착신이 들어왔다. 마카베 고이치로의 이름이 떠서 바로 받았다.

"니헤이 군, 그쪽은 어때?"

"이토 유키를 만나 이야기를 듣고 있습니다. 그가 식당에서 자석의 영향을 받은 것은 틀림없는 것 같습니다. 그쪽은 어떻습니까?" 시계를 보니 연행 작전이 시작될 무렵이다.

"이쪽은 지금 산장에서 사토 마코토를 차에 태우고 돌아가는 중이야."

스케줄로 보건대 의외로 이른 진행이다. "저항은 없었습니까?"

"어머니는 상당히 저항했어. 제정신이 아니었지. 아니, 거의 미쳐서 날뛰었다고 해야 할 거야. 어머니란 존재는 그런 것이겠지." 가볍게 농담을 하는 듯한 말투다. "하지만 설명을 했더니 이해했어. 이해시켰다고 하는 게 맞겠지만."

"지금 마카베 씨는 어디 계세요?"

"태블릿으로 영상중계를 켜보게." 전화 너머에서 지시한다.

"아, 네." 나는 바로 태블릿 단말기의 화면에서 프로그램을 켰다. 곧바로 마카베 고이치로가 호출했다. 수사관끼리만 대화할 수 있는 영상 수신용 애플리케이션이다.

디스플레이 전체에 나온 것은 마카베 고이치로가 아니라 차 안의 모습이었다. 화면 상태가 좋지 않았다. 잠시 후 이것이 마카베 고이치로의 시점이라는 것을 깨달았다.

스마트폰에서 "중계용 카메라를 귀에 부착했어, 보이나?" 하는 그의 목소리가 들렸다. 귀에 거는 이어폰 타입의 소형 카메라를 말하는 것이리라. 무선으로 영상과 음성을 보낼 수 있다.

경찰차 뒷좌석의 영상이다. 운전석 등받이에 누군가가 보인다. 나는 이어폰을 꺼내 태블릿 단말기에 끼워 그쪽의 음성을 받고 스마트폰은 끊었다.

"사토 마코토는 이 차의 한 대 앞에 타고 있어. 보이나?"

영상이 조금 바뀌어 등받이 사이로 전방을 들여다보는 형태가 되었다. 앞유리 건너편에 있는 것은 경찰차가 아니라 패밀리 타입의 검은색 SUV였다.

현재 위치는 어디일까 하고 생각하는데 내 생각을 읽기라도 한 것처럼 마카베 고이치로가 말했다. "GPS로 지도도 나와."

서둘러 애플리케이션 끝에 표시된 아이콘을 눌렀다. 지도의 화면이 옆으로 배열되었다. 그래픽으로 표시된 지도 위를 빨간 점이 천천히 이동하고 있다. 이즈미가다케에서 남쪽으로 내려와 구불구불한 찻길을 달리고 있는 게 보인다.

"이제 곧 네노시로이시의 직선도로가 나오겠네요." 내가 말했다. 내 이어폰에도 마이크 기능이 있어 내가 얘기하면 상대에게 목소리가 들렸다.

네노시로이시의 직선도로는 거리 약 3킬로미터, 신호도 없고 주변 건물도 없는 일직선 길로, 전망이 탁 트인 지역이다. 만약 범인이 습격한다면 그곳이 아닐까 하고 수사관 한 명이 말했는데 나는 의견이 달랐다. 확실히 논에 둘러싸인 편도 일 차선의 직선도로는 중요인물을 수송하는 이쪽 입장에서 보면 벽도 가릴 장애물도 없는 무방비한 알몸 상태인데 그것은 상대방도 마찬가지다. 그 직선도로에서 경찰 차량을 습격하면 가령 사토 마코토를 탈환한다고 해도 도주하는 경로가 훤히 보인다. 헬리콥터나 만화에나 나오는 독특한 기구로 도망치지 않는 한 곧바로 추적된다.

만약 나라면 여기서는 습격하지 않는다.

태블릿을 보고 있으니 나도 완전히 차를 타고 있는 기분이었다.

몇 개의 작은 길을 구부러지면서 남쪽으로 향하는 경치가 보였다.

"남팀은 어떻게 되고 있습니까?"

"시라하타 교수도 이미 연행되었네. 아까 저쪽 팀에서 보고가 들어왔어. 지금쯤 아오바야마를 내려오고 있을 거야. 그쪽에는 자네 부장이 있으니까 역시 영상으로 체크할 수 있을 거야." 마카베 고이치로는 그렇게 말하고는 남팀 영상을 받을 수 있는 ID를 알려주었다.

나는 영상 화면을 좌우로 나누고 왼쪽을 선택해 해당 ID를 골랐다. 그쪽도 차 안의 영상이라 심하게 흔들리고 있다.

어떤 상황인지 얼른 파악이 되지 않았다.

이윽고 카메라가 조수석에 있는 인물의 시점에 초점을 맞춘다. 아마도 부장인 것 같은데 그 부장이 뒤를 돌아보고 있는 것을 알 수 있었다. 뒷좌석에 수사관 옆에 앉은 시라하타 가즈오의 모습이 있다. 수갑은 없다. 이미 각오하고 있는지, 아니면 넋을 놓은 상태인지 멍하니 밖을 보고 있다.

또 영상이 흔들린다.

지도 정보를 보면 이미 아오바야마를 내려와 도호쿠 대학의 가와우치 캠퍼스에 도달하려고 하고 있다.

나는 문득 이토 유키가 너무 오래 자리를 비운다고 생각해 고개를 들고 가게 출입구를 돌아봤지만 모습이 없다. 통화가 길어지는 걸까.

"마카베 씨, 범인은 오모리 오가이입니까?" 태블릿을 향해 물었다.

"무슨 뜻이지?"

"평화경찰 빌딩에서 구출된 가모 일행은 현재까지 보름 이상 어딘가 다른 장소에서 몸을 숨기고 있습니다. 학생이 그런 일을 할 수 있을 것 같지 않아서요."

"아, 그렇지."

"경찰의 눈을 피해 피신할 장소를 마련하고 거기서 산다는 것은 거의 불가능합니다."

"평화경찰도 경찰력을 총동원해 시내의 모든 건물을 샅샅이 조사하는 건 무리니까. 비어 있는 맨션이라도 찾아내 임시 거처로 삼았을지도 모르지. 학생이라고 해도 이십 대 젊은이라면 대체로 할 수 있는 일이야. 오히려."

"오히려?"

"세상 물정을 모르는 사람이 무서운 법이야. 그것은 시야가 좁기 때문에 주장할 수 있어."

"그것이라니요?"

"정의 말이야. 정의의 편이라는 것은 젊은이의 의욕 이외는 아무것도 아니야. 니헤이 군도 정의감으로 경찰에서 일하고 있는 것은 아니잖아."

나는 다시 한 번 가게 통로를 돌아보았다. 마치 그 모습이 보이기라도 하는 듯 마카베 고이치로가 물었다.

"니헤이 군, 왜 그래?"

"아니요. 이토 유키가 이야기를 하다 말고 전화를 받으러 나갔는데 좀처럼 돌아오지 않아서요."

그러는 동안에도 태블릿 단말기의 영상은 흔들린다. 남팀 부장 시점의 카메라다. 트러블이나 사고라고 생각했는데 단순히 급브레이크를 밟아 차체가 흔들린 것이다.

정신을 차려보니 옆에 남자가 서 있어서 나는 깜짝 놀랐다. 살짝 비명을 지르고 말았기 때문에 마카베 고이치로가 물어보았다. "니헤이 군, 왜 그러나?"

나는 "이토 유키 씨가 돌아왔습니다"라고 대답한 다음 영상에서 눈을 떼고 방금 전까지 내가 하던 일에 다시 집중하려고 했다.

"죄송합니다. 늦어져서." 건너편에 앉은 이토 유키가 내가 보고 있던 태블릿 단말기를 보며 물었다. "그건, 뭡니까?" 소박한 말투다.

나는 이어폰을 빼고 모호하게 설명했다. "이걸로 다른 사건의 현장 상황을 확인하고 있었습니다."

"현장? 사건이라도 일어났나요?"

"사건이 일어나지 않았다는 것을 확인했습니다."

"아하, 그렇군요!" 이토 유키는 과장스럽게 감탄한 후에 "방금 동료와 통화하면서 형사님 얘기를 조금 했는데, 안 되는 거였나요?" 하고는 아버지의 눈치를 보는 아이 같은 표정이 되었다.

"괜찮습니다."

"실은 그 녀석, 저와 함께 그 식당에 있던 녀석이라서요. 완전히 잊고 있었는데."

"함께 있었다고요?"

"그러니까 자석으로 카드가 망가졌을 때 말이에요. 그때 카운
터에 앉았는데 옆자리에 동료가 있었어요. 그래서 지금 전화로
물어봤더니 기억난다고 하더라고요."

"기억난다고 했습니까?"

"그때 그, 내 옆에 있던."

"오모리 오가이 군을 말하는 거죠?"

"식당에서 정식을 먹고 나서 오노, 그 친구 이름이 오노인데,
오노가 자전거를 타고 집에 돌아갔는데 중간에 배낭을 멘 그 남
자를 봤다고 해서."

"어디쯤이었습니까?"

"얘기를 듣고 생각하다가 물어봤죠. 지도가 어디 있나요?"

나는 일단 마카베 고이치로와의 통신을 끊고 태블릿 단말기
의 화면에 현재 위치를 나타내는 지도를 띄웠다. 단말기에서 이
어폰도 뽑았다.

"아울렛 몰로 이어지는 길이라고 했는데, 아마…… 아아, 여
기서 위로는 동부도로가 지나가고 밑으로는 현도가 지나요. 거
기 앞에 운송회사 간판이 있는데, 그 언저리에서 봤대요. 오노가
집에 갈 때 거기를 돌아가거든요."

이토는 지도의 샛길을 손가락으로 가리켰다.

"그 모퉁이 언저리에서 배낭을 멘 젊은이가 양복을 입은 남자
와 얘기를 하고 있었다고 했어요. 처음에는 젊은이가 싸우려고

하는 줄 알고 신경이 쓰여 관찰했는데 가만히 보니 식당에 있던 젊은이였더래요."

"젊은이가 양복 입은 남자와?"

"오노도 계속 뚫어져라 쳐다볼 수 없어서 그대로 지나갔지만 무슨 약 같은 것을 주고받는 것처럼 보였다고 했어요."

"거래라고요?" 오모리 오가이가 '상품'을 팔려고 했던 것이 그때였는지도 모른다.

더 이상의 정보는 이토 유키에게서 나오지 않았다. 그 오노라는 동료를 바로 불러내 자세한 얘기를 듣고 싶었지만 마침 간사이 지방에 출장 가 있다고 해서 연락처만 받아두는 게 최선이었다. 가게를 나와 이토와 헤어진 후에 나는 다시 태블릿 단말기를 이용해 마카베 고이치로와 연락을 취했다.

"조금 있으면 네노시로이시의 직선도로를 빠져나간다. 지금까지 아무도 없다." 마카베 고이치로는 뭔가 아쉽다는 투였다.

화면에는 뒷좌석에서 보이는 전원 풍경이 비치고 있었다.

회전초밥집을 나와 아까 이토가 지도에서 가리킨 방향으로 걸었다. 오모리 오가이가 식당에서 나온 후에 양복을 입은 남자와 거래했다고 했으니, 그 장소를 확인하기 위해서다.

현도 23호는 유료인 동부도로 고가를 낀, 편도 삼 차선의 넓은 도로다. 걸어서 이동하자니 큰 강을 바라보면서 옆의 둔치를 걷는 것 같아 조금 무섭고 위축되는 느낌이었다.

오모리 오가이는 연구실에서 훔친 자석을 가지고, 그리고 거기에서 만들어낸 상품을 안고, 이 길을 걸었던 것일까. 찝찝한 마음도 들면서 그저 넓기만 한 이 길을, 게다가 해가 떨어진 후에 터덜터덜 걷는 일은 결코 유쾌하지만은 않았다.

오모리 오가이는 고향집의 빚 때문에 돈이 필요했다. 학생 신분으로는 많은 돈을 손에 넣을 수 없기에 열심히 아르바이트를 한 것은 잘 알고 있다. 기껏해야 복권 당첨을 기대할 수밖에 없었으리라. 정말 곤란했다면 그리고 냉정하게 매사를 돌아볼 여유가 없었다면, 연구 시험 제작품을 몰래 돈으로 바꾸려 했다 해도 이상할 것은 없다.

필사적이었을 것이다. 하지만 거래 후에 어디로 사라진 걸까. 지금 어디에 있는 걸까.

운수회사가 여럿 모여 있어서 자동차와 트럭들이 주차되어 있는 장소까지 왔다. 교차로 모퉁이다.

근처를 어슬렁거리며 어느 자리에서 오모리 오가이가 양복을 입은 남자와 만났을까 생각했다.

방범카메라를 찾았다. 발견했다고 하기에는 너무 딱 보이는 자리에 설치되어 있었다. 창고 입구 부근에 아주 신형은 아니지만 반구 모양의 카메라가 있었다.

흥분하면서 다가갔다. 동시에 스마트폰으로 현경에 전화를 걸어 고토를 불러냈다. 수사관은 거의 출동했지만 정보분석부는 전원 자리를 지킨 채 정보나 데이터를 제공하기 위해 대기하고 있었다. 고토가 자리에 없었기 때문에 오면 전화를 달라는 메모를 남기고 끊었다.

이곳 카메라의 녹화 정보를 조사하면 오모리 오가이와 거래했던 남자를 파악할 수 있을 가능성이 높았다.

태블릿 단말기에 착신이 들어와 화면을 터치했다.

"니헤이 군, 온 것 같아."

마카베 고이치로의 목소리가 들렸다. 미처 이어폰을 꽂지 못해 단말기에서 직접 음성이 나오고 있었다.

"누구입니까?"

"정의의 편이 여기에 있어."

지도를 띄웠다. 북팀의 현재 위치를 나타내며 점멸하는 점은 네노시로이시의 직선도로를 건너 국도 457호를 그대로 남진하고 있었다. 마카베 고이치로 시점의 카메라로 보이는 광경은 차도 좌우에 서 있는 전봇대와 그것을 둘러싼 무성한 초목이다.

"거기는 어디입니까?" 화면에 비친 차창 너머의 풍경은 멈춘 채였다. 정차한 것이다. 목적지에 도착했다고는 생각할 수 없었다. "신호 대기입니까?" 하고 물었지만 조수석의 수사관이 내리는 모습이 보여 아니라는 것을 알았다.

"앞에 가던 차가 멈췄어." 마카베 고이치로도 문을 열고 밖으로 나왔다. 차도에 내려 전방을 살핀다. 마카베 고이치로가 타고 있던 경찰차 앞에 SUV 차량이 세워져 있고, 그 앞에 뭔가가 쓰러져 있다. 처음에는 사람이라고 생각했는데 아무래도 나무인 것 같다. 사람 크기의 나무가 쓰러져 주행을 방해하고 있는 것이다.

우연히 쓰러진 것이라고는 생각할 수 없었다.

"조심하는 게 좋겠어." 마카베 고이치로가 차에서 내린 수사관들에게 말했다. 천천히 걸어가고 있다는 것이 카메라를 통해 내게도 전해진다.

천천히 주변을 둘러보며 수사관들이 SUV 차량을 살폈다. 차도를 둘러싼 초목들은 그리 키가 크지 않지만 전망이 좋지 않아 뭔가가 어디서 튀어나와도 이상할 게 없어 보였다.

태블릿 단말기에 이어폰을 끼우고 귀에 넣으려는 순간 내 스마트폰이 진동했다. 발신자를 보니 현경에서 온 것이라 스마트폰을 귀에 댔다. 여기저기, 정말 바쁘다.

고토일 것이라는 예상대로 "니헤이, 왜?" 하는 소리가 들렸다. 오른손에 든 태블릿 단말기를 보면서 왼손의 스마트폰으로 대화를 하는 모양새가 되었다.

"방범카메라 영상을 조사해주세요. GPS를 검색하면 지금 내가 있는 곳을 알 수 있을 겁니다. 거기 운수회사 창고의 방범카메라를……."

거기까지 얘기하다가 나는 중요한 사실을 깨달았다. 이미 경찰 측은 시내 일대의 방범카메라 정보를 회수했을 것이다. 물론 시간은 걸렸겠지만 이 근처 놀이시설 방범카메라에서 오모리 오가이의 모습을 발견했으니 이 운수회사도 이미 체크했을 게 틀림없었다. 게다가 고토 팀이 오모리 오가이의 얼굴 사진으로 스캔했으니 이미 이곳 영상도 발견했어야 하지 않을까. 발견했다면 나와 마카베 고이치로에게 그 정보가 들어왔을 것이다. 그게 아니라는 말은 오모리 오가이의 모습은 찍히지 않았다는 뜻인가.

예상이 빗나가 낙담했지만 그냥 끊을 수도 없어서 사정을 설명했다. 고토는 "잠깐 기다려, 지금 녹화 영상을 검색해볼게" 하고 대답하고 전화를 끊지 않은 채 컴퓨터 조작을 시작했다.

태블릿 단말기의 영상이 눈에 들어왔다. 이어폰이 귀에서 빠진 채 늘어져 있어서 소리는 들리지 않았다.

카메라가, 즉 마카베 고이치로의 시야가 지면을 향하고 있다. 자신의 구두를 보는 모양이다.

아스팔트 차도에 뭔가가 굴러오고 있다. 바람을 타고 하늘하늘 날아오는 게 아니라 명확한 의지를 가지고 던져진, 단단하면서도 무게가 있는 구슬이다. 너무 갑작스러운 일이라 마카베 고이치로의 옆에 있던 남자도 멀거니 그 광경을 보고만 있다.

나는 액션영화의 한 장면, 던져진 수류탄이 터지기 직전의 공백 같은 것을 감지하고 한기를 느꼈다. '폭발한다!'라고 두 손으로 얼굴을 감싸고 소리치고 싶은 마음이 굴뚝같았지만 화면 속의 구슬은 그저 계속 굴러올 뿐이었다.

어느 곳까지 이동하자 구슬이 지면에서 붕 떠올랐다. 그리고 차체 보닛에 부딪혔다. '자석이다'라고 생각한 순간 영상 너머에서 마카베 고이치로도 같은 생각을 했을 것이다. 곧바로 뒤로 물러나 주위를 경계하듯 좌우를 확인하는 것을 카메라 움직임으로 알 수 있었다. 검은색 작업복 남자가 초목 사이에서 뛰어나온 것은 그 직후였다.

불쑥 나타났다 싶었는데 곧바로 수사관 하나를 목검으로 쳤다. 다른 수사관이 몸을 낮추고 허리에 손을 대는 게 화면에 비쳤다. 하지만 거기에 자석 구슬이 굴러와 부딪혔다. 작업복 남자가 달려와 목검을 휘둘렀다. 자석 무기를 경계해 수사관들은 철제 제품을 몸에 두지 않았다. 그렇다고는 해도 굴러온 자석이 차례차례 자동차 보닛에 격돌하는 장면은 상당히 위협적이어서 그 틈을 이용해 작업복 남자는 속속 수사관들을 공격했다.

사스마타를 든 수사관이 천천히 작업복 남자에게 다가간다.

남자가 자석을 굴린다. 자석은 사스마타를 든 남자의 바로 옆으로 굴러가, 근처에 정차해 있던 자동차에 찰싹 붙는다. 뒤이어 수사관의 몸이 휘청한다. 그토록 철제를 금지했는데도 몸 어딘가에 남아 있는 모양이다.

목검이 날아든다.

마카베 고이치로의 손이 카메라 끝에서 흔들리고 있다. 차로 일단 돌아와 현지에 있는 다른 수사관들에게 지시를 내렸을 수도 있다. 무슨 말을 하는지 알 수 없어서 이어폰을 다시 끼려고 하는데 마침 스마트폰에서 고토의 목소리가 들렸다.

"니헤이? 아까 말한 운수회사 창고의 방범카메라 말이야."

"아, 네. 카메라 데이터, 회수했습니까?" 대답하면서도 태블릿 단말기에서 눈을 떼지 못했다.

"그래. 여기에 영상은 있어."

"어때요? 밤 시간대에 오모리 오가이와 또 다른 남자가 찍혀 있지 않나요?"

"그게 말이야, 당장은 확인할 수 없어."

"네? 왜요?" 덫을 놓는 작전이 한참 실행 중이라 일할 시간이 없다는 건가.

카메라 안으로 손이 들어온다. 마카베 고이치로가 차에 다가가 보닛에 붙은 검은색 자석을 떼어내려 하고 있다. 증거로 확보하려는 걸까, 아니면 단순한 호기심일까.

"니헤이, 이거 말이야. 특수사항으로 데이터가 삭제되었어." 고토가 말한다.

"특수사항?"

영상 속 작업복 남자의 몸이 눈앞에 있다. 마카베 고이치로를 향해 목검을 휘두르며 달려오는 게 보인다. 마카베 고이치로가 간신히 그것을 피한다. 나도 모르게 몸을 왼쪽으로 흔들고 만다.

"니헤이, 너도 들었을 거야. 얼마 전 평화경찰 수사관 하나가 취해서."

"그게 무슨 소리예요?"

"택시 운전사를."

"아아." 나도 생각이 났다. "총으로."

쏴버린 것이다. 물론 평화경찰은 그것을 무마하고 공식 발표에서는 택시 운전사가 위험인물이었다고 설명했다.

"그 사건이 일어난 곳이 그 근처야. 네가 지금 있는 곳과 아주 가까워. 그래서 관계가 있을 법한 증거는 전부 이쪽에서 회수해 감췄어."

머릿속에서 끊어져 있던 구리선이 이어지며 번쩍 전깃불이 켜진다. 설마 하고 생각한다. 오른손에 들고 있던 태블릿 단말기로 눈을 돌린다.

마카베 고이치로의 움직임에 맞추어 영상이 빙글빙글 회전한다. 작업복 남자의 전신이 오른쪽 구석에 찍혔다, 왼쪽 구석에 찍혔다 한다. SUV 차량이 있는 곳으로 마카베 고이치로가 다가가고 작업복 남자는 뒤차에 서 있다.

나는 고토와 통화가 계속되고 있는 스마트폰을 귀에서 떼고 대신 늘어져 있는 이어폰을 귀에 꽂았다.

"니헤이 군." 마카베 고이치로의 목소리가 들린다. 계속 부르고 있었을까.

"마카베 씨." 나도 부른다.

"어이, 정의의 편은 엄청 강해." 말하면서도 마카베 고이치로는 또 움직인다. 단말기를 들고 있지는 않은 것 같으니 무선으로 영상을 보내고 있을 것이다.

작업복 남자가 목검을 휘두른다. 카메라를 향해 달려온다. 반사적으로 나는 목을 움츠렸다. 마카베 고이치로도 같은 동작을 했는지 무사하다.

작업복 남자와 위치가 바뀐다. SUV의 문을 작업복 남자가 연다.

사토 마코토를 데리고 사라진다. 이런 상상에 발밑부터 핏기가 사라졌다. 당했다는 공포가 엄습하며 초조함이 온몸을 내달린다.

그런데 작업복 남자가 차 안을 들여다보더니 한 걸음, 두 걸음 물러난다. 그리고 찻길 옆의 초목 사이로 뛰어들어 사라진다.

"정답이었네." 마카베 고이치로가 문이 열려 있는 SUV로 다가간다.

"무슨 일입니까?"

"결국 우리는 사토 마코토를 연행하지 않았어. 산장까지 갔지만 말이야. 어머니가 너무 심하게 저항해서 시간이 걸릴 것 같았거든. 그래서 내가 제안했지. 이번 작전의 목적은 어디까지나 덫을 놓는 거니까 연행되었다고 생각하게만 하면 된다. 사토 마코토 가족에게도 그렇게 설득하고 연행된 것 같은 태도를 취하게 했어."

"그랬던 겁니까?"

"정의의 편, 오가이 군도 괜한 걸음을 했어." 마카베 고이치로가 말하며 SUV의 뒷자리를 보았다. 확실히 뒷자리에는 사람이 없었다.

"아, 마카베 씨, 그건 아닙니다." 나는 거기서 소리를 높였다. "오모리 오가이가 아닙니다."

"응? 왜?" 갑자기 마이크에 잡음이 섞이기 시작했다.

아마도 오모리 오가이는 이미 이 세상에 없을 겁니다. 그날 밤에 오모리 오가이와 거래했던 남자도 필시 살아 있지 않을 겁니다.

이유는 간단하다. 그들은 술 취한 평화경찰 수사관이 택시 운전사를 사살하는 장면을 목격하고 그 입막음으로 살해당했던 것이다.

술 취한 수사관이 마침 그 자리에 있던 두 남자를 죽여 바다에 버렸다. 그 얘기는 나도 들었는데 바로 그 피해자 중 한 사람이 오모리 오가이였다. 그래서 행방불명인 채로 모습이 보이지 않았던 것이다. 발견될 리 없었다. 경찰이 애당초 찾을 생각이 없는, 은폐하려던 사체였으니.

"니헤이 군, 뭐라고?"

"여보세요!"

마카베 고이치로가 불러서 나는 큰 소리로 대답했다. 이어폰의 접속 상태가 불량인가 싶어 코드를 만지자, 영상이 움직였다. 마카베 고이치로가 귀에 끼고 있던 카메라를 떼어내 자신을 비추고 있었다. 마카베 고이치로의 얼굴이 큼지막하게 나왔다.

"그러고 보니, 니헤이 군. 신종 곤충이 말이야."

"그런 말을 할 상황이⋯⋯."

또 영상이 흔들렸다. 카메라가 떨어진 것이다. 하늘이 보이고 잡음만 내 귀에 들어온다. 마카베 씨? 몇 번이나 불러도 대답이 없다.

그 직후 이어폰에서 소리가 사라졌다. 그쪽의 큰 폭발음을 마이크가 잡아내지 못했다는 것을 나중에 알았다. SUV에 설치했던 폭탄이 폭발한 것과 마카베 고이치로가 그 여파에 휘말려 죽은 것도 나중에 알았기 때문이다.

태블릿 단말기 영상에는 연기만 가득해 아무것도 보이지 않는 가운데 나는 계속 마카베 씨를 불렀다. 단말기 화면은 시커멓게 변했고 나 자신이 암흑 속에 던져진 것만 같았다.

이발소 카메라는 실내를 비추고 있다.

사거리에 면한 입구, 동쪽 벽에 설치된 반구형 방범카메라는 정기적으로 렌즈가 안에서 움직여 실내를 파악한다.

달력은 9월이다.

나란히 놓인 세 개의 이발용 의자가 모두 비어 있다. 불이 꺼져 있어 어둡다.

카메라 가까이에 있는 문이 열리고 사람이 나타난다.

얼굴을 완전히 가린 헬멧을 쓰고 있는데 그것을 벗자 이발사의 얼굴이 나타난다. 이발사는 헬멧을 고객용 의자, 나란히 놓인 의자 중 가장 안쪽에 놓는다. 조금 어지러운지 의자 등받이에 기댄다.

파란색 점퍼를 벗어 의자에 던진다.

위아래가 하나로 연결된 검은색 라이더 슈트가 나타난다.

주머니에 손을 넣어 물건을 꺼낸다. 골프공 크기의 구슬이다. 무게를 확인하기 위해 팔꿈치를 구부리자 옆에 있던 용구를 넣어두는 서랍 달린 함이 딸려 온다.

이발사는 뚫어져라 그 검은색 구슬을 바라보다가 조심스럽게 주머니에서 꺼낸 작은 주머니에 넣는다. 그러고는 스스로의 호흡을 확인이라도 하려는 듯 크게 숨을 들이마셨다가 내뱉는다.

카메라는 정기적으로 회전해 웅크린 이발사의 모습과 입구 근처의 유리를 찍고, 더 나아가 이발용 의자 근처 선반에 놓인 이발사 아내의 영정을 반복해서 녹화한다.

마침내 이발사가 일어나 대기 고객용 긴 의자에 앉아 작은 액정 텔레비전의 전원을 켠다.

센다이 시내의 이즈미 구 도로에서 경찰 차량이 습격을 받은 데다 폭발까지 일어났다는 뉴스를 아나운서가 전하고 있다.

이발사는 그것을 물끄러미 바라보고 있다.

십 분 후, 이발사의 조작으로 이 영상은 삭제되었다.

제3부
좁혀오는 수사망

사람의 성격이 형성되는 데는 몇 가지 요인이 있을 것이다. 유전자나 부모의 교육, 나아가 신변에 일어났던 사건도 큰 관련이 있을 터이다.

내 경우는 어떤가.

성격은 십 대에 주변에 일어났던 두 가지 사건이 큰 영향을 미쳤던 게 분명하다.

한 사건은 할아버지의 이야기이고, 두 번째는 아버지의 이야기이다. 즉 나 자신의 경험은 아니다.

우선은 첫 번째부터 얘기해보자.

할아버지는 이와테 현의 가마이시 시에서 태어났는데 성적이 우수했기 때문에 도쿄의 옛 제국대학을 거쳐 대학원까지 다닌 후 민간 기업에 들어가 제품의 연구개발에 매달렸다.

글로 쓰니 몇 글자 안 되네. 결혼 피로연에서 하는 신랑 소개처럼 되어버렸다. 물론 그 안에는 다양한, 그리고 자잘한 드라마가 있었을 테지만 어쨌든 할아버지는 기업의 연구원으로 일하면서 당시로서는 늦은 결혼을 해 일남일녀를 두었는데 그 장남이 내 아버지고, 화려함과는 거리가 먼 건실하고 소박한 삶을 꾸려 나갔다.

할아버지의 자식, 그러니까 내 아버지는 도쿄의 서민 마을에 있던 집을 나와 이리저리 전국을 오토바이로 방랑하던 끝에 센다이의 이발사 딸과 눈이 맞아 결혼해 이발소를 이어받았다. 이발사라는 직업상 휴일과 학교의 방학에도 일을 해야 했기 때문에 나는 방학을 맞으면 도쿄의 할아버지 할머니가 사는 낡은 집에 놀러 갔다.

"요스케, 어려움에 처한 사람을 도와라." 할아버지는 자주 말씀하셨다.

친절은 정의라는, 나쁘다고 할 수도 없고 그렇다고 꼭 옳다고도 하기 어려운 인식이 할아버지에게는 있었다. 예로부터 내려오는 권선징악, 천벌의식을 소중히 간직한 사랑스러운 소시민이라고도 할 수 있겠다. 물론 당시 초등학생이었던 나는 그것을 그대로 소중한 가르침으로 받아들였다.

무술을 배우고 싶다고 부모를 졸랐던 것도 할아버지의 영향이었다. 사람을 돕기 위해서는 어떤 힘이 필요하고 그러려면 기술을 연마해야 한다고 생각해 "유도나 합기도를 배우고 싶다"라며 아버지를 졸랐다. 가장 가까이에 있던 것이 검도 도장이라 십대의 마지막까지 그곳을 다녔다.

죽도라고 하는 일종의 도구를 이용해 싸운다는 데 거부감이 있었지만 할아버지가 "잘 생각해보렴, 무기를 가졌을 때만 싸우게 되니까 오히려 일상생활과 전환이 잘될 거야"라고 얘기해주셔서 받아들였다.

할아버지가 돌아가신 것은 내가 초등학교 사학년 때였다. 자살이라는 것을 안 것은 중학교에 들어가고 나서이다.

진상을 알기 전까지는 교통사고라고 들었기 때문에 나는 우리 할아버지를 친 그 운전사에게 증오에 가까운 분노를 안고 언젠가 그 가해자에게도 말로 표현할 수 없는 고통이 찾아올 것이라고, 그렇지 않으면 세상 이치에 맞지 않는다고 생각했다. 그래서 '실은 할아버지는 자살하셨다'는 것을 알고 내가 그토록 증오했던 적이 홀연히 사라지는 충격을 받았다. 실체가 없는 연기에 원한을 품고 있었던 것이나 마찬가지 아닌가.

게다가 할아버지의 자살 원인을 알고는 더더욱 어떻게 해야 할지 모르겠다는 생각이 늘어만 갔다. 내 이름(羊介)에 들어 있는 양을 빗대어 얘기하자면 망양지탄(亡羊之歎, 달아난 양을 찾다가 여러 갈래 길에 이르러 길을 잃었다는 뜻 - 옮긴이)의 느낌이 강해졌다.

할아버지가 자살에 이르게 된 계기는 복권 당첨이었다.

일등과 숫자가 하나 다른 전후상, 전이었는지 후였는지는 모르겠지만 어쨌든 당첨되었다. 연말이면 가끔 복권을 샀는데 이게 바로 일억 엔에 당첨된 것이다.

소박하고 건실하게 하루하루 살아온 소시민의 삶이 보답을 받은 것인지도 모르지만 그 돈은 할아버지의 평온한 만년에 악몽의 그림자를 드리우기 시작했다.

여기에도 몇 가지 원인이 있었다.

우선 할아버지가 이 복권 당첨을 '어울리지 않는 행운'이라고 생각하고 죄책감을 느꼈다는 점.

다음으로 할아버지 근처에 돈에 쪼들리는 사람이 있었다는 것.

복권이 당첨된 사실은 나쁜 일이 아니다. 부정한 짓을 저지른 것도 아니다. 죄의식을 가질 필요는 없었는데 태도를 유연하게 바꾸지 못하는 할아버지의 소시민적인 성격이 문제였다. 물론 나는 그것을 자랑스럽게 생각했지만. 같은 마을에 옛날부터 알고 지내는 사람이 빚에 쫓기고 있다는 상황 자체로 운이 다한 것, 그러니까 복권 당첨의 운을 다 썼다고 해도 맞는 말일지 모르겠다.

나도 그 이웃 주민을 알고 있다. 할아버지와 같은 연배로 할아버지와 바둑 두는 모습을 여러 번 봤다. 나쁜 사람은 아니다. 굳이 분류하자면 좋은 사람이라고 해야 할 것이다. 아니, 정확히 말하자면 그는 좋은 사람이었다. 사람은 좋은데 세상 물정을 모른다는 의미에서 할아버지와 막상막하였는데 바둑 내기에서는 할아버지가 압도적으로 강했다. 어쨌든 나쁜 인상은 아니었다.

그러므로 바둑 친구인 그가 "아이고, 이 나이에 이상한 빚쟁이 신세가 되다니" 하고 바둑을 두다가 한탄한 것도 깊은 뜻은 없었을 것이다. 설마 할아버지가 "내가 대신 갚아줄게"라고 할 줄은 생각도 못 했을 것이다.

할아버지는 거기서 복권 당첨 사실을 고백하고 그를 위해, 사실은 사업에 실패한 장남의 빚이었다고 하는데, 대신 빚을 갚아줬다.

여기까지는 그래도 위화감이나 반대 의견은 있을 수 있어도 최악의 이야기라고 할 수 없다. 좋은 사람이 좋은 사람을 도와준 것으로, 표현하기에 따라서는 좋은 이야기일 수도 있다.

그 후 할아버지가 사람들에게 쫓기게 된 것은 우선 '놀랄 만한 이야기를 다른 사람에게 하고 싶다'는 인간의 욕망 때문이었다.

빚을 청산한 그 노인이 주위 사람에게 할아버지의 복권 당첨 소식을 말한 것이다.

나쁜 의도는 분명 없었을 것이다. 근처에서 일억 엔에 당첨되는 놀라운 일이 일어났다는 것을 사람들에게 알리고 싶다는 생각을 억누를 수 없었을 것이다. 게다가 '그 당첨금으로 나를 도와주었다'는 얘기는 할아버지의 훌륭한 인품을 드러내는 증거이므로 좋은 소문을 흘린다는 생각도 있었을 것이다.

기다리고 있던 것은 그도 할아버지도 예기치 못한 전개였다.

돈에 쪼들린 이웃 주민들이 죄다 할아버지를 찾아오기 시작했던 것이다. 하나가 아니라 여럿이.

나는 그때 할아버지가 얼마나 곤혹스럽고 괴로웠을지 상상하면 가슴이 찢어지는 것만 같다.

"나도 도와줘요. 나도 돈이 필요해요. 이대로 가면 온 가족이 함께 죽는 수밖에 없어요." 이런 간청이라면 그나마 받아들이기도 쉽겠지만, "어차피 복권에 당첨된 거잖아요, 어째서 그 사람은 도와주고 나는 안 도와주는 겁니까! 쪼잔한 영감탱이, 그저 멋진 척하려는 것뿐이었어"라는 식의 인신공격에 가까운 말도 할아버지는 수없이 들어야만 했다. 그리고 가장 결정적인 일격이 있었다. "이 위선자!"

할아버지는 다른 사람의 칭찬을 바란 게 아니었다. 사람을 도와 감사를 받을 생각도 정의의 편이라고 잘난 체할 생각도 없었다. 그저 적어도 다른 사람에게 폐를 끼치지 않고 비난을 받지 않도록 행동하며 살 생각이었을 뿐이다.

돈을 증여받으면 세금을 내야 한다는 상식조차 없는 이웃 주민들에게 아주 지독한 인간이라고 손가락질을 당하자 할아버지는 충격을 받았다. 애당초 돈에 쪼들리는 사람이 주위에 이리도 많았다는 사실에 아연하지 않았을까.

할머니의 말로는 할아버지는 날로 말수가 줄어들었고 결국 마을회관 기둥에 노란색과 검은색이 섞인 로프를 걸고 자살했다.

할아버지가 자살에 이르게 된 사연의 전말을 얘기한 후에 아버지는 이렇게 말했다.

할아버지는 너무 성실해서 탈이었다. 애당초 돈을 달라고 악을 쓰는 놈들이 이상한 건데, 위선자인 거냐며 진짜 착하면 도와 달라고 얘기하는 게 이상하다는 것을 알아채지 못했다.

"정말 지나치게 성실했지. 적당히 좋았으면 되었을 텐데."

아버지가 그렇게 말했지만 '성실함'이란 의식적으로 노력한다고 해서 고쳐지는 게 아니었다. 어쩌면 그것은 아버지에서 자식에게로 이어지는 성질 같은 것인지도 모르겠다.

여기부터 처음에 말한 '내게 영향을 준 사건'의 두 번째가 시작된다.

아버지도 그 '성실함' 때문에 목숨을 잃었기 때문이다.

내가 고등학교 이학년 때의 일이다. 아버지는 밤에 조깅하러 나갔다가 넘어져 쇄골이 부러졌다. 부상은 그리 크지 않았지만 수술과 환부의 고정을 위해 병원에 입원했다. "이렇게 느긋하게 쉬는 것도 오랜만이다"라며 아버지가 좋아했기 때문에 나는 "게으르면 벌을 받는다고요"라며 농담을 던졌는데, 설마 그 병원에서 화재가 날 줄은 꿈에도 생각지 못했다.

한밤중에 일어난 화재는 병원을 패닉 상태에 빠뜨렸고 입원 환자들은 우선 비상구로 몰려갔다. 아버지는 쇄골이 다쳤다고는 해도 다른 아킬레스건이나 대퇴부 골절 환자들에 비해 움직이기가 쉬웠다. 그래서 같은 방의 환자를 도와 어깨를 부축해서 밖으로 나왔다고 한다. 그 일을 두 번이나 했다. 말하자면 두 사람을 구했다.

하지만 건물 안이 위험해져 더는 안으로 들어갈 수 없는 상태인데도 아버지는 남은 입원 환자를 돕기 위해 안으로 향했다고 한다.

골절도 완치되지 않은 몸으로 몇 번이나 왕복하는 모습에 '내가 질까 보냐?' 하고 불길이 화를 낸 것은 아니겠지만 아버지는 결국 더 이상 사람을 구하지 못하고 연기에 질식되어 사망했다.

정의감이 강하다고 감동해준 사람도 적지 않았지만 어머니는 화를 냈다. "사람을 도울 수 있다고 생각하다니 주제넘은 인간!"하며 통곡했다.

그때 아버지가 무엇을 느꼈는지는 알 수 없다. 어쩌면 본인조차 명확하게 이해할 수 없었을지도 모르겠다.

다만 상상할 수는 있다.

아버지의 머리를 스친 것은 할아버지가 아니었을까.

곤경에 처한 한 사람을 구했다면 다른 사람도 구해야 한다. 왜냐하면 '모든 사람을 구하지 못하는 것'은 '위선'이기 때문이다.

위선자!

그런 비난을 받을 것이다. 할아버지가 그것을 증명했다.

그래서 아버지는 혼자서 도망치지 않고 동료 환자 두 명을 구한 것으로는 자신을 용서할 수 없었다. 틀림없이 그랬을 것이다. 위선자라는 비난을 받고 죽음을 선택한 할아버지의 주술에 걸려버린 것이다.

이런 얘기를 어머니에게 한번 해봤지만 단칼에 무시당했다. "한 사람을 구하면 전원을 구해야 한다니, 그런 바보 같은 말을 아버지가 신경이나 썼겠니." 반박은 하지 않았지만 내 안에 반론이 없었던 것은 아니다. 아마도 아버지는 입원 중이라는 비일상 속에서 갑작스러운 화재를 맞닥뜨리자 냉정함을 잃고 패닉에 가까운 상태가 되었을 것이다. 그렇다면 제대로 된 판단을 내리지 못하고 머리에 떠오른 할아버지의 자살에 대한 기억에 모든 사고가 집중됐을 가능성도 있다.

이제 마지막인데, 프레젠테이션이나 회의에서라면 내 성격을 형성하게 된 두 가지 사건, 할아버지와 아버지의 추억을 설명했습니다, 하고 끝을 맺었을까.

어쨌든 나는 '정의'나 '위선'에 좋은 추억이 없다. 오히려 할아버지와 아버지가 그것 때문에 목숨을 잃었기 때문에 부모가 준 소중한 교훈, 유언 비슷한 것으로 받아들였다.

'타인을 돕는 것은 죽음과 연결된다'고 생각할 정도로 겁을 먹은 것도 아니고 친절하게 행동하는 것을 싫어하지도 않지만 누군가를 살짝 도울 때마다 '조심해, 위선으로 보일 가능성이 있어' 하고 마음속 경고가 울렸다. 그래서 주위 사람만 생각하고 인간관계도 최소한으로 유지하며 평범한 생활을 해왔다.

그런데 최근에 내 인생에 큰 변화가 일어났다.

계기는 두 가지이다.

아내 아카네의 죽음과 오모리 오가이 군의 죽음이다.

아내 아카네가 입원했을 때 나는 내 일상생활이 무너지리라고는 생각하지 못했다. 슬프게도 그녀도 마찬가지였을 것이다.

일어나면 어지러운 증세가 심한 것은 수면 부족이 원인이라고 생각했기 때문에 휴식을 취하면 곧 원래대로 돌아올 것이라 여겨, 이발소에 한동안 나오지 마라, 밤중에 해외 드라마는 그만 봐라, 하고 가볍게 말했다.

며칠 뒤 빈혈 기미를 보였을 때도 그녀 자신이 생리 때문이라고 해석했다. 간을 잔뜩 먹으면 낫는다고 농담처럼 말하기도 했다.

아내가 슈퍼마켓에서 쓰러져 구급차로 병원에 실려 갔을 때 나는 불안보다는 안심이 컸다. 이제 좀 쉬고 전문가인 의사에게 검진을 받으면 문제가 해결될 것이라고 생각했던 것이다. 퇴원할 때까지 혼자 가게를 운영하려면 힘들겠지만 그 역시 난이도가 높은 게임을 하는 보람 같은 게 느껴졌을 정도다.

그 후 의사의 설명을 들었을 때 괜한 농담이라고 생각한 나는 의사가 빨리 "농담입니다"라고 자백하지 않는 데 초조해져 "정말 화를 낼 겁니다"라고 말했다.

물론 의사는 거짓말을 하지 않았다. 아카네의 상태가 날마다 악화되는 것에서도 분명히 드러났다. 애초에 발병한 원인은 장의 세포 감염이었는데, 면역체계가 정상적으로 돌아가는 사람에게는 별 문제가 아니지만 아내는 체질적으로 그것이 기능하지 않은 데다 오히려 나쁜 쪽으로 폭주했다고 한다.

설명을 들어도 좀처럼 이해가 가지 않아, 나는 혼자 집에 돌아오며 투덜투덜, 의사는 물론 그 세포와 아내의 면역체계에까지 불평과 저주의 말을 쏟아냈다.

그녀는 아주 짧은 기간에 악화되어 세상을 떠났다. 순식간이라고는 해도 '평온하게 잠자듯이'라는 표현과는 거리가 멀었다. 이미 배출할 것이 없어졌음에도 위장은 밖으로 이물질을 내보내려고 해 구역질과 복통이 심했다. 게다가 두통까지 호소했다. 약이 제대로 듣지 않는 것은 그녀의 체질 때문이라고 했다. '어쩔 수 없군요' 하고 손을 놓고 있을 수도 없어서 나는 몇 번이나 의사에게 매달렸다. 매달렸다고는 하지만 의사에게 응석을 부린 것이다. 그리고 의사도 병원 사람들도 그 응석을 받아주었다.

인간의 죽음은 생각지도 못한 곳에서 찾아온다. 그 사실을 나는 할아버지와 아버지의 죽음으로 알고 있었다.

그래서 그런 죽음을 피하기 위해 나는 다른 사람들과 거리를 두고 나 자신과 아내, 그리고 주변 사람들에게만 관심을 가지고 평온하게 살았다. 그럴 생각이었다. 하지만 죽음은 어디에나 있었다.

아내의 마지막이 또 다른 가르침을 주었다. '아무리 다른 사람에게 폐를 끼치지 않고 선량하게 산다고 해도 마지막 순간이 평온하지는 않다'는 것이었다.

내 죽음을 상상한 적은 있다.

현실감은 없지만 현실적인, '사람은 누구나 죽는다'라는 너무나 흔해빠진 문구 같은 감상을 떠올리며 '그래도 아직 멀었지' 하고 생각했다. 그리고 만약 그때가 오더라도, 아니 올 게 틀림없지만, 병원 침대에 누워 가족에게 둘러싸인 채 몽롱한 가운데 꿈을 꾸는 것 같은, 사람들 대부분이 그리는 그런 죽음을 상상했다. 사고 같은 돌연사도 생각해보았지만 그것은 고통도 아픔도 없이 순식간에 내가 사라지는 것 같아 두렵기 짝이 없었다.

그런 죽음과는 전혀 다른, 신체적 고통에 몸부림치며 머리가 깨질 것처럼 아파하고 구역질이 날 것 같아 온몸을 비틀고 무슨 짓을 해서든 이 고통에서 벗어나고 싶다는 생각 말고 다른 생각은 할 수 없는, 단 한 번뿐인 인생을 돌아볼 여유도 없이 자신이 사라져버리는, 그런 죽음이 있다는 것은 상상조차 하지 못했다.

아내가 숨을 거둔 후 밖을 걷는 사람들을 보면서 그들의 죽음은 어떨까 나는 상상했다. 결코 짓궂은 악취미가 아니라 진심으로 궁금했는데 나를 포함해 여기에 있는 사람들 대부분이 병원 침대 위에서 어떤 병의 고통 때문에 '힘들어', '아파', '속이 안 좋아'라는 생각만 하며 쇠약해지다 '끝'이라는 느낌도 없이 죽을지도 모른다고 상상하니 가슴이 부서질 것처럼 아파왔다.

인간의 마지막은 고통밖에 없다.

제정신을 차릴 수 없을 것 같았지만 간신히 참았다.

이발소는 잠시 쉬기로 했다. 아내가 입원하고 일주일은 혼자 했지만 아주 힘들었다. 다른 스태프를 고용할 마음은 들지 않았고 무엇보다 아내가 죽고 정서가 불안정한 이발사에게 머리를 자르고 싶은 손님은 없을 거란 생각이 들었다. 미친놈이 가위를 들고 있는 것도 무섭지만 차분하지 못한 이발사가 면도칼을 들고 있는 것도 공포다.

나 스스로도 평안한 기분으로 다른 사람의 머리를 자를 자신이 없었다. 갑자기 외로움을 견디지 못하고 들고 있던 면도칼로 내 목을 가를 것만 같았다. 그럴 일은 절대 없다고 단언할 수 없는 상황이었다.

오모리 오가이 군의 일은 아내의 유골을 안치한 후에 일어났
다. 가게를 열 기운도 없고, 그렇다고 다른 뭔가를 할 생각도 나
지 않아 그저 가게를 어슬렁거리고 있는 나날이었다. 가만히 있
으면 머릿속에 아내와의 추억이 되살아나고, 마지막에 고통스러
워하던 아내의 얼굴이 뒤섞였다. 그러다 여지없이 나도 언젠가
죽겠지 하는 생각으로 이어지면 가슴속에 폭풍우가 일어났다.
　아내의 영정은 가게 안으로 옮겼다.
　일상생활을 하는 동안 그녀의 사진이 보일 때마다 가슴이 에
일 것 같았기 때문이다. 가슴이 에인 자리에는 바람이 스며들었
다. 눈에 보이지 않는 곳에 영정을 둬야겠다고 생각했지만 그렇
다고 옷장이나 서랍에 넣을 수는 없어서 '아카네는 이발소 일을
좋아했으니까'라는 변명을 앞세워 영업할 마음이 없는 가게에
가져다 놓았다.
　전화가 걸려와도 받을 때와 받지 않을 때가 반반이었다. 기분
을 바꾸지 않으면 안 된다는 생각에 전화를 받을 때도 있었고,
반대로 진심으로 대응할 수 없는 자신에게 혐오감을 느껴 부재
중 전화를 사용하기도 했다.
　그러므로 사장님에게 걸려온 전화를 받은 것은 우연이었다.
　"구지 군. 아이고, 시간이 이런데 머리를 자를 수 있을까?"
　두 가지를 깨달았다.

시간이 이렇다는 것은 밤이라는 것, 그리고 아직 사장이 아내의 죽음을 모른다는 사실이었다. 장례식다운 장례식을 치르지 않았기 때문에 주변 사람들만 알고 있었다. 가게에 문의를 해 오는 사람이 있으면 그때마다 사정을 설명했다.

사장에게도 말해야겠다고 생각하는데, 사장이 먼저 "아!" 하고 말했다.

"왜 그러세요?"

"아니, 지금 차 안인데 신항구 근처에 아울렛 몰이 있잖아. 저기, 현도에."

무슨 한심한 소리를 하려나 싶어 화를 내고 전화를 끊고 싶었지만 참았다.

거기서 전화를 끊었다면 그 후의 내 일상은 완전히 달라졌을 것이다.

"신호를 기다리고 있는데 아, 파란색이 됐네." 차가 출발했는지 사장이 창밖을 돌아보는 모습이 상상이 되었다. "그 학생이 있어."

"누구요?"

"자석을 만든다고 안 했나. 몇 번인가 구지 군 가게에서 같이 있었는데."

"오가이 군?"

"운수회사 창고 옆에 있네. 다른 남자와 함께. 실은 그 남자도 본 적이 있어. 아, 누구였더라." 사장이 뒷좌석에 있는지 운전사에게 묻는 소리가 들렸다. "브로커라고 해야 하나, 파는 사람과 사는 사람을 이어주는 것을 생업으로 삼는 남자야. 학생이 거래하기에는 좀 안 좋은 남자인데. 아, 그런 건가?"

"그런 거라뇨?"

"요즘 세상에는 학생들도 조금 위험한 일에 손을 대서 돈을 벌잖아. 게다가 그 학생은 자네 가게에 올 때마다 점점 야위었고 말이야. 조금 마음에 걸렸어. 나쁜 방향으로 흘러가는 패턴이군. 여자이거나 빚이거나. 돈이 부족해서 저 브로커와 거래를 하는 걸 거야."

오가이 군이 가게에 올 때마다 인상과 낯빛이 나빠지는 것은 나도 알고 있었다. 지난번에 머리를 자르러 왔을 때 "돈을 빌려 달라는 것 말고는 다 들어줄게"라고 얘기하자 조금 곤란한 표정을 지었던 것을 떠올렸다. 아아, 아카네의 몸이 나빠지기 시작했을 무렵의 얘기다.

"다음에 이발하러 오면 제대로 얘기를 들어봐." 사장은 아무렇지도 않게 말했다. "그럼 모레 열시에 예약할 수 있을까?"

"아, 아니요. 실은 사장님." 나는 침을 삼켰다. "얼마 동안 가게를 열지 못합니다."

"왜 그래? 이혼이라도 했어?" 사장의 농담은 정곡을 찌르진 못했지만, 즉 정답을 맞히지는 못했지만 묘하게도 이쪽의 마음을 건드렸다.

"실은 사장님, 최근에 아내가 세상을 떴어요."

사장은 웃음을 터뜨렸다. "사실은 나도 그런 농담, 해본 적 있어." 농담이라고 생각한 모양이었다.

하지만 그 후의 내 침묵에 사정을 파악했는지 결국은 놀라서 "어떻게?" 하고 여러 번 물었다. "아니, 저번에 갔을 때는 괜찮았잖아?"

그것이야말로 내가 지난 보름간 하고 또 한 한탄이었다. 어떻게 된 일이야! 내내 건강했잖아. 전조도 예고도 없었잖아!

"죄송합니다. 사장님. 마음을 추스를 시간이 필요합니다. 이발은 다른 가게에서 하세요."

사장은 그래도 얘기를 계속하려고 했지만 나는 인사를 하고 전화를 끊었다.

그 후에 집에서 나가려고 한 것은 사장이 올 것 같았기 때문이다. 사장은 미안한 마음에 이럴까 저럴까 갈팡질팡하다가 "내가 무슨 도와줄 일이 없을까?" 하며 나설 사람이었다.

고맙지만 나로서는 힘들다. 당시의 나는 그런 호의를 받아들일 기운도 없었다.

행선지도 깊이 생각하지 않고 오토바이를 타고 어둠 속의 밤을 달렸다. 모든 어둠 앞에서 오토바이의 불빛만이 앞을 날카롭게 찌르고 있었다.

신항구를 목표 지점으로 삼았다. 딱히 행선지는 없었지만 바로 돌아올 생각도 아니었다. 신항구 지역은 상당히 멀어 편도 삼십 분은 걸리니까 딱 적당하다고 생각했다.

액셀을 비틀자 낡은 원동 오토바이가 엔진 소리를 내며 제한 속도를 넘어 달렸다. 변성기가 늦은 불량소년의 협박 같은, 귀가 찢어질 것처럼 높은 소리다.

집에 있는 것보다는 낫다는 생각이 들었다. 운전에 집중해야만 했고 얼굴을 뒤덮은 마스크에 항상 어떤 소리가 울리고 있어서 뭔가를 생각할 틈이 없었다.

편도 삼 차선의 넓은 도로는 동쪽으로 향한다. 차들은 있었지만 오토바이는 적어 큰 강을 옆에 끼고 가는 작은 물고기가 된 기분이었다.

사장이 얘기했던 운수회사 창고를 발견하자 인도 옆에 주차하고 걸어서 돌아보기로 했다. 산업도로를 통과하는 차들은 그저 빠져나갈 뿐이다. 통과 차량이 많지만 번화하다고는 할 수 없다. 이제 오가이 군은 없겠지, 하고 느끼면서도 주위를 걷는데 조금 있으니까 인기척이 났다.

꾸짖는 것 같은, 어쩌면 불평을 늘어놓는 것 같기도 한 품위 없는 목소리였다. 처음에는 난폭한 인간이 개를 혼내는 소리인 줄 알았다.

드문드문 들려오는 소리에 귀를 기울이며 이리저리 길을 돌아 안쪽으로 들어갔다.

어두운 가운데 사람이 움직이는 현장에 나왔다. 20미터쯤 떨어졌을까, 나는 순간적으로 옆에 있던 블록 담에 숨어 얼굴만 내밀었다.

택시가 있었다. 그 옆에 선 운전사가 남자에게 얻어맞고 있었다. 남자는 혀가 막 꼬부라진 채로 이따금 소리를 내질렀고 몸을 제대로 가누지 못해 비틀거렸다.

술이라도 마셨나, 아니면 불법적인 약이라도 했나.

일방적인 싸움이다. 경찰에 전화를 걸려고 스마트폰을 꺼내는데 손가락이 떨려 제대로 조작이 되질 않았다.

그때 어디선가 사람의 그림자가 다가왔다. 오가이 군이었다. 아직도 있었나 하고 생각하고 있는데 오가이 군 옆에 마른 체형의 남자가 있었다.

오가이 군은 택시 운전사와 그 남자의 드잡이를 놀라서 바라보고 있었다.

나는 온몸을 부들부들 떨고만 있었다.

운전사는 처음에는 방어만 하며 죄송하다는 말을 연발했지만 어느 순간 인내심에 한계가 왔는지 남자를 때리기 시작했다.

"아!" 오가이 군이 놀라 내뱉은 소리가 밤거리에 울렸다.

이다음부터는 순식간에 일어난 일이다. 얻어맞던 남자가 짐승 같은 소리를 내며 뭔가를 주머니에서 꺼냈다. 곧이어 해머 같은 것이 지면을 내리치는 듯한 소리가 났다.

그 소리가 주위의 모든 것을 흡수했는지 한동안 적막했다. 조금 있다가 남자는 신음을 흘리며 운전사를 택시로 끌고 갔다.

오가이 군은 대단했다. 대단했지만 무모했다.

"무슨 짓입니까. 경찰 부르겠습니다." 오가이 군의 목소리가 울렸다.

거기서 남자가 한 말이 귀를 의심케 했다. "내가 경찰이야. 평화경찰이라고."

술김에 괜히 해보는 말이라고 생각했지만 남자가 수첩 같은 것을 보여줘서 놀랐다.

한편 브로커로 보이는 남자는 드러내놓고 동요해 그 자리에서 도망치려고 내가 있는 쪽으로 걸음을 옮겼다.

무서운 일이 또 벌어졌다.

남자가 또 한 발을 발포한 것이다.

총으로 지면을 쏜 것 같은 소리가 울렸다. 두 번 울렸다.

우선 오가이 군이 쓰러졌다. 그리고 브로커 남자가 내 쪽을 보고 가슴부터 지면에 떨어졌다.

나는 입을 벌리고 멍하니 우두커니 서 있었다. 부들부들 몸이 떨렸다.

평화경찰이라고 밝힌 남자는 여전히 흥분이 가라앉지 않은 상태에서 오가이 군과 남자를 택시에 밀어 넣었다. 그리고 스스로 택시를 운전하고 그 자리에서 사라졌다.

나는 상당히 오랜 시간, 그 자리에 서서 떨고만 있었다. 언제까지고 여기 있을 수만은 없다고 다독이며 다리를 움직이려고 해도 이미 힘이 풀려 제대로 걸을 수 없었다.

오가이 군의 짐이 있었다. 낯익은 배낭이었다. 비틀거리는 걸음으로 다가가 그 배낭을 집어 들었다. 여전히 손이 부들부들 떨렸지만 앞뒤 생각할 것 없이 오토바이를 타고 집으로 왔다.

엔진의 진동과 마음의 동요가 동조해 달리면 달릴수록 오토바이와 심장박동이 가속되었다.

사이렌이 울렸다. 총성을 들은 누군가가 이미 신고했나 보다 싶었다. 동시에 남자가 자신은 '평화경찰'이라고 자신만만하게 얘기하던 게 마음에 걸렸다. 허세일 가능성도 있지만 총을 가지고 있으니 일반인은 아니었다. 하지만 이 시간에 택시를 타는 형사가 권총을 휴대하고 있다는 게 말이 되나.

집으로 돌아온 나는 우선 마음을 가라앉히기 위해 이발소 안에서 오가이 군의 배낭을 확인했다.

고무 같은 재질의 주머니가 몇 개 들어 있어서 하나를 꺼내보니 무거운 구슬 모양의 물건이 나왔다. 개별 포장된 보석처럼 싸여 있었다.

포장에서 하나를 꺼냈을 때 그것이 오가이 군이 말했던 자석이라는 것은 알았다. 하지만 그것을 손에 들자마자 가위가 마치 먹이를 본 물고기처럼 달려드는 것을 보고도 한동안 무슨 일이 일어났는지 짐작조차 하지 못했다.

있는 힘껏 가위를 떼어내다 자력 때문이라는 것을 깨달았다.

자석의 강력함이 무슨 이유에선지는 모르겠지만 오가이 군의 죽음을 실감하게 했다. 갑자기 나는 몸에서 힘이 빠져 바닥에 주저앉았다.

오가이 군, 오가이 군. 수없이 불러봤지만 이제는 어떻게 할 도리가 없다. 눈물이 흐른 것은 오가이 군에게 일어난 일 때문만이 아니라 혼란 때문이었다.

아카네의 영정이 눈에 들어왔다. 그녀는 웃고 있었지만 그녀의 눈빛은 나를 걱정하고 있는 것처럼 보였다.

경찰에 신고하려고 스마트폰을 꺼냈다. 목격자로서 신고해야만 한다고 생각했다. 하지만 경찰 신고 번호인 110을 누르기에 앞서 아카네의 사진이 다시 눈에 들어왔다.

그 남자가 진짜 평화경찰이라면?

아카네와의 대화가 떠올랐다.

평화경찰 집회에서 하야카와 원장이 위험인물로 처형되었을 때의 일이다.

하야카와 선생은 두 달에 한 번씩 꼭 우리 집에 머리를 자르러 오는 단골이었다. 조용하고 위세를 부리지도 않고 유머 감각도 있었다. 의사인데도 이쪽에서 어떤 질문을 하든 불쾌해하지 않고 쉽게 설명해주었다. 소아과는 아니지만 급할 때는 아이를 데려가는 사람도 많아 야간이나 휴일이라도 전화를 걸면 병원 문을 열고 진찰해준다는 얘기도 들었다.

그런 하야카와 선생이 위험인물이며, 진료비를 불법 청구하고 게다가 화학 무기, 바이러스 무기 제작에 관여했다고 평화경찰은 발표했다. 나는 동명이인일 거라고 생각했다.

"말도 안 돼!" 아카네는 이렇게 단언했다. "경찰이 틀린 거야."

하지만 가게에 오는 손님들은 "아니, 사람은 겉모습만 보고는 모른다고", "설마 그 선생님이 그럴 줄은" 하고 저마다 말하며 누명일 가능성은 전혀 고려하지 않았다. 경찰이 틀릴 리 없다고 생각하는 측면도 있었다.

하야카와 선생의 처형은 보러 가지 않았다. 누구의 처형이라도 일부러 보러 갈 마음은 생기지 않았고 무엇보다 일요일은 이발소가 제일 바쁜 날이라 동쪽 출입구 광장에는 가지 않았다.

그렇다고 해도 일을 하고 있으면 좋든 싫든 그 화제가 귀에 들어왔다. 하야카와 선생이 참수대에서 처형되는 모습은 여러 고객을 통해 전해 들었다.

이발소라는 곳은 일반 시민의 소문이나 세상 돌아가는 이야기가 모이는 특수한 장소이다.

어떤 사람에게는 단순한 잡담도 어떤 사람에게는 중요한 정보가 된다. 이발하면서 별 생각 없이 "어떤 손님이 한 말인데" 하며 말을 꺼냈는데, 손님이 듣고 놀라거나 좋은 얘기를 들었다며 기뻐하는 모습을 볼 때마다 말조심을 해야겠다고 생각했다.

두 사람이 싸웠다는 얘기를 들었는데 조금 있다 둘 중 한 명이 이발하러 오고 시간이 더 지나 나머지 한 명이 이발하러 오는 경우도 있었다.

어쨌든 내 일에는 다양한 소문과 정보가 따라온다. 알고 싶지 않은 것까지 포함해서.

"누가 뭐라든 하야카와 선생님은 무죄야." 아카네는 딱 잘라 말했다.

"그럼, 경찰이 틀렸다는 말이 되는데."

"그렇지."

"경찰을 못 믿는다는 거야?"

"딱 보기에도 단두대를 세우는 사람을 믿어선 안 돼." 아카네는 얼굴을 찌푸렸다. "나와 평화경찰 중에 누구를 믿을 거야?"

그런 기억을 떠올리고 나는 경찰에 신고하지 않았다. 목격자로 경찰에 신고하는 것은 조금 상황을 보고 하는 게 낫겠다고 생각했다.

일단 다음 날 뉴스를 보고 어떻게 할지 생각하기로 했다.

다음 날 아침, 신문보도를 본 나는 혼란에 빠졌다. 내가 목격한 것과는 전혀 다른 설명이 있었기 때문이다.

택시 운전사가 위험인물이어서 평화경찰 수사관이 사살했다. 그렇게 기록되어 있었다.

게다가 아무리 자세히 읽어도, 인터넷 검색을 죽어라 해도, 오가이 군 관련 기사는 한 줄도 없었다. 나는 내가 헛것을 본 게 아닐까 생각하기에 이르렀다.

지금까지 내가 잘랐던 그의 머리카락이 지금 없듯이 그의 존재가 아예 처음부터 없었던 것처럼 깨끗이 사라졌다. 도대체 어디로?

딱 한 가지, 확실한 것은 있었다.

아카네가 말한 대로 평화경찰은 믿을 수 없다.

그거다!

그 후로는 경찰에 대한 공포와 불신감에 집 안에 꼭 틀어박혀 있는 나날이 이어졌다. 무서웠지만 나름 좋은 점도 있었다.

오가이 군과 평화경찰을 생각하고 고민하고 두려워하는 동안 은 아카네의 죽음에서 조금은 벗어날 수 있었던 것이다.

이걸로 대부분의 설명은 끝나지 않았나?

대부분? 무엇에 대한?

내가 어떻게 자석을 사용해 평화경찰에 반격했는지.

한편 아직 설명이 꽤나 부족하다고 한다면 그럴 수도 있다고 생각한다.

할아버지와 아버지의 죽음, 그리고 아내와 오가이 군의 죽음 을 설명했을 뿐 '구지 요스케가 평화경찰에 저항한' 이유는 사람 들이 전혀 이해하지 못할지도 모른다. 역시 내 일은 스스로 파악 하고 있기 때문에 자잘한 정보까지는 설명하지 못하는 것 같다.

이제 도대체 뭘 설명하면 좋을까?

무기를 얘기해야 하나?

정신을 차려보니 자문자답을 되풀이하고 있다.

물론 나도 처음부터 자석을 무기로 사용할 생각은 없었다.

오가이 군의 배낭에는 골프공 크기의 구슬 자석과 그것보다 더 큰 자석이 각각 한 더즌씩 들어 있었다. 하나씩 잠수복 같은 재질의 주머니에 넣어져 있어 고무에 담긴 동그란 단팥묵이 생각났다.

일부러 개별 포장을 한 이유는 고급품에 지문이 묻지 않도록 한다거나 자석에 지문이 묻으면 자력이 약해지기 때문이거나 하는 이유에서일 거라고 생각했지만 아마도 틀릴 것이다.

주머니에서 꺼낸 순간 자석에 가위가 달라붙는 것을 목격하고 자력을 약하게 하기 위해 포장한 것이라는 것을 깨달았다. 그 커버에 넣은 상태로도 서로 딱 붙는 것을 보건대 완전히 자력을 차단하지는 못하지만 그래도 상당히 약화시키는 모양이다.

게다가 배낭에는 오가이 군의 카드 지갑이 들어 있었는데, 평범한 것과는 소재도 두께도 다른 걸로 보아 마그네틱 손상 방지 기능이 있으리라 상상이 갔다. 그중에는 시영 버스의 승차 카드와 학생증, 현금카드가 있었는데 센다이 역의 코인로커를 사용한 영수증이 나와 마음에 걸렸다. 사고 전날에 전자 머니 카드로 지불한 영수증이었다.

짐이 들어 있는 것은 아닐까 해서 직접 가서 전자 머니 카드로 문을 열어보니 배낭과 같은 메이커의 보스턴백이 나왔다. 꺼내보니 무거웠다. 지퍼를 열자 역시 몇 개의 개별 포장된 자석, 골프공 크기와 주먹 크기의 것이 반반씩 있었다. 게다가 그것들과는 별도로 길이가 50센티미터 정도 되는 막대기 같은 것이 세 개 있었다.

나는 그것을 어깨에 메고 오토바이를 타고 센다이 역에서 아오바야마까지 가기로 했다.

무엇 때문에?

자석을 돌려주기 위해서다.

오가이 군이 소속되어 있던 공학부 연구실에 그 자석을 돌려주어야 한다고 생각했다. 상황으로 짐작컨대 오가이 군은 그 자석을 브로커에게 팔려고 했던 게 아닐까. 교수 몰래 가지고 나온 연구 소재일 수도 있었다. 그렇다면 되돌려주어야 하는 것이다.

찻길의 터닝 포인트가 되는 커브 길에서 오토바이가 쓰러진 것이 그야말로 운명의 터닝 포인트가 되었다. 지금 생각해보면 어깨에 걸치고 있던 보스턴백 때문에 무게중심이 무너져 쓰러졌을 가능성이 높다.

히로세가와 강변에 걸린 다리를 빠져나와 둔치 근처의 좁은 길을 달리던 중 위화감을 느꼈을 때는 이미 오토바이가 오른쪽으로 기울고 있었다. 상황을 제대로 파악하지 못해 브레이크를 잡는 게 늦어진 데다 브레이크를 너무 힘껏 잡았다. 원동 바이크의 타이어는 폭이 좁아 지면을 잡는 힘이 약하다. 곧바로 쓰러져 미끄러졌다. 당황하며 날아간 내 몸은 바닥에 부딪혀 굴렀다.

차가 거의 다니지 않는 것은 다행이었지만, 주차 중인 사람이 있는 것은 불행이었다. 내 오토바이가 미끄러져 자동차의 범퍼를 향해 날아갔다. 제발 부딪히지 마라, 속으로 빌었다.

소리가 나지 않은 것으로 보아 아마도 간발의 차이로 충돌은 면한 듯했다. 다행이라고 생각하고 일어나 시동이 걸린 채 배기

통에서 연기를 뿜어내고 있는 오토바이로 돌아가려고 하는데, 차문이 열리고 체격이 좋은 남자가 내렸다.

"너, 무슨 짓을 하는 거야?"

젊어 보이는 남자가 잔뜩 눈썹을 올리고 노려보고 있었다.

"죄송합니다. 미끄러져서." 순순히 사과했다. 어떻게 생각해도 잘못은 내가 했다. 쓰러진 충격으로 몸이 떨려 비틀거리면서 차에 다가갔다. 충돌했는지 아닌지, 충돌했다면 차가 얼마나 파손되었는지 확인하기 위해서였다.

마음속으로 기회를 놓쳤다는 생각도 했다. 여기서 머리를 부딪혀 목숨이 끊어졌으면 좋았을 텐데. 아카네를 잃은 외로움도, 앞으로 다가올 죽음의 공포도 여기서 단번에 해치울 수 있었을 텐데. 실패했다.

쭈그리고 앉아 상대의 범퍼에 손상이 없는지 확인하고 있는데 허리를 걷어찼였다. 온 힘을 다한 발차기였기 때문에 나는 그대로 길바닥에 쓰러졌다. 돌아보니 차 주인인 남자가 노골적으로 불쾌감을 드러내며 물었다.

"나를 못 믿어서 범퍼를 확인하는 거야?"

"그게 아니라 확인하는 것뿐입니다." 나는 일어섰다. "경찰에 사고신고를 접수하려고 해도."

"경찰은 필요 없어. 당장 변상해. 카드 내놔!"

카드가 뭔지 금방 이해가 되지 않았다. 가지고 있는 돈을 다 내놓으라는 소리로 들렸다. 얼마 후에야 신용카드나 현금카드를 얘기한다는 것을 깨달았다.

하필 귀찮은 상대를 만났다고 낙담하는 한편 맘대로 하라는 마음이 생겼다. 남자의 잘난 체하는 말투에 화도 났고 굳이 얘기하자면 나는 어찌 되든 상관없었다. 마침 도로 옆에 1미터쯤 되는 플라스틱 파이프가 떨어져 있었다. 주워서 검도의 기본 동작으로 겨눴다.

"무슨 생각을 하는 거야. 네가 와서 부딪힌 주제에 싸우자고?"

나는 그때 자포자기 상태였다. 상식적인 행동을 하는 것도 귀찮았을지 모른다. 아카네의 죽음과 오가이 군의 죽음이 '아무렇게나 되어라'는 마음을 부추겼다.

"태도가 너무 나빠서 열 받았어." 나는 조용히 얘기하고 남자와의 거리를 쟀다.

무기를 가진 나에게 남자는 잠시 겁을 먹는가 싶었지만 바로 아미 나이프를 꺼냈다.

그 칼에 공포를 느껴 순간 뒤로 물러섰지만 '이게 뭐지?' 하고 자문했다.

죽음은 누구에게나 찾아온다. 성실하게 필사적으로 살아도 마지막 순간이 편안하다는 보장은 없다. 어디서 어떻게 끝날지 모르니 여기서라도 상관없다.

먼저 움직인 것은 남자였다. 칼을 휘둘렀다고 생각했는데 곧바로 찌르고 들어왔다. 옆으로 이동해 그 칼을 피했다. 칼끝에 마른 피가 묻어 있는 게 보였다. 남자는 이 칼로 사람을 찌른 경험이 있다는 말이다. 그것은 내게 공포보다 한발 앞서게 만들었다.

검도의 요령으로 파이프를 흔들며 남자의 손을 노렸다. 맞았는데도 칼을 잡은 손은 그대로다.

남자가 몸을 던져 나는 엉덩방아를 찧었다. 동시에 손에서 빠져나가 저 멀리로 날아가는 파이프. 역시 플라스틱은 너무 가벼운가.

"내가 죽여주지!" 남자가 칼을 앞으로 잡고 다가온다.

그때 엉덩방아를 찧은 내 손끝에 가방이 있었다. 오가이 군의 유품이라고 할 수 있는 코인로커에서 꺼내 온 보스턴백이다. 오토바이가 넘어졌을 때 여기까지 날아온 모양이다. 지퍼가 고장 나 안이 들여다보였다. 깊게 생각하지 않았다. 가방에 손을 넣어 자석을 꺼내 커버를 벗겼다. 정확히 말하면 너무 세게 잡았더니 저절로 커버가 벗겨졌다. 어쨌든 구슬을 꺼내 상대에게 던졌다.

남자의 무릎에 맞았다. 어느 정도 무게가 나갔는지 남자는 신음 소리를 내며 무릎을 꿇었다. 그 틈을 타 일어난 뒤 파이프를 다시 잡았다. 이때를 놓치지 않고 치고 들어가려 했는데 남자는 이미 칼을 쥐고 일어나 자세를 잡고 있었다. 그러니까 처음 상황으로 되돌아온 것이다.

그때 격렬한 소리가 울렸다. 금속이 구부러지는 육중한 소리였다.

차 쪽에서 들려왔기 때문에 남자는 순간 돌아봤고 그와 동시에 몸이 기울었다. 칼이 몸을 잡아끄는 것 같았다. 나는 그때를 놓치지 않고 상대의 머리에 파이프를 내리꽂았다. 한순간에 타격을 입은 남자는 그대로 그 자리에서 천천히 무너졌다. 나는 떨어진 칼을 멀리 차버렸다. 상대는 아직 숨을 쉬고 있었다. 죽은 건 아니다.

차를 보니 도어 옆에 아까 던진 자석이 딱 달라붙어 있었다. 굴러가다 끌려가 충돌한 것이리라. 기세 좋게 부딪치며 소리를 냈다.

떼어내는 데 상당한 힘이 들었다. 다리까지 총동원되는 우스운 모양새로 간신히 떼어내는 데 성공했다. 겨우 떼어냈다고 생각했는데 이번에는 쓰러진 남자의 주머니에서 체인이 끌려 나와 붙었다.

가방을 열어 자석이 들어 있던 주머니에 넣었다.

오토바이를 일으켜 나는 그 자리를 떠났다.

연구실에 가는 건 포기했다. 교수에게 이 자석을 돌려줄 마음이 없어졌기 때문이다.

가지고 싶어졌나?

'네'라고밖에 얘기할 수 없다. 무기가 된다는 생각이 들었다.

무엇을 위한 무기인가?

거기까지는 생각하지 못했다.

다음 날, 나는 오토바이를 타고 히로세가와 강변으로 향했다. 오타마야 다리 앞에서 좌회전해 좁은 길에 접어들었을 때 오토바이를 세웠다. 인도를 조금 걸으니 강물 소리가 조금씩 들리기 시작했고 강가 풀밭이 나왔다.

마을에 배치된 방범카메라에 민감해지기 시작한 것은 그날부터였다. 가게에 설치된 것도 있지만 전봇대에 붙어 있는 것도 있다. 그것들의 위치를 세세하게 체크해 스마트폰 지도에 표시했다. 영상에 남으면 곤란하다는 자각이 있었던 것이다. 굳이 얘기하자면 들키면 곤란한 일을 당할 것이라는 생각이 들기 시작했다.

강변에는 기대대로 사람이 없었다. 낮이지만 가을철 행사만 아니라면 개를 산책시키는 사람밖에 없다.

천천히 흘러가는 히로세가와 강의 하류를 바라보는데 절벽이 하나 서 있었다. 위에서 칼로 자른 것처럼 지층이 드러난 단면에서 용맹함과 박력이 느껴졌다.

사람도 없지만 방범카메라도 없었다. 게다가 자석이 작용할 만한 철제도 없었다.

목제 벤치가 있는 곳까지 가서 전날 코인로커에서 가져온 가방을 올려놓았다.

자석 두 개를 꺼내 커버를 벗기고 우선 풀 위에 던졌다. 육중한 것이 흙에 떨어지는 소리가 났지만 움직임은 없었다. 한 개를 더 꺼내 좀 더 멀리 던져보았다.

그러자 어느 쪽이 먼저랄 것도 없이 스르르 움직이더니 격돌했다. 공항에서 서로의 모습을 발견한 연인이 달려와 껴안는 모습이라고 하기에도 너무 격렬했다. 달려가 꼭 껴안아 상대의 쇄골을 부러뜨릴 것만 같았다. 자석의 일부가 부서지는 게 보였다.

주워보니 자석에 모래가 잔뜩 묻어 있었다. 모래에 섞인 철 성분 때문일 것이다. 무수히 많은 모래에 동그랗게 싸여 있는 모습은 마치 확대된 곤충의 촉각 같아서 보기에 흉했고 떼어내기도 어려웠다.

나중에는 자석을 다루는 요령이 생겨 접착테이프를 이용해 모래를 제거했다. 아예 자석을 랩으로 감아두었다가 모래가 묻으면 랩만 떼어내는 방법도 있었다. 하지만 그때는 방법을 몰라 모래가 잔뜩 묻은 채로 놔둘 수밖에 없었다.

이동하면서 자석을 몇 개 던져봤는데 의외의 곳에 붙기도 했다. 목제 벤치의 나사나 표지판 기둥에도 붙었다.

어디로 날아갈지 예측할 수 없었는데 그 예측할 수 없다는 불길함을 이용할 수 있겠다 싶었다.

무엇에 이용하느냐고? 구체적으로 뭘 해보겠다는 생각은 들지 않았다. 자경단처럼 동네를 돌며 악한을 해치우겠다는 생각은 없었다. 오히려 그 반대로 이렇게 된 이상 성실하게 사회의 규칙을 지키는 삶에서 벗어나 뒷골목에서 마구 폭력을 휘둘러보고 싶어졌다.

한바탕 자석을 던진 다음에는 막대기 모양의 물건을 꺼냈다.

이것도 가방에 들어 있었던 것이다.

운동회에서 릴레이 경기를 할 때 사용하는 바통 같은 굵기에, 바통 두 개를 이어붙인 길이쯤 될까. 처음에는 자석인 줄 알았는데 그러기에는 중량감이 너무 없고 색깔도 자석 구슬과는 달리 은색이었다. 벤치 표식 기둥에 대보았지만 달라붙지도 않았다. 그 대신 자석은 붙는 걸 보니 철을 포함한 금속 소재인 모양이었다.

한쪽에 작은 구멍이 뚫려 있는데 그 막대기를 휘둘러봐도 뭐가 나오지는 않았다. 들여다보려고 해도 안은 보이지 않았다.

불꽃놀이를 할 때 쓰는 막대기 같았다.

잡고 바통을 만지듯 이리저리 돌려보았다. 검도의 목검 대신 사용하기에는 너무 짧았다.

나는 그때 오가이 군이 대학원의 연구와는 별도로 연구 성과물인 자석을 이용해 브로커에게 팔 '상품'을 만든 게 아닐까 상상했다.

돈 때문에 했을 것이다. 오가이 군 혼자 힘으로는 무리였을 테고 누군가 다른 사람, 담당교수는 성실했다고 하니까 옆 연구실 교수 같은 그런 협력자가 있었던 게 아닐까.

그러고 보면 이 가방의 내용물은 팔려고 챙겨 온 상품일 터였다. 자석 구슬은 새로운 소재의 강력한 자석으로 가치가 있다고 해도, 이 막대기는 도대체 어떤 기능이 있는 것일까. 단순한 스틱 모양의 통만은 아닌 게 분명한데.

만지고 있으니까 잡은 엄지손가락에 닿는 부분이 살짝 움직였다. 표면을 문질러 밀어내자 뚜껑이 열렸다. 손가락 끝 정도의 틈이 생기고 거기에 돌기가 있었다.

깊이 생각하지 않고 눌렀다. 다치지 않은 것은 운이 좋았기 때문이다. 마침 막대기 끝이 몸 바깥쪽을 향하고 있어서 다행이었다.

공기가 세차게 뿜어져 나오는 소리가 울리고 막대기 끝에서 무언가가 튀어나왔다. 아니, 그보다 막대기에서 분출된 연기의 양이 굉장했다. 독가스라도 분출되는 게 아닐까 놀라 입을 막았다. 하지만 숨이 막히지도 않았고 화약 냄새는 나지만 뜨겁지 않았다. 하얀 연기가 주변을 가득 메웠다.

손을 흔들어 허공을 휘저어봐도 연기는 쉽게 사라지지 않았다. 한참을 기다리고 나서야 시야가 트였다.

막대기에서 뭔가가 나간 것 같은 감각은 있었기 때문에 주변 상황을 관찰하며 돌아다녔는데 목제 벤치에 구슬이 다섯 개 꽂혀 있는 게 보였다.

막대기의 작은 구멍에서 튀어나와 퍼지면서 꽂힌 모양이었다. 하나씩 파내보았다. 원래의 통에 가져다 대면 붙는 걸 보니 이 작은 구슬도 자석인 것 같았다. 막대기 안에서 자석의 반발을 이용해 날아가게 하는 장치인가. 연기가 나는 것은 눈을 가리기 위한 것일까, 아니면 발사의 부작용일까. 판단이 서질 않았다.

조심스럽게 돌기를 다시 눌렀지만 아무 일도 일어나지 않았다. 엄지로 뚜껑을 원래대로 돌렸다가 다시 문질러 열고 시도해봤지만 움직임은 없었다.

한 번만 사용하고 버리는 무기인 모양인데, 아깝게 써버리고 말았다.

오가이 군은 이것을 팔아 돈을 마련하려고 했단 말인가.

막대기 모양의 무기는 모두 세 개가 있었는데 그 강변에서 하나를 사용하고 말았다. 나중에 내가 평화경찰 건물에 들어가 가모 일행을 데리고 나올 때 수사관을 향해 하나 사용했기 때문에 하나만 남게 된다. 어쨌든 그때의 나는 사람을 돕기 위해 이것들을 사용할 생각은 없었다.

다음 단계로 넘어가게 된 계기는 고교생 사토 군이 괴롭힘을 당하는 현장을 목격한 것이었다.

오토바이를 타고 길을 달리고 있는데 교복 차림의 고교생이 길에서 싸우고 있었다. 지나치는 순간, 한쪽이 우리 집 단골 사토 군이라는 것을 깨달았다. 친구와 얘기하고 있는 거겠지 하고 지나치는데 뒤에서 비명 같은 소리가 나서 모퉁이를 돌아 오토바이를 세웠다. 왔던 길을 돌아가보니 체격이 좋은 고교생이 사토 군을 담벼락에 몰아붙이고 있었다. 이건 안 되겠다 싶어 말리려는데 누군가의 목소리가 나의 발걸음을 붙잡았다. 할아버지와 아버지의 목소리가 섞인 조언이었다. '누군가를 돕는 데는 끝이 없다. 그러다 죽는다.'

그렇다고 해도 그냥 두고 볼 수는 없었다. 일단 한 걸음 내디뎠는데 그때 다른 사람이 말을 걸었는지 체격이 좋은 쪽이 그 자리를 떠났다. 사토 군은 가방을 안고 겁을 먹은 듯 재빨리 사라졌다.

집으로 돌아와 사토 군이 괴롭힘을 당하고 있는 것은 아닌가 하고 고민했다. 돈을 빼앗기고 폭력에 시달리는 것은 아닌가.

전에 사토 군이 가게에 왔을 때를 떠올려봤지만 기억이 정확하지 않았다. 차트를 보면 기억이 나겠지만 조사해볼 마음도 생기지 않았다.

다음 날, 다시 한 번 같은 시간에 그곳에 가보기로 한 것은 두 가지 마음 때문이었다.

하나는 사토 군이 괴롭힘을 당하고 있으면 도와주고 싶다는 생각, 또 하나는 내 안에 있는 공포와 슬픔을 발산하고 싶다는 욕구. 아마도 첫 번째는 두 번째를 정당화하기 위해 나중에 생각해낸 이유일 것이다.

아카네의 죽음과 오가이 군의 사건, 그리고 내가 언젠가 죽는다는 절망적인 부조리함에 고통을 받고 있던 내 입장에서는 고교생의 괴롭힘은 너무 태평한 것 같아서 화가 났다.

신원이 밝혀지면 귀찮아질 것 같아서 라이더 슈트를 꺼냈다. 예전에 중형 오토바이를 타고 다닐 무렵 입던 위아래가 붙은 작업복 같은 것이다. 방 안쪽 서랍에서 꺼내보니 곰팡이 냄새가 났다. 같은 서랍에 고글과 페이스마스크도 있어서 이것도 사용하기로 했다.

그리고 무기를 찾았다.

방 안을 둘러보는데 고등학교 때 수학여행에서 사 온 목검이 눈에 들어왔다. 왠지는 모르지만 그때는 동급생들 모두가 이것을 사지 않으면 집에 갈 수 없다는 생각에 사로잡혀 있었다. 수

학여행 사진을 보면 모두의 배낭에 목검이 튀어나와 있으니. 사오긴 했지만 쓸 데도 없어서 등이 가려울 때 몇 번 찌르는 데 사용하고는 내버려둔 것인데 용케도 남아 있었다. 소중하게 다뤘다기보다는 버리기가 귀찮아서 남아 있는 것이다.

아웃도어용 접이식 의자를 담는 주머니에 마침 목검이 딱 들어갔다. 의자를 꺼내고 목검을 넣어 어깨에 두른 다음 막 나가기 전에 가게 거울을 봤는데 아주 수상한 사람이라고 얼굴에 써놓은 것 같아서 당황했다. 밖에 나가자마자 불심검문을 당할 모습이 아닌가.

고글과 페이스마스크를 벗어 슈퍼마켓 비닐봉투에 넣었다. 작업복 위에는 얇은 점퍼를 입어 해결했다.

자석을 가져가자고 생각한 것은 집을 나서기 직전이었다. 구석에 놓아둔 보스턴백을 보고 '쓸모가 있을지도' 하고 생각했다. 재빨리 크고 작은 자석 두 개를 고무 주머니째 비닐봉투에 넣었다. 고글의 금속 부분에 자석이 작용하는 게 느껴졌다.

가게에 장식된 아카네의 영정을 돌아보았다. '조심하라'고 얘기하는 것 같기도 하고 '무슨 짓을 하려는 거야?' 하며 웃고 있는 것 같기도 했다. 하지만 사진은 어디까지나 사진이라는 사실에 마음이 아팠고, 그 아픔을 잊기 위해 오토바이를 타고 시동을 걸고 헬멧을 쓰자마자 손잡이를 돌렸다.

전날과 비슷한 장소에서 사토 군이 괴롭힘을 당하고 있는 것을 발견했다. 일단 지나쳐 전날과 같은 곳에 오토바이를 세웠다.

체격이 좋은 고등학생이 사토 군을 괴롭히고 있었다. 어제와 똑같은 장면에 웃기기까지 했다. 이것도 수업의 일환이 아닐까 하는 생각마저 들었다.

이런 대낮에 사람들이 다 보는 큰길에서 누군가에게 훈계라도 들으면 어쩌려고 그러는 걸까. 아마도 거기까지는 생각이 미치지 않았을 것이다. 고교생에게 세상은 거의 학교와 집뿐이고 그 주위를 둘러싼 '사회'를 실감할 일은 거의 없다. 그것은 폭행이나 공갈, 상해가 '괴롭힘'으로 불리는 것과도 관련이 있다.

헬멧을 벗어 고글과 페이스마스크를 장착하고, 점퍼를 벗어 목검과 자석을 챙긴 다음 그들이 있는 곳으로 갔다. 정의감 같은 건 없었다.

막상 닥치니 흥분과 긴장으로 내가 무슨 짓을 하고 있는지도 알 수 없었다. 신나서 무대 위로 오르는 신인 연기자의 마음이 이럴지도 모르겠다. 어쨌든 고통을 받고 있는 사토 군의 모습에 화가 나서 필사적으로 목검을 휘둘렀다.

던진 자석은 직접 상대를 공격하지는 않았지만 물건에 격돌해 상대를 혼란시키는 데 유용했다. 자석을 다시 챙겨 오는 것도 잊지 않았다. 펜스에 붙은 자석이 좀처럼 떨어지지 않아 애를 먹었지만 강변에서 자석을 사용하고 회수하는 방법도 익혀두었기 때문에 결국 뜯어내다시피 해서 가져올 수 있었다.

사람을 목검으로 공격하는 건 처음이어서 내가 이런 짓을 저질렀다니 하는 공포도 있었다. 돌아오는 오토바이에서 온몸이 떨렸다.

그렇게 해서 나는 작업복을 입고 자석과 목검으로 폭력을 휘
두르는 사람이 되었다.

다시 가게도 열었다. 생활을 하려면 수입이 필요했고 아무도
만나지 않고 틀어박혀 있는 것보다 손님을 맞고 머리를 자르는
쪽이 정신건강에 좋았다. 아카네의 영정은 그대로 가게에 있었지
만 영업을 할 때는 뒤집어놓기로 하고 나는 가게에 설 수 있었다.

혼자 일을 하는 데는 한계가 있었다. 이쪽 손님의 머리를 커
트하면서 다른 손님에게 샴푸를 해줄 수는 없기 때문에 아무래
도 기다리는 시간이 길어졌다. 손님이 두 사람 이상이 되면 상황
을 설명하고 다시 방문하기를 청하는 경우가 많아졌다.

이상하게 같은 평일 시간대라도 손님이 몇 분 또는 십여 분
간격으로 차례차례 들이닥쳐 "오늘은 다 찼습니다" 하고 고개를
숙여야 하는 날이 있는가 하면, 도무지 손님이 오질 않아 그저
카운터에서 책이나 읽고 있어야 하는 날도 있었다. 고르게 와주
면 좋을 텐데, 하는 생각이 떠나질 않았다.

단골들은 대부분 나를 걱정하고 격려해주었다. 구사나기 부
부도 그랬다. 사십 대 부부로 지금은 센다이 시 북쪽 이즈미 구
의 구로마쓰에 살고 있는데 예전에는 우리 가게 바로 뒤에 살아
서 그때부터 남편이 우리 가게 단골이었다. 매달 이발을 하러 우
리 가게를 이용해주었고 부인인 미요코 씨도 와주었다. 맨션을

구입해 구로마쓰로 이사를 간 후에도 일부러 차를 타고 가게를 찾아주었다. 어디선가 아내의 죽음을 들었는지 영업을 재개하고 얼마 후 부인인 미요코 씨가 가게를 찾아왔다. 처음에는 모르는 척하려고 했는지 "머리가 너무 자라서" 하고 자연스럽게 말했는데 그 직후 눈에서 눈물이 흘러내려 내가 더 당황할 정도였다. 향을 피워 고인에 대한 예를 차린 다음 머리를 잘랐는데 계속 애써 울음을 참는 눈치였지만 눈에서는 하염없이 눈물이 흘렀다.

그런 구사나기 부인이 위험인물로 검거될 것 같다는 소문을 들었을 때 나는 정말 놀랐다. 동시에 진심으로 평화경찰 제도를 의심하기 시작했다. 구사나기 부부가 위험인물일 리 없다. 그럼에도 "그 부인의 전남편이 맨션에서 떨어져 죽었는데 그걸 숨겼대"라는 얘기를 들었다.

어처구니가 없었다. 과거의 사적인 불행을 굳이 떠들고 다니는 사람이 어디 있나. 맨션에서 낙하사고가 있었다고 해도 그것이 아내인 그녀의 고의라고 생각하는 게 이상하지 않나.

"생명보험에 들어 있었다네."

생명보험은 그야말로 그런 불의의 사고를 대비해 들어놓은 것이니까 돈을 받는 건 당연한 일이다. 그것까지 비판하면 어쩔 셈인가?

웃어버리고 싶기도 했지만 그보다 무서웠다. 이것은 하야카와 선생 때와 똑같지 않은가?

구사나기 부인은 노인 요양시설 직원으로서 몸을 아끼지 않고 헌신적으로 일했는데 위험인물이라는 혐의가 씌워지자마자 노인의 돈에 손을 댔다느니 치매 노인의 동영상을 찍어 인터넷에 올렸다느니 하는 진위도 알 수 없는 소문들이 퍼졌다.

그 사람을 접했을 때의 인상과 경험이 '경찰의 발표'나 '소문'으로 덧칠되었다. "믿을 수 없어", "좋은 사람처럼 보였는데" 하고 고개를 갸웃하면서도 '누명'이 아닐까 의심하기보다는 역시 사람은 겉모습만 보고 판단할 수 없다고 한탄했다.

"인간은 안심할 수 있는 정보보다 위험을 선동하는 정보에 더 반응하게 되어 있어요." 예전에 가게의 단골손님인 가모 씨가 했던 말이 떠올랐다. "아마 그쪽이 오래 살 확률이 크기 때문이겠죠. 생물의 본능에 가까우니까요."

"본능?"

"그렇습니다. 재미있는 얘기보다 무서운 얘기가 머리에 더 남아요. 어릴 때 기억도 부끄럽거나 무서웠던 기억이 머리에 잘 새겨져 있잖아요."

"오히려 그것밖에 생각나지 않지."

나도 이해가 갔다.

"실패와 공포의 경험은 생물로서 잊어서는 안 되는 것이기 때문일지 모릅니다. 약점을 개선하도록 의식적으로 기억하는 것은 중요한 일이니까요. 그러므로 '괜찮아'보다 '괜찮아 보이지만 실은 위험한 점이 있다'는 얘기를 들으면 더 심각하게 받아들이죠. 그리고……."

"그리고?"

"소문으로 퍼지기도 쉽습니다."

가모 씨는 젊은데도 정보에 능통하고 매사를 객관적으로 보며 말하는 사람이었다.

구사나기 씨에 대한 소문을 듣고 내가 바란 것은 단 하나뿐이었다.

하야카와 선생 때와 같은 일이 일어나지 않았으면 좋겠다. 그것뿐이었다.

구사나기 부인이 하야카와 선생과 같은 처지에 처하는 것은 보고 싶지 않았다.

"당신도 구사나기 부인이 위험인물이라고는 생각하지 않지?" 나는 아카네의 영정에 말을 걸다가 거기서 한 걸음 나아가보기로 했다.

구사나기 씨를 돕기로 결심했던 것이다.

그것은 나의 신념에 반하는 일이 아닌가?

할아버지와 아버지의 죽음으로부터 배운 '사람을 도우면 편치 않다'는 가르침 말이다.

하지만 보고도 못 본 척할 수는 없었다. 아니, 솔직히 고백하자면 내게는 명확한 목표가 필요했다. 전자기타를 산 중학생이 집에서 착실히 손가락으로 기타 지판 짚는 법을 연습하기보다 저돌적으로 한 달 뒤에 라이브 공연을 하겠다고 선언하는 게 의욕을 불러일으키는 것과 마찬가지다.

사토 군을 돕기 위해 묻지 마 폭행범처럼 폭력을 휘둘렀던 일이 나를 흥분시켰다. 인정하고 싶지 않지만 치한이나 방화범이 느낄 법한 상습성과 중독성에 나 또한 사로잡힌 게 틀림없었다.

대의명분을 발견했다.

평화경찰과 대결한다.

왜냐하면 그들은 오가이 군의 죽음을 은폐하고 아무 죄 없는 하야카와 선생을 처형한 것도 모자라 이제는 구사나기 미요코 씨를 체포하려 하고 있기 때문이다.

그리고 나는 내게 적당한 룰도 만들어냈다.

모두를 도울 수는 없다. 한 사람을 구하더라도 나머지까지 모두 구하지 못하면 불공평하다고, 위선이라고 트집 잡히고 비난을 받는다.

그렇다면?

우리 가게 단골손님만 돕자. 좀 더 나아가 그 손님의 가족까지만 돕자.

나는 세상 모두의 이발을 하는 게 아니다. 가게에 오는 사람한테만 해준다. 이와 같은 원리로 '단골손님의 위기를 알았을 때는 도와줘도 좋다'고 스스로에게 허락을 해주었다.

가게 손님을 소중히 여기는 것은 장사의 기본으로, 이것은 결코 선행이 아니다. 그렇게도 생각할 수 있었다.

구사나기 씨를 돕는 것은 평화경찰에 반기를 드는 일이다.

평화경찰에 맞서는 것은 거인 골리앗에 맞서는 소년 다윗이 되는 것과도 같다. 아니 뭐, 나야 그저 아내를 잃고 자포자기해서 죽는 게 무섭지 않게 되어 한바탕 소란을 피우고 싶을 뿐이니까 다윗의 용맹함과는 거리가 멀지만 어쨌든 다수 대 하나, 공권력과 이발사라는 힘의 차이를 의식하지 않을 수 없었다. 길거리의 방범카메라에 찍혀 정체가 탄로 나는 한심한 일만은 피하고 싶어 준비 작업을 했다.

우선 구사나기 씨의 집 주변, 구로마쓰 지역을 조사했다. 인터넷 지도에도 길거리에서 촬영한 영상이 나와 있기 때문에 그것을 이용해 방범카메라의 위치를 파악하고 나머지는 직접 나가 지나가는 사람인 척 돌아다니면서 되도록 카메라에 잡히지 않고 이동할 수 있는 경로를 확보했다.

이동수단도 당면과제 중 하나였다.

내가 가진 오토바이는 사용할 수 없었다. 곧바로 신원이 드러날 가능성이 있기 때문이다.

제일 먼저 떠오른 것은 고노 바이크였다. 고노 할아버지가 경영하는 중고 오토바이 가게. 그곳은 열쇠 관리가 허술해 간단하게 훔칠 수 있어 불량소년들이 하룻밤 대여 바이크처럼 빌렸다 돌려주기를 반복하고 있다. 이전에 사토 군에게서 이런 얘기를 들은 적이 있다.

고노 씨의 점포는 몇 십 년간 오두막 같은 형태를 유지하고 있어 방범카메라 같은 것도 설치되어 있지 않다.

그래서 나는 구사나기 씨를 지키기로 결정하자마자 밤에 고노 씨 가게에 침입해 열쇠와 함께 오토바이를 훔쳤다. 어떤 차종으로 할까 순간 고민했지만 가모 씨가 자주 타고 다니는 250시시 스쿠터는 힘도 좋고 동경하는 마음도 품고 있었던 터라 비슷한 오토바이를 발견하자 그것을 선택했다. 언제 무슨 일이 생겨도 바로 사용할 수 있도록 이발소 뒤쪽 자전거 보관소에 두고 커버를 씌웠다. 나로서는 준비만반의 태세였다. 번호판은 가렸다.

평화경찰이 언제 구사나기 씨를 연행할까. 실제로 그런 일이 정말 일어날지 어쩔지도 알 수 없었지만 나는 구사나기 씨의 집까지 오가며 계속 상황을 살폈다.

이발소는 다시 문을 열었지만 영업시간을 줄이고 부정기적으로 쉬었다. 장사할 마음이 없는 것처럼 보이겠지만 어쨌든 그런대로 대낮에 자유롭게 움직일 수 있었다.

미즈노 씨의 딸을 도운 것은 마침 그 무렵이었다.

구사나기 씨의 집 근처에 가서 오늘도 연행되지 않았다는 것을 확인한 후에 자전거로 강변까지 가서 자석과 목검을 사용해 트레이닝을 했다. 그것이 일과처럼 되었는데 돌아오는 길에 자전거를 탄 미즈노 씨의 딸을 발견했다. 거리에서 여러 번 미즈노 씨 가족과 부딪친 적이 있어서 얼굴은 알고 있었다.

어두운 샛길을 지나쳐 '오늘은 미즈노 씨의 딸을 봤네' 하고 생각하며 뒤를 돌아보는데 그녀 주위에 솟아오르듯 사람 그림자가 나타났다.

눈을 의심하고 있는데 왜건에 태워지더니 그녀의 자전거만 그 자리에 남았다.

불온하다고밖에 생각할 수 없었다. 나는 순간적으로 왜건 번호판을 암기하고 자전거를 달려 이발소로 돌아오자마자 오토바이의 시동을 걸어 달려 나갔다. 서둘러 왔던 길을 돌아왔지만 당연히 왜건은 흔적도 없었다. 놓쳐버린 게 아닐까 걱정하며 큰길을 달리고 있는데 그 차를 발견했다.

미즈노 씨의 딸을 도울 때는 모든 일이 잘 풀렸다. 거친 학생들을 자석과 목검으로 두들겨 팼고 자석이 상대가 휘두르는 쇠파이프에 격돌했을 때에는 감동조차 느꼈다.

그래서 의기양양해졌던 것 같다. 며칠 뒤 구사나기 씨가 연행되는 장면을 목격하고 나는 과감하게 행동에 나섰다. 오가이 군의 자석을 수사관 한 명에게 던지자, 자석 덩어리는 그의 배에 부딪혔다가 거기에서 가까운 '치한 주의!'라고 적힌 간판에 끌려가 격돌했다. 거기에 수사관이 정신을 빼앗긴 사이에 나는 가지고 있던 목검을 휘둘렀다. 수사관의 몸을 타격한 순간 나는 다른 사람의 육체를 망가뜨리고 말았다는 충격에 사로잡혔다. 뒤로 넘어지는 수사관의 모습을 보며 나는 간신히 붙들고 있던 이성을 잃었고 그 직후부터 눈앞의 상황을 제대로 파악하지 못했다.

기억은 거의 남아 있지 않다.

다만 한 손에 목검을 들고 한참 난리를 피운 후에 '치한 주의!' 간판이 바로 옆에 있길래 딱 달라붙은 자석을 옆으로 미끄러뜨려 떼어내려고 애를 썼던 것은 기억한다. 총성이 나서 돌아보니 구사나기 부인이 쓰러져 있었고, 수사관이 그쪽으로 주위를 돌린 사이에 자석을 간신히 회수했다. 정신을 차려보니 오토바이를 타고 도망치고 있었다.

내 탓이다. 아니다. 만약 그대로 평화경찰에 연행되었어도 구사나기 미요코 씨는 위험인물로 처형되었을 테니 결과는 마찬가지다. 오히려 괴롭지 않았으니 다행이다. 그렇게 스스로를 다독였다. 말도 안 되는 논리지만 그러지 않으면 제정신으로 있을 수 없었다.

나 자신을 정당화하기 위해서일까, 내 안에서 한 가지 생각이 굳어지기 시작했다.

나도 지독하지만 평화경찰은 더 지독하다. 사람에게 가장 소중한, 단 한 번뿐인 인생을, 그 마지막 순간을 가지고 노는 놈들은 최악이다.

가모 씨와 미즈노 씨가 체포되었다는 소식은 신문을 보고 알았다.

그 가모 씨와 미즈노 씨가?

평화경찰의 정보를 캐거나 업무를 방해할 목적으로 평화경찰 건물에 들어갔다가 체포되었다고?

가모 씨와 미즈노 씨가 서로 아는 사이였다는 것 자체가 내겐 의외였다. 둘 다 우리 이발소 손님이지만 늘 오는 시간대와 요일이 다르다. 그러므로 우리 가게와 관계가 없다는 것 정도는 상상할 수 있지만 그래도 놀랐다.

머리를 자르러 올 때 나눈 대화를 몇 가지 떠올리며 그들이 '평화경찰에 대한 불만'이 있었던 것은 사실이라고 생각했다. 미즈노 씨는 "평화경찰도 특고경찰처럼 사람들을 고문한대"라고 말했던 적이 있다. 가모 씨는 "아는 사람이 체포되었는데 믿을 수가 없어, 틀림없이 잘못된 걸 거야"라고 조용하지만 분명하게 화를 냈다. 그때 가모 씨는 지인이 위험인물로 구류되어 취조를 받던 중 유치장에서 목을 매었다며 고통스럽게 얘기했다.

그들이 평화경찰 빌딩에 들어간 것은 그런 반발심 때문이었을 것이다. 틀림없이 그들은 나와 같은 편이라는 결론이 내려졌다.

그와 동시에 공포가 내 발목을 잡아끌기 시작했다.

둘이 이 가게의 단골이라는 것이 알려지면 제일 먼저 우리 가게에 경찰이 와서 방범카메라 데이터를 회수하지 않을까?

물론 사흘 동안만 녹화되기 때문에 가져간다고 해서 곤란한 일은 없지만 의심을 받는 것 자체가 두려웠다. 구사나기 미요코 씨의 사건과 연결 지을 가능성도 있었다.

조사받기 전에 그들을 먼저 구해내야만 한다.

다음 날 낮이 되자 나는 그렇게 결심을 굳히고 실행에 옮기기로 했다.

사장이 가게에 찾아온 것은 실행 계획을 짜고 있을 때였다.

이발소의 삼색 표시등은 움직이지 않았고 가게 문 앞에도 'CLOSE' 간판이 걸려 있었기 때문에 나는 방심하고 가게 안에서 평화경찰에 쳐들어갈 준비를 하고 있었다. 오가이 군의 배낭을 열고 자석들을 살펴보며 어떤 것을 가지고 갈까 생각하고 있었다. 어린 시절 소풍 준비를 할 때와 비슷한 느낌이었는데, 짐은 단순한 자석과 페이스마스크, 장갑뿐이라 소풍 갈 때처럼 마음이 들뜨지는 않았다.

자석 중 크고 작은 다섯 개를 고르고 그것으로는 모자라지 않을까 싶어 다섯 개를 더 골랐다. 막대기 모양의 무기도 가지고 가야겠다고 생각했다. 둔치에서 실험해본 결과를 생각하면 상당히 강력한 도구가 될 것 같으니 틀림없이 유용할 것이다. 하지만 한 번밖에 사용하지 못하는 무기이니 여기서 다 사용해야 할지 고민이 되었다. 즉 나는 이번이 최후의 대결이 아니며 다음이 있다고 생각하고 있었던 것이다. 근거는 없었지만 그것은 결과적으로 옳은 생각이었다.

문에 사람 그림자가 보였을 때 나는 마침 막대기 모양의 무기 하나를 집어 카운터 가까이에서 만지작거리고 있던 참이었다. 문 너머에 사장이 서 있는 게 보였다. 유리창에 얼굴을 대고 안쪽을 들여다보고 있었다.

문을 잠갔다고 생각했는데 안 잠갔는지 문이 천천히 열렸기 때문에 나는 순간적으로 들고 있던 자석과 막대기 모양의 무기를 카운터 밑에 숨겼다. 다른 것은 배낭에 들어 있는 상태였다.

"사장님, 오늘은 쉬는 날인데요."

"아는데 부탁 좀 하세." 사장은 절하는 시늉을 하며 "앞으로 중요한 비즈니스 미팅이 있어서" 하며 정말 어디까지가 진심인지 알 수 없을 정도로 고개를 숙였다. "이것도 인연이라고 생각해주게"라며 의미를 알 수 없는 말을 계속했기 때문에 나는 웃고 말았다.

카운터 안쪽이 철제 소재로 되어 있다는 것을 나는 그때 처음 알았다. 숨겨둔 자석들이 쨍 소리를 내며 달라붙은 것이다.

사장 쪽에서는 보이지 않았지만 그 소리에 "뭐야?" 하고 고개를 기울였다. 문득 생각이 나서 바통 모양의 막대기를 그 자석에 붙였다. 즉 카운터 안쪽에 자석을 붙이고 그 위에 또 막대기 모양 무기를 붙인 것이다.

드디어 두 손이 자유로워진 나는 아무것도 아니라는 듯 카운터에서 나와 가운데 의자를 권했다. "그럼, 특별히 이발을 해드리죠. 앉으세요."

"아이고, 잘됐네."

사장은 전에 통화한 후로 두 번 정도 다녀갔다. 오가이 군을 신항구 근처에서 목격한 이야기는 완전히 까먹고 아카네의 죽음에만 신경을 쓰며 붉어진 눈시울로 끈질기게 나를 격려해주었다. 지나치다 싶을 정도였지만 평소 사장의 호방한 성격과 언행을 알고 있기 때문에 있는 그대로 받아들일 수 있었다.

머리에 어떤 아이디어가 떠오른 것은 분무기를 사용해 머리를 적시고 있는데 사장이 "정말로 구지 군, 내가 도울 일이 있으면 얘기하게"라고 말했을 때였다. 지금까지는 그냥 예의상 하는 말이라 생각하고 흘려들었는데 이번에는 "부탁이 있는데요" 하고 입을 뗐다.

거울을 똑바로 보고 있던 사장은 시선의 각도를 조금 바꿔 내 표정을 확인했다. 순간, 이쪽에 있는 우리와 거울에 비친 모습이 동떨어져, 이쪽은 그저 거울 속 우리를 똑 닮은 누군가의 움직임을 바라보고 있을 뿐인 게 아닌가 하는 착각이 들었다.

시선을 움직이며 사장이 물었다.

"그게 내가 할 수 있는 일인가?"

"아마도요."

"그럼 얘기해보게."

"네." 나는 조금 주저했다. "잘 들어보고 대답해주세요."

"괜찮아. 나는 구지 군을 믿으니까. 상식을 벗어난, 불법적인 일을 부탁하지 않을 거라는 걸 알아. 그러니 힘이 되어주겠네."

슬며시 죄의식이 고개를 들며 부탁하지 말걸 그랬나 하는 후회가 등을 떠밀었지만 여기서 물러설 수는 없었다. 반쯤은 진실을 고백하기 위해, 또 반쯤은 사장이 큰소리를 치면서도 조금은 동요하는 기색이 보였기 때문에 "실은 불법적인 일입니다"라고 말했다.

"그렇군." 사장의 눈썹이 조금 움직였다. "그래서 뭔가?"

"아내의 병을 고치지 못한 병원 의사들을 말살하고 싶습니다."

과연 사장도 눈이 휘둥그레졌다.

"거짓말입니다"라고 내가 말하는 것과 "아주 쉬운 일이군" 하고 사장이 말한 게 동시였다. 사장 쪽이 오히려 침착했다. 농담인 줄 알았던 모양이다. "그렇다고 의사를 죽일 수는 없지."

"부탁하고 싶은 것은 그보다는 조금 낫습니다. 비어 있는 맨

선이 없나요?"

사장은 퀴즈의 답을 궁리하는 듯한 표정으로 침묵을 지켰다.

"살 집을 알아보려는 게 아니라 돕고 싶은 사람이 있어서 그 럽니다."

"노숙자인가?"

"아닙니다. 아니, 그렇게 생각하시는 편이 나을지도 모르겠습 니다. 아니면…….."

"아니면 뭔가?"

"리처드 킴블(해리슨 포드 주연의 영화 「도망자」의 주인공 – 옮긴이) 씨를 숨겨주려고요."

"아, 그래. 그곳에 살게 하려고?"

나는 고개를 끄덕였다. "그게 어디 사는 누구인지는 사장님에 게도 말씀드릴 수 없습니다. 다른 사람들 모르게 빌려주실 수 있 는 장소면 좋겠습니다."

너무나 억지스러운 부탁이었다. 어떤 표정을 지어야 할지 알 수 없었다. 그렇다고 실실 웃고 있을 수도 없는 노릇이었다. 결 과적으로 반쯤 웃으면서 벌레라도 씹는 듯한 어정쩡한 얼굴이 거울에 보였다.

"있긴 있지." 사장이 말했다.

"네?"

"그런 맨션 말이야. 있긴 있다고. 시내가 아니라 도미야초이 긴 하지만. 사놓고 쓰지 않는 맨션이 있어. 새 건물은 아니지만 한 층이 비어 있네."

"한 층요?"

"그래. 사원 기숙사로 사용하려고 했던 거야."

그 이야기는 예전에 사장에게 들은 적이 있다. "거기 아직도 비어 있습니까?"

"바로 팔려고 생각했는데 그건 또 그거대로 아깝다는 생각이 들어서."

"사용할 수 있습니까?"

그때 나는 평화경찰에 쳐들어가 가모 씨 일행을 구출한 이후의 일을 고민하고 있었다. 그들을 그대로 집으로 돌려보내면 다시 연행될 게 뻔했다. 따라서 모종의 거래를 할 필요가 있었고, 그러자면 일단 신변의 안전을 확보할 수 있는 장소에 가모 일행을 숨겨놓아야 했다.

다른 손님이 온 것을 전혀 깨닫지 못했다. "저기요" 하고 옆에서 불러 정말 놀랐다. 양복을 입고 안경을 낀 남자가 물었다. "이발할 수 있습니까?"

'아니요, 오늘은 영업 끝입니다'라고 말하고 싶었지만 그것도 귀찮았다. "아, 됩니다, 잠깐만 기다리시겠습니까?"라고 대답했다.

사장은 조금 전의 화제를 숨기고 평소 하던 이야기를 꺼내기 시작했다.

"뭔가 좋은 홍보 아이디어가 없나?"

이발이 끝나자 사장은 계산을 마치고 "큰 도움이 됐네, 다음에 보세" 하며 돌아가려고 했다. "조금 전 얘기는 나중에 자세히 듣지, 용의는 있으니까"라고 말하면서 출구에서 몸을 비틀어 벽에 설치된 카메라를 가리켰다. "여기 기록되는데 그런 얘기를 해도 괜찮은가?" 하며 조금 눈썹을 찌푸렸다.

"괜찮습니다. 바로 삭제하겠습니다. 리셋 버튼을 누르면 녹화 데이터가 삭제됩니다."

"그런 짓을 해도 괜찮나?"

"엄밀하게 말하면 법률 위반이긴 하죠."

내게 '법률'은 이미 나를 지키는 것과는 거리가 먼 것으로 적이 구사하는 무기의 하나일 뿐이었다.

가모 씨 일행을 구출할 때의 일은 기억이 분명하지 않다. 이제까지 느껴보지 못한 긴장감에 사로잡혀 있었지만 이제까지 느껴보지 못한 흥분도 동반했으므로.

평화경찰 빌딩은 시가지의 다른 건물과 별로 다르지 않았다. 아니, 굳이 말하자면 다른 건물들보다 낡은 외관이었다. 신념을 굽히지 않고 줄곧 한자리를 지켜온 완강한 심판자의 위엄을 드러내는 듯 보였다.

스쿠터를 멈춘 곳은 동서로 달리는 일방통행의 좁은 길에 있는 맨션의 자전거 보관소였다. 손님용 공간은 늘 거의 비어 있고 거기에 방범카메라가 없다는 것도 확인해놓았다. 배낭을 짊어지고 막대기 모양의 무기를 넣은 자루를 어깨에 메고 도보로 이동했다.

민가와 민가 사이, 사유지를 선택해 조심스럽게 빌딩에 다가가 지금은 문을 닫은 라면 가게 뒤쪽에서 점퍼를 벗고 라이더 슈트 차림이 되어 페이스마스크를 썼다. 고글은 빌딩에 들어가기 직전에 착용했다.

빌딩 뒷문의 인증 장치가 자석으로 망가질지 여부에 모든 것을 걸었다. 문이 열리지 않으면 그냥 돌아가면 된다. 그 정도 각오였다고도 할 수 있다.

문이 열리고 나는 돌이킬 수 없는 한 걸음을 내디뎠다.

그다음부터는 정신이 없었다. 통로를 나아가자 수사관으로 보이는 사람이 나타났다. 놀랐지만 상대방에 비하면 내가 더 각오가 되어 있었다. 장비도 마음가짐도 준비태세도 만반이었기 때문에 상대방의 허를 찔렀던 것이다.

벨트에 철제 플레이트가 붙어 있는지 자석을 던지면 놈들은 바로 균형을 잃었다. 그 틈에 목검으로 머리를 내리치고 접착테이프로 손발을 묶는 패턴을 몇 명에게 계속했다. 처음에는 허둥지둥했는데 할수록 점점 더 가게에 온 손님의 머리를 자르듯 익숙해지면서 담담하게 작업을 해나가게 되었다.

자석의 효과는 상상 이상이었다. 커버를 벗기고 던지면 그것만으로도 우선 상대의 주의가 그쪽으로 쏠렸다. 게다가 자석은 가까이에 반응할 게 있으면 벽에 붙은 플레이트든, 비상구 문이

든 가리지 않고 격돌해 소리를 냈고 상대방의 몸도 휘청거리게 만들었다.

한번은 맞닥뜨린 제복 경관이 권총을 꺼내려고 했지만 그 총에도 자석이 반응했다. 내민 총구가 눈에 띄게 기울었다. 상대의 팔 위치가 벗어나 조준이 빗나갔기 때문에 내가 총에 맞는 일은 없었다.

상대가 동요하는 틈에 목검으로 타격을 가했다. 한 사람이 쓰러질 때마다 의식적으로 자석을 회수해 챙겼다.

처음에는 미즈노 씨를 발견했다. 이 층 구석에 '사람을 구금하고 있습니다' 하는 분위기를 물씬 풍기는 방들이 늘어선 통로가 있고 육중한 문마다 조그만 창이 붙어 있어 밖에서 들여다보며 안에 누가 있는지 살펴봤다. 누워 있는 사람도 있었고 혹시 죽은 게 아닌가 싶을 정도로 꼼짝도 안 하는 사람도 있었다. 실내를 어슬렁거리다가 밖에 있는 나를 발견하고 매달리듯 다가와 무언가를 호소하며 왠지 모를 사죄를 되풀이하는 사람도 있었다.

가슴이 아팠지만 나는 그들을 무시하고 미즈노 씨와 가모 씨를 찾았다.

머릿속에는 '모두를 구할 수는 없다'는 교훈뿐이었다.

내가 돕는 사람은 내가 이발을 해주는 사람뿐이다.

미즈노 씨는 일어나 있었다. 나는 말없이 전자 잠금장치에 자석을 가져다 대고 문을 열었다. 놀란 미즈노 씨는 일체형 라이더 슈트를 입은 나를 보고 겁을 먹었지만 반쯤 억지로 잡아끌며

"도우러 왔습니다" 하고 알렸다. 페이스마스크를 썼으니 정체는 탄로 나지 않으리라 생각했다. 실제로도 알아보지 못한 것 같았다. "가모 씨는?"

"여기에 없으면 취조실에 있겠죠." 미즈노 씨는 말했다. 쌓인 피로가 지독해 보였다. 아마도 상황을 파악하지 못하고 몽롱한 상태인 게 틀림없었다.

나는 문득 직업병인지 미즈노 씨의 머리가 많이도 자랐구나 싶어 한참을 바라보다가 너무나 태평한 나 자신을 질책했다.

걸음도 비틀거리고 아직 제정신이 돌아오지 못한 상태였지만 미즈노 씨는 그래도 뒤를 돌아보면서 "다하라 군도 어디 있을 텐데" 하고 말했다.

'다하라'라는 이름은 내 단골손님 중에 없다.

다하라 군은 도와줄 수 없다. 나는 말을 하진 않았지만 속으로 강하게 단언했다.

다 구하는 건 무리다. 모두 다 구하려고 해서는 안 된다.

위선자! 누군가 나를 질책하는 것 같았다. 이것은 선행이 아니라 영업활동이라고 나를 다독였다.

취조실은 한 층 위에 있었다. 냉정하게 나 자신을 다잡았지만 우연히 들어간 방에서 나이 든 여성이 필사적으로 기구에 매달려 있고, 그것을 남자들이 웃으며 지켜보는 광경을 본 순간 머릿속이 텅 비어버렸다.

그 뒤로는 생각이 잘 나지 않는다.

자석을 던지고 목검으로 후려치고 상대가 놓친 고무 재질의 경봉 같은 것을 주워 그것으로 상대를 두들겨 팼다. 누군가의 머리가 쪼개진 것 같기도 하다.

옆방으로 가자 가모 씨가 있었다.

나는 조용히 움직여 제복 차림의 남자를 가격했다. 힘 조절을 안 했기 때문에 숨이 붙어 있는지 아닌지조차 알 수 없었다. 남은 남자는 제복 차림이 아니었다. 갑작스러운 침입자인 나를 보고 놀라면서도 잔뜩 벼르는 것처럼 보였다. 화도 나고 흥분도 한 건가?

남자는 확실히 폭력에 익숙해 보였는데, 여기서도 자석이 효과를 발휘했다.

상대의 주의를 흩뜨려 동요를 이끌어낸 것이다.

목검으로 타격을 주려고 했는데 남자가 피했다.

상대의 기세에 나는 기가 죽어 위기감에 휩싸였다. 정신을 차렸을 때에는 겁에 질린 나머지 막대기 모양의 무기를 꺼내 버튼을 누르고 있었다. '나머지 두 개 중 하나'였다. 여기서 사용하지 않으면 어디서 사용할까 싶었다.

연기가 가득한 가운데 가모 씨를 데리고 밖으로 나왔다. 가모 씨가 옆방에 있던 여성을 "어머니" 하고 불러서 나는 미즈노 씨를 포함해 세 사람을 데리고 나오기로 했다. 세 사람이라면 어떻게 할 수 있을 것 같았고 '이 여성이 가모 씨의 어머니여서 다행'이라고 생각했다.

만약 가모 씨의 어머니가 아니었다면 단골손님과 그의 가족만 돕는다는 내 룰에 위반되기 때문에 그냥 내버려둘 수밖에 없었다. 내가 구출할 수 있는 상황이었는지 어떤지를 떠나서 고민했을 것이다.

양쪽 방에서 자석을 회수한 후 빌딩에서 나와 왔던 길로 해서 맨션 주차장으로 향했다.

가모 씨에게는 메모지와 자동차 키를 건넸다.

사전에 사장의 차를 세워둔 주차장 주소와 도주용 차의 번호판을 적어놓았다. '내비게이션에 주소를 입력해둔 맨션의 405호로 도망치세요, 차 안에 있는 옷을 입어도 좋습니다'라는 취지의 메모도 남겨놓았다. '맨션에 도착하면 그곳에서 지낼 때 지켜야 할 사항을 따로 정리해놓은 메모가 있을 겁니다.'

혼란스러워하는 가모 씨가 과연 어느 정도 상황을 파악한 것인지 알 수 없었지만 어쨌든 "차 있는 데까지 빨리 가서 도망치세요"하고 말했다. 가모 씨는 "알았어요, 고맙습니다"라고 대답했다.

그다음은 나도 모른다. 무책임할지 모르겠지만 어떻게든 되겠지, 길이 나오든 흉이 나오든 어쩔 수 없다는 기분이 강했다.

나는 다른 방향으로 가서 점퍼를 입고 스쿠터를 탔다.

가게로 돌아와 옷을 갈아입고 있는 와중에 공포가 되살아나 그대로 그 자리에 웅크리고 앉아 바들바들 떠느라 일어서지도 못했다. 녹화되고 있다는 것을 깨닫고 방범카메라 영상을 지운 다음 피로를 이기지 못해 한참을 자버리고 말았다. 쉬면서 그 빌딩의 방범카메라를 부수지 않은 것을 후회했다.

✂

내가 저지른 일은 자기만족이라고 하기에는 지나치게 자기만족적이고, 남을 도왔다고 하기에는 지은 죄가 너무 컸다.

내가 목검으로 때린 상대는 상당히 중상을 입었을 터이고 막대기 모양의 무기로 쏜 형사는 아마도 죽었을 것이다. 그 밖에도 생명을 빼앗았을 가능성이 있었다.

용서받을 수 있는 일이 아니었다. 알고는 있었지만 나는 정신을 잃지는 않았다. 아카네와 오가이 군의 죽음으로 이미 제정신이 아니었기 때문일 것이다. 이미 없어진 것을 없앨 방법은 없다.

내 일상이 비현실적인 것처럼 느껴졌다.

언젠가 이 일련의 사건을 내게 취재하러 오는 누군가가 있어서, 어째서 '그런 일'을 했느냐고 묻는다면 '그런 일'이 '정의의 편을 흉내 낸 것'이어도 좋고 '경찰조직을 향한 테러 행위'라고 해도 상관없지만, 나는 '아내가 갑자기 세상을 떠나 혼자만의 인생이 불안하고 외로웠기 때문이다'라고 대답할 것이다.

그러면 비난이 쏟아질 것이다. 인생이 외롭다고 경찰에 쳐들어가 민중에 봉사하는 경찰을 죽이다니 '사형을 당하고 싶어 사람을 죽였다'라고 얘기하는 묻지 마 살인범과 마찬가지라고 돌을 던질 게 틀림없다.

똑같지는 않다! 내게는 돕고 싶은 사람이 있다. 그렇게 따지면 경찰은 오가이 군의 인생을 너무나 간단히 말살하지 않았나?

항변이라고 해도 그것은 너무나 그럴듯한 자기변명에 지나지 않으리라.

실감이 없었다. 공포도 없었다.

가모 씨 일행이 무사한지가 마음에 걸렸다.

가모 씨 일행이 탈 차에는 아내 아카네의 스마트폰을 놓아두었다. 배터리가 끊어질 때까지 위치정보를 검색할 수 있었으므로 맨션에 도착한 것은 파악할 수 있었다. 방에는 지시 사항을 적은 메모를 놓아두었다.

당분간 눈에 띄지 않게 생활하세요, 정체가 드러나지 않도록 주의하세요, 근처 가게에 다니는 것까지는 괜찮지만 정체가 탄로 날 행동은 자제해주세요, 집에 돌아가서는 안 되며 가족과 연락을 취해서도 안 됩니다, 여기서 집으로 돌아가거나 은신처가 발각되면 곧바로 다시 연행되니 반드시 참아주세요, 그런 내용을 전했다.

과연 어디까지 내 지시에 따를지 알 수 없었다. '이십 일 동안만 참아주세요' 하고 덧붙였지만 그 날짜에 근거는 없었다. 기한 없이 '참아달라'고 하는 것은 너무 가혹했다. 실제로 참지 못하리라는 것을 상상할 수 있었다. 일단 가모 씨 일행을 숨겨두고 그사이에 평화경찰과 교섭할 생각이었다. 교섭이 통할지는 모르겠으나 그러는 수밖에 없었다.

이주일은 너무 짧은 것 같고 가모 씨 일행에게 한 달은 너무 길 것 같아서 이십 일을 말했다.

이십 일 동안에 어떻게 될까, 이십 일 동안에 가모 씨 일행은 어떻게 될까, 우는소리를 할까, 아니면 더 기다려줄 수도 있을까.

막다른 골목이란 바로 이런 걸 두고 하는 말일 것이다.

처음에는 사토 군을 괴롭히는 고교생 한 명이었다. 미즈노 씨의 딸을 납치한 대학생들을 혼내줄 때까지도 좋았다. 그 후에 구사나기 미요코 씨의 연행을 막으려다 실패하고, 가모 씨 일행이 체포되었다는 소식을 듣고 '단골 이발소까지 추적해 들어오면 의심을 받을 것'이라는 생각에 발목이 잡혀 초조해진 나머지 그들을 도우러 갔다.

그 결과 엄청난 문제를 떠안게 되고 말았다. 가모 씨 일행을 도운 것도 역시 실패였던 것이다. 일시적인 감정으로 반려동물을 들여놓았다가 처리할 방법을 몰라 후회하고 무거운 책임감에 짓눌릴 때와 같은 기분이었다.

모든 것을 내버려두고 도망치고 싶다.

초조한 기분에 떠밀려 생각나는 대로 행동하면 점점 더 깊은 수렁에 빠질 뿐이다. 그런 교훈을 알려주는 본보기로 '구지가 사람 구한 이야기'를 이용하면 좋을 듯싶다. 쓴웃음과 함께 그런 생각을 했다.

이런 일을 계속하다가는 언제든 탄로가 날 것이다. 금방이라도 평화경찰이 가게에 찾아와 경찰수첩을 보여줄 것만 같다.

하지만 평화경찰보다 다른 인물이 먼저 알아버렸다.

처음 온 남성 고객이었는데 젊게도 늙게도 보이는 타입이었다. 막 벗어지기 시작한 머리를 "다듬어주세요"라고 말했다. 가마 언저리를 다듬고 있는데 그 고객이 먼저 입을 열었다. "실은 보고 말았습니다."

"네? 뭘 말입니까?" 당연히 나는 그때 세상 돌아가는 얘기나 할 작정이었으므로 이 첫 고객의 취미나 좋아하는 스포츠 같은 화제였으면 좋겠다고 태평하게 생각했다.

"얼마 전, 평화경찰 빌딩에서 당신이 나오는 걸."

핏기가 싹 가셨다. 발끝에서부터 한기가 올라왔다. "평화경찰 빌딩요?"

"평화경찰과 싸우고 있습니까?" 손님은 입만 웃고 있었다.

"네?"

평화경찰이라는 단어가 또 내 머리를 때렸다. 지금부터 그가 하는 말들이 나를 완전히 망가뜨리지 않을까, 이 자리에서 가위를 내던지고 도망치는 게 낫지 않을까 생각했지만 아무래도 다리에 힘이 들어갈 것 같지 않았다.

거울에 비친 단발의 그는 "갑자기 죄송합니다" 하고 사과했다. 감정이 담기지 않은 표정이었다. "평화경찰은 틀렸습니다. 비밀경찰이나 전쟁 중의 특고경찰처럼 한도를 넘어 하고 싶은 대로 무고한 사람을 전국에서 처형하고 있습니다."

그는 얘기를 계속 이어나갔지만 나는 대답할 말을 찾지 못해 침묵을 지키고 있는 수밖에 없었다.

"그때 세미나 동료가."

"세미나요?"

"네, 동료가 그 빌딩에 있었습니다. 정확히 말하자면 평화경찰 안에도 동료가 있지만." 그는 말을 계속했다.

나는 수천 번, 수만 번 계속했던 가위 작업을 자동 로봇이 된 기분으로 계속했다. 그가 말하는 '그때', '그 빌딩'은 내가 가모 씨 일행을 도우러 갔을 때를 가리키는 것일 수밖에 없었다.

　"동료가 방범카메라와 취조실의 녹화 영상을 관리하는 방에서 평화경찰의 만행을 입증할 정보를 입수하고 있었습니다."

　"그때요?"

　"네. 그랬는데 생면부지의 침입자가 평화경찰 빌딩 안에서 소동을 피우는 모습이 모니터에 나타났다고 합니다. 작업복을 입은 남자였는데 구류되어 있던 사람들을 데리고 나갔고요. 저는 그 연락을 받고 서둘러 달려왔습니다. 그리고 뒤를 밟아……."

　"스쿠터를?" 나는 그 시점에서 체념하고 있었다.

　"네. 저도 오토바이로."

　반사적으로 나는 오늘도 오토바이로 왔나 싶어 가게 밖을 봤다. 아니다, 건너편 도로에서 건널목을 지나 들어왔던 것을 기억하고 있다.

　그러나 그는 내 시선을 오해한 듯 "저기에 있는 방범카메라, 얼마 전에 지우지 않았습니까? 밖에서 보고 있으니 사다리를 이용해 만지고 있던데, 지웠죠?" 하고 눈을 가늘게 떴다. "지금 이 대화도 나중에 지워주세요."

　그런 것까지 알고 있나?

　"평화경찰에 혼자 대항하고 있나요?" 그가 예리한 눈을 하고 있다는 것을 알았지만 나는 시선을 제대로 맞추지 못하고 이발에 집중했다.

혼자서 싸우고 있느냐는 질문일 것이다. 계속 질문을 던졌다.
내 쪽 정보를 캐내려는 것일까.

"구지 씨, 다음은 어쩔 셈입니까?"

"아, 커트가 다 끝나가니 다음은 샴푸와 면도를."

거기서 그가 조금 바보가 된 기분이었는지 슬쩍 웃음을 지었
다. "아니, 그게 아니라." 조금 전까지의 가면이 벗겨졌는지 다
시 또 딱딱한 표정을 지었다. "평화경찰은 무죄인 사람을 잡아
서 처형합니다."

"아아."

"다음은 고교생도."

"네?"

그는 평화경찰 내부에서 얻은 정보가 있다면서 고교생이 연
행될 예정이라고 말했다. 아니, 그것만이 아니라 무시무시한 소
리를 덧붙였다. "게다가 사토 마코토는 이 이발소 단골이죠."

사토 군이 처형된다고?

내 얼굴은 그대로 뻣뻣해졌다. 그 모습이 거울에 그대로 비쳤
다. 사토 군을 걱정하고 동정하는 것도 아니고 평화경찰에 분노
하는 것도 아니었다. '가게 손님만을 돕는다'는 룰에 들어맞아
진저리가 났던 것이다. 스스로 정한 규칙에 내가 고통을 받다니.

도와주어야 하는가?

물론 지금 여기에서 떠들고 있는 그는 나의 그 룰까지는 모를
터이다. "경찰이 언제, 어떤 루트로 사토 마코토를 연행하는지
도 알고 있습니다. 필요 없나요?"

그는 거울을 보며 가만히 내게 시선을 보냈다. 도전하는 것처럼도, 관찰하는 것처럼도 보였다.

"손님은 어떻게?" 나는 조심스럽게 물었다.

"평화경찰에 맞서려는 그룹의 일원입니다."

"맞서려는 그룹? 그런 게 있습니까?" 내 몸을 엄습한 것은 의심과 경계심이 아니라 '나 혼자만이 아니었던가?'라는 든든함이었는지도 모르겠다.

"가네코 교수가 중심이 되고 있기 때문에 가네코 세미나라고 합니다. 구지 씨도 우리 세미나에 들어오지 않겠습니까?"

결론부터 말하자면 나는 사토 군 구출에 실패했다. 네노시로이시의 긴 직선도로를 벗어난 샛길에서 경찰 차량을 급습해 선두 차량에서 끌어낼 예정이었다. 하지만 그 안에 사토 군은 없었고 그 시점에서 나는 혼란에 빠졌다.

계획은 실패했다.

도대체 어떻게 해야 하지?

머릿속에는 그 두 가지 생각뿐, 그 이외의 것은 없었다. 나타난 형사와 제복 경관을 상대로 싸우고, 아니 싸웠다고 할 정도로 대단한 것은 아니었지만 그저 악전고투하면서 필사적으로 날뛰었을 뿐이지만, 어쨌든 붙잡지 못할 정도로 돌아다녔다. 다행이었던 것은 차체에 자석이 반응했다는 것이다.

여기다 하고 굴러간 오가이 군의 자석은 차례로 차에 부딪히며 격돌했다. 그 기세와 소리는 상대를 확연하게 위협했고 움직임을 멈추게 했다.

그 틈에 목검을 휘둘렀다. 막대기 모양의 무기도 준비해 마지막에는 그것을 이용해 주위를 착란 상태로 만들고 도주할 작정이었다. 하지만 사토 군이 없는 데다 경찰들은 내가 올 것에 대비하고 있었던 것 같아서 이대로는 안 되겠다 싶었고 등줄기가 서늘해졌다.

어른스럽게 그 자리에서 패배를 인정해도 좋았을 것이다. 경찰에 체포되어 끝내는 선택지도 있었다. 그쪽이 편했을지도 모른다.

도망치려고 할 때 차량이 폭발했다. 무슨 일이 일어났는지, 무엇이 발화점이 되었는지 알 수 없었다. 그저 내 입장에서는 경찰차 자체가 팽창해 파열한 것처럼 보였다.

엉덩방아를 찧었지만 곧바로 일어나 스쿠터로 뛰어갔고 그길로 전력질주해서 도망쳤다. 대형 스쿠터가 하늘을 날듯 현장에서 멀어져갔다.

가네코 세미나 사람이라는 남자가 찾아온 것은 다음 날이었다.

평일이었는데 문을 열자마자 몇 사람인가 단골손님이 왔다. 혼자서 다 처리할 수가 없어서 즉석에서 작업 일정을 짜고 한 사람씩 이발을 하다 정신을 차려보니 벌써 오후 한시가 넘은 시각이었다. 거기서 일단락될 거라는 것을 예상하기라도 한 것처럼 가네코 세미나의 그가 들어왔다.

그의 머리를 잘라준 지 얼마 되지 않았지만 의자에 앉게 했다. 그편이 이야기를 나누기가 자연스러웠기 때문이다. 내가 자리를 권하기도 전에 그가 먼저 앉았다.

이발용 에이프런을 두르면서 내가 말했다. "실패했습니다."

경찰의 연행 루트 관련 정보는 그가 전해준 것이었다. 어디까지 그의 말을, 그가 얘기하는 '가네코 교수와 그 그룹'을 신뢰해야 좋을지 몰랐는데 "네노시로이시의 직선도로를 지나 남쪽으로 향한 장소에서 경찰 차량을 정지시키기 위해 장애물을 준비해두겠습니다"라는 약속은 지켜졌다. 덕분에 경찰차는 정지했고 나는 구출 작전을 시도할 수 있었다. 그들은 거짓말을 하지 않았다.

"결국 사토 군은 어떻게 되었습니까?"

"아무래도 그 후 다른 차로 평화경찰에 연행된 것 같아요."

"아니!"

"죄송합니다. 우리 쪽 정보가 역효과를 내서."

곧바로 사죄를 해 오자 나로서도 그만큼 그들에게 폐를 끼친 건 아니구나 하고 느꼈다. 다만 불운하게도 그 폭발로 인해 피해자가 나왔다. "그 폭발은 뭐였습니까?"

나는 평소 하던 순서대로 분무기로 그의 머리를 적셨다. 앞머리만 다듬고 샴푸 정도만 할까.

"그것 때문에 평화경찰 측에 사상자가 나왔습니다."

"그랬습니까?" 그 정도 폭발이라면 물론 사상자가 나와도 이상할 게 없었지만 나는 역시 사람의 '죽음'이 무서워 자연스럽게 어조가 높아졌다.

"DNA 감정을 해보니 죽은 사람은 도쿄에서 온 특별수사관이었다고 합니다. 아니, 몸이 갈가리 찢어져 파편이 되었을 정도니 죽은 게 당연하죠."

"뭐가 폭발했습니까?"

"아마도 차 안에 설치했던 폭발물이 작동한 모양이래요."

"폭발물이 어쩌다?"

"구지 씨를 노렸을 수도 있죠. 고교생 대신 폭탄을 실어서요. 도우러 온 사람을 화약으로 날려버리는 작전이었을 수도 있고요."

"날아가지 않았으니 저는 운이 좋았던 거네요." 나는 별 실감 없이 말했다.

"맞습니다." 순간적으로 마치 무슨 책이라도 읽은 것처럼 말투에서 감정이 증발되었기에 오히려 등골이 오싹했다. 날아가버리는 편이 좋았다고 생각하는 건가 하는 의심이 들어 나는 앞머리를 다듬는 데만 전념했다. 괜한 생각을 할 여유는 없다.

얼마 전 자른 머리라고 해도 막상 또 자르려고 하면 자를 데가 보인다는 점에서 흥미로웠다.

"아무래도 처형될 것 같습니다." 그가 말했다.

가위질을 멈추고 곧바로 몸을 펴 거울을 봤다. 이발용 에이프런을 둘러 맑은 날을 바랄 때 만드는 인형 같은 모습을 하고도 그는 여전히 정색하고 말했다.

"그 고교생은 다음 처형일에 단두대에 설 겁니다."

"정말로 사토 군을? 아직 고교생이잖아요?"

"아마 끌어내려는 작전이겠죠."

'누구를?'이라고 묻지 않았다. 틀림없이 바로 나다. 내가 평화경찰에 반기를 들었기 때문에 그들은 화가 났고 그 바람에 사토 군까지 휘말리고 만 것이다.

내 탓이다.

모든 일이 나쁜 쪽으로 굴러가고 있는 게 아닐까.

할아버지와 아버지의 일이 머리를 스치고 지나갔다. 대가를 바라고 호의를 베푸는 것이 아니고, 남을 돕는 것 또한 누군가를 위해서가 아니다.

"가위, 조심해주세요." 거울 속 그의 얘기에 내가 가위를 쥔 손에 힘을 주고 있다는 것을 깨달았다. 내 머리를 스스로 찌르고 싶은 충동에 사로잡혔다.

"어떻게 하면?"

"거기서 돕는 수밖에 없습니다."

"처형하는 날에?"

"다시 한 번 평화경찰 건물에 들어가는 건 어렵습니다. 그야 말로 두 번째는 경계할 테니까요. 그렇다면 거기에 있는 사토 군을 도우려면 그가 밖으로 나왔을 때가 가장 가능성이 높습니다. 처형할 때는 확실히 광장에 있으니까."

"하지만 어떻게?"

역의 동쪽 출입구 광장에 엄청난 수의 사람이 모여들 게 분명하다. 그저 구경이나 하러 오는 사람이 있는가 하면 '나쁜 일을 하면 벌을 받는다'는 현실을 깨닫기 위해 오는 사람도 있을 것이다. 회사원도, 젊은이도, 아이를 데려온 부모도 있을 것이다. 그 수많은 사람 앞에서 사토 군이 무참하게 목을 잘리는 장면이 나로서는 잘 상상이 되지 않는다.

사토 군은 죽음을 앞두고 어떻게 할까. 이성을 잃고 비참하게 목숨을 구걸할 가능성도 있을 것이다. 그는 물론 그의 부모님도 가슴이 에이는 아픔을 느낄 것이다. 게다가 이것은 누명이다.

센고쿠 시대나 에도 시대라면 모를까 이런 일이 현대 사회에서 일어날 수 있단 말인가.

"자수를 하면." 내가 말했다.

방금 깨달았다. 더 이상 사태를 악화시키지 않으려면 역시 내가 끝내는 수밖에 없다는 걸.

의자에 앉은 그의 얼굴에 처음으로 금이 갔다. 경련할 정도는 아니지만 곤혹스러워하는 기색이 비쳤다. 도대체 내가 한 발언의 어느 구석이 그를 곤란하게 한 걸까.

"유감스럽게도 구지 씨가 자수하면 구지 씨와 고교생은 함께 처형됩니다."

"아니!"

"그럴 가능성이 높습니다."

부정할 수는 없다. 평화경찰이 하는 짓은 내 상식이나 도덕의 범위를 훨씬 넘어서고 있으니까.

"그럼, 어떻게 해야?"

"도와주는 수밖에 없습니다." 그의 친절한 말투 사이에 거친 말투가 섞이는 것에 나는 조금 위화감을 느꼈지만 딱히 신경 쓰지 않았다. 그가 내 앞에서만 친절한 척하고 있다고는 생각하지 않았다. 의심하고 싶지 않았을지도 모르겠다.

"계획은 저희가 세우겠습니다."

"계획?"

지난번에도 제대로 안 되지 않았느냐고 질책할 마음은 없었지만 내 말투에서 비난의 기색을 느꼈는지 그가 강한 어조로 말했다.

"백 퍼센트 완벽한 계획은 없습니다. 하지만 상대의 허를 찌를 계획은 몇 가지 있습니다."

"평화경찰의 허를 찔러요?"

국가권력의 허를 찌르는 일은 절대로 하지 말아야 할 일 같은데.

"당일, 광장 무대에 다가가 처형 전에 줄에 서 있는 사토 마코토를 구해내면 어떻습니까?"

"구해내면? 그다음에는 어떻게?" 가모 씨와 미즈노 씨의 미래에 대해서도 제대로 대책이 서지 않은 상태에서 도망자를 더 도울 수는 없을 것 같았다. "그건 그렇고 애당초 어떻게 도망시킵니까?"

"우리 쪽에 생각이 있습니다."

그때부터 그는 계획의 개요를 설명하기 시작했다.

이야기를 끝낸 나는 별로 이길 것 같다는 확신도 없었지만 그

것 이외에는 방법이 없다는 생각에 소극적인 찬성 쪽으로 기울고 있었다. 그는 마지막으로 이렇게 말했다.

"만약 구지 씨가 평화경찰에 체포된다면 우리 가네코 세미나에 대해 모든 걸 말하세요. 동료를 팔고 싶지 않아서 주저할 필요는 없습니다."

"무슨 소립니까?" 평화경찰에 체포될 생각은 전혀 하지 않았기 때문에 나는 조금 무서워졌다.

거울 속의 그는 고개를 끄덕이며 이렇게 말하고 있었다.

"저희도 같은 처지입니다."

표정에 미소가 번지는가 싶었지만 곧 꺼져버릴 촛불처럼 금방 사라졌다.

제4부

다윗과 골리앗의 대결

🚃 니헤이

"날씨가 좋아 다행입니다." 형사부장의 목소리가 들렸다.

동쪽 출입구 광장은 센다이 역의 동쪽 부지에 만들어진 넓은 지역이다. 광장의 북쪽은 약간 고지대여서 이벤트나 라이브 공연이 개최될 때에는 무대가 되는데 그 무대의 날개 부분에 니헤이가 서 있다. 사복 수사관이 되어 주위를 경계 중이다.

형사부장이 말을 건 상대는 경시장이다. 평화경찰의 집회, 형의 집행에는 경찰청의 경시감이 입회하도록 되어 있다. 책임자가 끝까지 지켜봐야 한다는 이유로 알려져 있지만 사실 니헤이는 그저 경시감도 가까이에서 처형을 보고 싶은 게 아닐까 하고 생각했다. 특등석을 준비해 안내받는 기분을 즐기는 것일지도.

형사부장은 굽실거리는 태도로 단 상부로 경시감을 모셔 온다. 천막을 쳐서 임시 대기실로 쓰고 있기 때문에 우선은 그곳으로 안내하는 것이리라. 그 아부하는 태도에 진저리가 나기도 했지만 조직을 원활하게 돌아가게 한다는 의미에서는 이런 포지션의 인간도 필요할지 모르겠다.

니헤이 일행의 앞에는 시민들이 잔뜩 모여 있었다. 마치 록 페스티발을 보러 온 것 같은 분위기라고 미요시는 말했다. 그렇다고 대답은 했지만 여기 모인 관중에게는 록 밴드의 등장을 기다리는 밝음이 전혀 없다고 니헤이는 느꼈다. 여기에 모인 모두에게서 약한 긴장감이 풍기고 있었다.

날씨가 맑았다. 구름 한 점 없는 하늘은 푸르다기보다 하얗다는 표현이 어울렸고 짙고 옅음의 구분이 전혀 없어 앞으로 하루 동안 일어날 일을 무표정하게 지켜보기만 하겠다는 뜻인 것 같았다. 냉담한 태도로 '노코멘트'라고 대답하는 정치가처럼 보였다.

"어이, 니헤이, 올 것 같아?" 옆에 앉은 미요시가 물었다. 보니까 실실 웃으면서 코 옆을 긁고 있다.

누구를 말하는지는 금방 알아차렸다. 작업복을 입은 자석 남자 말이다. 원래 이번 일은 위험인물을 처형하는 것보다 그렇게 보여 그 남자를 끌어내는 것이 목적이다.

"안 오면 곤란하죠."

"마카베 수사관의 원수라도 갚게?"

"그런 게 아닙니다." 니헤이는 딱 잘라 말했다.

마카베 고이치로와 오래 같이 행동했던 것은 아니기 때문에 그가 죽은 것도 그가 있었던 것만큼이나 현실감이 없었다. 죽으면 갈가리 찢어 개미에게 던져줬으면 좋겠다고 했는데 정말 폭탄이 터지는 바람에 고깃점으로 샅샅이 흩어져 죽은 것이다. 농담처럼 느껴졌다.

"하지만 작업복 남자가 경찰에 저항하고 있는 것은 사실이니까 이쯤에서 잡아야죠."

"체면이 서질 않으니까."

야쿠시지 경시장은 평소와 마찬가지로 표정 없는 얼굴에 냉담한 태도를 취하고 있었지만 그래도 지금 동쪽 출입구 광장에선 그의 모습에서는 평소에 찾아볼 수 없는 진심이 느껴졌다. 물론 야쿠시지 경시장이 마카베 고이치로의 죽음을 슬퍼하거나 상실감을 느끼고 있지는 않을 것이다. 다만 자신이 세운 평화경찰에 일개 시민이 저항하고 있다는 사실을 용납할 수가 없을 것이다.

얼마 전 치러진 평화경찰 수사관의 장례식에서 야쿠시지 경시장이 추도사를 읽었다. 순직한 가고 에이지와 히고 다케오에 대해 말할 때는 진심으로 범인을 증오하는 것처럼 보였지만 마카베 고이치로를 애도할 때는 거의 각본을 읽는 연기자 같았다.

감정이 전혀 실리지 않은 목소리로 "마카베의 죽음을 헛되이 흘려보내선 안 된다!"라고 말하며 동료의 죽음을 연료로 부하들의 투지에 불을 붙이려고 했다.

"오늘은 총동원이라 센다이의 다른 지역은 무법지대야." 미요시가 웃었다. 무슨 말인지 알아들었다. 작업복 남자를 체포하기 위해 현경 직원과 근처 경찰서에서 지원요원이 파견되었다. 동쪽 광장을 감싸듯 제복 경관이 배치되어 있고 사복 경관이 광장 안을 순찰하고 있다. 현청과 시청은 물론 근처의 모든 도로까지 경계 태세이다. 경찰 관계자는 대부분 이 지역에 포진되어 있기 때문에 조금 떨어진 곳에서 사건이 일어나도 달려갈 인원이 없다. 적어도 주차위반 정도라면 얼마든지 가능하다.

"제복을 입어도 모르는 얼굴이 많네요."

니헤이의 말에 미요시도 쓴웃음을 지었다. "조금 전 우리 쪽 젊은 애가 화장실에서 불평을 하더군. 인상이 험악해서 불심검문을 했더니 오늘 지원 나온 경찰 관계자였대."

"그럴 수 있겠네요."

"그럴 수 있겠다가 아니라 실제로 있었다고."

"그러네요. 죄송합니다." 니헤이는 바로 사과했다.

"아, 니헤이. 야쿠시지 씨가 뭔가 쥐고 있는 것 같은 분위기인데 알아?"

"뭔가를 쥐고 있어요? 무슨 소립니까?"

"작업복 남자 얘기인 것 같아. 수상한 놈 몇 명을 찾아냈나 봐."

"용의자 윤곽을 좁혔다고요?"

"그래. 먹이를 뿌려 오늘 여기로 끌어낸다는 것 같아."

"작업복 남자를?"

"거리의 수상한 남자에게 정보를 주고 불러내는 거지. 진짜를 찾아낼 속셈인가 봐. 뭐, 우리야 모기장 밖에 있는 신세니 정보를 알 수 없지만."

"그러네요" 하고 대답했지만 니헤이는 별로 굴욕적이라고 느끼지 않았다. 스스로 생각해서 움직이기보다는 사령관이 세운 작전에 따르는 역할이 자신의 성격과 맞기 때문이다. 축구에 사령탑이 너무 많아도 팀이 제대로 돌아가지 않는 것과 마찬가지로 수족이 되어 달리고 점수를 따는 포지션도 틀림없이 중요하다.

"그러고 보니 전에 고토 씨의 동기가 작업복 남자로 여겨지는 사람에게 덫을 놓았다고 말한 적이 있어요." 니헤이는 생각해냈다.

그때 마카베 고이치로는 그 이야기를 듣고 "가네코 세미나 덫에 넣으면 어때?" 하고 제안했다.

"아니, 여기저기 할 것 없이 수상한 인물투성이란 말인가?"

"센다이 시도 결국 위험인물이 엄청 많네요."

"그보다는 평화경찰이 가는 곳에 위험인물이 늘어나는 거지."

그때 "미요시, 니헤이!"라는 소리가 들렸다. 귀에 꽂고 있던 이어폰에서 형사부장의 말소리가 들렸던 것이다. 미요시가 대답했다. "왜 그러십니까?" 옆에 있는 니헤이에게는 '쓸모없는 부장이 또 잘난 체를'이라고 얘기하는 듯한 표정을 지어 보였다.

"태블릿을 봐라. 동쪽 출입구 광장의 북동쪽 길목에서 지금 수사관 하나가 표적을 미행하고 있다."

"표적? 작업복 남자입니까?"

니헤이는 소형 태블릿 단말기의 버튼을 눌러 지도 화면을 띄웠다. 현재 배치된 수사관들의 위치가 연한 파란색 점으로 나와 있는데 빨갛게 점멸하는 점도 있었다. 수사관이 특정신호를 발한 경우, 예를 들어 오늘 같으면 수상한 인물을 발견했을 경우인데, 그 정보가 발신되고 있는 것이다.

"지원하러 가." 부장이 고압적으로 명령했다.

"알겠습니다." 니헤이는 곧바로 그쪽으로 발걸음을 옮겼다.

잠시 뒤 단상에 위험인물이 끌려 나오고 사람들이 긴장감에 휩싸이기 시작했다.

어느새 하늘에 연한 흰색 구름이 나타나 옆으로 흐르고 있었다.

█ 다다 구니오

광장에 모인 어른들이 이렇게 많다는 사실에 다다 구니오는 분노가 치민다. 무슨 유람이라도 나온 것 같다. 평일인데 일도 안 하나? 사람이 무참하게 목이 잘린다는데 그런 게 그렇게 보고 싶나? 자칫 이성을 잃고 옆에 있는, 아무리 봐도 회사를 빼먹고 온 것처럼 보이는 남자의 멱살을 붙들고 '사람이 죽는 것을 보면 기분전환이라도 되나 보지?' 하며 소리를 지르고 말 것 같다. 실제로 "저기, 이런 걸 보는 게 좋으세요?" 하고 옆의 양복을 입은 남자에게 물었다.

"좋은 건 아니지." 그 남자는 키는 그다지 크지 않았지만 어깨가 떡 벌어지고 생각보다 나이가 많아 보였다. "너도 학교 농땡이 치고 여기에 있잖아!"

"나는……." 다다는 반박하려고 했지만 그 뒤를 이을 말이 생각나지 않았다. 나는 다른 관중과 다르다고 말할 수 있을까. 오늘 처형되는 사람이 내 후배라고 말한들 "그래서 어쩌자고?"라는 말이 돌아올 게 빤했다. 실제로 다다 자신도 왜 여기에 왔는지 알지 못했다.

사토는 자신들을 교사에게 밀고했다. 그런 의미에서는 사토에게 원한이 있지만 처형된다고 하면 이야기가 달라진다. 교사에게 고자질한 게 참수될 만한 일인가.

그리고 무엇보다 다다는 최근 자신의 초등학교 시절을 자주 생각하게 되었다. 어린 사토와 함께 공원에서 놀던 장면만 머리에 떠올랐다. 그때의 자신이 지금과는 전혀 다른 사람인 것처럼 느껴졌다. 도대체 나는 어쩌다 이렇게 되었나. 벗어버린 번데기의 껍질을 멀거니 보고 있는 기분이었다.

나이가 들어 보이는 남자가 말했다. "그리고 오늘 처형되는 고교생은 컴퓨터를 이용해 외무성인가 국방성의 중요 기밀을 외국에 빼돌렸다며. 그거야말로 국가에 대한 반역이지."

'국방성 같은 건 일본에 없다고요'라고 다다는 생각하면서 "그거, 정말이에요?" 하고 되물었다. 평소처럼 어른에 반항하려는 게 아니라 진심으로 궁금해서 물어본 것이었다.

사토가 기밀을 외국에 팔았다고? 상급생인 내게조차 한 번도 대들지 못한 녀석이?

"진짜고 뭐고, 평화경찰의 발표문을 읽어보지 않았니?"

이글거리는 남자의 눈을 보고 다다는 순간 흠칫했다. 너도 위험인물이 아니냐고 의심하는 눈빛이었을 뿐만 아니라 이성이 뒤로 물러나고 폭력성이 전면에 드러나는 게 훤히 보였기 때문에 다다는 위험을 느꼈다. 여기에 와 있는 사람들은 정도의 차이는 있지만 비슷한 얼굴을 하고 있었다. 포유류인 사람임이 분명한데도 다들 파충류의 얼굴을 하고 있었다.

그들의 머릿속을 들여다보면 '복잡한 건 됐고 그냥 빨리 처형해버려!'라는 말풍선이 나오지 않을까 하는 생각조차 들었다.

다다를 둘러싼 사람들이 웅성거리기 시작했다. 그때까지 산발적으로 여기저기서 수군대던 말소리가 순간 멈추더니 이윽고 합창이라도 하는 것 같은 감탄사가 커다랗게 터져 나왔다.

고개를 들어 단상을 보니 그 이유를 금방 알 수 있었다.

무대 오른쪽에서 제복 차림의 경찰관이 나타났다. 그 뒤로 흙색 체육복 같은 걸 위아래로 입은 사람, 즉 처형될 위험인물이 따라 올라왔다. 양손을 몸 앞에 모아 묶은 모양새다. 수갑 같은 것으로 신체의 자유를 구속당한 것이다. 경찰관 다음에 위험인물이, 그 뒤로 다시 경찰관, 그리고 또 위험인물이 차례대로 등장했다. 지금부터 연극을 시작할 연기자들이 우선은 무대 위에서 인사부터 하려는 것처럼 걷고 있었다.

사토는 어디 있지?

다다는 목을 빼고 단상을 쳐다보았다. 상당히 거리가 멀어서 사람들의 얼굴을 자세히 파악할 수 없었다. 지금부터 앞으로 간다고 해서 인파를 헤치고 나아갈 수는 없을 것 같아 다다는 반사적으로 주위를 살폈다. 근처에 있던 젊은이가 들고 있는 오페라용 쌍안경을 빼앗았다. "잠깐만 빌려줘."

당연히 상대는 화를 냈지만 다다는 얼굴을 바짝 가져다 대고 가타부타 대꾸를 하지 않았다. 여기서 계속 불평을 해대면 손을 댈 용의도 있었다.

오페라 쌍안경으로 보니 그런대로 단상 위의 사람들을 알아볼 수 있었다. 전부 네 명인 위험인물 중 셋은 중년 남성이다. 줄 맨 끝에 있는 사람만이 유독 아직 어린 티가 났는데 그게 바로 사토였다. 일렬로 늘어서서 다다가 보기에 가장 오른쪽에 있었다.

단상 양옆에는 평화경찰들이 서 있었다. 제복 경관이 대부분이었지만 사복형사도 있었다.

오른쪽에는 의자가 있고 견학이라도 온 것처럼 남자들이 앉아 있었다. 조금 전, 학교 행사에 왕림한 내빈이라도 되는 것처럼 줄줄이 입장한 사람들이다.

경찰의 높은 분들인 모양이다. 다다 근처에서 사람들이 수군대는 얘기를 들어보니, 가슴을 활짝 펴고 딱 보기에도 잘난 척하고 앉아 있는 사람이 경찰청에서 온 경시감이고, 그 옆에 있는 것이 평화경찰을 만들어낸 야쿠시지 경시장이다.

처형을 앞두고 있는데도 이 대단하신 분은 태평한 분위기다. 반대로 사토의 얼굴은 창백하기 이를 데 없고 혼이 다 나간 사람처럼 무표정하다.

정말 처형되는 건가? 다다가 도저히 믿을 수 없다고 생각하고 있는데 몸이 떨려왔다. 지진이 나려나 했는데 알고 보니 자기 다리가 떨고 있었다. 얼굴도 경직되고 목도 말랐다.

단의 왼쪽에서 다른 경찰관 셋이 커다란 기구를 운반해 왔다. 높이 3미터 정도의 장치다. 아래쪽에 사형수가 머리와 양손을 넣는 구멍이 있는 패널이 있고 꼭대기에 단두대가 버티고 있다. 그 상부와 하부를 단단한 기둥이 연결하고 있는 형태다.

옛날부터 존재했던 단두대와 구조는 동일하지만 인상은 전혀 다르다. 전체가 은색의 스테인리스 소재로 만들어져 있어 시스템키친의 일부라고 해도 믿을 만큼 청결해 보였다.

"비싼 조리기구 같네." 뒤에서 누군가가 말한다.

참수기구에는 바퀴 같은 게 달려 있어서 경찰관 혼자서도 이동할 수 있을 것처럼 보였는데 신중을 기하기 위해선지, 아니면 엄중함을 잃지 않기 위해선지 경찰관 셋이 밀어서 단 중앙에 옮겨놓았다.

저 자리에서 사토가 패널 구멍에 머리를 내밀고 떨어지는 칼날에 목이 잘리는 건가?

그렇게 생각해도 좀처럼 현실감이 없어서 다다는 제대로 상상할 수 없었다.

아니, 그 사토잖아. 나를 졸졸 쫓아다니던, 사마귀를 잡아줬더니 신나서 하얀 이를 드러내며 웃던, 아니, 잠깐, 거기서 다다는 정신을 차렸다. 그런 사토를 구박하고 손가락뼈를 부러뜨리려고 했던 게 누구더라.

"시간이 되었기 때문에 위험인물에 대한 사형을 집행하겠습니다."

쇼와는 다르기 때문에 당연히 연출은 없다. 하지만 아나운서는 있다. 꾸밈이라곤 전혀 없는, 철도 승강장의 안내방송과 다름이 없는 목소리가 마이크 너머로 들렸다.

위험인물의 이름과 죄상을 한 명씩 읽어 내려간다. 관중들은 그것을 잠자코 듣고 있다.

다다는 목구멍에 커다란 연기 덩어리가 떨어지는 것 같은 감각을 느꼈다. 꿀꺽하는 소리가 나자, 이 처형에 자신이 흥분하고 있다는 증거인 것 같아 무섭기만 했다.

아니야, 나는 흥분 같은 건 하지 않아.

단상에서 사토가 소리를 지른 것은 그때였다. 거리가 있었기 때문에 그것은 공기 대포처럼 소리가 없는 것처럼 보였지만, 사토가 수갑을 찬 채로 입을 크게 벌려 얼굴 전체가 입이 된 것처럼 소리를 지른 데다 관중들은 조용했기 때문에 간신히 알아들을 수 있었다.

내용은 심플했다. "도와주세요!"

발에도 장치가 있는지 크게 움직일 수 없는 것 같은데도 비틀비틀 움직여가며 단상에서 이쪽을 향해 수없이 소리를 질렀다.

처절한, 아카펠라 열창 같았다. 평소 기가 약해 내가 얘기하는 것은 뭐든 들어줄 것 같던, 작은 목소리로밖에 얘기하지 않던 사토가, 공원에서 천진난만하게 노는 초등학생이었던 사토가 이런 자리에서 경찰을 뿌리치면서 큰 소리로 자신의 생각을 외치고 있는 것이 다다는 놀라웠다. 정확히 표현하자면 감명조차 받았다. 그리고 가슴이 조여오는 것처럼 아팠다.

단상에서 난리를 피우며 저항하는 사토의 모습을 보고 있는 것만으로도 가슴이 찢어질 듯이 아팠다. 이런 일이 있어도 되는가. 하지만 저게 내가 아니라 다행이라는 생각이 들기 시작했다.

'어쩌면 경찰은 일부러······.' 이런 생각도 들었다. 경찰이 의도적으로 사토의 몸부림을 방관하는 게 아닐까. 모두에게 '이렇게 되고 싶지 않다'는 생각을 심어주기 위해서 말이다.

거기서 한층 더 커진 사토의 절규가 동쪽 출입구 광장에 울려 퍼졌다. "엄마! 죽고 싶지 않아, 살려줘!"

다다는 몸이 뜨거워졌다. 이건 이상하다! 머리가 아니라 몸 전체의 혈류가 그렇게 느꼈다. 그리고 이 자리에 있는 모두가 그 감정을 공유해 관중이 술렁거리며 단상으로 달려가 사토를 구출하러 나서는 광경을 상상했다. 수로 따지자면 압도적으로 관중 쪽이 많았다.

기다려, 사토. 내가 도와주러 갈게. 많은 사람이 몰려가면 어떻게든 될 거야.

하지만 관중은 움직이지 않았다.

흥분하는 사람은 확실히 늘었다. 하지만 그것은 다다와 같은 방향이 아니라 오히려 반대의, 처형을 앞두고 목숨을 구걸하는 죄인에 대한 분개였다.

위험인물은 위험인물답게 빨리 처형해라! 주위 사람들이 초조해하는 기분이 전파되는 것 같다.

관중이 사토에게 놀림과 질책의 말을 던지며 "엄마 살려줘"라고 비아냥대는 가운데 다음 발표가 이어졌다.

"순서가 바뀌어 사토 마코토부터 처형이 진행되겠습니다."

처형대에 사토가 끌려 나왔다. 두려움에 허리를 뒤로 뺀 자세로 사토는 계속해서 울며 몸부림친다.

▉ 야쿠시지 경시장

단상의 오른쪽, 무대의 끝부분에 선 야쿠시지 경시장의 자리에서도 동쪽 출입구 광장의 모습이 보인다.

히말라야 삼나무와 후박나무가 공원 안의 인간들을 가만히 지켜보는 것처럼 둘러싸고 있다.

이러쿵저러쿵 말도 많지만 일반 시민들은 처형을 즐기고 있다. 야쿠시지 경시장은 새삼 그 사실을 실감했다. 잔혹하다고 얼굴을 찡그리는 양심적인 사람들도 일단 처형을 보면 흥분을 감추지 못한다. 기가 약한 여자들이야 '무서운 걸 보고 말았다'며 밤마다 무서움에 떨지만 그래도 시간이 흐르면 '또 보고 싶다'는 감정을 숨기지 않게 마련이다.

단상에는 이미 위험인물들이 늘어서 있다.

저쪽 오른쪽 끝에 있는 사토 마코토가 소동을 피우리라는 것쯤은 예상했다. 나이가 아직 어리니 겁에 질려 발작을 일으킬 수도 있고 실신이나 구토 등의 반응을 보일 수도 있다.

과거에도 그런 사례가 적지 않았다.

그런 행동을 취해주면 더욱 좋다.

예의 그 범인이 사토 마코토를 도우려고 한다면 공포를 그대로 드러내는 편이 사명감을 높일 테니까. 얼른 이리로 와라.

그때 부근을 경계하고 있던 수사관들에게서 연락이 왔다. "작업복을 입은 남자가 동쪽 출입구 광장으로 향하고 있습니다."

뒤에서 다가온 수사관이 태블릿 단말기를 보여주었다. 수사관들이 보내온 정보를 취합하는 담당자였다. 단말기 지도에는 연락해 온 수사관의 위치를 나타내는 점이 점멸하고 있었다.

작업복 남자를 발견한 수사관은 연락을 보내도록 되어 있었다. 북동 방향, 오피스빌딩이 늘어선 대로를 지나 동쪽 출입구 광장으로 다가오는 수사관의 위치가 빨간색 점으로 빛났다.

"쫓고 있는 건가?" 지도상에서 불빛이 점멸하며 표시되는 수사관 앞에 작업복 남자가 있다는 뜻이다. 의외로 너무 정직하게 곧바로 접근해 오고 있어 야쿠시지 경시장의 가슴에는 감탄보다는 동정이 강하게 들끓었다.

오모리 오가이가 대학 연구실과 협력해 특수 자석을 개발한 것은 틀림없지만, 그것을 어디의 누가 손에 넣어 평화경찰에 대한 저항 활동을 하고 있는 것일까.

연행 도중에 습격했던 그 작업복 남자는 자석을 무기로 쓰고 있었다. 폭발하는 바람에 대부분 파편 정도밖에 수습할 수 없었지만, 분석 결과 매우 자력이 강하다는 것이 확인되었다.

야쿠시지 경시장은 머릿속으로 범인의 윤곽을 대강 그리고 있었다.

주위의 분석관들은 '상당히 본격적인 반정부집단이 배후에 있다'고 결론을 냈지만, 야쿠시지 경시장의 생각은 달랐다.

단순한 반감과 일시적인 충동으로 움직이고 있는 단독범이 아닐까.

공범이 있다고 해도 몇 명의 동료, 그것도 운전사 역할이나 하는 단역 정도일 것이며, 기본적으로는 평범한 시민이 앞날을 생각하지 않고 단순하게 재미 삼아 저지른 범죄라고 추측하고 있었다.

되는대로 행동했을 뿐인데 마침 일이 잘 풀렸다. 그런 게 아닐까.

요컨대 그 남자는 '우연히 오모리 오가이의 자석을 손에 넣었던 것'뿐이다.

냉정하게 범인의 행동을 살펴보면 면밀한 계획성과는 조금 다른 일단 부딪히고 보는 면이 떠오른다.

자석을 어떻게 사용할지 연구한 다음 평화경찰을 습격해야겠다고 생각했을 것이다. 원한이 있을지도 모른다. 경찰을 싫어하는 인간은 한도 끝도 없다.

"그런 의미에서는 그만큼 잘 풀린 건 아닙니다." 야쿠시지 경시장의 견해를 들은 한 분석관이 말했다. "그 남자가 도우려고 했던 구사나기 미요코는 사망했습니다. 사토 마코토도 구출하지 못했습니다. 그 남자의 행동은 대부분 헛수고에 그쳤고, 도움을 줬던 사람에게도 더 나쁜 상황을 초래하고 말았습니다."

"사토 마코토는 우리가 연행하는 척만 했으니까. 그 녀석도 놀랐을 거야."

"마카베 수사관의 작전대로 한 것이 효과를 발휘했네요."

야쿠시지 경시장은 홍 콧방귀를 뀌고 말았다. 마카베가 항상 자신들을 장악하고 있는 듯한 꺼림칙한 기분과 분노는 여전히 사라지지 않고 있었다.

폭발 사고에 휘말린 마카베 수사관의 장례식에서는 그 능력을 칭찬하는 자가 적지 않았다. 반면에 마카베 수사관의 사생활에 대해 알고 있는 수사관은 거의 없었다. 오히려 동료들 앞에서 보여줬던 모습이 모두 가짜라는 사실을 깨달았을 뿐이다.

현장에서 수습한 살점과 DNA를 대조하기 위해 마카베 수사관의 도내 자택을 찾은 수사관도 방이 너무 깨끗한 것을 보고 놀랐다고 한다. 머리카락 정도는 떨어져 있어서 유전자 검사를 할 수 있었지만 그 이외에는 한 사람이 살았던 곳이라는 느낌이 전무했다는 것이다. 결국 그 남자는 마지막까지 본성을 보여주지 않았던 것이다. 야쿠시지 경시장은 여전히 화가 났다.

태블릿 단말기를 가진 수사관에게 물었다. "다가오는 놈이 후보자 중 누구인지 알겠나?"

시내의 수상한 인물들을 후보자 명단에 올리고 오늘 여기 오도록 유도했다. 가네코 세미나의 덫도 놓아 후보자 몇 명에게는 수사관이 붙어 행동을 감시하고 있었다.

"아직 특정할 수 없습니다."

"누군지는 모르겠지만 그놈이 곧 이곳에 오는 건 분명하지."

동쪽 출입구 광장으로 다가오는 작업복 남자를 떠올리면서 야쿠시지 경시장은 칼라에 단 마이크 스위치를 조작했다.

수사관 전원에게 그 작업복 남자를 쫓아 신병을 확보하라는 지시를 내리기 위해서다.

그런데 야쿠시지 경시장이 입을 열기 직전 다른 음성이 귀에 들려왔다. "작업복 남자를 발견했습니다. 지금 바로 추적하겠습니다."

바로 체포 지시를 내리려고 지도를 보는데 방금 전과는 위치가 달랐다.

남쪽 방향, 건널목까지 이어지는 직선도로로 다가오는 빨간색 점멸 불빛이 있었다.

"작업복 남자를 발견했습니다. 확보할까요?" 또 다른 지점에서 다른 수사관이 보고해 왔다. 더 나아가 "다른 작업복 남자도?"라는 소리가 겹쳐졌다.

"작업복 차림에 고글, 페이스마스크 차림을 한 서너 명이 나란히 걷고 있습니다." 그런 보고도 들어왔다.

야쿠시지 경시장은 순간 무슨 일이 일어났는지 알 수 없어 곤혹스러웠지만 바로 상황을 파악하고 각 수사관들에게 질문을 던지며 대화를 이어나갔다.

보고가 들어온 정보를 정리하면 아무래도 십여 명에서 이십 명 가까운 작업복 남자가 동쪽 출입구 광장을 향하고 있었다.

"도대체 어떻게 된 걸까요?" 형사부장이 평소와 다름없이 아무 생각이 없는 얼빠진 표정으로 물어왔다.

젠장, 어째서 이렇게 무능력한 인간이 나름 중요한 요직에 앉을 수 있는 거지? 야쿠시지 경시장은 진저리가 날 것 같았다.

"범인이 여러 명 또는 그룹인가요?" 형사부장은 다시금 별 의미가 없는 질문을 던졌다.

설상가상으로 앞쪽 무대에서 경시감이 천천히 다가와 묻기 시작했다. "무슨 일이 있나?" 중키에 통통한 몸, 튀어나올 것처럼 큰 눈 때문에 신경질적인 쥐가 연상된다.

본심을 드러내지 않는 능구렁이 자식, 야쿠시지 경시장은 속으로 중얼거렸다. 소심하면서도 아닌 척, 대단한 척한다. 소심함을 숨기지 않는다는 면에서는 형사부장이 나은 건지도 모르겠다.

"예상했던 전개입니다." 야쿠시지 경시장은 날카롭게 대답했다.

물론 작업복 남자 관련 정보는 경시감을 비롯해 상층부와도 공유하고 있다. 하지만 경찰청 안에는 평화경찰의 존재를 탐탁지 않게 여기는 사람이 적지 않다는 것을 야쿠시지 경시장은 알고 있었다. 자신이 넘어지기만을 호시탐탐 기다리는 적들이 도처에 도사리고 있다. 여기서 실수해선 안 된다.

"경시감님은 앉아서 구경이나 하시죠." 말투는 정중했지만 암암리에 '방해하지 마'라는 뜻이 전해졌는지 경시감은 골이 난 표정으로 돌아갔다.

그 직후 사복 수사관의 보고가 이어폰을 통해 들어왔다. "시청 앞길입니다. 작업복 남자를 불러 세워 신병을 확보했습니다."

"무기를 소지하고 있는가?"

상대가 무기를 가지고 있다면 강력한 특수 자석일 가능성이 높다. 입수한 자석의 파편에서 자력을 추정해 폴리머로 만든 권총을 준비함과 동시에 나사와 플레이트도 다른 소재로 바꿨다.

자석의 움직임에 휘둘리지만 않는다면 상대는 무력한 거나 마찬가지다.

"무기는 없습니다. 그보다 아주 평범한 일반인이라고 해야 할까요. 아무래도 무슨 홍보를 위해 모인 것 같습니다."

형사의 연락을 듣고 야쿠시지 경시장은 처음에는 그 의미를 이해할 수 없었다. "홍보라니 무슨 뜻인가?"

"인터넷상에서 모집이 있었다고 합니다. 오늘 검은색 작업복을 입고 동쪽 출입구 광장으로 모이라고요."

"모집? 누가 무엇을 위해?"

"떡 가게입니다."

"떡 가게?" 야쿠시지 경시장은 이 상황에서 '떡'이라는 단어가 나오는 것에 당황했다.

"현지의 유명한 가게입니다. 기발한 퍼포먼스를 해서 화제를 모으는 게 장기라고 하긴 뭐하고…… 눈에 띄는 것을 좋아하는 사장입니다. 센다이의 상공회에서는 명물이라고나 할까요. 오늘도 동쪽 출입구 광장 집회 때 같은 작업복을 입은 사람을 잔뜩 모아 그림을 그리려고 했다고 합니다. 인터넷에서 모집했기 때문에 반쯤 재미로 모인 젊은 사람들이 대부분일 겁니다."

"그림?"

"검은색 작업복을 입은 사람들이 모여 원을 만들면 높은 장소에서 촬영할 작정이었다고 합니다."

"떡 모양을 만들 셈이었나?" 야쿠시지 경시장이 내뱉는다. "정말 한심하군."

"네."

"그러니까 그 녀석들은 그저 인터넷에서 모집 광고를 보고 떡 가게 홍보를 도와주러 온 일반인이란 말인가?"

"그렇습니다."

"그런 게 홍보 효과가 있나?"

"모르겠습니다. 이 젊은이는 거기까지는 생각하지 않았을 겁니다. 반쯤 재미로 온 듯합니다. 거짓말하는 것 같지는 않은데 어떻게 할까요?"

야쿠시지 경시장은 광장으로 눈을 돌렸다.

동쪽 출입구 광장 여기저기에서 작업복을 입은 남자들이 들어오는 게 확실히 눈에 띄었다.

넉넉하게 가지를 드리운 후박나무 옆을 지나 철쭉 울타리를 지나친다.

검은색이나 짙은 남색 라이더 슈트에 모자를 쓴 사람과 안 쓴 사람, 조금씩 차이는 있지만 언뜻 보면 같은 차림새이다.

관중들 속에 검은색 물방울이 하나씩 섞여 들어가는 것처럼 광장 인파 속에 작업복 남자들이 들어간다.

일반 관중은 단상을 주목하고 있기 때문인지 작업복 남자들이 흩어져 들어오는 것을 전혀 깨닫지 못한다. 가게 홍보를 위한 퍼포먼스라고 하면 그럴듯하게 보인다.

"지금 당장 그 떡 가게 사장을 찾아 신병을 확보해. 이 광장 근처에 있을 가능성이 있다." 야쿠시지 경시장은 앞에서 불안한 얼굴을 하고 있는 형사부장에게 지시를 내렸다.

네, 하고 대답한 형사부장은 마치 태엽 인형처럼 움직이기 시작하더니 여기저기에 연락을 해댔다.

"그러니까 섞여 들어가는 작전일까요?" 태블릿을 가지고 있던 수사관이 물었다. 화면상의 지도에는 이미 수많은 빨간 점들이 점멸하고 있다.

"과연! 같은 복장을 한 사람들을 잔뜩 모으고 그중에 섞여 들어가 체포되는 것을 막으려는 건가?"

"이것은 가네코 세미나 덫에서도 사용하는 방법입니다."

"무슨 소리인가?"

"그러니까 위험인물을 불러낼 때 사용하는 방법입니다. '당신이 와도 눈에 띄지 않게 우리가 위장할 테니까 안심하고 오십시오'라고 얘기해 불러내는 거죠. 예를 들어, 야구 유니폼을 입은 사람은 야구장에서, 신입사원 면접 복장을 한 젊은이는 회사 설명회에서 눈에 띄지 않으니까 안전하다고 설득하지만 그것은 어디까지나 상대방을 안심시키려는 방편일 뿐 실제로는 만반의 준비를 하고 있다가 체포합니다."

"곤충이 보호색에 섞여 있다고 생각할 때 잡는다, 마카베가 생각한 아이디어지?"

"네. 그러므로 범인을 이곳으로 끌어내기 위해 수사관 중 누군가가 이런 조치를 취했을 가능성도 있습니다."

"그런가?"

"작업복 남자들을 광장에 투입하겠다며 설득했을 가능성이 있습니다."

"그렇군."

"이 경우 대처법은 간단합니다."

"어떻게 하나?"

"경시장님도 지금 생각하고 계시겠지만 이런 경우 저희가 자주 쓰던 그 방법을 쓰면 어떨까 합니다."

수사관의 제안에 수긍하며 야쿠시지 경시장은 마이크의 스위치를 켜고 지시를 내렸다.

"작업복 입은 남자를 모두 체포해라. 저항하는 사람은 실력 행사를 해도 무방하다. 한 명도 빠뜨리지 말고 모조리 체포해 광장의 동쪽, 위험인물의 호송차량으로 옮겨라. 아니다, 체포해서 이 단상으로 데리고 와!"

진짜든 가짜든 모두 잘라버리면 그만이다. 잘못해서 다른 풀을 잘랐다고 해도 신경 쓸 필요 없다. 풀은 그저 풀일 뿐 잡초와 별반 다르지도 않다. 하지만 그 뒤에 갑자기 떠올랐다.

"정작 작업복 남자 본인은 작업복을 안 입었을 가능성도 있지."

"무슨 뜻입니까?"

"주의를 끌 생각이었다면 자신은 작업복을 입을 필요가 없어. 오히려 그 틈을 노리자고 생각할 수도 있지."

🔲 구지 요스케

동쪽 출입구 광장에 모인 일반인들이 어떤 얼굴로 단상을 바라보고 있는지는 알 수 없었다. 구지 요스케는 일단 인파에 섞여 단 가까이로 다가갔다.

사장이 약속을 지켜준 것은 광장 여기저기서 작업복을 입은 사람들이 나타나는 것을 보고 알았다.

"같은 복장의 젊은이들을 모아주시지 않겠습니까?" 구지 요스케가 부탁했을 때 당연히 사장은 놀랐다.

거절하려는 태도는 아니었지만 '거기에 무슨 의미가 있나?' 하고 묻고 싶은 기색이 역력했다.

구지 요스케는 바라는 복장에 대해 설명했다. 검은색 계열의 위아래가 붙은 작업복, 거기에 고글과 페이스마스크를 쓴 옷차림. "그런 사람들을 동쪽 출입구 광장에 모아주십시오."

"동쪽 출입구 광장? 그래? 그걸로 홍보를 할 생각인가?"

"네. 광장에서 인간 문자를 만드는 겁니다."

"아이고, 구지 군. 그것은 좀." 과연 이해하기 어려운 지나친 요구였을까 하고 구지 요스케는 곧바로 사과했지만 사장의 대답은 의외였다. "그다지 새롭지 않잖아? 홍보로서는 재미가 없어."

그래서 구지 요스케는 곧바로 생각을 밝혔다. "동쪽 출입구 광장이라고 해도요, 사장님, 집회 날을 노릴 겁니다."

"집회?"

"평화경찰의……." 구지 요스케는 침을 삼키고 나서 말을 이었다. "처형 날에 하는 겁니다." 거짓말이나 농담은 아니라는 것을 전하기 위해 사장의 얼굴을 똑바로 쳐다봤다.

순간 입을 다문 사장의 표정이 딱딱하게 굳었다.

수상하게 여기는 게 아닐까 싶어 구지 요스케는 내장까지 차갑게 식는 느낌이었다. 사장이 지금 당장에라도 일어나 평화경찰에게 신고할 것 같아 무서웠다.

하지만 사장은 곧바로 표정을 풀며 받아들이는 눈치였다. "그럼 눈에 띄겠다!"

너무 쉽게 찬성하는 게 아닌가 싶어 불안한 마음에 조심스럽게 덧붙였다. "너무 눈에 띄어서 경찰이 화를 낼 수도 있지만."

"경찰이 화를 내?" 사장의 눈이 커졌다. "그럼 더더욱 눈에 띄잖아!"

"네."

"좋아. 그럼 효과를 기대할 수 있겠어."

도대체 이 사람은 어디까지가 진심일까. 구지 요스케는 두 손을 다 들면서도 가게 안에 있는 영정 속 아카네의 눈을 보고 얘기를 걸고 싶어져서 다시금 마음이 답답했다.

동쪽 출입구 광장에 있는 일반 관중들은 아직 작업복 남자들을 전혀 알아차리지 못하는 것 같았다. 오토바이족이 왔나 보다 하는 것 같았다. 그러니까 편의점에 풀페이스 헬멧을 쓴 손님이 들어왔구나 하는 정도의 느낌이랄까. 불온하긴 하지만 뭐라고 할 수 있는 일은 아니다.

무엇보다 이곳에는 시내의 경찰이란 경찰은 모조리 집결해 있기 때문에 지금 시점에서는 가장 치안이 좋은 지역이라고 할 수 있다.

검은색 작업복을 입은 남자가 구지 요스케의 앞을 지나갔다. 사람들 사이를 헤치며 마치 라이브하우스에서 무대 쪽으로 나가려는 관객처럼 걷고 있었다. 사장에게 고용된 젊은이들이다.

"이 인파 속에서 검은색 작업복 남자들이 똑같은 간격으로 늘

어서서 원을 만드는 겁니다. 위에서 동영상을 촬영하고요." 사장
과는 그렇게 얘기했다. 사장은 그런 홍보 이벤트인 줄 알고 있다.

동쪽 출입구 광장의 서쪽에 있는 오피스빌딩 꼭대기에 대기
중인 홍보 담당자가 아마도 '또 사장님이 아이디어를 냈어' 하고
진저리를 치면서 비디오카메라를 준비하고 있을 것이다.

과연 예쁜 동그라미가 그려질 것인가는 둘째 치고 그것이 떡
을 가리키는 것으로 보이기나 할까? 구지 요스케로서는 알 수
없는 일이었다.

사장에게는 미안하지만 이 홍보 이벤트는 구실에 불과했다.

홍보용 사진을 찍기 전에 먼저 소동이 일어나야 한다. 이제
내가 소동을 일으킬 차례다.

그런데 그때 양복을 입은 남자가 난폭하게 구지 요스케의 뒤
를 지나며 불렀다. "잠깐 자네!"

나를 부른 건 줄 알았는데 아니었다.

형사가 작업복 남자의 몸을 난폭하게 잡아 불러 세우고 있었
다. '이쪽으로 오게'라고 말을 걸고 있는 듯하다. 작업복 남자는
고글을 벗고 조금 낭패한 모습이다.

예상했던 전개이다.

경찰이 작업복 남자를 주목하고 있다면 속속 같은 차림새의
남자들이 들어오는 것을 보고 뭔가 행동을 취할 것이다. 미행이
나 불심검문, 경우에 따라서는 어딘가로 끌고 가려고 할 것이다.

소동이 날 가능성도 있지만 그렇지 않을 가능성도 있다.

구지 요스케는 단상을 바라보았다.

사토 마코토가 경찰관에게 제압된 상태에서도 아우성을 치고
있었다.

살려줘요. 무서워요. 무서워, 무서워.

이제는 목이 아픈지 목소리가 갈라져 나온다. 그나마 계속 소
리라도 질러야 견딜 수 있는 것일까. 보고 있는 것만으로도 가슴
이 아프다. 사토는 이제 시든 식물처럼 되어 지면으로 스며들 수
밖에 없는 것처럼 보인다. 지금 시점에서는 이미 뿌리도 뽑혀 다
시들어버렸을 것이다.

어째서 이렇게까지.

구지 요스케는 머릿속이 멍해지기 시작했다.

어째서 이렇게까지 되어버렸단 말인가.

머릿속이 멍해진 것은 몽롱해졌다는 게 아니라 흥분했다는
뜻이다. 끓어오르는 생각이 피의 흐름을 빠르게 하였고 그 결과
머릿속에 열이 나 침착함을 잃어버릴 것 같았다.

내 탓이다. 나를 잡기 위해 사토 군이 미끼가 되었다.

죄의식을 느낄 것 같아 서둘러 그 생각을 뿌리쳤다. 온전히
죄책감을 짊어진다면 제대로 서 있을 수도 없을 것이다.

여기서 사토 마코토를 구해내는 것 이외의 선택지는 구지 요
스케에게는 없다.

자신을 가네코 세미나의 일원이라고 밝힌 그 남자는 이렇게
말했다.

"구지 씨가 작업복을 입고 광장에 나타나면 곧바로 감시당하
고 체포되면서 모든 게 끝납니다. 그러므로 위장이 필요합니다."

작업복 남자를 감추기 위해서는 작업복 남자를 잔뜩 등장시
키면 되는 일이다.

"그리고 구지 씨 본인은 작업복을 입지 않는 편이 더 쉽게 스
며들 수 있습니다."

작업복을 입지 않으면 신원이 드러난다. 구지 요스케는 그렇
게 설명했지만 가네코 세미나의 남자는 단호했다.

"지금은 그런 걸 따질 상황이 아닙니다. 고교생인 그 아이를
돕는 게 최우선 아닙니까?"

맞는 말이었다.

그것을 해내지 못하면 앞으로 제대로 살아갈 수 없다. 어떻게
끝나든 끝장이다.

구지 요스케는 발을 내디뎠다. 슬슬 제복 경관과 사복형사 들
이 작업복 남자들의 존재를 알아차리기 시작했다.

그 틈에 단상으로 향했다.

주머니에는 커버를 씌운 자석이 들어 있다. 또 칼도 있다.

"처형장에는 경찰의 높은 분이 입회합니다."

가네코 세미나의 남자는 그렇게 설명했다. 평화경찰 책임자
와 그보다 위인 경찰청 간부가 VIP 자리에서 관전을 즐기는 내
빈처럼 처형 현장의 가까이에 앉아 있다고.

"그 VIP를 인질로 삼아야만 합니다."

단상에 뛰어올라 간부에게 칼을 들이대면 경찰들이 험하게
굴지 못할 것이다.

구지 요스케는 작업복을 입지 않았다. 셔츠에 재킷, 청바지

차림의 아주 평범한 모습이다.

작업복 남자들이 체포되는 혼란을 틈타 단상에 올라간 다음, 자석으로 혼란을 일으키고 그 와중에 VIP를 인질로 삼아 사토 마코토의 석방을 요구한다.

해야 할 일은 그것이다.

"그 후에는?" 내면의 자신이 그렇게 묻는다.

이 자리에서 소동을 일으켜 사토 마코토를 끌어낸다고 하더라도 그다음에는 어떻게 할 것인가. 폭력을 휘두르는 남편에게서 피해자인 아내를 도망치게 하려는 것과는 전혀 다른 얘기다. 화재 현장에서 사람을 돕는 것과도 차원이 다르다. 적은 법을 집행하는 경찰인 것이다.

아니, 사토 마코토는 괜찮다.

다른 자신이 대답한다. 그는 나를 끌어내기 위해 잡혀 온 것뿐이기 때문에 여기서 내가 나타나면 그의 역할도 끝날 것이다.

'정말로?' 하고 의심하는 자신도 있다.

경찰한테는 둘 다 처형한다는 선택지도 있다.

실제로 그 가네코 세미나의 남자도 그렇게 말하지 않았나.

하지만 여기까지 온 뒤로 '그래도 상관없다'는 생각이 들기 시작한 것도 사실이었다. 이대로 놓아두면 사토 마코토는 처형되고 만다. 많은 사람들의 눈앞에서 목숨을 구걸하고도 무참하게 살해된다. 그렇다면 일단 이 자리에서 도망치게 하고 싶었다. 그리고 안전지대에서 여유작작한 태도를 보이고 있는 평화경찰 놈들이 적어도 미간에 주름을 잡을 정도의 일을 만들고 싶었다.

기분에 스크래치라도 가게 만들고 싶었다. 가능하다면, 이 자리에서 이 모든 것을 빤히 보고 있으면서도 남의 일 보듯 하고 있는 일반 시민들까지도 놀라게 하고 싶었다.

소동을 일으키면 시민들의 의식도 바뀌지 않을까.

이미 테러로 사회를 바꾸려고 하는 인간들과 같은 사고방식에 빠져 있는 셈이었지만 물론 구지 요스케에게 그런 자각은 없었다.

주머니에 손을 넣은 자세로 광장의 사람들을 헤치고 전방으로 향한다.

단까지 수십 미터 정도 남았다.

바람이 불어선지 단 뒤쪽에 있던 높이 7~8미터의 나무가 푸른 잎을 흔든다. '살랑거리기 때문에 살랑이라고 부른대.' 전에 아내 아카네가 했던 말이 떠올랐다.

사토 마코토를 비롯해 수갑을 찬 위험인물들이 보인다. 사토 마코토 이외의 세 사람은 빈혈이라도 일으켰는지 아니면 무슨 약이라도 투여받았는지 의식이 흐려 보인다.

구지 요스케는 얼굴에 고글을 쓴다. 입에는 마스크를 쓴다.

단상에 올라가면 이제 돌이킬 수 없다. 아니, 이미 돌아설 수 있는 경계선은 넘어섰다.

힘차게 땅을 박차고 올라가려는 순간, 광장 전체에 마이크 소리가 울려 퍼졌다. "여러분, 침착하시고 그 자리에서 움직이지 말고 얘기를 들으십시오."

구지 요스케는 걸음을 멈출 수밖에 없었다.

허공을 떠도는 목소리의 출처를 찾기 위해 주위를 둘러봤다.

"지금 센다이 시에서 암약한 위험인물들의 주모자로 여겨지는 자가 여러분 사이에 숨어 있습니다. 여러분, 가만히 계세요."

광장 사람들 사이에서 웅성거림이 커졌다. 위험인물이 이 속에 숨어 있다고 경찰이 선언했으니 당연히 다들 당황해서 이 자리에서 벗어나고 싶을 것이다. 하지만 그 직후 마이크에서 광장 밖으로 나오는 사람은 위험인물과 관계가 있는 것으로 간주하고 신원을 확인할 것이며 연행도 불사하겠다는 경고가 흘러나오자, 모두의 움직임이 멈췄다. 마이크의 목소리는 딱딱한 존댓말을 쓰고 있었는데 그 무미건조한 어조에는 '정숙!'이라고 호통을 치는 것 같은 박력이 있었다.

"작업복을 입은 남자를 모아놓고 그 속에 숨으려는 남자가 있습니다. 그 남자가 센다이 시 위험인물들의 주모자로 여겨집니다. 이 광장에 숨어 있을 가능성이 있습니다."

구지 요스케의 심장이 쿵쿵 뛰었다. 경찰이 대놓고 자신을 지목해서 주위의 모두에게서 따가운 비난의 눈길을 받고 있는 것 같았다. 모두에게 손가락질을 받는 정도가 아니라 증오의 눈빛을 받고 있는 건 아닐까?

고글과 마스크를 바로 벗어 손에 든다.

"주모자는 자력을 가진 무기를 사용할 가능성이 있습니다."

그 발표를 듣고 광장 사람들이 수군거린다. "자석이라니 무슨 소리야?"

"시민 여러분 중에서 몸에 지닌 금속제품이 자력에 끌리는 것 같은 느낌이 드는 분은 알려주십시오. 또 주모자에게 고합니다. 여기서 도망칠 수 없습니다. 얌전히 모습을 드러내세요. 당신입니다. 당신을 말하는 겁니다."

주위의 관중들은 마이크의 목소리가 누구를 가리키는지 몰라 더욱 혼란스럽다. '당신'이 도대체 누구란 말인가. 어디에 있나 하고 주위를 여기저기 둘러본다.

구지 요스케는 그저 땅바닥만 보고 있을 수밖에 없다. 얼굴을 들면 그 자리에서 잡힐 것 같은 공포가 다리 밑에서 스멀스멀 기어 올라온다.

상대는 내 무기도 파악하고 있다. 주머니의 자석을 쥔 손에 힘이 들어간다.

"지금부터 열을 세겠습니다." 마이크의 목소리가 울린다. "십 초 사이에 정체를 밝히세요. 무기를 놓고 단상으로 올라오십시오. 그러지 않으면 작업복을 입은 남자들을 단상에서 사살하겠습니다."

뭐라고? 관중들은 더욱더 당혹감을 드러낸다.

"괜찮겠습니까? 많은 사람들이 사살되는 겁니다."

도대체 누가 떠들고 있는 건가 싶어 단상을 올려다본다. 위험 인물로 여겨지는 구속자와 제복 경관, 옆에 앉은 VIP들은 마이크를 쥐고 있지 않다. 어딘가 뒤쪽에서 방송을 하고 있나. 학교 방송실에서 얘기하는 것처럼 정중한 말투다.

단상을 뚫어져라 쳐다보다 눈이라도 마주치면 정체가 탄로 나는 것은 아닐까. 주위를 보니 다른 사람들도 불안해하고 있다.

도대체 무슨 일이 일어나고 있나, 어떻게 되는 걸까 하고 낭패감을 드러낸다.

얼마 후 단상에 작업복을 입은 남자 세 명이 끌려 올라온다. 그 뒤를 이어 줄줄이 개미에게 운반되는 먹잇감처럼 남자들이 끌려 올라온다.

늘어선 작업복 남자들은 고글이 벗겨져 있다. 드러난 것은 아직 소년의 풋풋함이 남아 있는 젊은이들로, 예기치 않은 장소에 버려진 작은 동물처럼 벌벌 떨고 있다. 그중에는 반항하는 사람도 있지만 경찰이 권총을 들이대자 얌전해진다. 늘어선 젊은이들 한 명 한 명의 앞에 총을 든 경찰이 일대일로 대치하듯 한 명씩 선다.

"열을 셀 때까지 나와주세요. 그러지 않으면."

마침내 카운트다운이 시작된다. 멈출 수 없는 시한장치라도 되는 양 감정이라곤 전혀 담기지 않은 목소리다.

광장 안이 술렁거린다. "어이, 뭐 해? 빨리 나가라고!" 뒤에서 누군가 떠드는 소리가 들린다. "그냥 죽는 걸 보고 있을 거야?"

"아니야, 어차피 저 녀석들도 모조리 위험인물일 거야"라는 말도 나온다.

단상에 늘어선 작업복 남자들은 모두 사장이 인터넷에 올린 광고를 보고 왔을 뿐이다. 재미있는 이벤트가 좋아서 참여한 평범한 시민일 뿐인 그들은 지금 총이 자신을 겨누고 있는 사실 자체를 믿을 수 없을 것이다.

초읽기가 진행됨에 따라 주위의 술렁임도 차차 줄어든다. 반대로 구지 요스케의 심장 소리는 더더욱 격렬해진다.

광장이 조용해진 만큼 구지 요스케의 내면에서는 폭풍우가 휘몰아친다. 호흡이 거칠어지고 다리에 힘이 들어가고 주먹을 부르쥔 채 땅을 보고 있는데 이런 자세로 있는 것도 부자연스러운 건가 싶어 두려워진다.

초읽기는 천천히, 충분한 시간을 두고 이루어졌다. "오"라는 소리가 울려 퍼지자 드디어 단상 위에서의 총살이 현실이 되리라는 생각에 광장은 긴장에 휩싸인다.

어떻게 해야 좋을까, 구지 요스케는 고민한다. 그렇다고 해도 이 고민은 카운트다운이 시작되고 난 후 몇 초 사이의 일이다. "삼"이라는 소리가 울리고 주변 사람들이 아, 이제는 끝이구나 하며 총성을 각오하고 있을 때는 이미 어떻게 해야 할지 결정한 다음이었다.

"여기다!" 소리를 냈다. 하지만 그것은 거의 떨리는 숨소리에 가까운, 단순한 혼잣말이다. 바로 근처에 있는 몇 사람만이 손을 든 구지 요스케를 보고 의아해하는 정도다.

구지 요스케는 서둘러 크게 호흡을 하고 배에 힘을 주며 죽은 아내의 얼굴을 떠올린다. 사람은 언젠가 죽는다. 그 죽음이 꼭 평온하리라는 보장이 없다. 고통 속에서 몸부림치며 끝내는 사람도 많다.

자신의 인생과 결별할 각오로 소리쳤다.

"여기다! 여기에 있다!"

니헤이

단상에 있던 니헤이는 겨누고 있던 총을 다시 권총집에 넣었다. 카운트다운이 "이"까지 왔기 때문에 거의 방아쇠를 당기기 직전이었다. 설마 그 아슬아슬한 타이밍에 '범인'이 나타나리라고는 상상도 하지 못했다.

옆에서 사살할 생각에 기세등등해 있던 미요시도 안타까운지 앞에 늘어선 작업복 남자들을 보며 말했다.

"너희, 가까스로 목숨을 건졌네."

그들은 정말 떡 가게 홍보 퍼포먼스에 참가할 생각으로 작업복을 입고 왔을 뿐이다. 그런데 갑자기 니헤이 일행에 의해 단상에 올라 총까지 겨누어졌으니 상황을 제대로 이해하지 못했을 것이다. 전원이 공중에 둥둥 뜬 것처럼 몽롱한 표정이다. 그런 상태로 총살될 뻔했으니 가엽다 싶다가도 한편으로는 살아서 다행이라는 생각도 들었다.

"나타나지 않으면"이라는 경고 후에 카운트다운을 이어가는 가운데 광장에서 "여기에 있다"라고 남자가 소리를 쳤을 때 니헤이는 고기가 미끼를 물었을 때의 흥분과 적이 바로 옆에 있었다는 공포라는 두 가지 감정을 동시에 느꼈다.

옆의 미요시는 잔뜩 벼르고 있었는지 아직도 코를 잔뜩 부풀리고 있었다.

손을 든 남자는 곧바로 제복 경관 둘에 의해 제압되어 단상까지 끌려왔는데 고개를 숙이고 있어서 얼굴은 잘 보이지 않았다. 얼핏 보기에는 아주 평범해 보였다. 연한 남색 셔츠에 짙은 남색 재킷을 입고 있다. 조금 마른 편으로 움직임이 둔해 보이지는 않지만 그래도 듬직한 스타일은 아니다.

남자가 단상에 올라오는 것과 동시에 떡 가게 선전을 위해 왔던 작업복 남자들은 호송차가 있는 쪽으로 연행되었다.

남색 재킷의 남자는 양옆에 있는 경관에게 필사적으로 말을 걸고 있었다. 아마도 그 작업복 남자들을 무사히 풀어주는 거냐고 확인하고 있는 모양이었다. 물론 경관들은 벌레 소리를 들은 것처럼 대답은커녕 표정의 변화 하나 없다.

그 자리에 남은 것은 경찰 관계자와 위험인물 넷, 그리고 지금 올라온 남자다.

니헤이는 미요시 등과 함께 단상 뒤쪽으로 물러났다.

"정말 저 녀석일까?" 미요시가 조그맣게 말했다. "전혀 그런 테러리스트처럼 안 보이는데."

"그냥 관심을 끌고 싶거나 사회 분위기에 편승해서 나서본 게 아닐까요?" 니헤이는 대답했다.

뭔가 큰 사건이 일어날 때마다 "내가 했습니다!" 하고 반쯤 재미로 나서는 놈들이 생각보다 많다. 도대체 그런 짓을 해서 무슨 이득이 있는지 모르겠으나 어쨌든 유명인이라도 되는 양 타인의 범죄를 자기가 했다고 주장하는 인간이 있다.

지금 광장에서 손을 들고 나타난 남자도 그런 종류의 괴짜일 가능성이 있었다. 하지만 지금 수갑을 찬 남자는 관심을 끌려는 사람치고는 자기과시욕이 너무 없고, 이미 자기 할 일은 다 끝났다고 생각한 사람처럼 축 늘어져 있다.

시합에서 진 선수처럼 기가 죽어 있는 모습이 진짜처럼 보이기도 했다.

저 녀석인가?

수사관 하나가 다가가 남색 재킷 남자의 몸을 수색해 주머니에서 작은 주머니를 꺼냈다. 즉시 방호복을 입은 폭발물 처리반이 달려와 회수했다. 다른 수사관이 광장에 떨어져 있던 고글과 마스크를 주워 오자 그것도 거둬 갔다.

남색 재킷 남자의 주머니에서 나온 물건이 무엇인지 니헤이는 마음에 걸렸는데 그 답은 곧 알 수 있었다.

뒤로 물러났던 처리반 요원 가운데 하나가 다시 돌아와 야쿠시지 경시장에게 보고하기 시작한 것이다. 니헤이는 경찰 관계자들이 앉아 있는 곳까지 물러났기 때문에 귀를 기울이면 이야기를 들을 수 있었다.

"숨겨서 가져온 것은 자석입니다." 처리반이 그렇게 설명하고 있었다.

주머니에 넣어 온 것은 주머니로 감싼 강력한 자석으로, 일반 자석보다 훨씬 자력이 강하다고 했다. 정말 범인의 무기였다. 이놈이다. 저 남자 때문에 마카베 수사관이 죽었다는 생각에 갑자기 분노가 끓어올라 남자에게 달려들고 싶은 것을 간신히 참았다.

"역시 저 남자가 자석 남자였나?" 미요시가 조용히 말했다.

"아! 의외로 쉽게 끝났네."

주위를 물리치듯 당당하게 얘기한 것은 경시감이었다. 야쿠시지 경시장 옆자리에 앉아서 일어나지도 않은 채 마치 남의 일인 양 말했다.

"이걸로 그 귀찮은 범인을 잡았군. 그건 그렇고 야쿠시지 경시장, 저런 남자 때문에 그렇게 골치를 썩었나? 아주 평범해 보이는데."

"제 능력이 부족했습니다." 야쿠시지 경시장은 무표정하게 대답했지만 눈에는 반항의 빛이 역력했다.

형사부장은 경시감과 야쿠시지 경시장의 대화를 들으며 안절부절못하고 있었다. 어느 쪽에 아부하는 발언을 해야 할지 몰라 고민하는 듯한 그 모습에 절로 쓴웃음이 지어졌다.

"야쿠시지 경시장, 이제부터 어떻게 할 셈인가?" 경시감이 물었다. "이 자리를 어떻게 수습할 거야?"

"우선 저 남자부터 형을 집행하겠습니다." 야쿠시지 경시장이 말했다. "지금 범인이라고 나선 저자를 여기서 처형하면 그걸로 끝입니다."

"머리를 들이밀고 나서 실은 범인이 아닙니다, 하면 곤란할 텐데."

"그렇게 되지는 않을 겁니다." 야쿠시지 경시장이 차가운 눈빛으로 대답했다.

맞는 말이다, 그렇게는 되지 않는다는 것을 니헤이도 잘 알고 있었다.

438

평화경찰의 일에는 '억울하게 뒤집어쓴 죄'란 있을 수 없다. 머리를 들이민 자는 그 자체로 위험인물이라는 증거이다. 경시 감도 그것은 잘 알고 있을 테니, 지금 하는 말은 그야말로 그냥 해본 말이거나 비아냥거린 것이 틀림없었다.

"어이, 니헤이, 미요시." 형사부장이 우리를 불렀다. "저 남자의 형 집행을 돕게."

대답을 하고 니헤이와 미요시는 단상 중앙으로 이동했다.

처형장치를 앞에 두고 위에서 아래까지 훑어본다. 높이는 3미터쯤 되려나. 은색 스테인리스로 조립되어 있어, 모르고 보면 세련된 가구나 조각인 줄 알 것이다. 목제에 비해 피가 잘 묻지도 않고 씻기도 편하다고 하는데 무기질적인 외관은 인간을 채소처럼 무표정하게 절단하는 기능과 잘 어울린다. 장치 아래쪽에는 넘어지는 것을 막기 위한 지지대가 여섯 개나 붙어 있어서 보기에 따라서는 여섯 개의 다리가 달린 목이 긴 괴물처럼 보인다.

뒤로 수갑이 채워진 남색 재킷의 남자는 떨고 있다. 니헤이가 몸을 누르자 깜짝 놀란다. 무기를 빼앗겨 이제는 완전히 체념했을 것이다. 자신의 목이 떨어지는 것을 상상하고 있는지, 슬쩍슬쩍 장치를 보며 거친 숨을 몰아쉬고 있다.

"녀석의 신원을 알았다." 이어폰으로 야쿠시지 경시장의 목소리가 들렸다. "구지 요스케, 삼십삼 세. 이발사라고 한다."

"어이, 구지."

옆에 있던 미요시가 재빨리 남색 재킷의 남자에게 말을 걸었다. 남자는 눈을 크게 뜨고 몸을 비튼다. 이름을 알고 있다는 데

놀랐을 것이다. 소심한 척하는 것으로는 보이지 않는다. 연기라고도 할 수 없이 흠칫흠칫 놀란다.

"이발소를 하셨군." 미요시가 그 남자를 사이에 두고 니헤이에게 말했다. "얌전히 사람들 머리나 잘랐으면 좋았을 텐데."

"왜 그런 일을 했나?" 니헤이가 물었다. 대답을 바라지는 않았다. 뭔가 말을 던지는 게 좋을 것만 같았다. '내 동료인 가고에이지와 마카베 고이치로를 죽인 원수!'라는 증오가 느껴지지 않는 게 불가사의했다. 잔뜩 겁을 먹은 남자, 구지 요스케가 너무나 약했기 때문일지도 모른다.

"앞으로 너, 참수될 테니까." 미요시는 일부러 경박하게 말했다. "하지만 다행이지 않나. 이렇게 힘들이지 않고 죽는 게 오히려 나아."

그 점은 니헤이도 동감이었다. 위험인물로 취조를 받게 되었다면 쉽게 놓아주지 않았을 것이다. 그만큼 평화경찰의 체면에 먹칠을 하고 사상자까지 냈으니 수사관들도 인정사정없었을 것이다. 구지 요스케는 육체가 죽기 전에 정신이 죽는 가혹한 취조를 받았을 것이다. 빨리 죽고 싶다는 게 최대의 희망이 되었을 것이다.

거기서 니헤이는 문득 깨달았다.

구지 요스케가 혹시 이걸 노린 걸까?

이제는 더 이상 도망칠 곳이 없어 보이지만 이대로 체포되면 평화경찰의 혹독한 고문이 기다리고 있다. 고통스럽고 굴욕적인 고문에 죽을 때까지 시달리는 건 기정사실이다.

그것을 피하기 위해 이 처형 당일에 나타나 그 자리의 분위기에 휩쓸려 곧장 처형당하려는 게 아닐까.

어차피 패배할 테니 고통이 적은 쪽을 택한 것인가.

그런 생각을 하고 있는데 동쪽 출입구 광장에서 방금 전 갑작스럽게 처형대에 오른 인물에 대해 설명하는 방송이 흘러나왔다. 구지 요스케라는 이름이 나왔을 때는 군중의 술렁임이 파도가 되어 나무들을 흔들었다.

관중들은 어쨌든 빨리 하라는 소리뿐이었다. 애당초 그들에게는 평화경찰에 대항한 작업복 남자의 존재도 다른 위험인물과 특별히 다를 게 없으므로 순서가 어떻게 되든 빨리 처형을 보여달라는 심정이 아니었을까.

니헤이와 미요시는 우선 구지 요스케를 잡아끌어 참수장치 앞에 세웠다.

이제부터 이 생선을 요리하겠습니다, 하고 손님들 앞에 재료를 내놓는 것 같다.

환호성도 없지만 휘파람도 비난도 없다. 관중은 침묵한다.

모두가 침을 삼키고 뚫어져라 바라보고 있다. 무수한 눈이 이쪽을 그저 바라만 보고 있는 모습에 니헤이는 으스스함을 느꼈다. 사고를 지닌 인간의 무리라기보다는 무의식에 따라 움직이는 동물이나 곤충의 무리처럼 보였기 때문이다.

인간이 인간답게 활동하는 것은 무리를 짓지 않을 때뿐이다.

양옆에 선 니헤이와 미요시는 적당한 시기를 골라 구지 요스케를 데리고 장치의 뒤쪽으로 이동한다. 거기에서 패널 구멍으로 머리를 내놓고 머리를 자르는 것이다. 구지 요스케는 자신의 다리로 걸었지만 힘이 들어가지 않아선지 움직임이 느려, 니헤이와 미요시가 질질 끌다시피 해야만 했다.

도중에 구지 요스케가 고개를 돌렸다. 그 시선을 좇으니 그곳에는 멍한 표정의 사토 마코토가 있었다. 고교생인 사토는 이미 몸부림을 중단하고 의자에 앉아 있었는데 구지 요스케를 보자 반응을 보였다. 걱정이 고개를 들었다. 사토 마코토의 동요를 보면 두 사람 사이에 미리 약속이나 계획이 없었던 것은 분명했다. 그렇다고 해도 아는 사이다. 서른세 살의 남자와 고교생이 도대체 어떻게 알고 지냈을까.

지역 스포츠클럽이나 취미 서클일까. 하지만 그런 영역이었다면 이미 조사 대상에 올랐을 것이다.

이발소인가? 생각이 여기에 미치기까지는 그리 많은 시간이 걸리지 않았다.

이발사와 고객, 그런 관계였던 것이다.

맹점이었다. 평화경찰은 신변조사를 할 때 미행, 탐문, 공공기관이나 기업의 데이터베이스 조회, 인터넷을 통한 신고로 정보를 모으지만, 이발하러 어디를 가는지는 알 수 없다. 자주 가게를 바꾸는 사람이 있는 반면 웬만해선 안 가는 사람도 있다. 의료시설처럼 보험증 정보가 남는 것도 아니다.

이 남자가 도와주었던 사람들의 공통점이 그것이었나?

이발소 손님들을 도운 거였어?

니헤이가 한참 생각에 잠겨 있는데 미요시도 비슷한 생각을 했는지 "저 녀석, 네 이발소에 머리를 자르러 왔었냐?" 하고 턱으로 사토 마코토를 가리켰다.

구지 요스케는 대답하지 않았다.

"뭐야? 지금, 무시하는 거야? 너, 여기가 취조실이었다면 '용서해주십시오, 기꺼이 다 말하겠습니다' 하고 매달릴 정도의 일을 당했을 거야."

장치를 뒤쪽에서 봐도 인상은 변하지 않았다. 거대한 스테인리스로 만든 조각 같다.

구지 요스케의 시선이 위를 향하고 있었기 때문에 뭘 보고 있나 궁금해서 니헤이도 고개를 들었다.

"저게 단두대." 구지 요스케는 조용히 중얼거렸다.

조금 있으면 저것이 낙하해 자신의 머리에 격돌해 피부와 근육은 물론 뼈도 부숴버린다. 그 모습을 상상하고 있으리라. 하지만 그것을 현실로 받아들이지 못하겠는지 눈이 멍하다.

"자, 집행해!" 야쿠시지 경시장의 목소리가 이어폰 너머로 들렸다.

"알겠습니다." 니헤이와 미요시가 대답했다.

"니헤이, 어렸을 때 이발소에서 이발하는 것을 머리를 자른다고 하지 않았냐?"

"그래서요?"

"그야말로 이발사의 머리를 자르게 생겼으니까." 미요시는 왠지 즐거운 모양이다. "그건 그렇고. 이봐, 이발사, 당신은 도대체 뭘 하고 싶었던 거야?"

🁢 구지 요스케

"도대체 뭘 하고 싶었던 거야?"라고 귓가에서 수사관이 묻자, 구지 요스케는 "그러게 말이에요" 하고 고개를 끄덕였다.

사람을 돕고 싶다거나 평화경찰과 대결하고 싶다는 명확한 목적이 있었던 게 아니라, 오모리 오가이의 죽음을 목격하고 특별한 자석을 손에 넣자, 그다음부터는 무엇을 어떻게 하겠다는 생각이 있었다기보다는 그저 흘러가는 대로 행동했던 것에 지나지 않았다. 아내를 잃은 쓸쓸함과 공포를 지우고 싶어서.

얼굴을 돌려 사토 마코토의 얼굴을 다시 한 번 보았다. '어째서 구지 씨가 여기에 있나요?'라고 묻는 것 같은, 아직 상황을 파악하지 못한 혼란이 사토를 뒤덮고 있었다.

'사토 군 미안해.' 속으로 그렇게 사과한다. 사과로 끝날 일이 아니지만 그래도 사과할 수밖에 없다. 죽음으로 용서를 구한다는 말이 머릿속에 떠오른다. 바야흐로 지금 여기서 죽는 것이다.

공포는 있었다.

하지만 한편으로 사람은 언젠가 죽는다는 생각도 있었다. 아내처럼 구토와 복통, 두통에 휩싸여 그 이외의 것은 아무것도 생각할 수 없는 고통 속에서 죽는 것과 비교하면 오늘 자신의 상황은 그리 비관적인 것도 아니다.

아내는 너무나 고통스러운 나머지 죽는 게 낫겠다고 생각했을 게 분명하다.

그 무자비함에 비하면 자신이 훨씬 낫다.

구지 요스케는 눈물을 흘렸지만 닦을 수도 없었다.

울긴 했지만 머리는 아직도 돌아갔다. 포기하기는 아직 이르다. 침착해. 여기서 살아 나가는 방법을 생각해.

자신이 가네코 세미나의 일원이라고 밝힌 남자를 떠올린다. 그의 제안에 따라, 사장에게 부탁해 이 광장에 작업복 남자들을 모이게 했다. 속임수를 위해서다. 경찰이 거기에 주목하고 인원을 그쪽에 배치하는 틈을 타 단상으로 올라가 경찰 고위 관료를 인질로 잡는다. 그랬어야 했는데 양동작전은 실패로 끝났다.

'최후의 수단'이라는 말이 머리를 스친다. 그 가네코 세미나 남자가 떠들 때 이런 말도 했다. '최악의 사태가 되면 최후의 수단을 쓰죠.'

최악의 사태. 이미 그렇게 되었다. 들은 대로 움직여야 한다고 생각은 하지만 처형장치 앞에서는 머리가 얼어붙어 단단하게 굳고 말았다.

"아까 그 사람들은 아무런 관계가 없습니다." 구지 요스케는 말했다.

"뭐라고?" 양옆에 선 수사관 중에서 한 사람이 귀를 기울였다.

"아까 작업복을 입은 사람들은 제가 거짓 광고로 불러들인 것이니까 다 풀어주세요."

"그건 나도 몰라. 네 덕분에 그 사람들도 큰일을 당할 수 있어." 수사관은 거칠게 말하고는 "방금 전, 떡 가게 홍보 이벤트 때문에 모인 사람은 관계가 없으므로 풀어달라고 말하고 있습니다"라고 누군가에게 보고하듯이 말했다. 뭔가 하고 궁금했는데 마이크와 이어폰을 이용해 상사와 대화를 하고 있는 모양이다.

"하지만 말이야, 네가 신경 쓸 필요는 없어. 조금 있으면 네 머리는 데굴데굴 굴러다니고 있을 테니 그 후의 일은 너랑 상관없잖아? 아니면 머리만 남아도 걱정이 되려나? 나 때문에 폐를 끼쳐서, 하고? 나중 일은 이제 신경 꺼. 우리에게 맡기면 안심이니까."

어떻게 되는 걸까.

구지 요스케는 자신의 심장박동이 격렬해지는 것을 필사적으로 다스렸다.

그러고 있는데 수갑이 풀렸다. 팔과 손목이 자유로워졌다. 숨을 크게 내뱉었다. 물론 그것은 일시적인 것이었다.

장치에 더 가까이 가니 토대가 되는 부분 근처에 작은 단이 있어 거기에 앉혀졌다. 눈앞에는 패널 같은 것이 있고 그곳에 구멍이 세 개 나 있었다.

머리와 손목을 넣는 곳이라는 것을 구지 요스케는 금방 상상할 수 있었다.

제복 경관이 잠금장치를 풀었는지 구멍이 자동으로 열렸다. 단두대의 고색창연함 같은 건 없다. 시스템적인 트레이닝 머신 같은 분위기다.

"머리를 넣어. 양손도." 옆 수사관이 말했다. "그러고 보니 너, 가네코 세미나라고 알아?"

구지 요스케는 "네?" 하며 수사관의 얼굴을 보았다.

그는 실실 웃으면서 말했다. "역시 너, 가네코 세미나에 속은 모양이군."

속았다? 구지 요스케는 몸에서 피가 빠져나가는 듯한 기분이 었다.

"평화경찰은 말이야, 너같이 불온한 자들을 찾아내기 위해 덫을 놓지. 정체가 탄로 날 작전을 제안해서 말이야. 그때는 대체로 가네코 세미나라는 명칭을 사용해. 너한테 아이디어를 제공한 사람이 있었겠지? 그렇다면 평화경찰 수사관 중 누군가가 가네코 세미나의 이름을 댔을 거야. 얼굴을 보니 빤하네."

"아니?" 상황을 받아들일 수 없었다.

"낚싯바늘에 걸린 물고기는 어떤 기분이 드는지 알아?"

"네?"

"지금 네 심정과 같아."

눈앞이 캄캄해지고 순간 머릿속이 하얬다. 구지 요스케는 고개를 흔들었다.

손을 털털 털어보았다.

속았다고?

그렇다면 그 남자가 제안한 모든 게 거짓이었단 말인가.

구지 요스케는 거기서 처음으로 몸을 움직여 소동을 피우기 시작했다.

수사관에게 바로 제압되었다.

젊은 수사관이 귀에 손을 대고 "아, 네…… 아닙니다, 괜찮습니다"라고 대답하는 게 들렸다. "방금 미요시 씨가 가네코 세미나의 덫에 대해 설명해서 동요한 듯합니다."

그 수사관은 말투가 훨씬 부드러웠지만 그래도 드러내놓고 구지 요스케의 동요를 즐기고 있었다.

"네, 그렇습니다. 반응으로 보건대 가네코 세미나 덫에 걸린 것 같습니다." 상사에게 설명했다.

끝이라고 구지 요스케는 체념했다. 힘을 뺐다기보다는 더 이상 힘이 나질 않았다. 이윽고 머리와 손을 장치에 밀어 넣은 모습이 되었다.

이것도 그런대로 괜찮다고 또 생각한다. 인간의 죽음은 언젠가 반드시 온다.

무시무시한 고통을 수반하는 경우도 적지 않다.

그렇다면……. 또다시 자신을 설득하기 시작한다.

모터 소리가 났다고 생각하는 순간 패널 구멍이 좁아져 목이 고정되었다. 시험 삼아 빼보려고 해도 손목은 꼼짝도 하지 않았다.

아까 소동을 부려서 호흡이 거칠었지만 그것도 이제는 나아졌다.

이렇게 숨을 쉬는 것도 이제 마지막인가.

이 현실을 받아들일 수 없었다.

앞을 보는 것은 가능했다. 공원 끝에 선 나무들이 가지를 뻗어 이쪽을 바라보고 있었다. 나무들은 갑자기 칼에 베여도 도망칠 수 없다. '그런 의미에서 우리와 지금의 너는 닮았어'라고 말하는 것만 같았다. 등 뒤에서 부는 산들바람은 과연 내가 죽었을 때 나뭇잎을 흔들어줄 것인가.

동쪽 출입구 광장에 사람들이 모여 있다. 눈이, 눈동자가 모두 이쪽을 향하고 있다. 진지한 얼굴이다.

그들이 물끄러미 보고 있는 것은 구지 요스케 자신이다.

지금 여기서 이상한 자세로 참수장치에 고개를 내밀고 있는 자신을 보고 있는 것이다. 이 머리가 몸통에서 떨어지기만을 기다리고 있다.

이상한 일이라고 생각하지 않나!

구지 요스케는 소리치고 싶어졌다. 사람이 이렇게 무참하게 살해되는 장면을 구경하다니, 당신들은 어딘가 신경이 마비되어 있지 않나!

다른 자신이 냉정하게 말했다. 아니다. 그들은 신경이 마비되어 있는 게 아니다. 이상한 인간도 범죄자도 아니다. 선량한 일반 시민들이다. 오히려 그 사람들이 구지 요스케를 두려워하고 있다. 평화를 어지럽히는 해충이니 빨리 말살해야 한다고 생각하는 것이다. 지금 단상에 있는 구지 요스케는 범죄를 저지른 위험인물이기에 처형하지 않으면 치안을 지킬 수 없기 때문이다.

무엇보다 자신들은 이 범죄자와 다르다고 믿고 있다.

나는 당신들과 같은 사람입니다! 평범한 인간이라고요!

그렇게 주장하고 싶었지만 목소리가 나오지 않았다. 설사 소리쳤다 해도 주위의 나무들이 그것을 방해라도 하듯 잎을 떨고 있어서 들리지 않았을 것이다.

"어이, 각오는 됐나?" 수사관 하나가 머리 가까이에서 말했다.

대답할 수 없다.

그때 수사관의 목소리가 조금 변했다. 이어폰에서 지시가 나온 모양이었다. "네?" 하더니 "네, 알겠습니다" 하고는 구지 요스케의 머리 위에 있는 처형장치를 올려다보았다.

두 수사관 모두 이어폰으로 같은 소리를 들었는지 네, 네, 하며 마이크에 대고 맞장구를 치고 있었다.

잠시 후 거친 수사관이 "너" 하고 얼굴을 가져다 댔다. "네가 꾸민 짓은 아니겠지?"

구지 요스케는 영문을 몰라 상대를 바라보았다.

"지금 말이야, 우리 상사가 알아차렸어. 너는 자석을 무기로 사용한다. 그렇지? 그리고 단두대는 칼날이기 때문에 철로 만들어졌다. 자석에 반응하지. 자석을 이용해 칼날이 떨어지는 것을 방해할 수도 있지 않을까?"

얘기를 듣고도 무슨 소린지 처음에는 이해할 수 없었지만 머리를 간신히 회전시켰다. 최후의 수단이 머리를 스쳤다. "아니요, 아무 짓도" 하고 필사적으로 얘기하는 수밖에 없었다.

"자석은 말이야 어디에 붙어 있을 뿐만 아니라……."

수사관의 말에 구지 요스케의 심장은 몸 밖으로 튀어나올 것만 같았다.

처음부터 대답을 바라지 않았는지 수사관은 스스로 "반발시킬 수도 있지" 하고 계속했다. "요컨대 칼날이 떨어지지 못하도록 할 수도 있다, 이거야. 그렇지? 네가 꾸몄나? 어이, 니헤이, 어떻게 생각해?"

"자석의 반발력을 사용해서 말입니까? 확실히 가능성은 있습니다. 부장이 용케도 생각해냈네요."

"부장이 내놓은 것치고는 나이스 아이디어지. 그래서 너, 일단 단두대에서 떨어져. 제대로 작동하는지 시험해보기로 했어." 수사관이 말했다.

조금 전 머리와 손을 고정시켰을 때와 반대 순서로 장치에서 떨어졌다.

조금 떨어진 장소에 세워졌다.

광장에 방송이 흐르기 시작했다. "잠시 장치를 점검하겠습니다. 기다려주십시오." 마치 록밴드의 등장이 늦어져 관중들이 항의할 것을 우려하는 듯한 방송이었다.

구지 요스케는 시선을 들어 광장에 있는 사람들의 머리 위, 나란히 서 있는 건물들의 위, 하늘을 바라봤다. 옅은 푸른색 하늘에 하얀 구름이 선을 그리고 있었다. 저 하늘과 자신이 있는 장소는 시간조차 다른 속도로 흐르는 것처럼 보였다.

여기서 누구의 머리가 떨어지든, 피가 얼마나 흐르든 저 하늘은 무관심하다. 해가 저물기 전에는 하늘이 붉게 물들겠지만 그것 또한 사람이 흘리는 피와는 무관하다.

"그럼 칼날을 한번 떨어뜨려주십시오. 제대로 작동하는지 확인하겠습니다." 니헤이라고 불린 수사관이 장치 옆에서 마이크에 대고 얘기하고 있었다.

처형장치의 작동 스위치는 경찰 책임자가 누른다고 들었다. 단상 옆, 무대 끝 쪽을 보니 의자에서 일어난 까다롭게 생긴 남자가 스마트폰과 비슷한 것을 쥐고 있었다.

"어이, 이발사. 너 뭔가 꾸미고 있는 건 아니겠지." 바로 옆의 형사가 말을 걸었다.

"말도 안 됩니다." 구지 요스케는 대답했다. "이런 상황에서 아무 도움도 안 됩니다."

조금 전보다는 말소리가 또렷해졌다는 걸 깨달았다.

"자석이나 무기를 가지고 있는 건 아니지?" 형사가 다시 한 번 구지 요스케의 몸을 더듬었다.

"아까 체크했습니다."

"그랬지."

꽈당 하는 소리가 났다. 3미터 위에서 처형장치의 금속 도구가 움직여 제어장치를 푸는 소리다. 철제 칼날이 예리한 활주음을 내며 낙하한다.

중력의 힘을 그대로 보여주는 속도다. 무거운 금속이 미끄러지는 울림이 있다.

구지 요스케의 머릿속에는 그 가네코 세미나 남자의 얘기가 되살아났다.

그가 말했다. '만약 처음 계획이 실패해 처형되게 된다면.'

'그런 일이 생기면 무서울 것 같은데.'

'최후의 수단을 준비해두겠습니다.'

'최후의 수단이라고요? 어떤?'

'굳이 말하자면 무기입니다. 상황을 반전시킬 수 있는 도구가 뭔가 있다면 그것을 숨겨놓을 테니 이때다 싶을 때 그것을 사용하십시오.'

'어디에 숨겨놓습니까?'

'구지 씨 근처에.'

'가까이 두면 금방 들통 날 텐데.'

단두대의 칼날이 낙하함과 동시에 구지 요스케는 움직였다. 우선 옆에 있는 형사를 두 손으로 뿌리쳤다. 상대가 뒤로 굴렀는데 어디까지 굴러가는지는 확인할 수 없었다. 움직임을 멈추지 않고 더 빨리 발을 움직였다.

처형장치로 달려갔다.

단두대의 칼날이 금속음을 냈다. 평소대로 바닥까지 떨어지지 않고 중간에 걸렸다.

왜 걸렸느냐면 쓸데없는 물건이 붙어 있었기 때문이다.

구지 요스케는 그 거대한 칼날의 아래쪽에 붙어 있는 금속제 막대기를 잡아 온몸의 힘을 짜내 자석에서 떼어내려고 했다.

'단두대의 칼날은 높은 곳에 있습니다. 거기에 도구를 붙여두면 바로 발견할 수 없을 겁니다.' 그 말대로였다.

단두대의 칼날에 자석을 붙이고 그 자석에 막대 모양의 무기를 붙여놓았다.

오모리 오가이가 남긴 막대 모양의 무기, 그 세 개 중 마지막 남은 하나였다.

니헤이라는 수사관이 총을 들었지만 이미 구지 요스케가 발을 내디뎌 그 철제 막대기로 그의 배를 힘껏 찌른 뒤였다. 니헤이가 웅크렸다.

최후의 수단은 있었다.

그것은 무엇을 의미할까.

가네코 세미나를 여전히 믿어도 좋을까?

의문이 머릿속에서 작은 거품들을 터뜨리고 있었지만 구지 요스케에게 주저할 여유는 없었다.

'곤충은 대개 위험을 감지하면 죽은 척하죠. 움직이지 않는 겁니다. 그리고 틈을 봐서 도망쳐요. 상대가 방심하고 있을 때가 기회죠. 그러니 상대가 알아차리지 않도록 주의해야 해요.'

그 가네코 세미나의 남자는 곤충 얘기를 할 때만큼은 활기가 넘쳤다.

'죽어버렸다고 생각하고 흙에 묻었는데 사실은 살아 있는 경우도 있어요.'

'무슨 소립니까?'

'이미 죽었다고 적이 생각할 때야말로 기회라는 소립니다.'

구지 요스케는 더 이상 멈추지 않았다. 옆을 보고 안쪽에 자리한 경찰 관계자들을 향해 그 막대기 모양의 무기를 겨누었다. 계급이 상당히 높아 보이는 자들이 거기에 있었다.

엄지로 그 막대기의 표면을 문질렀다. 뚜껑이 밀리자 돌기의 감촉을 찾아 눌렀다.

탄환이 발사되는 소리와 동시에 연기가 나왔다. 단상 전체에 뭉게뭉게 막을 드리운 것처럼 하얀 연기가 솟아올랐다.

누구를 노려야 하는지, 구지 요스케는 알고 있었다.

몸집은 작지만 비상한 박력을 발산하는 남자, 야쿠시지 경시 장이다.

우리 이발소 손님이 아니라 다행이다.

그 순간, 구지 요스케의 머리를 스친 생각은 그것이었다.

📟 다다 구니오

광장에 있던 사람들은 무슨 일이 일어났는지 아무도 파악하지 못했다. 다다도 물론 그랬다.

갑자기 나타난 구지 뭐시기가 처형된다고 생각하자, 다다는 사토 마코토의 처형이 뒤로 미루어진 것에 마음을 놓았다. 그리고 일단 장치를 점검한다는 방송이 나오자 다다를 비롯한 주위 사람들도 한숨을 돌렸다.

직후 소동이 일어났다. 구지 뭐시기가 단상에서 급히 움직여 형사로 보이는 사람들을 뿌리쳤다.

이것도 또 다른 여흥인가, 아니면 처형 전의 공포를 이겨내지 못하고 소동을 피우는 것인가.

쳐다보고 있을 수밖에 없었는데 다음 순간, 구지 뭐시기가 막대기 같은 것을 겨누자 그 끝에서 연기가 분사되었다. 어디선가 비명이 들려오고 단상은 연기에 휩싸여 거의 보이는 게 없었다.

어떻게 된 거지? 모두가 당황했다. 누군가가 "폭탄?", "폭탄이다!"라고 속삭이자 광장에 패닉이 일어났다. 밀집해 있던 사람들이 일제히 움직이면서 여기저기서 밀고 넘어지는 사고가 속출했다.

다다는 달려드는 사람들을 모조리 밀쳐내며 인파를 거슬러 앞쪽으로 이동했다. 무슨 일이 일어났는지 알고 싶었다.

사토는? 사토는 무사한가?

옛날 공원에서 툭하면 울었던 초등학생 무렵의 사토가 떠올랐다. "괜찮아?" 하고 말을 걸면 깜짝 놀라면서도 어딘가 안심하는 표정을 지어주었다.

내가 가서 말을 걸어줘야 하지 않을까?

다다는 그런 생각을 하며 서둘렀다. 다시 예전처럼 같이 어울려 노는 건 무리겠지만 조금은 사이좋게 지낼 수 있지 않을까.

연기가 사라지고 광장 사람들이 대부분 피신하고 나자 상황이 드러났다.

중키에 통통한 경시감은 엉덩방아를 찧은 채 멍하니 있었고, 그 앞에서 경찰 관계자로 보이는 또 다른 남자가 하늘을 보고 드러누워 있었다.

그들 옆에 우두커니 서 있는 남자가 있었다. 누군가 싶었는데 분명히 평화경찰을 탄생시킨 주역이라고 불리는 남자였다. "야쿠시지 경시장님, 무사하십니까?" 하고 제복 경관이 달려오자 고개를 끄떡여 보였다. 과연이라고 해야 하나 어쨌든 남자는 무사한 것 같았다.

도대체 무슨 일이 있었던 거야? 다다는 혀를 찼다.

구지 뭐시기라는 사람의 모습은 사라지고 없었다.

제5부
숨은 배후 조종자

★ 5의 1

　도내의 빌딩 안, 넓은 회의실 벽에는 대형 액정 디스플레이가
걸려 있다.
　긴 테이블에 앉아 그 화면을 보고 있는 사람들은 모두 고급
양복에 넥타이를 매거나 경찰관 제복을 입었다. 나이 든 어른들
이 교실에서 열심히 수업을 듣고 있는 것 같은 분위기다.
　재생 중인 영상은 열흘 전 센다이 시내 동쪽 출입구 광장의
상황이다.
　그날 센다이의 제과업체가 홍보 이벤트에 쓰려고 빌딩 높은
곳에서 비디오카메라로 찍었던 영상을 회수한 것이다. 이미 내
부에서는 검증이 끝나고 그 결과 보고가 지금 이 자리에서 이루
어지고 있다. 모인 사람들은 경찰청 간부를 비롯한 경찰 관계자
들이다.

화면에는 구지 요스케가 권총집으로 손을 뻗은 니헤이 형사의 배를 막대기 모양의 무기로 찌르는 장면이 나오고 있었다. 직후에 니헤이 형사는 그 자리에 주저앉는다.

"여기부터다."

영상을 가리키며 남자가 말했다.

구지 요스케가 막대기 모양의 무기에서 탄환을 발사시키는 것과 동시에 영상이 정지된다.

"이 스틱 형태의 무기는 그 신형 영구자석과 마찬가지로 도호쿠 대학 공학부 연구실에서 만들어진 것으로 판명되었습니다."

설명을 요구받은 수사관이 태블릿 단말기를 보면서 말했다. 윗사람들의 회의에 자료를 설명하는 역할로 불려왔을 이 수사관만 유독 젊고 긴장하고 있었다.

"스위치를 누르면 안에서 탄환이 발사됩니다. 보통 총알보다는 작고 파친코 구슬과 비슷한 크기입니다. 탄심을 구리합금이 감싼 구조는 같지만 자력이 있다는 점이 다르다고 여겨집니다. 지난달 센다이 시의 평화경찰 제2빌딩이 습격당했을 때 현장에 남아 있던 것과 동일한 물체입니다."

"화약은?"

"화약은 발견되지 않았습니다. 그 점 때문에도 일반적인 탄환과 비교해 살상력이 낮다고 여겨집니다. 다만 이 정도 거리에서는 충분히 위력을 발휘합니다. 그러나 이 무기의 가장 큰 목적은 연기를 분사해 혼란을 일으키는 것일 수도 있습니다."

다시금 영상이 재생된다.

내려다보는 각도라서 단상의 처형장치도, 구지 요스케도, 미요시와 니헤이 형사도 위에서 내려다본 장기 말처럼 보인다.

"이제부터다."

영상이 슬로모션으로 바뀐다.

구지 요스케가 겨눈 막대기에서 연기가 뿜어져 나오는 것과 동시에 작은 구슬이 튀어 나간다.

그 앞에 있는 것은 야쿠시지 경시장이다. 구지 요스케와 대면한 자세로 서 있다.

야쿠시지 경시장의 오른손이 움직이기 시작한다.

주변에 퍼진 연기 때문에 흐릿하지만 다른 사람이 옆에서 비틀거리는 게 보인다. 경시감이다. 분명 자신의 의사와는 다른 힘에 의해 떠밀려 비틀거리며 움직이고 있다.

"아아" 하고 감탄 섞인 목소리가 회의실에 들끓었다. 그들의 생각을 읽었는지, 경시감이 영상에 대해 설명하기 시작했다.

"보시는 바와 같이, 여기서 야쿠시지 경시장은 여기 있는 나를 방패로 삼으려고 했다." 경시감은 크게 한숨을 쉬면서 머리를 흔들었다. "야쿠시지 경시장은 이전에도 다른 사람을 방패로 삼은 적이 있다."

"반사적으로 행동한 거 아닐까요?" 그렇게 질문하는 사람이 있다.

"글쎄, 야쿠시지 경시장은 부정하고 있다. 나를 방패로 삼을 생각은 없었다고 한다. 하지만 아마도 고의일 것이다. 사실은 센다이에서 수사회의 도중에 고무공을 피하기 위해 다른 사람을 방패막이로 쓴 장면을 많은 사람이 목격한 적도 있다."

잠시 후 회의실 안은 다시금 한숨도 한탄도 아닌 술렁임으로 가득 찼다.

경시감의 지시에 따라 다시 영상이 재생된다.

화면에는 야쿠시지 경시장 앞에 그야말로 방패막이처럼 끌려온 경시감이 비친다. 그리고 또 한 사람이, 누가 봐도 자유의사에 따라 뛰어든다. 두 팔을 벌리고 몸을 던져 정면으로 탄환을 받고 뒤로 쓰러진다.

"미야기 현경의 우에노 형사부장이 이렇게 몸을 던지지 않았더라면 나는 지금 이 자리에 없었을 것이다." 경시감이 말했다.

그 말은 과장이 아니다. 형사부장이 순간적으로 반응하지 않았다면 구지 요스케가 발사한 탄환은 경시감의 가슴에 맞았을 게 분명했다.

"우에노 부장은 방탄조끼를 입고 있었기 때문에 큰 부상은 없었지만 그래도 그가 보인 용감한 태도는 경찰의 모범이라고 할 수 있지 않을까?"

경시감은 그렇게 말하고는 대각선 앞쪽 자리를 보며 한마디 툭 던지듯 말을 걸었다. "안 그런가?"

그 자리에 앉아 있던 미야기 현경의 우에노 형사부장이 "부끄럽습니다, 저는 당연히 해야 할 일을 했을 뿐입니다" 하고 명료하게 대답했다. "게다가 저는 사전에 경계하고 있었기 때문에."

"그 얘기를 해주게." 경시감은 연신 고개를 끄덕였다. "야쿠시지 경시장에 대한 처분을 결정하는 자리에서 꼭 필요한 정보니까 말이야."

네, 하고 우에노 형사부장은 일어났다.

뚱뚱한 체형이지만 등을 꼿꼿이 폈고, 푸근한 인상의 얼굴에도 늠름함이 서려 있다.

"미야기 현이 안전지구로 지정되고 야쿠시지 경시장이 평화경찰의 책임자로 부임한 후부터 저는 그의 행동을 주의 깊게 관찰해왔습니다. 그랬더니⋯⋯."

우에노 형사부장의 태도는 차분했다. 공로를 세운 것을 으스대며 자랑하기보다는 오히려 가까이 모시던 상사를 고발해야 하는 현실이 견딜 수 없이 괴롭다는 듯이 얼굴을 찌푸리고 있었다.

"야쿠시지 경시장이 좋지 않은 일을 꾸미고 있는 건 아닐까 하는 의심이 생겼습니다." 우에노는 계속 설명을 이어나갔다. "센다이 시의 평화경찰 제2빌딩이 습격당했을 때 방범카메라 영상 등을 관리하는 방에서 취조 녹화 데이터가 사라졌습니다. 그 사건은 '작업복 남자'와 가모 요시마사 일행의 소행으로 여겨졌지만 모니터 관리실에서 이 같은 것이 발견되었습니다."

형사부장이 들어 올린 비닐봉투에는 영수증이 들어 있다.

"덮밥 가게 영수증입니다. 사건 전날 날짜가 적혀 있는데 야쿠시지 경시장의 지문이 묻어 있습니다."

엄숙한 회의 도중 뜬금없이 '덮밥 가게'라는 단어가 튀어나오자 회의에 참석한 사람들이 일제히 웃음을 참는 얼굴이 되었다.

"그래서 그게 어쨌다는 건가?"

"그날 모니터 관리실에 야쿠시지 경시장이 있었다는 말입니다."

"무엇 때문에?"

"녹화 데이터를 훔치기 위해서입니다. 더 나아가 제2빌딩 내부의 방범카메라 영상을 조작하기 위해서입니다."

"작업복 남자와 공범이라고?"

"아무래도 모든 것이 야쿠시지 경시장의 계획이었다고 생각합니다. 작업복 남자는 야쿠시지 경시장의 영향력 아래 있는 사람이었습니다."

"그자가 지금 영상에 찍혀 있는 자석을 사용한 남자인가? 이발사라는?"

"구지 요스케는 야쿠시지 경시장에게 이용당했던 겁니다. 경찰에 저항하는 행동을 하도록 유도하는 한편 필시 위협도 했을 겁니다."

"왜?"

"그날 그 단상에 구지 요스케가 올라오도록 말입니다. 의심을 받지 않고 그 자리에 서기 위해서는 위험인물이 되는 게 가장 간단합니다. 역설적인 말일지도 모르지만, 집회 장소에서 가장 의심을 받지 않는 인물이 바로 위험인물입니다. 처형된다는 명목이 있으면 그 자리에 있어도, 단상에 올라도 부자연스러울 게 없습니다."

"그러니까 왜 단상에 세운 건가?"

"그것은 물론……."

형사부장은 한 번 말을 끊고 경시감님의 낯빛을 슬쩍 살핀 후에 말을 이어갔다.

"구지 요스케에게 발포를 시키기 위해섭니다. 그리고 경시감님의 목숨을 빼앗을 생각이었겠죠."

또다시 모두의 입에서 탄식이 흘러나왔다. 자신도 모르는 사이에 음모가 벌어지고 있었다는 사실에 놀라는 한편 그나마 그것이 자신을 귀찮게 하지 않고 작은 소동으로 마무리된 데에 안도하는 듯했다.

"자네 덕분에 정말 살았네." 경시감이 만족스럽게 끄덕였다.

"무슨 일이 일어날지는 몰랐지만 혹시 몰라 방탄조끼를 입고 있었는데 그 덕을 톡톡히 봤을 뿐입니다. 오히려 직전까지 야쿠시지 경시장의 의도조차 눈치채지 못하고 있었으니 자랑할 만한 일은 아닙니다."

"자네는 지나치게 겸손해."

경시감은 아들의 명석함에 크게 감명을 받은 아버지가 하듯이 크게 고개를 끄덕였다.

그 후로 경시감의 진행 아래 계속 회의가 이어졌다.

미야기 현경의 우에노 형사부장은 조용히 앉아 슬쩍 참가자들의 표정을 살폈다.

이건 말도 안 된다. 이런 말도 안 되는 얘기를 모두가 믿는단 말인가.

하지만 한편으로 이해가 가기도 했다.

그들 입장에서는 진실이든 아니든 상관없었던 것이다. 그들에게 유일한 진실이란 '나에게 유리한 정보를 진실로 취급한다'

는 것뿐이었다.

평화경찰의 야쿠시지 경시장은 그 강경함 때문에 경원시되고 경계되고 있었다. 조직 중에는 그를 멀리하는 사람도 많았다. 야쿠시지 경시장을 떨어뜨리기 위해서라면 조금 무리하다 싶은 이유라도 받아들일 준비가 되어 있었던 것이다.

회의가 끝나갈 무렵, "그래서 야쿠시지 경시장은 죄를 인정했습니까?"라는 질문이 나오자 경시감은 차갑게 대답했다. "지금 평화경찰이 취조를 하고 있다. 곧 보고가 올라올 것이다."

물론 보고는 기다릴 필요도 없다.

평화경찰이 노린 인물은 곧 위험인물이다. 중세의 마녀사냥에서 마녀로 지목된 여자들에게는 고문을 받다가 죽거나 마녀라는 것을 인정하고 처형되는 선택지밖에 없었다.

야쿠시지 경시장이 과연 평화경찰의 취조를 견뎌낼 수 있을까.

우에노 형사부장은 별다른 감정 없이 그 장면을 상상한다.

회의가 끝나자 경시감이 형사부장을 불러 세웠다. 부장이 "왜 그러십니까?" 하고 물으며 등을 폈지만 그 비만 체형 때문인지 그다지 긴장감은 풍기지 않았다.

"자네는 정말 우수해. 다음 인사에서는 그 능력을 충분히 발휘할 수 있는 자리를 준비하겠네." 여전히 감격이 식지 않은 표정이다.

형사부장은 깊이 고개를 숙였다.

★ 5의 2

현경 엘리베이터를 타고 문을 닫기 위해 버튼을 누르려고 하는데 형사부장이 탔다. 선물이라도 가져왔는지 쇼핑봉투를 들고 있다.

"도쿄에서 오시는 겁니까?" 니헤이가 문을 닫으면서 물었다. 지난번에 경찰청에서 평화경찰 집회사건 관련 회의가 열릴 때 형사부장도 불려갔던 것이다.

"그래."

"어떻게 됐습니까?"

"별일은 없었어."

비만 체형에 둥근 윤곽, 나이에 비해 젊어 보이는 얼굴의 부장인데 예전과는 분위기가 완전히 달라졌다. 그렇다고 어디가 바뀌었느냐고 물으면 니헤이를 비롯해 현경 내의 모든 사람이 대답하지 못할 것이다. 자신보다 높은 사람에게는 아부하고 부하에게는 엄격하게 대하는 면에서는 여전히 예전 그대로다. 하지만 어딘지 모르게 위엄이 감돌았고 이상하게도 잘난 척하며 명령을 내려도 불쾌하지 않았다.

"역시 공을 세우고 난 후로 자신감이 붙은 거 아닐까? 경시감님 앞에 뛰어들어 구했으니까. 말하자면 반에서 눈에도 띄지 않던 애가 구기대회에서 결승 골을 넣은 거나 마찬가지잖아. 다음 날부터 반의 중심이 되는 거야 당연하지." 지난번에 식사 자리에서 미요시가 말했다.

"하지만 실제로 부장, 정말 재빨랐어요. 그때 다들 그 자리에 얼어붙어 있었는데."

"우연이겠지."

니헤이는 생각이 달랐다. 당시 현장에는 부장 외에도 방탄조끼를 착용한 경찰들이 있었다. 하지만 그 자리에서 경시감을 도운 것은 순간적인 판단으로 할 수 있는 일이 아니었다.

"부장님, 한 가지만 여쭤봐도 되겠습니까?" 엘리베이터가 상승함과 동시에 니헤이는 조심스럽게 입을 열었다. 그리고 부장의 승낙이 떨어지기도 전에 얘기를 꺼냈다. "전에 히로세가와 강변 둔치에서 부장님을 본 적이 있습니다."

아침 조깅 중이었다. 다리 밑에 사람이 있어 누군가 하고 봤더니 부장이었고, 뭘 하는지 봤더니 장난감 피칭 머신에서 나오는 플라스틱 볼을 몸으로 받고 있었다.

"그게 왜?"

"연습이었나 싶어서요."

"야구는 당연히 연습이 필요하지."

"아니요. 야구 연습이 아니라 저번 집회 때 경시감님을 도우려고." 막상 닥쳤을 때 무의식적으로 탄환을 피하지 않으려고 훈련했던 게 아닐까.

형사부장이 자신을 뚫어져라 보고 있는 것을 깨달았다. 혼이 나지 않을까 각오했는데 의외로 부장의 목소리는 부드러웠다.

"내가 탄환에 맞는 연습을 미리 해뒀다는 말인가?"

"네."

"무슨 뜻이지?"

니헤이는 말을 할까 말까 고민하고 있는데 다행인지 불행인지 마침 엘리베이터가 오 층에 도착해 문이 열렸다. 니헤이는 열림 버튼을 누르고 부장이 내리기를 기다렸다. 통로가 회의실로 이어져 있기 때문에 니헤이는 천천히 부장 뒤를 따라갈 생각이었지만 부장은 좀처럼 자리에서 움직이지 않았다. 시간이 멈추기라도 한 것일까. 엘리베이터 버튼과 부장이 서로 연동되어 있어 설사 열림 버튼에서 손을 떼더라도 엘리베이터가 움직이지 않을 것 같은 생각이 들며 불안해졌다. 이윽고 부장이 천천히 고개를 돌려 니헤이를 바라보았다.

"내가 그때 경시감이 표적이라는 사실을 알고 있었다는 얘기인가?"

"네." 니헤이는 분명히 대답했지만 곧바로 "아닙니다"라고 정정했다. "표적은 야쿠시지 경시장이었습니다."

"그랬지. 그 사람은 무서운 사람이지. 자신을 지키기 위해서라면 부하든 상사든 가리지 않고 이용한다. 그때는 경시감이 방패막이가 되었지."

"야쿠시지 경시장은 경시감을 방패막이로 썼다는 것을 인정했습니까?"

"인정하지 않고 있다. 하지만 필시 고의일 것이다. 경시감을 그 자리에서 살해할 생각이었겠지."

그건 이상하다. 니헤이도 이 이야기의 허점을 금방 알아차릴 수 있다. 만약 그럴 생각이었다면 그 이발사가 처음부터 경시감을 노리지 않았을까.

군이 야쿠시지 경시장 자신을 쏘게 한 다음 경시감을 방패막이로 쓸 이유가 도대체 뭐란 말인가.

답은 하나다.

야쿠시지 경시장을 함정에 빠뜨리기 위해서다. 그렇게밖에 생각할 수 없다. '경시장은 경시감을 방패막이로 썼다. 이 얼마나 지독한 인간인가!'라는 인상을 심어줄 필요가 있었던 게 아닐까.

엄밀히 말하면, 야쿠시지 경시장이 실제로 경시감을 방패막이로 삼았는지조차 의심스럽다.

단순히 누가 민 거 아닐까?

그 소동의 와중에 경시감을 밀고 거기에 방탄조끼를 입은 부장이 몸을 던지기로 한 게 아닐까.

"니헤이, 네가 뭘 신경 쓰고 있는지는 모르겠지만 그때의 장면은 영상으로 남아 있어. 오늘 회의에서도 그 영상을 확인했다."

"그렇군요."

영상은 얼마든지 가공할 수 있는 것도 사실이고, 군이 말하자면 야쿠시지 경시장에 적의를 품고 그의 추락을 바라는 사람이 조직 안에서 적지 않았던 것도 사실이다. 경시감이 선의의 제삼자인지 아닌지는 모르지만 부장의 행동에 부자연스러운 부분이 있다는 사실을 눈감아주는 사람이 있다고 해도 이상할 게 없다.

다시 다른 질문을 했다. "그때 그 처형장치의 칼날에 무기를 숨긴 사람은 누구인가요?"

단두대 칼날에 자석을 붙이고 거기에 철제 막대기를 붙여놓았다. 등잔 밑이 어둡다고 해야 할까, 그 당시 적의 무기는 내내 자신들의 머리 위 3미터에 떠 있었다. 그리고 구지 요스케가 사용해야 할 때에 정확히 전달되었다. 떨어지는 칼날과 함께.

그 무기를 거기에 숨긴 사람이 누구인지는 여전히 밝혀내지 못한 상태이다.

나만 모르고 있을 뿐 상층부와 검증 담당자는 이미 정보를 쥐고 있는 걸까.

부장은 살짝 고개를 저었다. 어딘가 조심스러운, 거짓말을 하는 사람의 죄의식이 엿보였다.

"제복을 입은 가짜 경찰관이 있었던 게 틀림없다. 구지 요스케를 도울 목적으로 숨어들어 그 칼날에 자석과 막대를 붙여놓은 거지."

도대체 어디 사는 누가 그런 거냐고 묻고 싶은 것을 참았다. 부장의 답은 듣지 않아도 뻔했다.

"그 가짜 경찰은 야쿠시지 경시장의 동료이다."

니헤이는 그렇게 생각하지 않았다.

한참 니헤이를 바라보던 부장이 물었다. "뭔가 생각해둔 것이라도 있나?" 니헤이가 알던 사람 좋고 겁 많은 부장은 이미 사라지고 없었다.

"부장님이 처리를 맡은 사체가 있었죠. 그 택시 운전사 사건에서 목격자의 사체, 그리고 취조 중에 사망한 교수."

"생각지도 못한 데서 얘기를 시작하는군."

"그것을 차량에 넣어두었던 게 아닙니까?"

네노시로이시의 직선도로를 지나는 좁은 길에서 작업복 남자가 습격해 들어왔을 때 폭발이 일어났다. 산산조각이 난 사체는 그것이 아니었을까.

"그 사체의 머리카락을 미리 준비해두었다가 DNA 대조를 하면."

형사부장은 화를 내지도 않았지만 순순히 시인하지도 않았다. 다시 질문을 했을 뿐이다.

"그것 말고 얘기할 게 또 있나?"

"아니요, 없습니다." 니헤이는 곧장 대답했다.

지금 부장은 경시감을 구한 영웅으로 조직 내부에서도 주목을 받고 있다. 앞으로 경찰청으로 들어가 요직을 차지할 거라는 소문이 돌고 있다.

"니헤이, 나도 하나 묻고 싶은 게 있는데."

"네? 그러십시오. 뭡니까?"

"자네는 나를 어떻게 생각하나?"

"네?"

"나를 어떻게 생각하느냐 말이야."

"그렇게 말씀하셔도……." 니헤이는 말을 흐렸다. "그냥 평범한 상사라고 생각하는데요."

"그래?" 부장이 고개를 끄덕였다. "자네는 지금까지 나를 한심하고 믿을 수 없는 사람이라고 생각하지 않았나?"

"아닙니다." 애써 동요를 숨겼다.

"신경 쓰지 말게." 부장은 흐뭇한 표정을 지었다. 마음씨 넓은 친척처럼 보였지만 진심을 읽어낼 수 없어 무섭기도 했다. "오히려 그렇게 생각하지 않았다면 곤란해. 그렇게 보이도록 행동했으니까."

니헤이는 대답할 말을 잃었다. 그렇게 보이도록 행동했다니 무슨 뜻인가?

"세계에는 다양한 곤충과 동물이 있네. 독이 있는 것도 있고 이빨이 있는 것도 있지. 자신이 잡을 동물과 완전히 똑같이 의태해 다가오기를 기다리는 것도 있다네."

"네."

"경쟁에서 살아남기 위해 각자 자신에게 맞는 방법을 고르는 법이야."

"부장님도 그랬다는 말씀이십니까?" 니헤이는 저도 모르게 목소리가 커졌다.

부장은 살아남을 전략을 생각해 그것을 실천에 옮겼던 것일까. 간드러진 목소리로 아부하고 무능한 척한 게 다 생각이 있어서라고?

니헤이는 머릿속에서 정보와 상상을 조립해보려 했지만 잘 되지 않았다. 부장은 도대체 무슨 꿍꿍이였던 것일까.

이제 부장은 조직 안에서 힘을 가지기 시작했으니 그가 계획한 대로 진행된 것만은 분명했다.

출세하고 싶었나, 권력을 쥐고 싶었나.

"니헤이, 나는 말이야." 부장은 정답을 모르는 학생에게 힌트를 주는 말투로 말했다. "평화경찰 조직에 아무래도 문제가 있다고 생각했네."

"네?"

"내 지인도 평화경찰에 연루되어 처형되었어. 가정폭력에 시달리며 사는 평범한 여성이자 딸을 키우는 어머니였을 뿐인데 말이야. 그런 사람이 어떻게 위험인물이 되나? 정말 이상하지 않나?"

"누구 얘기입니까?" 미야기 현의 얘기는 아닐 것이다. 니헤이는 문득 부장이 불륜을 저질렀다는 소문을 떠올렸지만 제대로 연결이 되진 않았다.

"가령 일반인의 제보에 악의가 없었다고 해도 그런 것들이 쌓이고 쌓여 그녀 같은 사람이 처형된다면 그 방식은 잘못된 거네. 평화경찰의 결함은 분명해."

단순한 개인적 원한에서 보편적인 논리를 끌어내려는 것인지, 아니면 반대로 중요한 큰 사실을 개인적인 이야기에 빗대어 얘기하는 것인지 확실치 않았다.

부장의 목소리는 차갑고 평소와 달리 속삭이는 것 같았기 때문에 니헤이의 귀에는 바람에 실려 온 속삭임처럼 느껴지기조차 했다. 부장은 엘리베이터에서 걸어 나가려고 했다.

니헤이가 불렀다. "부장님."

"왜 그런가?"

"저기, 지금 여기서 제게 왜 이런 얘기를 해주시는 겁니까?

자세한 건 이해할 수 없지만 그래도 이건……."

'너무 말을 많이 하신 게 아닙니까?'라는 뜻을 담아 질문했다. 내가 같은 편인지 아닌지 확인하려는 것처럼도 느껴졌다.

부장의 대답은 길지 않았다.

"너는 우수하고 신뢰할 수 있다. 그러므로 네게는 사정을 얘기해도 괜찮다고 들어서."

"누구한테요?" 하고 묻는데 부장은 그대로 갈 길을 가버렸다.

 5의 3

가게에 들어온 남자는 딱 보기에도 눈빛이 날카롭고 문을 여는 동시에 방범카메라의 위치를 확인했기 때문에 혹시 경찰 관계자가 아닐까 생각했는데 역시 그랬다.

구지 요스케는 상대가 내민 경찰수첩을 쳐다보았다.

경찰은 "업무 중에 죄송합니다"라고 담담하게 말했지만, 구지 요스케는 정말로 손님에게 면도를 하려던 참이라 곤란했다. 그러자 얼굴에 크림을 잔뜩 바른 채 뒤로 젖혀진 이발 의자에 누워 있는 손님이 말했다. "나는 괜찮아." 이렇게 누워 있는 손님의 입장이 되어서 생각해보라고!

하지만 상대는 아랑곳하지 않는 말투였다. "곧 끝납니다."

어쩔 수 없이 구지 요스케는 손님에게 실례하겠다고 말하고 형사에게 다가갔다.

아아! 구지 요스케는 이 남자가 그날 동쪽 출입구 광장 단상에서 자신을 처형하려고 했던 남자 중 하나라는 것을 깨닫는다. 분명히 니헤이라고 했던 것 같다. 아직 처형이 계속되고 있나 싶어 갑자기 두려워진다. 그 자리에 주저앉을 것만 같다.

그러자 상대가 곧 부드럽게 설명했다. "경계하시는 건 당연합니다. 다만 오늘은 개인적인 용건으로 온 겁니다." 그런 말을 들어도 바로 침착해질 수는 없었지만 상대가 거짓말을 하는 것 같진 않았다.

"내가 한 일은 모두 경찰에 얘기했는데요."

바로 얼마 전, 드디어 집에 가도 된다는 허락이 떨어져서 이제 막 이발소 영업을 재개한 참이었다. 저도 모르게 목소리가 떨려 나왔다.

"물론 알고 있습니다."

지난번 동쪽 출입구 광장에서 소동을 일으킨 직후 구지 요스케는 모습을 감췄지만 그대로 집에 돌아와 있던 것뿐이라 곧바로 경찰에 체포되었다. 저항도 하지 않았다. 될 대로 되라는 심정도 있었다. 신문을 받긴 했지만 부분적인 일들만 문제 삼는 눈치였다. 즉 구지 요스케의 행동 대부분이 다른 사람, 아무래도 경찰 간부 중 한 사람인 듯한 누군가의 음모에 휘말린 탓이라고 받아들여진 모양이었다. 구지 요스케가 역 앞 광장에서 소동을 피운 것도 '그 사람이 협박하고 강요했기 때문'이라고 해석되었다. "그게 아닙니다. 저는 제 의지대로 행동했습니다." 구지 요스케는 처음부터 이렇게 주장했지만 경찰 측은 눈 하나 깜짝하지 않았다. 오히려 "너는 이용당했을 뿐이야"라고 설득을 해 왔다. 점차 상대에게는 상대의 시나리오가 있음을 깨닫고 그것을 인정한 결과 놀랍도록 빨리 석방되었다. 사토 군도 무사히 집에 돌아갔다고 한다.

"당신이 제2빌딩에 들어와 취조 중인 용의자를 구했을 때 말인데요." 니헤이가 말했다.

"네."

"누군가가 먼저 들어와 방범카메라 데이터와 취조 녹화 영상을 가져갔다고 합니다."

그 이야기는 구지 요스케도 경찰에게 들었다.

구지 요스케가 가모 요시마사 일행을 도운 직후 평화경찰에 "취조 영상이 공표되길 원하지 않으면 가모 요시마사와 그 가족에게 손대지 마시오"라고 통보한 사람이 있었다는 것이다. 구지 요스케는 전혀 모르는 일이었다. 그자가 빌딩 모니터 관리실에 숨어들 당시 떨어뜨린 증거물 때문에 경찰 간부라는 신분이 밝혀졌다고 한다.

"빌딩에 침입했을 때 그 사람을 봤습니까?"

"네? 아니요."

"이 사람이 아닙니까?" 니헤이는 태블릿 단말기를 앞에 꺼내 조작했다.

분명히 못 봤다고 말했는데도 이야기를 계속 끌고 가는 집요함에 구지 요스케는 두려움을 느꼈다.

처음으로 태블릿 화면에 떠오른 남자는 본 기억이 있었다. 냉혹한 눈을 가진 중년 남성으로 박력이 있다. 그 동쪽 출입구 광장에서 자신이 무기를 들이댔던 남자다. "이 사람이 그……."

이름도 기억하고 있지만 입에서 꺼내기는 주저되었다.

"야쿠시지 경시장이라고 합니다. 곧 직책도 바뀌겠죠. 일단 이 남자가 당신을 이용한 남자로 알려져 있습니다." 니헤이는 그것이 사실과 다르다는 것을 알고 있다는 투였다. "그럼 이 남자는 알고 있습니까?"

얼핏 봐서는 잘 알 수 없었다. 하지만 구지 요스케는 화면에 표시된 그 남자를 알아보았다. 가네코 세미나의 일원이라며 접근했던 남자다. 머리 길이는 상당히 다르지만 얼굴이 닮았다.

"지금 생각해보면……." 니헤이가 설명을 시작했다. "제가 역에 마중을 나갔을 때 이 사람이 개찰구를 빠져나오는 것을 보지 못했습니다. 이미 역 구내에 있었으니까요. 어쩌면 이 사람은 며칠 일찍 센다이에 왔을지도 모릅니다. 역에서 막 오픈한 탄탄면 가게도 알고 있었으니까요."

구지 요스케에게 말한다기보다는 머릿속에서 '왜 알아차리지 못했을까?'라는 주제로 반성의 시간을 갖고 있는 것 같았다.

"아마도 이 사람은 스스로 평화경찰을 해체할 계획을 세웠을 겁니다. 우리 형사부장과 이전부터 계획을 짰을지도 모르고요."

"계획이라니 그게 뭡니까?"

"택시 운전사를 살해한 수사관의 사건을 이용할 생각이었을 가능성이 있죠. 평화경찰의 불상사를 상징하는 사건으로 고발할 계획이었을 수도 있고요. 당신이 빌딩에 들어갔을 때 모니터 관리실에 숨어든 건 사실 이 사람이었던 거죠. 이 사람이 택시 운전사 사건의 영상 데이터를 찾고 있었는데, 그때 마침 당신이 쳐들어왔기 때문에 계획을 바꾼 게 아닐까요. 그래서 당신이 도와준 사람들의 정보를 그 자리에서 손에 넣었고요."

"이자는 어떤 사람입니까?"

니헤이는 살짝 한숨을 쉬었다. "잘 모릅니다."

부족한 표현이었지만 어딘가 동경하는 마음도 느껴졌다.

"그 폭발도 일부러 일으킨 것이었습니다. 그리고 은폐했죠." 니헤이 형사는 계속 설명을 이어나갔다. "그 차량에는 원래 다른 사체가 있었습니다. 폭발사건처럼 원형이 보존되지 않은 시신의 신원 확인은 DNA 대조를 통해 이루어집니다. 그것을 알고 미리 자신의 집에 머리카락도 떨어뜨려놓았죠."

"다른 사체? 무슨 소립니까?"

"우리가 봤던 그 모습도 진짜였을까요. 긴 머리에 파마를 한 헤어스타일이 가발이었다는 소문도 있습니다."

"형사님, 저기."

"이번에 일어난 일련의 사건으로 어떤 인물이 경찰 안에서 힘을 가지게 되었습니다."

구지 요스케는 형사가 도대체 무슨 소리를 늘어놓고 있는 건지 알 수 없었고, 그저 이렇게 물을 수밖에 없었다. "그런 얘기, 제가 들으면 안 되는 게 아닙니까?" 비밀을 알고 나면 "이제 당신을 죽일 수밖에 없습니다"라며 누군가가 목숨을 노릴 것 같아

서 무서웠다. 동시에 등 뒤에 있는 손님도 신경이 쓰였다. 밖에
서 얘기하자며 가게를 나왔다.

"임금님 귀는 당나귀 귀는 아니지만 저 혼자 문득문득 생각하
는 것도 괴롭습니다." 니헤이가 말했다.

"그렇다고 해도……."

이렇게 자신에게 말해주는 게 옳은 일인가 싶어 구지 요스케
는 당황스러웠다. 나를 끌어들이지 말라고 얘기해야 할까.

"이발소라는 곳은 이런 불평과 정보가 모이는 곳이죠?"

"아, 뭐, 그렇죠."

"경찰 안에서 힘을 가지기 시작한 그 사람은 아마도 평화경찰
을 바꿔나갈 겁니다."

"좋은 방향으로?"

"좋은 방향인지 아닌지는 모릅니다."

"그 사람이 출세해서 평화경찰을 해체하는 겁니까?"

생각나는 대로 말해버렸다. 반쯤은 농담이었다.

"어떨까요. 그 점에 대해 뭔가 아시지 않나요?"

"죄송합니다만 모릅니다." 구지 요스케는 이렇게 대답할 수
밖에 없었다.

니헤이는 자신의 생각을 얘기한 것만으로도 답답했던 감정이
어느 정도 해소되었는지 아무런 대답이 나오지 않았는데도 이제
되었다는 표정으로 돌아갔다.

구지 요스케는 문을 열고 가게로 돌아왔다. 기다리게 해서 죄
송합니다, 하고 정중하게 사과한 후에 손님의 면도를 재개했다.

수염을 다 깎고 따뜻한 스팀 타월로 얼굴을 닦은 후 레버를 눌러 의자를 원래대로 돌려놓았다.

손님은 개운한 표정으로 거울에 비친 자신의 얼굴을 다시 재회한 친척 보듯 바라보다가 문득 입을 열었다. "일본에 서식하는 가시개미를 아나?"

가네코 세미나의 일원이라며 처음 찾아왔을 때보다 태도가 한결 솔직하고 숨김이 없어졌다. "가네코 세미나는 위장이야"라고 밝힌 후로는 아예 친구처럼 친밀하게 얘기했다. 아무래도 이쪽이 그의 본래 모습일 것이다. 처음에 스쿠터로 도망치는 것을 쫓아왔다고 했는데 그것도 진위가 의심스러웠다. 벌레를 추적할 때 쓰는 방법으로 여기까지 내 발자취를 쫓아온 건 아닐까.

"가시개미는 말이야, 여왕개미가 일본왕개미의 집에 들어가 그곳의 여왕개미를 죽여. 그런 다음 그 여왕개미의 냄새를 자기에게 묻히지. 그러면 일본왕개미의 일개미들이 가시개미의 여왕개미를 자기네 여왕개미로 착각하고 열심히 모신다고. 가시개미의 유충과 알을 기르는 거지. 그러다가 일본왕개미들은 수명을 다해 죽고 어느새 가시개미들은 성채가 되지."

손님이 유쾌하게 이야기를 이어나가고, 구지 요스케는 중간에 말을 끊을 생각이 없다. 목 언저리에 크림을 발라주었다.

"같은 방법을 쓴다고 치고 한 조직의 방침을 바꾸고 싶으면 어떻게 하면 좋을까? 그 보스를 갈아 치우면 되는 거야."

"네?"

무슨 말을 하고 싶은 건지 이해 불능이다.

면도한 흔적을 타월로 닦아내고 구지 요스케는 마지막 손질에 들어갔다. 거울을 보면서 머리를 다듬었다.

"역할에 맞는 사람을 조직 상층부로 보내는 거야. 출세시켜도 좋고."

"아, 네."

"하지만 뭐가 어떻게 변하든 세상이 올바른 상태가 된다고는 할 수 없지."

"그런가요?"

"추가 흔들리듯이 언제든 이전 시대의 반동이 일어나 이리로 갔다가 저리로 갔다가 하니까."

"그러면 어떻게 하면 좋을까요?" 구지 요스케의 그 의문은 지은 죄가 있는데 이대로 있어도 괜찮을까 하는 생각에서 비롯되었다.

"어떻게 할 수 없는 노릇이지. 추의 흔들림을 가운데에서 멈출 수는 없으니까. 중요한 것은 오가는 균형이라고. 너무 비뚤어지면 다른 방향으로 오질 못하니까. 정의란 어디에도 없어. 속도가 너무 빨라지면 브레이크를 밟아 조금 천천히 가는 정도지."

경찰에서 풀려나긴 했지만 동쪽 출입구 광장에서 소동을 일으킨 일을 모두가 알고 있었다. 이발소 문을 다시 연다고 해서 손님이 오기는 할까, 아니 그보다 이웃들이 나를 받아주기는 할까, 그것조차도 알 수 없었다.

그나마 다행인 것은 사장이 곧바로 찾아와서 예전과 마찬가지로 대해주었다는 점이다. "그 작업복 남자 홍보 이벤트는 경고조치 정도로 끝나서 다행이야"라고 말했다. 빌딩 위에서 찍은 녹화 데이터를 넘기는 대신 죄를 묻지 않았다고 한다. "홍보에 는 쓰지 못했지만."

경찰은 구지 요스케에게 '가해자가 아니라 오히려 피해자'라 는 점을 설명하겠다고 약속했다. 아니, 그보다는 구지 요스케에 게 그렇게 주장하라고 명령하는 것 같았다. 가모 일행도 무사히 집에 돌아갈 수 있었다. 하지만 구지 요스케 자신은 죄를 지었다 는 의식이 강했기 때문에 마음이 편할 리 없었다.

거울에 비친 아내의 영정을 바라본다.

아직 나는 살아 있다. 그에 대한 실감도 제대로 나지 않는다.

더욱더 잊을 수 없는 게 있다. 자신도 언젠가 죽는다는 점이 다. 게다가 어떻게 죽을 것인가는 웬만한 경우가 아니면 스스로 선택할 수 없다.

의자에 앉아 있는 손님이 또 입을 열었다.

"아무것도 할 수 없어. 세상은 좋아졌다 나빠졌다 하니까. 그 게 싫으면 화성에라도 가서 사는 수밖에 없지." 그러더니 빙그 레 웃었다.

구지 요스케는 가위를 세밀하게 움직였다.

가위가 내는 울림이 가게에 퍼졌다. '찰칵찰칵' 소리를 '찰칵 찰칵' 소리가 뒤따랐다. 눈에 보이지 않고 결코 크지도 않은 그 소리가 리본 돌리기의 리본처럼 길게 이어져 공중에서 유쾌하게 춤을 추었다.

한참 있다가 구지 요스케가 물었다. "화성인은 이발을 할까요?"그와 동시에 사람의 목숨을 빼앗고 세상을 어지럽혔던 자신이 이렇게 살아 있어도 되는 걸까 불안해졌다. 농담까지 하고 있다니. 답답한 기분을 견디지 못하고 긴 한숨을 토해냈다.

거울 속 손님은 유유자적이다.

"애당초 놈들에게 이발할 머리가 있기나 할까?"하며 머리를 갸웃거렸다.

구지 요스케는 마음을 비우고 가위에 율동을 더해가며 이발에 집중했다.

이 장면은 기록되지 않는다. 그저 소리 없이 빠르게 흘러가는 시간의 흐름 속에 녹아 사라질 뿐이다.

주요 참고문헌

『위험한 통계학』, 카이저 펑, 한큐커뮤니케이션스

『학대와 미소: 배신당한 병사들의 전쟁』, 요시오카 마사시,
고단샤

『피로 점철된 서양사: 광기의 1,000년』, 이케가미 히데히로,
가와데쇼보신샤

『그림으로 설명하는 마녀사냥』, 구로카와 마사타케, 가와데쇼
보신샤

『곤충: 커질 수 없는 의태자들』, 오타니 쓰요시, 노분쿄

감사의 말

이 작품을 쓰기 위해 도호쿠 대학 대학원 공학연구과 공학부의 스기모토 사토시 교수님에게 이야기를 들었습니다. 정말 자상하게도 매우 흥미로운 얘기를 들려주셔서 특별수업을 받은 기분이었습니다. 정말로 감사드립니다.

작품에 스기모토 교수에게 들은 이야기를 그대로 사용한 부분이 있긴 하지만 이 이야기는 어디까지나 픽션입니다. 이 작품에서 일어나는 사건이나 상상 속의 도구는 모두 스기모토 교수의 이야기를 듣고 제가 지어낸 것으로 현실에는 존재하지 않는다는 점을 이해해주기 바랍니다. 아울러 대학 이름과 지명 등 실재 이름을 빌려 쓰고 있는 부분이 있는데, 이 이야기의 무대가분명히 가상의 일본인 만큼 모두 픽션에 지나지 않습니다.

그리고 제목을 보고 우주에 관한 이야기가 아닐까 생각하셨던 분이 있다면 죄송합니다. 너무 끔찍한 뉴스를 접하고 낙담해서 무기력해져 있을 때 데이비드 보위의 명곡 「LIFE ON MARS?」를 들었습니다. 이 곡명을 해석하면 이 책의 제목이 된다고(조사도 해보지 않고) 멋대로 착각했는데 실제로는 '화성에 생명이?'라는 뜻이라는 것을 알고 부끄러웠던 기억이 있습니다.

이사카 고타로

화성에서 살 것인가,
여기에 발을 붙이고 살 것인가?

개성 넘치는 인물들의 향연, 거기에 담긴 묵직한 사회 비판의 메시지를 특징으로 하는 작가 이사카 고타로의 장기가 유감없이 발휘된 작품이다.

무대는 가공의 일본 중에서도 센다이 지역(가공이라고 하면서도 실제 지명을 거침없이 사용하는 게 그답다). 정부는 '평화경찰'을 만들어 일본의 각 지역을 순회하며 사회에 위험이 될 만한 인물을 미리 색출, 단두대에 보내 처형한다.

올해는 센다이가 '안전지구'에 선정되어 평화경찰이 부임해 온다. 이들은 위험인물을 색출한다는 미명 아래 선량한 시민들을 연행해 고문하고 잔인하게 처형한다. 하지만 사람들은 경찰이, 정권이 잘못을 저지를 리 없다고 생각하고 무고한 죽음을 별 저항 없이 받아들인다. 받아들일 뿐만 아니라 사 개월에 한 번씩 처형 집회가 열릴 때마다 수많은 사람이 몰려들어 잔인한 처형을 즐기기까지 한다.

여기에 반기를 들고 평화경찰에 대항하는 자가 있었으니 이름하여 '정의의 편'이다. 이름은 그럴듯하지만 유니폼은 위아래가 붙은 검은색 작업복, 거기에 검은색 장갑, 검은색 페이스마스크에 고글이다. 폼이 안 나는 걸로는 손에 꼽힐 히어로다. 게다가 무기는 목검. 물론 비밀무기가 있지만 그 역시 사람을 살상하는 것과는 거리가 멀다.

평화경찰이 공권력을 휘두르는 곳마다 '정의의 편'이 나타나 그들의 활동을 방해하자, 평화경찰 제도의 실시를 주도한 악의 화신 야쿠시지 경시장은 그를 잡기 위해 혈안이 되고 중앙에서는 이 문제를 해결하기 위해 괴짜 수사관 마카베 고이치로를 파견하기에 이른다. 강고하기만 했던 평화경찰과 안전지구 제도는 '정의의 편'이 휘두르는 목검에 의해 서서히 금이 가기 시작하고 마침내 평화경찰은 내부 분열 양상을 보인다.

그런데 이 얘기와 화성이 무슨 상관이냐고?

극 중에서 무고한 사람을 끌어다가 지독한 고문을 하는 평화경찰들은 부조리를 항의하는 시민들에게 이렇게 말한다.

"여기서 살기 싫으면 화성에서 살 생각이야?"

그렇다. 좋든 싫든 사람들은 부조리한 이곳에서 살아남아야 한다. 거기에 순응하든 오히려 즐기든, 아니면 정의의 목검을 들더라도…….

작가가 얘기하려는 메시지는 불분명하다. 중앙에서 내려온 괴짜 수사관은 일견 야쿠시지 경시장에게 반감을 품은 듯 보이지만 '정의의 편'을 찾아내기 위해 발 빠르게 움직이는 한편 "정의는 없다"고 단언한다. 내게 정의인 것이 상대방에게는 악이기 때문이란다. 실제로 '정의의 편'조차 평화경찰 입장에서 보면 자기가 돕고 싶은 사람을 구하기 위해 경찰을 살해한 범죄자일 뿐이다. 여기서 할리우드 영화의 히어로를 떠올리면 명확해질 것이다. 인류를 구원하겠다고 종횡무진 휘젓고 다니는 히어로가 사실은 도시를 다 때려 부수는 상황이야말로 아이러니가 아닐 수 없다.

심지어 '정의의 편'조차 그런 아이러니를 스스로 인정한다. "모든 사람을 구할 수 없다면 위선이다!"라고. 철학적으로 참 고민이 많은 히어로가 아닐 수 없다.

그렇지만 결국 작가는 다음과 같은 답을 준비하고 있다.

> "맞습니다. S극과 S극을 나란히 맞추면 강해집니다. 그러므로 강한 자석을 만들기 위해서는 잘게 부수어 방향을 맞춥니다. 다만 방향을 뒤섞는 쪽이 안정됩니다."
>
> "안정된다고요?"
>
> "자력이 약해지지만 묶기도 쉽고 에너지 면에서 안정됩니다. 그러므로 자연계에서 안정된 상태로 존재할 수 있습니다."
>
> "그렇군요."

"그러므로 사회인의 사고방식도 하나로 다 맞추지 않는 쪽이 자연적인 상태라고 저는 생각합니다. 전체적인 힘은 약하지만 안정됩니다."

"즉 평화경찰이 국민을 누르고 있으면 힘은 강해질지 모르지만 부자연스럽고 안정되지 못한다는 것이 선생님의 생각이시로군요."

그러면서도 할리우드 히어로 영화처럼 통쾌한 답을 내놓지는 않는다.

"추가 흔들리듯이 언제든 이전 시대의 반동이 일어나 이리로 갔다가 저리로 갔다가 하니까."

"그러면 어떻게 하면 좋을까요?" 구지 요스케의 그 의문은 지은 죄가 있는데 이대로 있어도 괜찮을까 하는 생각에서 비롯되었다.

"어떻게 할 수 없는 노릇이지. 추의 흔들림을 가운데에서 멈출 수는 없으니까. 중요한 것은 오가는 균형이라고. 너무 비뚤어지면 다른 방향으로 오질 못하니까. 정의란 어디에도 없어. 속도가 너무 빨라지면 브레이크를 밟아 조금 천천히 가는 정도지."

이 작품의 화자는 수없이 바뀐다. 작품 속 개개인의 주장을 다 담기 위해서일지도 모른다. 그리고 그때마다 세상을 보는 눈과 정의에 대한 정의(定義)도 수없이 바뀐다. 그러면서 작가는 분명히 우리에게 묻는다. 화성에 가서 살래? 아니면 목검이라도 들고 행동에 나설래?

2017년 8월
민경욱

옮긴이 민경욱

1969년 서울에서 태어나 고려대학교 역사교육과를 졸업했다. 현재 전문 번역가로 활동하면서 일본 문화 블로그 '분카무라(www.tojapan.co.kr)'로 일본 마니아들과 교류하고 있다. 옮긴 책으로 『아무래도 아이는 괜찮습니다』, 『마음청소』, 『온화하게 심플하게』, 『끝에서 두 번째 사랑』, 『몽환화』, 『거짓말의 거짓말』 등이 있다.

화성에서 살 생각인가?

1판 1쇄 인쇄 2017년 8월 25일
1판 4쇄 발행 2018년 11월 21일

지은이 이사카 고타로 **옮긴이** 민경욱
펴낸이 김영곤 **펴낸곳** (주)북이십일 아르테
문학사업본부 본부장 원미선
책임편집 정혜경 **해외문학팀** 손미선 임정우 이현정 양한나
해외기획팀 임세은 이윤경 장수연 **디자인** 데시그
문학마케팅팀 정유선 임동렬 조윤선 배한진
문학영업팀 권장규 오서영
홍보기획팀 이혜연 최수아 박혜림 문소라 전효은 염진아 김선아 **제작팀장** 이영민

출판등록 2000년 5월 6일 제406-2003-061호
주소 (우 10881) 경기도 파주시 회동길 201(문발동)
대표전화 031-955-2100 **팩스** 031-955-2151

ISBN 978-89-509-7168-7 03830

아르테는 (주)북이십일의 새로운 문학 브랜드입니다.

(주)북이십일 경계를 허무는 콘텐츠 리더

아르테 채널에서 도서 정보와 다양한 영상자료, 이벤트를 만나세요!
장강명, 요조가 진행하는 팟캐스트 말랑한 책수다 〈책, 이게 뭐라고〉
페이스북 facebook.com/21arte   블로그 arte.kro.kr
인스타그램 instagram.com/21_arte   홈페이지 arte.book21.com

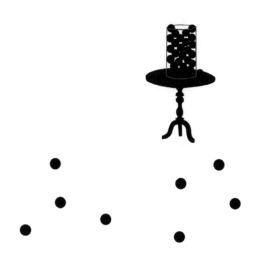